A OUTRA

A OUTRA

E. G. Scott

Tradução de
Clóvis Marques

1ª edição

EDITORA RECORD
RIO DE JANEIRO • SÃO PAULO
2022

CIP-BRASIL. CATALOGAÇÃO NA PUBLICAÇÃO
SINDICATO NACIONAL DOS EDITORES DE LIVROS, RJ

S439o
    Scott, E. G.
        A outra / E. G. Scott; tradução Clóvis Marques. – 1ª ed. – Rio de Janeiro: Record, 2022.

        Tradução de: The Woman Inside
        ISBN 978-65-5587-471-6

        1. Ficção americana. I. Marques, Clóvis. II. Título.

22-77871
                CDD: 813
                CDU: 82-3(73)

Gabriela Faray Ferreira Lopes – Bibliotecária – CRB-7/6643

Copyright © 2019 by E. G. Scott

Texto revisado segundo o novo Acordo Ortográfico da Língua Portuguesa.

Todos os direitos reservados. Proibida a reprodução, no todo ou em parte, através de quaisquer meios. Os direitos morais do autor foram assegurados.

Direitos exclusivos de publicação em língua portuguesa somente para o Brasil adquiridos pela
EDITORA RECORD LTDA.
Rua Argentina, 171 – Rio de Janeiro, RJ – 20921-380 – Tel.: (21) 2585-2000, que se reserva a propriedade literária desta tradução.

Impresso no Brasil

ISBN 978-65-5587-471-6

Seja um leitor preferencial Record.
Cadastre-se no site www.record.com.br e receba informações sobre nossos lançamentos e nossas promoções.

Atendimento e venda direta ao leitor:
sac@record.com.br

Para nossos pais

Prólogo

Antes de entrar em seu BMW vermelho-sangue, ele abre aquele sorriso de um milhão de dólares. A máquina ganha vida, e o som dos cascalhos esmagados pelos pneus me faz pensar na primeira vez que estive aqui. As circunstâncias eram muito diferentes. Eu nunca devia ter ido embora.

Naquela noite, eu contava com meus outros sentidos, já que não conseguia ver para onde ele me levava. A brisa que agitava as árvores poderia, em meio à escuridão, estar vindo do oceano; o aroma era uma mistura pungente de pinheiro e maresia. Senti um aperto no peito quando ouvi o barulho das pedras contra as rodas e percebi que a velocidade do carro diminuía. Eu não tinha a menor ideia do que seria da minha vida quando parássemos.

A leve buzinada me traz de volta à realidade, em frente a casa. Dou tchau para ele, o diamante amarelo-canário de três quilates no dedo cintilando à luz do sol da tarde. Então ele acelera, fazendo o carro levantar uma onda de pedrinhas. Ele olha para trás uma última vez e pisca, e o belo perfil ao volante aos poucos desaparece à medida que o carro se afasta, até sumir por completo. Espero que esta não seja a última vez que o vejo.

Entro na casa e sorrio ao deixar o mundo do lado de fora. Tanta coisa aconteceu para que eu desse esse passo em direção à minha nova vida. Agora eu moro aqui.

Assimilo o esplendor diante de mim. O que foi construído sobre a laje em que eu estivera estendida naquela noite, à beira da morte, é um contraste dramático com o que me rodeia agora. A lareira feita de pedra ergue-se de forma majestosa até o teto abobadado e mais além. As várias janelas ao redor projetam um lindo efeito de prisma no piso de madeira. Fico alguns minutos no hall de entrada, absorvendo tudo aquilo. O segundo andar, que é aberto, parece o coro alto de uma igreja, e o hall, um púlpito.

Vou passando por cada cômodo, permanecendo pelo tempo necessário para assimilar cada detalhe. Assim, transporto-me para a última vez que estive aqui, no escuro, sentindo dores terríveis, sem saber se ia sobreviver. Agora, cada centímetro adquire um novo significado. Passo as mãos por madeiras, pedras e granito escolhidos a dedo e tiro os sapatos para sentir as maravilhosas texturas sob os pés.

Passo em frente à porta do porão, sabendo que posso levar muito tempo para conseguir pisar nos mesmos degraus sem pensar no dia que subi essa escada no escuro. Mas agora estou grata por estar de volta e no controle. Decidi deixar as partes sombrias lá embaixo, trancadas. Enfim chegou a hora de um recomeço.

No ar, paira um cheiro de produto de limpeza, que já tinha apagado qualquer prova do que acontecera aqui. Mas eu pouco me importo. É um lembrete do quanto tive de lutar. A casa está silenciosa. Em paz. Em algum ponto entre meu coração e minha garganta, sinto uma nova emoção que foi conquistada com muito esforço: uma felicidade tranquila.

Paul está em toda parte. Na madeira avermelhada abaixo e nas vigas de pinheiro acima. Na enorme janela panorâmica que se agiganta nos fundos da casa e dá vista para várias árvores densas e para o céu. Sinto no fundo da alma que a casa não foi construída para mim. Mas foi construída com amor. E desespero.

Fecho os olhos e visualizo minha primeira noite aqui. O som do motor do carro dele ligado. A escuridão. Ser abandonada e depois encontrada de novo. Uma nova chance para tudo o que eu sempre quis. Os caminhos mais sombrios acabam nos levando à luz.

Primeira Parte

1

Rebecca
DEPOIS

Antes mesmo de a campainha tocar, Duff nos avisa da chegada deles.

Paul se desvencilha do nosso ninho de nudez, enfiando-se num short de academia e vestindo uma camiseta. Eu nem me mexo debaixo dos lençóis, de costas para ele. Apesar da decepção e da frustração, ele me dá um beijo rápido e desce a escada para receber os intrusos durante nossa manhã de transa fracassada.

Com o coração acelerado, visto uma camisola sobre a pele nua. Espero o grupo chegar à cozinha, acompanhado pelo nosso terra-nova eufórico, Duff, cujas garras arranham a madeira e depois o azulejo, enquanto segue os homens, e só então vou até a escada. Eles não podem me ver, mas ouço as perguntas e também as respostas tranquilas de Paul.

Espero a deixa para me juntar a ele e calmamente vou repetindo um mantra a cada degrau. *Nós não seremos pegos. Nós não seremos pegos. Nós não seremos pegos. Nós vamos sair impunes dessa.*

Mal sabia eu que dois detetives batendo à nossa porta seria a parte mais fácil do dia.

* * *

Eu ganho a vida como representante de uma farmacêutica.

Meu salário é incrivelmente alto. Afinal, passei os últimos vinte anos construindo uma relação de confiança com médicos e descobrindo o que estes precisam para ajudar seus pacientes a se sentirem melhor. Sei me expressar de um jeito que os faz se sentirem superiores, mas eles também confiam no que eu digo e estão interessados no que vendo. Sou capaz de fazer com que efeitos colaterais e nomes de remédios pareçam poéticos. Além disso, sei dizer em questão de minutos qual é o remédio perfeito para cada pessoa. E, principalmente, sei a combinação química que funciona bem para mim. O autoconhecimento é muito importante.

Quando chego à minha mesa, já são mais de nove horas, e estou meio abalada com os acontecimentos desta manhã. Tenho a sensação de que nos saímos muito bem, mas um sentimento de dúvida ainda paira em minha mente; por isso, durante o trajeto até aqui, concluí que um calmantezinho a mais não faria mal, me deixaria mais tranquila.

A luz vermelha em meu celular pisca, ameaçadora. Mark já me mandou um e-mail me convocando à sua sala e, quase ao mesmo tempo, enviou uma mensagem de texto reiterando a ordem. Ao levantar a cabeça, eu o vejo de pé à porta de sua sala com seu habitual copo do Starbucks na mão. Está escrito "Marv" na embalagem, a letra é um garrancho, e eu não consigo deixar de rir, apesar do clima pesado do dia até agora. Na outra mão, ele segura o objeto de sempre, um charuto cubano apagado, que será devidamente mastigado e babado muitas e muitas vezes ao longo do dia, até que ele consiga fumá-lo no conforto de sua casa. Em seu rosto, a expressão é mais séria que presunçosa, o que me surpreende. Ele faz um gesto para que eu vá até lá e dá meia-volta com seus sapatos Gucci. Um Xanax talvez lhe caísse bem. Acho, porém, que não posso culpá-lo. Acabei de saber que também está enfrentando problemas em casa.

Arqueio as sobrancelhas olhando para ele e deixo minhas coisas na cadeira. Tento não dar muita atenção aos olhares curiosos dos meus colegas de trabalho. A maioria deles está tomando medicamentos que vão de alprazolam a Zoloft, mas eu bem que recomendaria aumentar a dosagem de muitos. Trata-se de uma turminha extremamente infeliz, considerando-se a variedade de estabilizadores de humor à disposição.

Trato de engolir a crescente sensação de medo que começou a se formar com a visita inesperada desta manhã, preparando-me com meio comprimido de Oxicodona, que tomo com café. Sempre preto. Laticínios e açúcar acabam com a gente. E, em seguida, vou para a sala de Mark.

— Sente-se, Rebecca.

Logo de cara fica evidente que ele não vai fechar a porta como havia feito nas últimas semanas, quando os cubículos ficavam vazios e ele tentava me convencer das virtudes da garrafa de vodca "mágica" em sua mesa, conhecida por transformar decisões ruins em "irresistíveis" (como tirar as roupas num frenesi). Para a infelicidade dele, eu não acredito em mágica, e tanto a vodca como Mark me causam náuseas. Mas, sem Sasha, ele tem sido mais persistente; e o aumento alarmante dos meus anseios, combinado ao esgotamento da minha reserva de medicação, faz com que seja cada vez mais difícil dizer não.

— Mark. — Esboço meu sorriso mais recatado e enrosco uma mecha de cabelo no dedo. — Por que você está tão sério?

Ele não acha a menor graça. Fica até zangado. E eu sei por quê.

A esposa dele, por quem Mark julgava ter sido abandonado três semanas antes, está na verdade desaparecida. Ainda não sei se ele tem conhecimento de que fui informada disso pela polícia. Se Sasha e eu de fato fôssemos amigas e não estivéssemos apenas fingindo, talvez eu tivesse alguma pista sobre seu paradeiro. Quanto a ter compartilhado essa informação privilegiada com os detetives hoje de manhã, não posso dizer com certeza. E sem dúvida não teria confessado a Paul nem à polícia que a ausência dela não me incomoda nem um pouco.

O semblante dele exibe algo parecido com preocupação, mas sua expressão logo muda. Não é sobre isso que ele quer falar comigo. Mas ainda estou um pouco surpresa por ele continuar vindo trabalhar em meio à investigação; provavelmente a rotina o acalma. Entendo a necessidade de algo previsível durante momentos de crise. Era exatamente o que Paul e eu vínhamos fazendo.

Queria me sentir mal por ele, mas sei que é um péssimo marido. Muitas vezes, no vestiário da academia, ouvi Sasha se queixando da apatia dele, sem falar dos boatos quanto à infidelidade do marido que correm pelos cubículos do escritório. Há anos aturo o repertório horroroso de insinuações e cantadas de Mark.

Chego a pensar em comentar com ele sobre a visita que recebi de manhã, mas mudo de ideia. Ele se mostra pensativo enquanto tomo meu café. Então, sua expressão se fecha.

— Rebecca, eu não tenho mais como proteger você. Tem gente fazendo perguntas. Alguém fez uma denúncia anônima dizendo que a nossa relação era "questionável". Estou enfrentando todo tipo de pressão desses babacas do RH. Não faço ideia de com quem você foi dar com a língua nos dentes, mas foi muita burrice. Do jeito que as coisas vão, vou acabar perdendo o emprego, e não você, por causa de brincadeirinhas idiotas. E também andam comentando por aí sobre seu acesso às amostras.

Meus neurônios levam um tempo para se conectar por causa do pânico. O resíduo do analgésico de hoje de manhã me deixou um pouco paranoica e desorientada. Não sei muito bem como reagir, então faço que sim com a cabeça, imitando a expressão séria dele.

— Você é uma ótima representante, ou você foi uma ótima representante... Mas acabou relaxando e, para ser franco, anda criando problemas para a empresa. Entendo que você goste de ficar dopada, eu também gosto, mas o problema é que você anda levando amostras demais para casa, e o pessoal começou a notar.

Merda. Já entendi aonde ele quer chegar. Então, do nada, surge a imagem da mulher dele, Sasha, pedalando freneticamente ao meu lado na aula de spinning, sem nunca faltar, fizesse sol ou chuva, toda manhã, até o dia em que não apareceu mais.

— Eu não estou pegando nada além do que você me dá. Juro.

Isso, é claro, não passa de uma mentira.

— Você não rende mais no trabalho. Há meses está agindo de forma estranha. Caramba, Rebecca, você sabe melhor do que ninguém que essa merda toda tem efeitos colaterais. Você anda consumindo demais. Esse é o tipo de coisa que só quem tá começando faz. E vamos encarar os fatos: você já está ficando um pouco velha para continuar trabalhando como representante.

Só Mark mesmo para enfiar a faca e ainda torcê-la. É mais forte que ele. Minhas costas ficam tensas.

— Mark, você sabe quanto dinheiro eu trouxe para esta empresa, e o quanto economizei para eles...

— Por favor, Rebecca. No momento, estou com problemas mais sérios que você. Vamos simplificar as coisas. Acabou. Você pode sair com dignidade, pedindo as contas e indo embora imediatamente, sem chamar atenção. Ou então eu apresento uma queixa oficial por desvio de amostras, e você vira o centro das atenções. Se você não fizer tempestade em copo de água, consigo livrar sua cara no RH. Acho que o melhor para você é manter a dignidade, não é mesmo?

Eu pedir demissão é o melhor *para ele*. Se ele me mandar embora, Mark sabe que eu posso virar o jogo e denunciar suas "brincadeirinhas idiotas" ao RH. Pior ainda, posso contar o que sei de sua relação questionável com a verdade no caso de certo ensaio clínico que acabou sendo catastrófico. Mas no fundo sei que essa informação será mais útil para mim em outro momento. Vou guardá-la para quando for realmente útil. De qualquer maneira, preciso mais de Mark do que ele de mim.

— Rebecca?

Eu abro a boca para soltar os cachorros.

— Não faça cena. A não ser que você queira acabar com nosso combinado fora do trabalho. Enfim, era isso, pode ir.

O tom severo me deixa desorientada. Mas estou aliviada por ele não estar me excluindo totalmente do esquema. E sei que, neste momento, atrair a atenção para mim, e por tabela para Paul também, seria muita burrice.

Fico meio atordoada, preciso tomar um ar mais que qualquer coisa. Concordo com um meneio de cabeça, vou para minha mesa e paro para pegar minha bolsa. Quando estou indo pegar o notebook, a assistente de Mark, Christina, no auge de seus 25 anos, cheia de preenchimento nos lábios e com um vestido que seria mais adequado para um cassino, dá um pulo e o arranca da minha mão.

— Isso pertence à empresa.

O sorriso dela de quem come merda revela dentes de um branco fora do normal. Ela nunca gostou de mim.

Eu nem olho para trás. Dá para sentir que está todo mundo olhando. Mantenho a compostura e consigo chegar até o elevador. Quando a porta se fecha, permito-me uma única lágrima e puxo o ar com tanta força que parece que minha caixa torácica vai se romper com a pressão.

Ao chegar ao térreo, já sei o que preciso fazer. Talvez eu tenha de mentir para Paul, para que me acompanhe até o aeroporto. Mas a principal questão é saber se eu quero que ele faça parte da nova vida que estou imaginando.

Vou até o carro, sento ao volante, tranco as portas e dou a partida, e só então solto o ar. Abro o porta-luvas e fico aliviada ao ver que meu passaporte ainda está onde o deixei depois da ida ao departamento de trânsito semana passada. Então pego-o e guardo-o na bolsa. Cogito passar em casa para fazer as malas, mas chego à conclusão de que vamos poder providenciar qualquer coisa de que precisarmos quando estivermos tranquilos fora do país. Nova vida, novo guarda-roupa. Eu me acalmo ao pensar na ideia de sentir o sol quentinho no rosto e nos ombros, tomando coquetéis de fruta para engolir analgésicos adquiridos com a maior facilidade. Se eu for rápida, podemos colocar um ponto final em tudo isso em menos de cinco horas. Vou comprar as passagens pela internet, a caminho do aeroporto. Vou até nos dar ao luxo da primeira classe. Depois de hoje, Deus sabe que eu mereço.

Ligo meu iPad, tomada por gratidão pelos cinquenta por cento de bateria, o que deve ser o suficiente para providenciar tudo de que preciso antes de precisar carregá-lo de novo. Como não tenho olhado o extrato, não sei exatamente quanto temos na nossa conta conjunta, mas é algo acima da casa do um milhão. Abro o aplicativo do Citibank e faço o login com nossos dados.

Quase engasgo ao encontrar o número insignificante na tela. Fico meio zonza. Atualizo algumas vezes e aquele valor infinitamente menor não sai de lá. A quantia não chega nem perto do que preciso. Não pode ser. Terei de ir ao banco. Tento reprimir o início de um ataque de pânico.

Ao sair do estacionamento, vejo o carro Crown Victoria marrom deles entrando. O mais baixo olha na minha direção, e eu tenho a impressão de vê-lo olhando para mim mais uma vez para se certificar, mas logo desvio o olhar e saio para a rua. Pelo retrovisor, noto o carro estacionar perto de onde eu estava. Reduzo a velocidade e vejo as figuras já conhecidas saindo do carro e seguindo em direção ao prédio.

As coisas estão piorando depressa.

* * *

Nem lembro quando foi a última vez que passei pela área dos caixas eletrônicos e entrei em um banco vazio. Mas, quando apareceu na tela da máquina a mesma quantidade insignificante de dinheiro em nossa conta, não havia outra coisa a fazer.

O gerente desmanchando-se em suor sentado à minha frente parece bem puto com o fato de eu ter solicitado intervenção humana. Dá para perceber que interagir com uma mulher enfurecida antes do meio-dia é a última coisa que ele gostaria de estar fazendo. Uns dez miligramas de clonazepam a cada três horas pelo resto dos dias de suor abundante certamente lhe fariam muito bem.

Sinto muito, Jason, não tenho mais acesso a uma mala cheia de comprimidos que eu possa colocar em cima da mesa agora e empurrar para você a fim de tornar nossa conversa mais fácil. Embora a notícia da minha demissão ainda não tenha se espalhado, me dou conta de que, sem o meu emprego, não sei mais quem sou. Da próxima vez que alguém me perguntar "o que você faz?", não tenho ideia do que vou responder. Assim como não sei o que vou dizer a Paul.

Enquanto Jason peleja para encontrar meu dinheiro, evitando qualquer contato visual, faço um balanço do dia até agora. Uma bancária bonitinha se aproxima toda saltitante e cantarola um "bom-dia" tão alegre que me dá vontade de derrubá-la no chão. Bom dia... fala sério. Polícia na porta de casa. Demitida do emprego. A poupança aparentemente sumiu. Estoque de comprimidos em seus piores dias. Eu não paro de oscilar entre total descrença e fúria assassina.

Ele pigarreia algumas vezes e, por fim, nervoso, confirma o que eu já sei. Ao falar, o gerente parece emitir um ganido a cada palavra.

— Senhora, o saldo em conta é de cinco mil dólares. Realmente não sei mais o que lhe dizer.

Nossa conta conjunta está com cerca de novecentos e noventa e cinco mil dólares a menos do que deveria ter. A notícia, junto ao fato de ser chamada de "senhora", me deixa muito puta. Pânico batendo à porta.

— Jason, será que você pode me explicar como é que vinte anos de poupança evaporam assim do nada?

Basta o volume da minha voz para ele recuar.

— Parece que o outro correntista fez algumas retiradas e transferências grandes nas últimas semanas.

Ele ajeita o nó da gravata, ansioso.

Paul. O responsável pela ideia de abrir a conta quando nos casamos, para que um dia pudéssemos construir a casa de que tanto falávamos desde o primeiro encontro. Minha pressão despenca. Parece que, no fim das contas, Paul não merece fazer parte das minhas férias permanentes.

Resisto ao impulso de pegar aquela plaquinha patética com o nome de Jason em cima da mesa e enfiar goela abaixo nele. Também não explico que eu pretendia sacar todo o referido pé-de-meia e pegar um avião para bem longe, e que ele está empatando meus planos de forma drástica.

— Não posso aceitar isso, Jason. Pelo amor de Deus, como é que meu marido sacou todo o dinheiro sem eu concordar ou assinar um documento?

Até eu me surpreendo com a ferocidade da minha voz.

Minha agitação atrai os olhares dos colegas de Jason, que parecem aliviados por eu não ter ido parar na mesa deles. Novas gotas de suor surgem na testa e no lábio superior do gerente. Enquanto Jason digita freneticamente, semicerrando os olhos para a tela do computador, a medicação começa a fazer efeito em mim. Os elementos químicos tomam conta dos meus receptores, aplacando de leve a náusea e o pânico. O que importa é não perder as estribeiras. Eu consigo fazer isso.

Pego outra pílula perfeitamente oblonga no bolso do blazer e a levo à boca sem chamar atenção. O gosto da sacarina se dissolvendo na língua traz um alívio instantâneo. Normalmente não tomo tantos comprimidos assim durante o dia. Mas os acontecimentos de hoje justificam certas decisões fora do comum.

Minha mente começa a vagar, e eu me pergunto de quem pode ter partido a "denúncia anônima" ao RH. Não me surpreende o fato de eu ter inimigos no trabalho; a questão é saber qual deles fez isso. Minha atenção aos poucos volta ao presente; não posso perder meu foco com essa história. Terei de resolver esse mistério em outro momento.

Passo os olhos pela paisagem desoladora dos cubículos do banco. Meia dúzia de jovens engravatados diante de suas estações de trabalho ali perto, o rosto iluminado de baixo para cima pelos celulares. Dá para ver pelos movimentos das mãos que estão tentando driblar o tédio. E eu tento não começar a gritar enquanto Jason diz, gaguejando, que, sim, Paul, meu marido responsável, previsível e confiável, com frequência vem defraudando nossa conta conjunta. Na verdade, ontem inclusive...

Como se ele também tivesse um plano de fuga.

Jason pede desculpa mais uma vez e se oferece para me mandar por e-mail as datas e os valores dos saques, e eu concordo, murmurando algo parecido com um sim enquanto tento me recompor o suficiente para me colocar de pé. Ao dar os primeiros passos, sinto as pernas tremendo desenfreadamente por conta da raiva.

No carro, escuto-me cantarolando com o rádio, mesmo sabendo que não tem como essa ser a reação apropriada para o que o dia de hoje teve a oferecer até agora. O céu de primavera está tão claro e expansivo quanto eu estou me sentindo, e de repente cai a ficha de que hoje é Dia da Mentira, primeiro de abril. Essa seria a maior pegadinha de todas. Quando me dou conta disso, já estou na entrada da garagem de casa, sem a menor lembrança do período entre o momento em que saí do banco e cheguei até ali. A passagem do tempo está muito estranha hoje.

O carro dele não está na frente de casa. E, considerando-se a hora, já era para estar ali. Felizmente também não tem nenhum outro carro parado por perto. Então mudo de ideia e dou ré, decidindo que vai ser melhor se ninguém souber que estou em casa. Viro a esquina e estaciono atrás de casa, numa rua paralela que está sempre deserta, exceto quando as crianças da vizinhança estão correndo por ali.

Entro pelo nosso portão dos fundos e o fecho ao passar, ouvindo o clique da tranca.

Atravesso o quintal, destranco a porta dos fundos e vou da cozinha até o sofá, sabendo que é lá que vou encontrar o notebook dele. Duff se empertiga todo, feliz por me ver. Esfrega o focinho nas minhas mãos, empurrando-as na direção da cozinha, onde está pendurada sua coleira, mas tudo que tenho a oferecer são só uns tapinhas na enorme cabeça dele.

Ele vira o largo traseiro preto e branco para mim e larga seus quase setenta quilos sobre meus pés, satisfeito com sua vida feliz e descomplicada. Eu o amo, mas, antes de qualquer coisa, ele é o cão de Paul, e a lembrança do meu marido ladrão e mentiroso me enfurece. Vou puxando Duff pela coleira até a porta dos fundos e o prendo do lado de fora. Preciso ficar sozinha para investigar. Ele começa a ganir, mas logo um esquilo atrai a atenção dele, e o cachorro sai correndo para o outro lado do quintal.

Nossa casa é simples e prática. Uma construção de dois andares que fica ligeiramente recuada da rua principal, num terreno de esquina com cerca feita de estacas brancas em torno de um quintalzinho. Cento e quarenta metros quadrados, divididos em dois quartos (um dos quais Paul transformou em escritório) e dois banheiros, que pareciam um palácio quando nos mudamos de Manhattan, dez anos atrás, onde nos despedíamos de um apartamento muito mais caro de cinquenta e cinco metros quadrados.

Os dias em que vivíamos grudados um no outro ficaram para trás depois dos primeiros anos, ante a falta de uma porta e de privacidade. Além disso, depois veio Duff, que ao completar seis meses já pesava quarenta e cinco quilos, então, literalmente, ficamos sem espaço na nossa própria cama.

Em parte, Duff tinha servido como filhote tapa-buraco enquanto não conseguíamos decidir se teríamos filhos ou não. Eu sempre quis, apesar de um medo arraigado que eu tinha de expô-los aos males que me haviam sido feitos. Meu desejo de ter uma família feliz como as que via na televisão e no cinema aumentou exponencialmente quando conheci Paul, e a vozinha da dúvida acabou sendo abafada pela da esperança.

Mas, no fim das contas, foi a voz dele que acabou prevalecendo. Sua crítica severa, sempre bem ensaiada, sobre casamentos perfeitos arruinados pelos filhos e a necessidade da maioria dos casais de procriar apenas para se sentirem importantes levou a melhor. Eu o deixei tomar a frente nas nossas decisões mais importantes, para o bem ou para o mal. Mas, sem dúvida, havia momentos em que me perguntava se de fato ia conseguir compartilhar da lógica dele, ou se estava apenas com medo de perdê-lo caso não concordasse.

Um passeio meio alcoolizado depois do almoço, passando pela pet shop do bairro, foi o suficiente para nos desmancharmos em amor pelo cachorrinho enganosamente pequeno, num arroubo impulsivo mas também sincero. A paternidade conjunta do filhote pareceu um comprometimento feliz. Nenhum de nós tivera animais de estimação na infância, e compartilhávamos a vontade de ter um cachorro. Batizado por Paul, Duff quase chegou a pesar mais que nós dois juntos — consumia um quarto da nossa renda em ração — e acabou sendo o maior motivo para deixarmos a cidade grande.

Dezessete anos atrás, enchemos um caminhãozinho de mudança com o conteúdo do nosso apartamento rumo à cidade natal de Paul, Stony Brook, em Long Island, onde um amigo da família oferecia um bom negócio na aquisição da nossa primeira casa, novinha em folha. Os cinco minutos de caminhada até a praia e o quintal duas vezes maior que nosso apartamento rapidamente amorteceram o choque de estarmos bem afastados da cidade. Estava tudo ótimo e aparentemente só podia melhorar. Mas a verdade é que não podíamos estar mais enganados.

Dou uma olhada na cozinha, que dá para a sala de estar, e vejo meu reflexo no grande espelho dourado acima da lareira, comprado num leilão de espólio anos antes. Estou parecendo meio debilitada fisicamente devido aos acontecimentos do dia, os olhos irritados e inchados, como se eu tivesse passado a noite chorando. O castanho dos cabelos está mais sem vida que de costume, e a pele, amarelada. Já me disseram que eu era bonita, mas hoje certamente não seria o caso. Ainda não consegui cair no choro, mas também nunca fui muito de chorar.

Decido então que a hora do almoço é um momento perfeitamente aceitável para me servir de uma dose bem generosa de alguma coisa alcoólica. O efeito entorpecedor dos remédios está começando a passar, dando lugar a um monte de sentimentos que no momento não me servem de nada. Sei perfeitamente bem que não devo ingerir mais nenhum remédio por pelo menos duas horas. Afinal, é natural que eu me recuse a dar a eles o gostinho de uma overdose acidental.

Aqui em casa nunca fomos de beber muito, de modo que o único álcool à mão é uma garrafa de champanhe do nosso último aniversário de casamento. É uma marca boa. Do tipo que custa mais de duzentos dólares e costuma ser reservada para ocasiões muito especiais. Paul a comprou para o nosso décimo nono aniversário de casamento, além de um enorme buquê de rosas vermelhas e um bracelete de ouro da Tiffany. Eu não tinha pensado em nada para dar a ele; comprei apenas um cartão comemorativo meio fajuto ao passar correndo pela farmácia quando estava voltando para casa da academia. Constrangida e um tanto sem graça, caí na defensiva e me fechei. Era nosso primeiro aniversário em pelo menos quatro anos que não deixávamos passar em branco ou batido.

Ele caprichou, e eu me senti humilhada.

Paul era carinhoso e nostálgico, e eu não conseguia mobilizar nenhum sentimento assim dentro de mim nem ser gentil com ele. Desde que a empresa dele falira, nossa relação era uma inconstância só, e praticamente tínhamos parado de transar. Eu tomava mais comprimidos do que devia e minha libido era inexistente. Se antes costumava sentir desejo e carinho por ele, agora só cultivava irritação. Falei que não estava interessada em acordar com uma ressaca de champanhe e que só queria ir para a cama. Ele, que andava meio distante, respondeu que, se eu estava dando a noite por encerrada, ele ia dar uma volta de carro. Eu nem pensei em perguntar aonde ele ia.

De repente, as mudanças que meu marido tinha demonstrado nas últimas semanas estavam tomando um rumo bem mais complicado. Sinto uma forte sensação de *déjà-vu*. Certas pistas que eu tinha ignorado de propósito agora ganhavam foco com alarmante clareza. Incrível como a gente é capaz de apagar as maiores evidências quando quer.

Sirvo a primeira taça e bebo tudo num só gole. Nem me passou pela cabeça ligar para Paul ao sair do escritório. Deveria ser a ele que eu, supostamente, recorreria em momentos de crise. Ainda mais depois de tudo que aconteceu hoje. Estou ao lado do telefone, mas parece que não sou capaz de alcançá-lo. Não posso contar que fui demitida. Se contar, vão começar as perguntas, e eu sei que ele vai botar a culpa nos remédios. E com razão, mas não posso dar a ele esse gostinho de satisfação.

Eu jamais deveria ter aturado esse tipo de comportamento vindo de Mark, mas, depois que as coisas saíram totalmente do controle naquela noite no nosso quarto, comecei a baixar a guarda, e até esperava que ele de fato perdesse as estribeiras comigo. De um jeito bem perverso, comecei a contar com a atenção dele para me manter motivada no trabalho e me esquecer da situação em casa. E havia motivações bem práticas, de natureza química, às quais ele tinha acesso e me fornecia.

Uma parte de mim esperava mesmo que algo envolvendo essa situação de mocinha da área farmacêutica ficando velha estivesse se aproximando de um fim. Algo que nenhuma substância injetável poderia mudar. Mas não podia haver momento pior para isso acontecer. Não se trata apenas de uma questão de amostras levadas para casa; estamos falando da minha idade e da competitividade no mercado. Além da queda no meu desempenho. E do que eu sei a respeito de Mark.

A nova leva de representantes era uma exigência dos novos clínicos e especialistas, e os laços que criei com tanto suor junto a médicos leais, embora às vezes inconvenientes, começavam a chegar ao esperado fim, pois eles se aposentavam ou eram substituídos por profissionais ambiciosos na casa dos trinta, recém-saídos da faculdade. Esses recém-chegados tomavam conta da cidade e das redondezas com clínicas concorridíssimas e salas de espera cheias de pacientes ansiosos, apáticos e impotentes. Com seus idealismos e consultórios novinhos em folha, os médicos mais jovens eram os que tinham energia para separar uma hora em suas agendas superlotadas para dar atenção às jovens e belas representantes de laboratórios e fazer as encomendas necessárias para garantir que os pacientes continuassem voltando. Assim, minha fila de pretendentes na dança dos fármacos diminuía cada vez mais.

O champanhe me proporcionou uma onda bem legal, então entro em ação. Com o notebook de Paul no colo, tomo um gole exageradamente maravilhoso de Veuve Clicquot, prendo o cabelo e solto um suspiro, como se estivesse sendo observada. Uma perfeita madame. Levando em consideração nosso histórico, alguém poderia pensar que não é a primeira vez que estou espionando Paul. E tecnicamente não é mesmo. Só que, inocentemente, eu achava que a gente já tinha superado isso. É incrível a rapidez com que a confiança pode ser substituída por uma coisa ruim, latente e reprimida.

Consigo acessar tudo com facilidade. Sei todas as senhas de Paul. São sempre as mesmas, meu apelido ou a data do nosso aniversário de casamento. Fico olhando a foto na área de trabalho. É antiga, do início do nosso casamento. Do verão em que nos mudamos para o East Village e começamos a economizar para a vida que tanto queríamos, sem medo nem dúvidas. Duas crianças abestalhadas cheias de otimismo, com a vida inteira pela frente, loucas uma pela outra. Impossível dizer que não fiquei surpresa por ele ter escolhido uma foto nossa. Em comparação, minha tela de fundo de paisagem marítima não poderia parecer mais sem graça. Eu quase nem me reconheço. Olhos mais cheios de vida, rosto menos marcado. Estou sorrindo e olhando para ele, e não para a câmera. Ele olha para a frente. Com um sorriso tão largo que parece se expandir em tempo real. Desde essa foto ele não envelheceu como o esperado. Na versão diante de mim, tem o corpo mais atlético e a cabeleira mais proeminente, sem os atuais fios grisalhos. Examino o belo rosto para o qual já olhei mais vezes do que para o meu — e não reconheço nada.

Clico no e-mail dele, inspiro devagar e preparo-me para conhecer meu marido de novo pela primeira vez.

2

Paul
ANTES

Minha mulher e eu somos tipos diferentes de mentirosos. Isso é algo interessante que a gente aprende depois de quase duas décadas de casamento. Eu tendo a ser criativo nos detalhes. Já ela, por outro lado, se preocupa em escolher exatamente o que omitir.

Quando nos aproximamos, Rebecca e eu compartilhávamos praticamente os mesmos traumas. Acho que, para nós dois, a mentira serve para estar no controle da situação, para tentar administrar o passado, reconfigurando o presente. Essa situação me foi explicada na infância pela psiquiatra encarregada do meu caso. Acho que me lembro com tanta clareza porque queria desesperadamente causar uma boa impressão.

— *Paul, pode me chamar de Dra. A, está bem?*

O sorriso dela aquece meu coração.

— *Tudo bem.*

— *Paul, você entende o que aconteceu com seus pais?*

— *Entendo, Dra. A.*

— *Entende que foi um acidente? Que não foi culpa sua?*

— *Entendo, Dra. A.*

— Paul, olhe para mim. Não foi nada que você fez.
— Tudo bem.
— Tudo bem, querido.

Ela usava um lindo colar de prata com um pingente de safira que parecia uma relíquia de família e combinava com seus olhos. Lembro como ele se acomodava na pele, acentuando a linha delicada da fenda entre os seios. Ela era gentil e me deixava à vontade.

* * *

A gente conta muitas coisas um para o outro. Um monte de mentiras otimistas e agradáveis de ouvir.

Quando Rebecca e eu nos casamos... cara, como a gente era louco um pelo outro! Era bom demais, dois jovens cheios de fogo, com energia de sobra. E os olhos dela! Ardentes, soturnos, sedutores mas também espertos. Eu ficava totalmente vendido. E a gente estava perdidamente apaixonado. Era lindo. E bobo. E na época eu acreditava... acreditava mesmo... que podíamos contar um com o outro para o que desse e viesse. E, de certa maneira, acho que foi assim.

A sensação era de que nós fazíamos amor dias a fios, sem parar. Eu era devorado por aqueles olhos enquanto minha boca se derretia nos lábios carnudos dela, e sua cabeleira escura ondulava em nossos rostos.

— Você me ama?
— De todo coração, Madoo.
— Preciso tanto de você.
— Estou aqui. Inteirinho pra você.
— Amor, preciso que você me foda.

O tempo simplesmente evaporava quando estávamos emaranhados nos lençóis, ou no chuveiro, ou descobrindo jeitos criativos de usar os móveis de segunda mão que acumulávamos. Demos até um jeito de descobrir maneiras safadas de usar minha pequena coleção de gravatas. Só quando nos separávamos na exaustão da saciedade é que o mundo ao redor parecia recobrar alguma ordem.

* * *

Quando se é jovem e destemido, o céu é o limite. O mundo parece vir embrulhado para presente. Você tem uma esposa jovem e bonita, com uma bunda gostosa e uma lábia que deixa você na mão dela, mas de uma forma que você se permite ficar. De um jeito que você se sente vulnerável, mas aceita essa vulnerabilidade de bom grado. Você se presta a esse papel porque seu relacionamento é sólido. O vínculo do casamento é impenetrável e protege você do mundo exterior.

Não que você de fato precise de proteção. Está tudo indo às mil maravilhas. Você é dono de uma empreiteira em plena expansão. Todo mundo está querendo construir algo. Você faz malabarismo com os projetos contratados, mas, quando lhe oferecem mais um, quem é você para dizer não? Você pode. Você é o rei. Consegue manter todos esses pratos girando no ar. É capaz até de encontrar tempo para cavar, jogar a areia fora e construir as bases da construção, e então preparar as instalações da casa dos sonhos que está planejando para aquela mulher maravilhosa que você tem. Essa mesma que também está com a bola toda no trabalho. E, quando você a leva para a cama, e fica por cima, essa mulher olha para você como se ela estivesse no topo do mundo. O que faz você sentir que está no topo do mundo também. E, afinal de contas, está mesmo. Você é o cara. O dono da porra toda.

Então a realidade lhe dá uma bela pancada, e é como levar um tapa na cara. O mercado quebra, as obras param e você está lá, sentado, com o pau na mão. O dinheiro desaparece imediatamente, e, de uma hora para outra, você está com meia dúzia de projetos inacabados e sem qualquer perspectiva de conclusão. Não estão mais nas suas mãos as varetas que sustentavam todos aqueles pratos girando. Por pura e simples falta de sorte e num momento inoportuno, você está completamente fodido. Uma tonelada de dinheiro saindo, nada entrando. Sua ambição deu meia-volta e está vindo assombrar você.

E também tem o ego, alfinetando-o. Sua mulher é compreensiva. De verdade. Está sempre ali, do seu lado, mostra compaixão, escuta. Mas ela só pode ouvir o que você diz, e você não está contando tudo, certo? Não está dizendo a ela o que de fato o corrói por dentro, o que tira seu sono, mesmo você se mantendo o mais quieto possível para ela achar que está dormindo pesado. Você não quer que ela se preocupe com tudo isso. De que adiantaria? Afinal, o homem, o dono da porra toda, é você. Ou pelo menos era.

Você foi catapultado a uma realidade diferente, e dói pra caralho. Sua mulher, linda e carismática, que leva qualquer um na conversa, está botando pra quebrar no trabalho — sem contar o excelente uso que faz das vantagens de se trabalhar na indústria farmacêutica. Em algum momento você se dá conta, de um jeito morbidamente divertido, de que talvez exista aí alguma ligação. A economia foi pro ralo, e as pessoas não conseguem medicamentos com a rapidez necessária. Talvez o destino tenha mesmo certo senso de humor.

Você anda pela casa, tentando encontrar um jeito de reinventar a carreira. Você se mexe, se coça, contata todo mundo que talvez atenda sua ligação. Tenta pensar em alguma coisa. Qualquer coisa. Mas você está encarando o vazio. E todos aqueles troféus reluzentes e espalhafatosos na cornija da lareira? Estão olhando para você. Aquelas testemunhas dos números alcançados pelas vendas da sua mulher e do domínio que ela demonstra na profissão. Eles o olham de cima, julgando, sentindo pena. Perguntando-se que tipo de homem você é, de fato.

Leva certo tempo para cair a ficha, mas nem por isso o golpe é menos doloroso. Agora é sua mulher quem está dando conta de tudo porque você não é mais capaz. A mulher que você carinhosamente chama de Madoo — sua pombinha — agora precisa cuidar de você porque você não é mais um homem de verdade. Você nunca foi de se entregar, mas agora está cheio de autocomiseração, não é? E isso está acabando com ela, pode ter certeza. Então você se dá conta de que se sente aliviado por ter sido contra trazer filhos àquela equação.

Ela jamais ia deixar transparecer alguma coisa, mas você percebe nos olhos dela. Ela parece um pouco mais cuidadosa com você, como se antes de mais nada zelasse pelo seu orgulho. Deixa que você passe a tomar mais a iniciativa, e fica parecendo uma concessão. Enquanto antes costumavam levar aquela dança com fluidez, suavidade, agora você a sente fazendo questão de deixá-lo tomar a frente. E, quando vocês fazem amor, ela já não olha nos seus olhos da mesma maneira, e você mal tem coragem de olhar nos dela. Há uma certa rigidez no corpo, já não se abre para você como fazia antes, não se deixa penetrar com a mesma entrega. É como se os dois estivessem seguindo rumos diferentes.

Você começa a se perguntar o que ela ainda está fazendo ao seu lado, por que ainda não foi embora. Ela está com a cabeça em outro lugar, e você se pergunta se os olhos estão surfando nessa mesma onda. A coisa chega ao ponto de você ficar surpreso por ela ter ficado, e logo em seguida decepcionado por ela ter sido fraca e ficado. Por que simplesmente não vai embora? Você teria ido. O que ela está esperando?

Você procura projetar os sinais superficiais de um casamento saudável e funcional: respeito mútuo, apoio, zelo. E tudo isso continua existindo. Mas então surgiu algo mais, comendo pelas beiradas e corroendo o cerne da relação. Dá para sentir no dia a dia, e, no entanto, nenhum dos dois é capaz de enfrentar essa questão — nem ao menos tem coragem. E isso certamente já está deixando uma marca na sua vida sexual. Você chegou a um ponto em que não sente mais vontade de fazer amor com ela. Para compensar, precisa de algo bruto, mais animalesco.

* * *

Sheila foi um erro. Mas parece que a gente só vê os erros quando faz uma análise em retrospecto. Eu não estava procurando, mas acabou acontecendo. Quando nos conhecemos, eu já estava desempregado havia dois anos, ainda tentando retomar o caminho do sucesso. O ritual diário das caminhadas com Duff até a baía me tirava da prisão daquela casa e me ajudava a recuperar o foco, aproximando-me um pouco mais da próxima ideia brilhante, que eu estava custando a ter.

Sheila morava a alguns quarteirões de distância e costumava sair com seu cão mais ou menos na hora em que Duff e eu íamos esticar as pernas. Prendia o cabelo louro-acinzentado num coque frouxo e estava sempre arrumada, de um jeito casual e que parecia não exigir muito esforço. Era alguns anos mais jovem e exalava uma energia que me atraía. Calculei mais ou menos os horários dela e, depois de alguns dias de acenos educados, parei para conversar.

— Bom dia.

— Oi! Quem é esse grandalhão?

— Este é o Duff.

Ela se abaixou para acariciá-lo, revelando um pedaço da renda do sutiã por baixo do decote da camiseta.

— Oi, Duff! Você é uma fofura, sabia? E quem é *esse* grandalhão aqui?

Ao olhar de novo para mim, seus olhos azuis tinham um brilho travesso.

— Paul. O inteligente aqui é o Duff. Eu sou só o pateta da dupla.

Então fiz o possível para retribuir o olhar.

Ela deu um sorriso forçado, o batom brilhando à luz do sol.

— Bom, pelo menos você não baba, Paul. Vamos melhorar essa autoestima.

Ela sustentou o olhar por um bom tempo, então estendeu a mão.

— Eu sou Sheila. E esta é a Molly.

Um aperto de mão firme, caloroso. Os cães já tinham se cheirado, e, enquanto eu me inclinava para acariciar a labradora preta dela, percebi que Sheila cobria a aliança com a mão direita. Nesse instante, algo despertou dentro de mim.

A gente se encontrava na casa dela, quando o marido viajava e os cães estavam correndo pelo quintal. A gente fazia coisas que Rebecca e eu não fazíamos havia séculos, com um fogo e uma intimidade que havia anos eu não sentia. Sheila me olhava e me tocava como minha mulher, e fazia com que eu me sentisse do mesmo jeito que eu me sentia quando estava com ela. E, assim, acabei dando a Sheila uma importância muito maior do que de fato ela tinha. E, por um tempo, eu fiquei mesmo convencido de que ela significava muito para mim.

3

Rebecca
ANTES

Nunca planejei dormir com um homem casado.

Conheci Paul num evento imobiliário em Woodstock quase um ano depois de me formar na faculdade. Não tinha condição financeira para comprar uma casa, mas passava os fins de semana bisbilhotando os classificados de cidades perto dali às quais eu conseguia ir de trem, mas que eram longe o bastante para que eu mudasse de ares. Toda vez que eu percorria uma rua arborizada do interior ou contemplava as ondas batendo na areia, eu via como minha vida podia ser: calma, segura e feliz. Dias preenchidos com piqueniques em família, passeios de bicicleta, castelos de areia na praia, uma casa coberta de neve e enfeitada com piscas-piscas de Natal. Todos os momentos da vida que colecionei mentalmente e ainda não tinha tido chance de viver, mas pretendia. Já estava cansada de esperar que ela começasse.

Estava percorrendo o perímetro de um de seus primeiros grandes projetos, ouvindo o corretor enumerar os encantos do chalé de estilo suíço, quando ele surgiu do meio das árvores nos fundos da propriedade. Deslizava pela grama com tanto charme que fiquei até meio zonza. Era o homem mais bonito que eu já tinha visto na vida. Coberta por uma espessa cabeleira castanha, a cabeça dele era a de alguém que não desiste, e o sorriso caloroso revelava um pequeno espaço entre os dentes da frente, que eu achava tão sexy quanto um belo corpo. Mais uma coisa a seu favor.

Ele foi se aproximando e então me pegou pelo braço, deixando o corretor irritado falando sozinho. Meu corpo começou a ficar estranho quando ele pegou minha mão e entrelaçou meu braço no dele.

— Você estava com cara de que precisava ser resgatada.
— Você nem imagina.
— Que bom que posso ser útil.

Esperei que ele me soltasse e, como não o fez, eu segurei com vontade. Nunca o toque de um estranho fora tão eletrizante. Meu coração batia tão acelerado que eu tinha certeza de que ele podia sentir em meus músculos, na minha pele e nas nossas roupas. Esperei que ele falasse mais alguma coisa. Estava preocupada com a possibilidade de dizer alguma besteira e surpresa com a capacidade daquele estranho de revelar em mim uma timidez que eu não conhecia.

— Então, o que achou? Está apaixonada?

Fiquei pálida e comecei a rir e a tossir, tudo ao mesmo tempo. Ele apontou com a cabeça para a casa. Eu me recompus.

— Sim! Estou apaixonada. Sério, gostei muito.
— E o seu marido... ele está lá dentro?
— Ainda não fui lá dentro. Quem sabe eu tire a sorte grande hoje.
— O dia parece estar propício para isso, não é?

Sua naturalidade e autoconfiança eram irresistíveis.

— Eu amei a casa, mas...

Ele fez uma pausa dramática, apertando uma das mãos no peito. Fiquei feliz porque ainda me segurava com a outra.

— Mas...?
— É grande demais para apenas uma pessoa.
— Você não me parece apenas uma pessoa. Mas fico feliz em saber que seria uma pessoa só.

Não sei se ele percebeu que eu o vira enfiar a mão esquerda no casaco. Já tinha notado a aliança. Mas, do jeito que as coisas iam, não me pareceu que esse detalhe fosse um grande problema.

— E você? Está apaixonado?

— Foi amor à primeira vista.

Ele puxou meu braço, e eu me retraí.

— Foi mal! Está tudo bem?

Ele ficou preocupado de verdade, o que só aumentou minha atração por ele.

— Não, não é você. É um trauma de infância que às vezes volta.

Estendi a outra mão, convidando-o a puxá-la na direção que bem entendesse.

— Que bom que não machuquei você. Jamais teria me perdoado. Agora vou ter que protegê-la pelo resto da tarde.

Quando me beijou, eu senti os joelhos cederem. Ele me sustentou sem hesitação, como se fosse muito comum mulheres desmaiarem em seus braços. Pegou minha mão e afastou as mechas de cabelo que caíam no meu rosto. Fomos andando, então, na direção das árvores, nos distanciando do restante do mundo. Sem a menor hesitação, deixei que ele me guiasse. De vez em quando ele apertava minha mão, como se estivesse se comunicando por Código Morse. E em resposta eu fazia o mesmo.

* * *

Mais tarde, quando todo mundo já tinha ido embora e nós fizemos amor na casa, ele disse que tinha ido ali para pendurar seu toque final, um coraçãozinho forjado a ferro que ele tinha feito. Era como assinava todos os seus projetos. Fazia uma peça de metal que tivesse algum significado para os novos proprietários. Mas, naquela manhã, tinha descoberto que o casamento dos proprietários originais acabara antes de eles se mudarem para a casa que havia construído para eles. Então Paul me deu o coração, dizendo que podíamos ficar com o amor deles, já que este estava sendo oferecido a nós.

DEPOIS

A área de trabalho do computador de Paul é tão compacta que eu sei que tem alguma coisa errada. Parece o computador de uma pessoa focada e organizada. Ele podia ter recuperado o gosto pelas vendas, mas não para organização. Ou pelo menos era o que eu pensava. Eu me pergunto se ele não teve ajuda de alguém nessa reorganização. Alguém jovem e fogosa, talvez. Afasto o pensamento com um quarto de Xanax, sabendo muito bem que ultrapassei pelo menos duas vezes o limite do consumo diário. Nunca tomo tanto assim em apenas um dia. Paul com certeza perceberia e não aprovaria. Muito embora hoje, em especial, eu esteja pouco me fodendo para o que ele possa aprovar ou não.

Os arquivos na área de trabalho estão divididos em duas colunas: a da esquerda, com as propriedades desde o início de seus empreendimentos, organizadas por endereço; a da direita, com as atuais. Além disso, há uma pasta separada com o endereço de Cold Spring Harbor.

Faço uma busca rápida nos arquivos da esquerda, já sabendo que não há dinheiro nenhum neles, seja nosso ou dos outros. Dou um jeito de reter no estômago o champanhe e a decepção, olhando para aqueles ícones simétricos, todos com a casa dos sonhos que alguém nunca chegou a ter. Clico na pasta dos nossos doze mil metros quadrados em Cold Spring Harbor. Está totalmente vazia, a não ser pelos documentos da propriedade. Fico surpresa de ver como essa ausência de conteúdo me inquieta.

Paul comprou essa propriedade como presente de casamento. Na noite em que nos casamos, montamos uma tenda no terreno e começamos a traçar, eufóricos, a planta baixa na caixa de pizza na qual tinha vindo nosso jantar. Juramos que todo dinheiro que conseguíssemos juntar iria para a conta conjunta que Paul tinha aberto em nosso nome. Abrir mão da lua de mel foi o primeiro de muitos sacrifícios para a realização desse sonho.

A competição era nossa principal força motriz, tanto para nossas economias quanto para nossa vida sexual. Se Paul contribuísse em determinado mês com duzentos dólares, eu desistia de um novo par de sapatos ou cortava o cabelo num salão mais barato para conseguir entrar com duzentos e cinquenta. Muitas vezes ele aumentava o nível da competição no mês seguinte. A conta engordando era o vínculo que nos mantinha juntos. Nenhum de nós tinha crescido nadando em dinheiro, de modo que conseguir ganhá-lo e ainda guardar para o futuro representava uma nova sensação de poder e controle.

Nós dois tínhamos esse desejo de nos superar, ganhar mais, ter um progresso mensurável. Nos primeiros anos de conta conjunta, comemorávamos a cada marco importante. Quanto mais o número crescia, mais forte se tornava nosso casamento. Pelo menos era assim que parecia na época.

Clico na nossa conta bancária pela terceira vez em questão de horas. O extrato encolhido confirma que o pesadelo de hoje é real. Será que tínhamos nos afastado tanto a ponto de eu parar de consultar o saldo e Paul sabia disso? O tempo tinha passado da forma intangível que sempre passa quando a gente não está prestando atenção. Eu não havia percebido que as amarras estavam ficando tão desgastadas.

Houve um período em que Paul estava o tempo todo ocupado com o trabalho. Assim, o dinheiro entrava mais rápido e ia para a conta em maiores quantidades. Eu nunca o vira tão empolgado, motivado e tão bem-sucedido. Em certos momentos, sua confiança beirava a arrogância, mas era excitante. Se ele dissesse em voz alta que algo ia dar certo, sempre dava.

Olho para o celular para ver se ele ligou. Não há nada. Eu é que deveria ligar para confrontá-lo, mas preciso de mais informações.

Abro a porta dos fundos e Duff entra correndo, andando em círculos, procurando o que comer. Com as mãos trêmulas eu lhe dou um agrado. Ele levanta as orelhas e late. Em seguida, sobe a escada correndo em direção ao quarto.

Aquilo me faz ligar o alerta, então pego o atiçador da lareira e vou atrás dele. Deixei meu celular no sofá, junto do notebook, e imediatamente me arrependo de ter decidido ir investigar o barulho em vez de sair de casa e chamar a polícia ou até mesmo Paul. Mas nenhuma das duas alternativas seria recomendável. A última coisa que queremos são policiais fuçando nossa casa. Ligar para Paul seria menos arriscado, mas, mesmo assim, não era o ideal. E eu ainda não decidi como vou lidar com ele nem como vou contar que fui demitida. Sendo assim, ligar para ele está fora de cogitação.

Duff empurrou a porta, que estava entreaberta. Não me lembro de tê-la deixado aberta; sempre a mantemos fechada durante o dia, pois assim o restringimos aos espaços principais da casa. O Xanax está fazendo efeito, pois consigo passar pela porta do quarto, empunhando a arma, com certa calma.

A cama está vazia, do jeito que a deixamos de manhã. A única coisa que vejo de diferente é uma das janelas do quarto, que está aberta, com uma banda da cortina solta e jogada pela brisa em cima do parapeito. Uma explicação perfeitamente racional. Eu relaxo.

Ao me aproximar para fechar a janela e ajeitar a cortina no gancho, vejo um batom da MAC no carpete que acabamos de colocar, bem debaixo da cadeira. Quando vou apanhá-lo, constato que não é meu. Tiro a tampa e tenho a impressão de reconhecer a tonalidade vermelho-vivo dele. Volto a tampar e leio a inscrição na base. Lady Danger. Digo a mim mesma que o batom devia estar ali o tempo todo e eu não percebi quando trocamos o carpete. Guardo-o no bolso, chamo Duff para fora do quarto e fecho a porta. Por enquanto, vou deixar essa preocupação específica para outro momento.

De volta ao sofá, fuço o notebook dele, e o nó no estômago fica mais apertado a cada clique. Sei muito bem que ao mesmo tempo que estou procurando provas do desvio do dinheiro também procuro rastros de outra mulher. Fico enojada com minha insegurança. O tempo todo, lá no fundo, eu me sentia inferior no nosso casamento. E agora essa velha ansiedade volta a dar sinal de vida. No início, eu duvidava da minha capacidade de me tornar a mulher que ele queria que eu fosse, a garota que ele achava que eu era quando nos conhecemos. Empurrei o medo goela abaixo, o mais fundo possível, e vedei bem a passagem.

Meu celular vibra. É Paul.

— Oi — digo, minha voz soando dez vezes mais firme do que me parece estar.

— Oi, amor. Como está o trabalho?

No mundo de Paul, sua esposa ainda tem um emprego. Tento me recompor ao me dar conta de que ainda não pensei muito em como vou esconder do meu marido que estou desempregada. Como meu plano de sair do país parece ter ido por água abaixo, preciso encontrar outro. Enquanto isso, melhor Paul pensar que tudo continua como antes.

— Tudo bem. Nada de mais. Mark tem sido meio cuzão, mas isso não é novidade para ninguém.

— É, falta muito pra esse cara ser só meio cuzão. Deve estar sendo mais cuzão ainda, agora que Sasha desapareceu. Sinto muito por ter de lidar com ele...

— Fico me perguntando onde ela está. Espero que esteja bem — digo a ele, mas a verdade é que eu não podia me importar menos. Porém estou curiosa para saber o quanto Paul está interessado no paradeiro dela hoje.

— Eu tenho certeza de que ela está bem. E muito bem, por sinal. Provavelmente está por aí torrando o dinheiro do Mark, excitada com a ideia de ter um bocado de gente querendo saber por onde ela anda. Ela *sempre* foi carente de atenção.

Esse tom ao mesmo tempo afetuoso e divertido para dizer o que Sasha "sempre foi" me acende um alerta.

— Você deve saber melhor que eu. — A amargura em minha voz é sutil, e sinto que estou caminhando para uma briga que não seria nada conveniente hoje. Felizmente, ele não morde a isca e muda de assunto:

— Então, os detetives apareceram no evento. Eu ia ligar para você mais cedo, mas eles não saíram de perto até as pessoas começarem a chegar.

Fico apavorada.

— Depois que apareceram aqui hoje de manhã? O que eles queriam?

— Queriam que eu fosse à delegacia para responder a mais perguntas.

Estou cabreira com tudo que digo ao telefone. E sei que Paul também; afinal, nós dois já maratonamos muitas séries de investigação policial.

— E você disse que iria?

— É claro que disse. Mas só depois que voltar da viagem com Wes.

Em meio ao caos de hoje, eu tinha esquecido completamente que Paul vai passar dois dias numa convenção de corretores na Flórida. O embarque dele é amanhã cedinho. Desculpa mais do que oportuna para esquecer um pouco os problemas na praia. Eu tinha decidido não ir com ele por alguns motivos; o principal deles foi o fato de eu não ter sido convidada.

— E eles tocaram em algum assunto, além dos que abordaram hoje de manhã?

— Não. A mesma história. — Ele parece meio tenso.

— É só que eu queria saber... ah, esquece. E falaram alguma coisa sobre procurarmos um advogado?

Dá para sentir pela cadência de sua respiração que ele está frustrado comigo, mas não sei exatamente o motivo. Estou doida para dar uma alfinetada sobre a conta bancária, para mostrar quem é que devia estar puta aqui.

— Provavelmente vão voltar para falar com você de novo. Queriam falar comigo a sós, e com certeza vão querer fazer o mesmo com você.

Minha língua só falta sangrar, de tanto que eu a mordo para não falar do dinheiro. Se eu falar agora, não terei embasamento suficiente para saber se ele está mentindo. Se não conseguir desembaraçar de uma vez a trama de mentiras, ela vai ficar emaranhada demais. O melhor a fazer é esperar. Mas a ideia de Paul pegando um avião amanhã dispara uma onda de medo em mim.

— A que horas você chega hoje?

— Tarde. Esqueceu? Wes e eu vamos sair com aqueles chatos de Murray Hill. Querem sentir um pouco do clima local antes de entregar milhões pela casa de veraneio número três. Eu trouxe comigo minha mala para a viagem, caso resolva dormir lá no Wes mesmo. O voo é muito cedo.

— Ah. Achei que íamos nos ver antes de você viajar.

— Poxa, amor... De qualquer maneira, você já estaria dormindo, mesmo que eu acabasse voltando para casa — argumenta ele, suavizando o tom de voz.

Ele confunde com amor minha lamentação por querer vê-lo. Tomo o cuidado de manter constante meu tom de voz, para não soar forçada.

— Tudo bem. Bom, vou sentir sua falta.

— Quando você piscar, já estou de volta.

— Te amo, amor.

— Mesmo?

— Mais do que tudo neste mundo — respondo, afinal eu não deixo a peteca cair.

O relógio de pêndulo no hall de entrada bate quatro vezes. O som é ao mesmo tempo familiar e perturbador. Estico as pernas antes de voltar à função de detetive, clicando nos lugares mais óbvios para esconder segredos, como no e-mail e no Facebook. Ele não posta nada há mais de um ano, e não encontro um único emoji nem qualquer comentário que possa ter vagamente um tom de paquera com alguma antiga colega de colégio. Abro o histórico de navegação e constato que a única coisa que ele anda acompanhando são os sites das imobiliárias concorrentes da região. Saio do Facebook e começo a clicar nas pastas. Ele fez logout do e-mail, e as senhas de sempre não funcionam, o que é um tanto frustrante. Entro em documentos do Word abertos recentemente e vejo que nas últimas semanas Paul consultou nossas apólices de seguro. Percorro as cláusulas em letras miúdas da apólice dele e da minha, mas não parece haver nada de errado.

A coisa mais suspeita até agora é que não encontro nenhum registro de pornografia escondida em nenhuma pasta de nome inofensivo. Seja lá o que eu esteja buscando está muito bem escondido ou não existe. Tento inventar explicações que façam sentido para ele ter sacado o dinheiro sem me dizer nada. Mas também não consigo chegar a nenhuma conclusão.

Por um momento tiro os olhos da tela e observo nossa casa. Apesar dos sonhos e planos que fizemos para a casa em Cold Spring Harbor, esta casa acabou perdurando. Se um lar é um reflexo das pessoas que moram nele, nós somos pessoas muito sem graça. Deveria ser uma moradia provisória antes de termos nossa casa de verdade. As bugigangas e os quadros cafonas foram pegos já na fila do caixa da Bed Bath & Beyond, de última hora. Nossa casa podia muito bem ser uma página de um catálogo ilustrando a falta de criatividade doméstica. Mesmo com o passar dos anos, e ainda morando aqui, não gastamos mais nenhum centavo para tornar o espaço mais a nossa cara. Olhando ao redor agora, percebo como tudo é tão sem graça.

O aparador de livros feito de cerâmica que estava sobre a lareira, um leão guardião chinês de cor turquesa sem seu par, é o objeto mais sofisticado da sala. Paul nem notou que o outro leão sumiu. Nos últimos tempos, parece que ele não tem notado muita coisa.

O aparador de livros encontrou seu fim quando Paul voltou para casa bêbado certa noite, há uns dois anos, o que por si só já era preocupante, uma vez que ele não era de perder o controle e, em geral, não bebia mais que uma ou duas cervejas. Naquela noite, parecia ter bebido umas nove ou dez. Ele se sentou no sofá ao meu lado, nossos braços quase se encostando, numa proximidade física que não tínhamos fazia um bom tempo. Eu estava louca para tomar um comprimido, sentindo que estávamos sendo engolfados pelo peso do que ele tinha para me contar, e me perguntando se, no estado em que se encontrava, Paul sequer notaria. Mas me controlei. Naquela época, seguia um protocolo mais rigoroso para controlar meus limites diários.

— Meu negócio foi pro saco. Não entra mais nenhum dinheiro. Absolutamente nada — disse ele, falando com o chão. — Hoje demiti a última leva de funcionários. Teve gente que se recusou a ir embora, dizendo que ia ficar para ajudar a terminar alguns projetos. Eles não estavam entendendo que ninguém ia pagar para que terminassem nada. — Duff se aproximou, sentindo o desespero do dono, pousou a cabeça gigante no colo de Paul e começou a ganir. Paul chorou baixinho com a cara enfiada no pelo dele. — Foi horrível. Um dos piores dias da minha vida.

Eu não suportava vê-lo daquele jeito. Nunca o tinha visto tão vulnerável, nem quando falava de coisas que tinham acontecido em sua infância ou adolescência. Acontecimentos horríveis e traumáticos não o deixavam tão mal assim. Mas não fazia ideia de como consolá-lo. Quando era criança, ninguém nunca me ensinou a consolar outra pessoa. Ninguém tinha feito isso comigo.

Queria poder dizer que tudo que falei para ele foi de coração, ou que não fiquei repetindo feito um robô os clichês de sempre. Mas eu ainda estava processando aquela nova aversão àquele lado fraco dele.

— Vai ficar tudo bem, amor. As coisas vão melhorar. Tudo vai voltar ao normal. E a gente não precisa se preocupar tanto assim com dinheiro. Temos meu salário e, na pior das hipóteses, temos o dinheiro de Cold Spring Harbor.

Eu não estava falando sério. Ficaria furiosa se tivéssemos de recorrer àquele dinheiro. Ele ficou tenso.

— Claro que não. Não vamos tocar no dinheiro da casa. Eu vou dar um jeito.

Ele se levantou meio cambaleante, mas se firmou, subiu a escada e caiu de cara na cama. Quando cheguei ao topo da escada, ele já roncava alto.

Depois de virar o rosto dele, para que não morresse asfixiado, desci de novo, peguei um dos aparadores de livros e o atirei na lareira, explodindo-o de forma espetacular em centenas de cacos de cerâmica. Minha raiva era bem maior que meu autocontrole ou minha consciência quanto a esse sentimento. Só me dei conta do que tinha feito minutos depois. Às vezes sou assim quando estou com raiva. O ódio se acumulou dentro de mim por tanto tempo que me pergunto se foi assim que eu saí da barriga da minha mãe. Por isso sempre me esforcei para esconder minha raiva, principalmente do meu marido.

As luzes dos postes da rua se acendem, e os últimos raios de sol projetam sombras meio fantasmagóricas no piso de madeira. Horas se passaram desde que comecei a clicar em pastas e documentos que não levaram a lugar nenhum. Passo, então, para as pastas dos imóveis. Todo esse processo de bisbilhotar está servindo para mostrar como eu andava desligada.

Abro uma lista de tarefas datada de quando ele ficou desempregado pela primeira vez. "1. Arrumar um emprego; 2. Treinar para uma meia maratona; 3. Começar a cozinhar; 4. Fazer projetos de casas." É óbvio que ele abandonou a lista logo depois de criá-la. A lista perfeita. Paul começou a perder a confiança quando os negócios dele desandaram. O sofá virou seu "escritório", e o pijama, sua "roupa de trabalho". A gente fazia piada sobre sua aposentadoria precoce e brincava que ele estava cultivando uma barba, mas, em mim, o ressentimento e a raiva já estavam se espalhando como metástase.

O fato de Paul ficar em casa o tempo todo me deixou em estado de alerta. Eu precisava encontrar esconderijos melhores para os comprimidos extras que eu tinha começado a tomar. Eu não estava passando dos limites, mas os limites tinham aumentado um pouco para se adaptarem à nossa nova situação. Minha quantidade razoável de medicação comprada com receita ficava, como de costume, no armário de remédios do banheiro, para "caso de necessidade". O estoque suplementar era armazenado em locais onde eu sabia que ele não ia encontrar por acaso, agora que passava o dia inteiro em casa.

Minha obsessão não se limitava à automedicação química. Eu me refugiei no trabalho. Comecei a ir à academia duas vezes por dia para ter uma desculpa para ficar longe de casa e me convencer de que não estava exagerando nos comprimidos. Se eu era capaz de correr cinco quilômetros e depois ainda fazer spinning, então estava mais saudável que a maioria dos estadunidenses.

Parecia que, quanto mais ativa e excepcional eu me mostrava no trabalho e nos exercícios físicos, menos motivado ele ficava. Nós dois vivíamos numa gangorra de ambição, mas então ele se tornou um peso morto. Eu não aguentava vê-lo lambendo as próprias feridas. Sabia que não era culpa dele se as pessoas mal conseguiam pagar a prestação da casa, que dirá construir imóveis novos, mas minha raiva continuava aumentando, descontroladamente. O espírito da derrota estampado no rosto dele era uma visão terrível. Não me casei com um homem para vê-lo deixar a barba por fazer, de pijama em casa o dia inteiro. Aquele não era ele... Até que passou a ser. Ele estava desistindo, e eu tinha de fingir que não via aquilo. E agora estou resistindo a esse sentimento opressivo de que as coisas poderiam ter sido diferentes, caso eu tivesse agido de outra forma.

Eu oferecia amostras de antidepressivos para ele experimentar, na esperança de que a medicação compensasse minha falta de empatia e compreensão. Mas ele recusava; nunca foi muito fã do uso de substâncias químicas para solucionar problemas. Dizia que eram "uma solução fácil". Para mim, as coisas no trabalho tinham ficado particularmente ruins com os testes do Euphellis. Eu tinha começado a tomar um Ativan para suportar as noites. Descobri que, com uma taça de vinho, misturando remédio e álcool — algo que jamais me imaginei fazendo —, a distância entre nós dois ficava vagamente aconchegante em vez de tensa. Entretanto, quando eu voltava à realidade, nós seguíamos afastados a ponto de mal nos falarmos. Ele se encolhia numa extremidade do sofá, olhando para o celular por muito tempo, supostamente lendo o jornal, enquanto eu me aconchegava à outra ponta, passando horas e mais horas assistindo a qualquer programa que tivéssemos escolhido maratonar.

Foi Wes, um de seus amigos mais antigos, quem finalmente o tirou do fundo do poço. Wes tinha ganhado milhões convencendo os jovens gananciosos da região leste de Long Island a vender os modestos terrenos e as casas dos pais aos ricos e ambiciosos, por valores que giravam em torno de sete e oito dígitos. E, sabendo que meu marido podia ser um vendedor genial, viu ali uma oportunidade.

Na manhã seguinte ao telefonema de Wes, Paul já tinha saído da cama, corrido com Duff e preparado o café da manhã antes que meu alarme tocasse. Havia colocado um terno, feito a barba, estava com um sorriso escancarado no rosto e uma xícara de café na mão. Era a imagem cuspida e escarrada do homem que eu havia desistido de ter de volta. Senti saudade das mãos dele no meu corpo. E ele percebeu isso. Então me abraçou, sussurrou meu apelido em meu ouvido e começou a me contar, todo entusiasmado, seus planos para dar a volta por cima.

Começo a fuçar os panfletos de venda das casas nos Hamptons, uns maiores, outros menores, alguns mostrando a cabeça bem desenhada de Wes, outros com o rosto sorridente de Paul e as informações de contato. Clico numa pasta chamada "Vendido" e depois no panfleto de uma casa relativamente pequena de um andar só com vista para o mar em Southampton, cercada por um terreno três vezes maior que ela. O preço de venda era de dezessete milhões de dólares, o que correspondia a uma comissão de pelo menos um milhão. A venda ocorreu há quase um ano. Era chocante pensar no porquê de Paul precisar drenar nossas economias tendo recebido uma comissão como aquela.

O horror familiar da dor se transformando em raiva retumba dentro de mim. Paul subestimou, e muito, minha capacidade de fazer meus próprios planos.

4

Paul
ANTES

É incrível como a gente pode ser bom em alguma coisa justamente por estar pouco se fodendo para ela.

Meus planos de montar meu próprio negócio ainda estavam empacados, e eu queria muito levantar um dinheiro. O fato de Rebecca ter virado o ganha-pão da família desgastara tanto nosso casamento que ele estava quase desmoronando. E o que no início era um leve sussurro de ressentimento lentamente se transformara num zumbido constante.

— Como foi seu dia, meu bem? Alguma novidade animadora?

— Nada de novo. E o trabalho?

— Tudo igual. Mark continua sendo Mark, então... Nossa... muito divertido. Você foi à praia com Duff?

— Fui. Como sempre faço. — Minha resposta saiu tão seca que até me surpreendi. Assim que as palavras chegam aos ouvidos dela, vejo seus olhos se apertarem. *Em três, dois, um...*

— Hum, então tá. Só estava querendo saber. Quer conversar mais tarde?

Nem um pouco.

— Claro, meu bem. Ah, eu percebi que a despensa está ficando meio vazia. Talvez esteja na hora de fazer umas compras. — Peço licença e vou para o escritório, como se tivesse alguma coisa para fazer.

Tenho certeza de que, na nossa relação, minha mulher se sentia bem sendo a pessoa que ditava as regras. Eu nem sei mais se ela ainda confere o saldo da nossa conta conjunta — afinal, faz muito tempo que eu não contribuo com nada —, mas posso apostar que ela continua depositando religiosamente sua parte. Vejo até o sorrisinho de superioridade dela ao depositar o dinheiro. Aquele sorrisinho que só se abrandava para ficar gradualmente maligno.

Deus abençoe Wes. Ele ligou de manhã, quando eu estava sentado na varanda dos fundos, a grama ainda coberta de orvalho.

— Wes.

— E aí, bunda-mole?

— O que é que manda, pau no toba?

— Aquela jararaca continua enchendo o seu saco dentro de casa?

— E você, continua vivendo às custas dos babacas que compram casas pré-fabricadas a preços extorsivos?

— Engraçado você perguntar isso.

Ele me botou a par de tudo acerca do mercado imobiliário, conseguiu uma licença para mim e, levando em consideração o fato de que eu era novato, até que me entregou umas propriedades bem decentes. É aquilo, né?! É o nepotismo que faz o mundo girar.

Por acaso, acabei descobrindo que a chave do sucesso está em ligar o foda-se. E eu estava pouco me fodendo. Então pensei comigo: se eu não podia construir casas, então não estava mais nem aí para o mercado imobiliário. E o incrível foi que meu comportamento de merda começou a dar frutos praticamente logo de cara. Minha postura indiferente em relação ao negócio atraía a clientela. No meu primeiro ano, consegui um percentual inédito de vendas. Até Wes ficou surpreso.

Em pouquíssimo tempo eu me dei conta de que forçar a barra era o principal erro da maioria dos corretores. Tentar empurrar uma localização privilegiada ou uma vantagem goela abaixo é o suficiente para perder o cliente antes de o anzol ter tempo de fisgá-lo. Eles sentem o desespero e então se fecham, sem demonstrar interesse. O segredo com esses otários — e são mesmo otários, no fim das contas; a gente não passa de um bando de vigaristas à frente do negócio — é criar muita expectativa usando seu poder de persuasão. Dar o suficiente para abrir o apetite, mas não para matar a fome. Avaliar bem o indivíduo, entender o que ele quer e tomar as providências. Mencionar determinada característica, minimizar outra. Começar com algo sem importância e na hora da tomada de decisão jogar a informação que fechará a venda. Deixe-os fuçar para acharem que descobriram a pólvora. No fim das contas, tudo não passa de pura sedução. E eu gosto de pensar que essa é uma arte que eu domino.

***

— Aposto que o seu marido não faz assim.
— Ninguém faz do jeito que você faz, Paul.
— De quem é isso tudo?
— É tudo seu, gato. Tudo seu.
— É.
— Você aguenta, não aguenta?
— Continue assim que a gente vai ver se *você* aguenta.
— Eu quero. Quero muito...

Abençoada seja Sheila. Antes de Wes aparecer com esse emprego, ela realmente me ajudou a segurar as pontas. Eu já estava começando a vacilar. Estava cheio de dúvidas. E não estou falando daqueles questionamentos de sempre, corriqueiros e superficiais. Era aquele tipo de dúvida que enfia as presas na gente e começa, aos poucos, a sugar nossa vida sem piedade.

Pensando bem, na época, eu estava num estado lastimável. Uma verdadeira ruína. Ficava andando pela casa de roupão, com a barba por fazer, mal conseguia me comunicar com minha mulher, muito menos com o mundo lá fora. A única coisa boa na minha vida naquela época, a única que me mantinha de pé, eram aqueles dias com Sheila.

Quando nos conhecemos, eu estava melhor da cabeça. Ainda tinha esperanças de voltar a ser bem-sucedido. Para mim, só estava tanto tempo parado por pura falta de sorte. Duff e eu encontrávamos Sheila e Molly para o passeio matinal até a baía. Soltávamos nossos cachorros e, enquanto eles corriam, nós colocávamos a conversa em dia. Seguíamos com os cães para a casa dela, onde eles faziam a festa no quintal, e nós cometíamos profanações. Era uma distração bem divertida.

Mas aí as coisas mudaram. Durante o ano seguinte, fomos aos poucos nos afundando no mesmo buraco. Não por nossa culpa, mas pelo caos que cercava nossas vidas. Eu fui ficando cada vez mais desanimado com aquele sonho, que já parecia meio que um delírio, de reconquistar a glória profissional de antes; e ela se arrastava pelo lamaçal que havia se tornado o relacionamento com o marido, cada vez mais desgastado. O emprego o colocava na estrada com bastante frequência, e estava na cara para ela que ele tinha um caso com uma colega que o acompanhava nessas viagens. A mágoa que essa descoberta havia causado e a longa história de abuso emocional da parte dele, eu entendia agora, estavam realmente acabando com ela.

O paralelismo dessas circunstâncias tinha como efeito nos aproximar ao mesmo tempo que nos distanciava. Estávamos ambos isolados em nossas respectivas frustrações e raivas contidas, nos agarrando desesperadamente um ao outro para não sucumbir. Era o que podíamos fazer para não desistir completamente e nos entregar à escuridão.

Paramos completamente com o fingimento. Deixamos de levar nossos cachorros para caminhar até a baía. E, assim que Rebecca saía para o trabalho, eu soltava Duff no quintal e ia para a casa de Sheila. A gente passou a conversar cada vez menos. E não havia mesmo tanta necessidade, pois nenhum dos dois tinha muito a dizer. O que precisávamos comunicar nós dizíamos com o corpo. Ela passou a deixar a porta da frente aberta, ficando apenas a porta de tela entre ela e o animal que agora fazia visitas à sua casa. Eu entrava e logo descobria o que estava me esperando. Às vezes ela me agarrava ali mesmo, me jogava na parede e começava a me devorar. Em outras, estava sentada nua no sofá, me esperando para que eu lhe mostrasse quem mandava ali.

Sem dizer nada, a gente foi desenvolvendo um ritmo. Uma simples troca de olhar, e a gente sabia quem estava precisando do quê. Era nossa maneira de comunicar as frustrações e os ressentimentos das outras partes da nossa vida. Eu passava por aquela porta, nós trocávamos um olhar e imediatamente sabíamos quem precisava foder e quem precisava ser fodido.

E assim nós fomos ficando audaciosos. Depois de um período sem sair da sala, ela começou a me levar para o andar de cima. A gente trepava na escada, contra a parede no corredor e por fim na cama do casal. A ideia de transar com ela e depois ela transar com ele na cama na qual os dois dormiam a deixava muito excitada, e a mim também. Eu me sentia mais viril, como se tivesse voltado a ser o homem da casa. Claro que aquela não era a minha casa, mas não tinha importância. Ela passava os dedos pela minha barba por fazer enquanto eu mandava ver dentro dela, e, pela primeira vez em muito tempo, eu me sentia eu mesmo. Selvagem. Fogoso. O que acabou me levando ao que veio depois.

— Hmm... — murmurou ela, passando os olhos ao redor, analisando o quarto.

— O que foi? — pergunto, observando enquanto ela se detém nos detalhes.

— Eu não imaginei sua casa assim.

— Você veio aqui para um tour da Architectural Digest?

Ela se vira para mim, morde o lábio, enfia uma das mãos entre as minhas pernas e diz:

— Você sabe o que eu vim fazer aqui. — E, com a outra mão, começa a desabotoar minha camisa. — Tem certeza de que sua mulher não vai chegar a qualquer momento?

— Acho que vai ser melhor se a gente não falar da minha mulher. — Sinto meu tom meio cortante.

Ela morde o lóbulo da minha orelha um pouco forte demais ao sussurrar:

— Acho que vai ser melhor se você acabar comigo.

Eu não diria que o casamento é construído sobre segredos, mas, sem dúvida alguma, eles ajudam. Ainda mais vinte anos depois. Assim que passei a levar Sheila para dentro de nossa casa, comecei a sentir uma espécie de alívio entre mim e Rebecca. Minhas necessidades estavam sendo atendidas, e o ressentimento e a frustração tiveram espaço para recuar. Eu me deparei com uma ternura recém-descoberta em relação à minha mulher, me dando conta de que estava tão adormecida quanto nossa vida sexual. Trepar com minha amante passou a ser a válvula de escape da nossa relação.

De certa forma, dá até para dizer que eu estava fazendo isso por ela. Por nós. Pelo casamento.

5

Rebecca
DEPOIS

Todos os segredos foram por ele. Os que eu guardei e os que contei. Todos eles foram necessários para o bem do nosso casamento.

É verdade, eu tenho ultrapassado, e não foram poucas as vezes, o limite das regras matrimoniais básicas. Omitindo. Evitando certas situações. Dizendo uma coisa quando queria dizer outra. Usando o corpo quando as palavras não bastavam.

Acho que tudo isso faz de mim uma boa esposa. A maioria das pessoas considera a total transparência o elemento fundamental para uma relação saudável. Pelo menos é o que a maioria das pessoas diria se estivesse ao lado do cônjuge.

Este é o ano que marca metade da minha vida ao lado dele. Cinquenta por cento do meu tempo neste planeta tomando decisões pensando em "nós". Passei essa mesma quantidade de tempo sonhando. E também desistindo desses sonhos. Depois de todo esse tempo, a gente começa a esquecer completamente como era a vida antes, como a gente era sem fazer parte de um casal. Meus segredos foram os responsáveis por manter uma parte de mim viva. No início, eram as coisas que só discutíamos entre nós e não contávamos a mais ninguém que nos aproximavam um do outro. Depois de um tempo, as coisas que não contávamos um ao outro passaram a ser o que nos mantinha juntos. Mas claro que isso não deu certo.

Se alguém perguntasse a Paul se ele conhece meu verdadeiro eu, ele não teria a menor dúvida. Ele tem certeza de que teve acesso ao que há de mais frágil, tocante e insano em mim. Até aquela noite no nosso quarto, ele realmente não tinha a menor ideia de como minha insanidade podia se tornar violenta.

Eu amo meu marido. Mesmo ele sendo um idiota e um ladrão mentiroso. Já fiz muita coisa que muita gente não seria capaz de entender e que certamente pode ser considerada traição. Coisas piores do que o fato de ele ter sumido com nosso dinheiro. Nem agora eu mudaria nada. Só que, embora talvez Paul não me conheça de verdade, ele sabe qual foi a pior coisa que já me aconteceu na vida e, além disso, acha que sabe qual foi a pior coisa que eu já fiz na vida. O que é muito mais perigoso para mim do que qualquer outra coisa.

Mas, seja como for, eu também conheço o pior lado dele.

* * *

Acordo no escuro, desorientada. São quase dez da noite. Apaguei deitada de lado e acordei com meu ombro direito me matando de dor. Pego um analgésico na bolsa e o engulo a seco. Vejo que só me resta uma pílula, o que gera uma onda de pânico. Tento lembrar onde escondi o estoque de emergência. Parece que ultimamente eu não consigo monitorar o que ainda tenho, quanto mais lembrar onde escondi os comprimidos. Durante um tempo, mantive uma lista dos esconderijos, mas a escondi tão bem que nunca mais a encontrei.

Ouço barulho de água corrente no andar de cima e um pico de adrenalina me deixa ligada. Será que Paul está em casa? Não vejo Duff em lugar algum, então ele deve estar no quarto com o dono. Ele é sempre mais leal a Paul, quando tem escolha.

— Paul? — chamo, mas a única resposta que tenho é o som da água que continua correndo lá em cima.

Procuro no sofá pelo meu celular, que não está ali por cima. Verifico na bolsa também, mas nem sinal dele.

— Duff? Vem cá, garoto.

O som de água parece ficar mais alto, e tento lembrar se abri o chuveiro antes de descer e acabar pegando no sono. Com certeza não abri.

Sem Duff e meu celular, me sinto indefesa ao subir a escada em direção ao banheiro. Decido não pegar nada que sirva como arma, algo que certamente ia parecer meio louco para Paul. Penso no que posso dizer para confrontá-lo e, no meio do caminho, resolvo que não vou falar nada ainda. Estou cansada demais para brigar e, na verdade, aliviada por ele estar em casa e eu não estar mais sozinha.

Quando chego ao topo da escada, o quarto está escuro, mas noto a luz acesa pela fresta da porta do banheiro. Bato na porta de leve, me dando conta de que o barulho de água vem da banheira, e não do chuveiro.

— Paul? Amor? — Nenhuma resposta, então concluo que ele provavelmente não está me ouvindo por causa do barulho da água. — Vou entrar, tá bem?

Quando abro a porta, a cortina do chuveiro está entreaberta e a banheira está prestes a transbordar. Os espelhos e as janelas estão embaçados, mas o ar que entra pela porta dissipa o vapor, e eu vejo que não tem ninguém na banheira. Chego rápido à torneira e interrompo o fluxo de água.

Em seguida, olho ao redor. Na bancada, vejo uma toalha limpa dobrada, uma lâmina de barbear descartável pousada sobre ela e, ao lado, meu celular. Eu me sento na beirada da banheira para me recompor e reconstituir meus movimentos de hoje cedo até agora. Não tenho a menor lembrança de ter subido, aberto a torneira da banheira nem de ter deixado meu celular ali, que dirá uma lâmina ou a toalha. Parece uma cena de filme de terror.

Sabendo que a paranoia é um dos efeitos colaterais do remédio, eu lembro a mim mesma que a explicação mais simples, em geral, é a que está correta. Eu não vou perder a cabeça. Paul deve ter chegado e, tomando cuidado para não me acordar, talvez tenha aberto a torneira da banheira para tomar banho e então saído para dar uma volta com Duff, esquecendo-se de fechá-la. Embora isso não pareça algo que ele faria, dada sua obsessão compulsiva por torneiras, luzes e trancas.

A casa mergulhou num silêncio arrepiante, com exceção de um ou outro pingo de água. Estremeço quando toco a cortina de plástico. Eu a puxo de uma vez só, encaro a metade da banheira que estava oculta. Balançando feito uma boia laranja, lá está meu frasco de emergência de OxyContin.

Paul está ficando cada vez mais criativo no seu jeito passivo-agressivo de lidar com o fato de eu me automedicar. Com raiva, pego o frasco, sacudindo a mão por causa da temperatura da água. Mal chego a registrar a dor, pois minha atenção é atraída pelo celular que vibra sobre a bancada. Na tela aparece uma mensagem de Paul.

Ei, amor, recebeu minha mensagem?

Sim, amor. Recebi. Achei meio dramática. De repente me sinto revigorada pela raiva voltando.

Recebi sua mensagem. O que está acontecendo? Onde você está?

À medida que as mensagens vão chegando, me dou conta do meu vacilo. Vejo a chamada não atendida de Paul e um aviso de mensagem de voz na minha tela. O medo percorre todo o meu corpo.

?????? Como assim? Está tudo bem? Estou na casa do Wes. Ouviu minha mensagem de voz?

Digito rápido.

Desculpa. Acabei de acordar. Tava meio confusa. Tô ouvindo a mensagem agora.

Saio do quarto e vou para o térreo, enquanto clico em minhas mensagens de voz.

"Oi, amor. Eles nos obrigaram a beber. Wes está só o pó da rabiola e vomitou pela janela do Uber. E eu não estou muito melhor. Mas acho que eles vão fazer a oferta logo de manhã. Então, missão cumprida." Ele fala com a voz calma, tranquila, embora um pouco mais alta que o habitual. Não parece alguém acabado, mas, no momento, eu com certeza não estou em condições de avaliar a sobriedade de ninguém. "Estamos na casa do Wes, eu tive que dar um extra para o motorista para ele parar de gritar com a gente e compensar o que ele vai gastar para lavar o carro. Vou fazer tudo certinho, vou passar a noite aqui e ir direto para o aeroporto amanhã." Ele dá um risinho ao dizer "tudo certinho"; seu tom de voz era pesaroso. A esta altura do campeonato, é difícil acreditar que ele esteja preocupado em fazer a coisa certa. "Estou vendo tudo borrado. Te amo." Meu estômago embrulha. Ele está mentindo na cara de pau.

Quando chego à cozinha, Duff está do lado de fora, deixando o vidro da porta embaçado com o enorme focinho molhado. Está balançando o rabo, impaciente. Já passou e muito da hora de ele jantar. Chateada por ter negligenciado o cachorro, rapidamente acendo a luz para ele saber que estou chegando. Ele pula na porta num frenesi quando pego seu prato de comida e o deixo entrar. Ainda nem consegui botar a vasilha no chão, e ele já está pulando em cima de mim. A ração se espalha pelo chão. E lá vai ele, tentando correr atrás delas em todas as direções. O plástico raspando no chão de ladrilho deixa meus nervos à flor da pele. Eu me sento numa das cadeiras e respiro fundo, tentando me convencer de que acabei de passar por uma rápida fuga dissociativa, e que está tudo bem. Afasto o pânico e procuro focar. Em mim. No aqui. No agora. Estou desperta e consciente. Duff está comendo, todo feliz. O frasco cheio de analgésicos está na minha mão.

Giro meu ombro em pequenos círculos para ativar a circulação. O lugar da lesão mais recente aparentemente já tinha se curado, mas parece que a velha dor do primeiro trauma foi reativada pelo novo. Preciso ficar me lembrando de continuar girando o ombro, pois os analgésicos fazem seu trabalho muito bem. Curiosamente, eu já os tomava muito antes de sentir dor de verdade; agora nem lembro direito como era antes da lesão mais recente. Não dá para distinguir de fato se a dor no ombro era real ou uma sensação-fantasma que resistia desde a infância, da qual eu não conseguia me libertar. Lembro-me apenas do paramédico girando meu rosto para o lado e me mostrando um livro de imagens destinado a leitores bem mais novos, enquanto o outro colocava meu ombro no lugar. Aquela explosão de dor era a pior coisa que eu já tinha sentido até então na minha vida relativamente curta. Quer dizer, só ficava atrás do instante em que desloquei o ombro, ou seja, horas antes.

Agora preciso tomar uma quantidade maior, além da receitada, o que quase sempre me deixa sem comprimidos. O mais engraçado é: não foi por eu trabalhar em laboratórios farmacêuticos que me viciei; foi por causa de Sasha. Ela era tão estável e perfeita que nunca me passou pela cabeça que tivesse algum problema. Minha ligação com ela e nosso segredo nunca pareceram perigosos, apenas uma porta para novas possibilidades e oportunidades para mim. Se eu agisse mais como ela, seria mais parecida com ela. Além disso, Paul certa vez dissera que ela era de "outro mundo", e eu queria ser um pouco assim também.

Viro dois copos de água e considero comer algo para me dar força antes de partir para novas investigações. Dou uma olhada na nossa geladeira bem abastecida só para constar, examinando a deprimente oferta: suco verde, iogurte, couve e uma infinidade de alimentos saudáveis. Mesmo se eu estivesse com fome, não tinha nada de apetitoso. Fico sentindo o bafo gelado por mais um tempo. O calor que sobe da garganta para as bochechas cede por alguns preciosos momentos.

Na sala, Duff já está encolhido em sua cama. Começo a me sentir desconfortável com as roupas do trabalho, então subo depressa a escada até o quarto e tiro a roupa no escuro. Embolo meu vestido de seda Tahari e o jogo no closet. Tiro o sutiã e a calcinha e jogo-os na direção do cesto. Tomo um baita susto ao ver alguém me observando da cadeira posta no canto do quarto e dou um pulo para trás, batendo na maçaneta da porta com toda força. O impacto me deixa sem ar e eu fico sentada nua, no chão, por alguns segundos, até acender a luz e me dar conta de que o intruso é uma pilha de travesseiros que Paul tirou da cama. Agora tudo parece perigoso.

Visto uma regata e uma legging. Ao apagar a luz, fica tão escuro que não enxergo nada. Quando meus olhos se adaptam, vejo de relance algo se movendo perto das árvores. Dou um grito e me abaixo depressa. Ao me aproximar da janela de joelhos, ouço Duff pulando atrás de mim e arfando, feliz, na direção do meu fantasma. Mas, é claro, não tem ninguém lá fora. Se tivesse, os três detectores de movimento que instalamos recentemente teriam iluminado o quintal e Duff estaria latindo feito um doido.

Tento me livrar da sensação de estar sendo observada e, agora que a água esfriou um pouco, entro no banheiro para esvaziar a banheira. Pego um pedaço de papel higiênico e o passo em volta da lâmina descartável algumas vezes antes de jogá-la no cesto de lixo embaixo da pia.

Enquanto estou indo para o escritório de Paul, respondo à mensagem de voz dele com uma mensagem de texto:

Indo pra cama.
Dia longo.
Se hidrate.
Liga pra mim antes do voo.

Espero que isso sirva para que ele não tente falar comigo durante a noite. Não sei se tenho autocontrole suficiente para continuar evitando-o.

Por mais absurdo que pareça, bato à porta antes de entrar. Giro a maçaneta e... surpresa: ela nem chega a ceder. O que por um momento me deixa sem chão, pois, que eu me lembre, é a primeira vez que me deparo com uma porta trancada nesta casa. Tento me lembrar de alguma vez que a gente tenha usado trancas dentro de casa, mas não consigo. Tento girar de novo a maçaneta e concluo que terei de tomar certas providências.

Então eu me ajoelho, ficando com o olho na altura da maçaneta, para avaliar o que me aguarda. É uma fechadura das mais comuns. Mamão com açúcar. Vou até a cozinha e pego dois clipes de uns panfletos que Paul deixou em cima da bancada. Deletei a maioria das lembranças da juventude, mas a coreografia do arrombamento com grampos ou clipes é tão natural para mim quanto respirar. Enquanto a maioria das crianças estava aprendendo a andar de bicicleta, eu observava meu pai destrancando as fechaduras que o separavam da minha mãe. Crianças são iguais a uma esponja, e eu absorvia tudo. Entro no escritório com muita facilidade.

Levo um minuto para encontrar o interruptor, afinal aqui sempre foi o espaço de Paul. Tomo o maior cuidado para não tropeçar em nenhum dos montes de lixo que eu sei que estão ali. Quando finalmente consigo acender a luz, fico desorientada. O escritório de Paul chega a reluzir, tão estranhamente organizado e limpo quanto o notebook. As pilhas de caixas, plantas e contratos desapareceram sem deixar rastro. Parece que, enquanto eu mergulhava de cara no trabalho e na academia, Paul limpava as antigas bagunças para criar outras bem diferentes, maiores e invisíveis. Não há mais nada sobre a mesa além de um abridor de cartas de cobre com nós celtas no cabo.

Atrás da mesa, tem uma cadeira que faz parte da vida de Paul há mais tempo que eu. Assim, afundo-me em seu assento, momentaneamente preocupada que ele note alguma alteração no couro gasto. As duas gavetas médias à direita continuam como sempre estiveram. Tento abrir a de cima e descubro que está destrancada.

Não há nada nela além dos itens habituais de escritório: uma calculadora, um grampeador, algumas canetas. Mas esses objetos não escondem a flagrante ausência do revólver de Paul. Ele sabia que essa não era exatamente a maneira mais segura de guardar uma arma de fogo, mas, como não havia crianças em casa, o fácil acesso nunca chegou a representar uma ameaça. E agora eu tremo só de pensar. Sei que ele a tirou de casa, para longe de nós.

Não consigo decidir se fico aliviada por ela não estar ali ou torcendo para que estivesse ao alcance, principalmente à noite. Mas, apesar dessa ambivalência, chego à conclusão de que provavelmente é melhor para Paul que eu não tenha acesso a uma arma.

Em seguida, tento abrir a segunda gaveta, mas esta não sai do lugar, o que é interessante. Consigo arrombá-la com facilidade usando um dos grampos em meu cabelo, que estava sujo e preso em um coque despojado. Em fechaduras de tambor de pinos, grampos funcionam melhor do que um clipe de papel desdobrado, pois as extremidades se encaixam perfeitamente uma vez removidas as partes de plástico. E foi exatamente o que aconteceu. Dentro da gaveta há um cofre de tamanho médio que eu nunca tinha visto. Era muito engraçada a ironia contida no fato de meu marido estar botando trancas entre mim e o que quer que ele esteja escondendo. Ele não tem a menor ideia do talento que adquiri na infância. Fico me perguntando como ele se sentiria se visse que consegui superar os obstáculos que colocou. A maioria das mulheres teria desistido diante da porta trancada.

Tiro a caixa metálica com tranca de alavanca da gaveta e a coloco à minha frente. Para abri-la, vou precisar das duas mãos. Concluo, então, que o abridor de cartas serve ao propósito e agradeço a Paul por tê-lo deixado ali. A ponta fina entra com facilidade, e eu a forço para cima e para a esquerda com um leve solavanco. Ao ouvir o clique, uma imagem do meu pai passa pela minha cabeça. Quando ele se deu conta de que eu o observava arrombando fechaduras, passou a se divertir me mostrando como lidar com diferentes tipos de tranca e lingueta. Por um breve período, isso nos aproximou, mantendo-o afastado da minha mãe, que continuava a se trancar no quarto, mesmo depois de ele ter conseguido destrancar a porta várias vezes, até ele simplesmente arrancar a maçaneta. Dentro da caixa encontro um saco de joias de veludo azul que parece cenográfico. Puxo a fita, abro saco e despejo seu conteúdo em minha mão. Eu meio que esperava pedras preciosas caindo aos montes na minha palma, como no fim do filme *Os Goonies*, um dos favoritos da minha infância. Costumava assistir a esse filme num dos lares adotivos por onde passei. Era a única fita VHS que eles tinham, e ninguém se importava que eu a assistisse cinco vezes por dia. Era algo que me deixava feliz quando estava numa situação que não tinha nada de feliz.

Em vez de joias, porém, uma caixinha cai na minha mão. Dentro, encontro uma aliança que nunca vi antes. É um maravilhoso diamante amarelo-canário, muito maior do que o que está no meu dedo, um modesto solitário que ele me deu quando ainda era casado. Este outro parece ser de três quilates. Não era exatamente um anel avaliado em um milhão de dólares, mas com certeza era o equivalente a uma boa parte das economias de uma vida inteira. Seria este o plano de Paul? Trocar meu anel me dando um mais caro? Não é muito do feitio dele comprar uma única joia usando o dinheiro da nossa casa, ainda mais considerando o clima entre nós. Essa não pode ser a única coisa que ele está escondendo.

No fundo da caixa há um envelope. Não está selado, e dele eu retiro uma pequena coleção de Polaroids. Antes de começar a verificar os quadrados plastificados, meu olhar se depara com um frasco bem conhecido, laranja transparente, no fundo da gaveta, por trás do cofre. Meu estômago se revira com a possibilidade de Paul ter descoberto um dos meus esconderijos e confiscado meu estoque, mas o medo desaparece assim que pego o frasco. Esses comprimidos com certeza não são meus. Nem preciso ler o rótulo para saber o que tenho nas mãos: os comprimidos azuis em forma de diamante com as bordas arredondadas são inconfundíveis. Viagra. Outro segredo. E um do qual sem dúvida nenhuma não estou me beneficiando ultimamente. Mas quem estaria? Uma onda de náusea me atinge.

A primeira foto é de uma gostosona ruiva que eu nunca vi na vida, mas, a julgar pelo estilo do seu cabelo e dos pelos embaixo, foi fotografada no final da década de 1970, sendo, portanto, anterior a mim. A foto seguinte é da primeira esposa dele. Eu a vi poucas vezes, e só em fotos que acabaram se misturando por engano aos pertences de Paul que haviam sobrado da antiga vida dos dois. Eu e a ex-mulher dele não podíamos ser mais diferentes fisicamente; seus cabelos curtos de um louro-platinado pareciam uma imitação de Debbie

Harry; o corpo cheio, curvilíneo e sensual, era um perfeito contraste com meus seios pequenos e meu quadril estreito. A mulher nua da foto seguinte é alguém que eu reconheço na hora, embora a versão da foto existisse vinte e cinco anos antes de eu conhecê-la: Sasha. É a foto que mais me machuca, e me pergunto com que frequência ele a via e quando teria sido a última vez. Já naquela época ela era tão deslumbrante quanto hoje, algo que, por sinal, Paul comentou em voz alta mais de uma vez. Eu viro a foto, pois a visão me dá ânsia de vômito. Não há nenhuma foto de Sheila, mas eu sei que isso se deve exclusivamente aos avanços da tecnologia. Já vi aquelas fotos dela no celular dele. A última é uma minha. Acho que fico até feliz por ter sido incluída, mas, ainda assim, perturbada com a coleção.

Lembro-me da noite em que Paul me deixou chapada com um baseado e Miles Davis tocando ao fundo. Eu estava acanhada e cheia de medos, mas ele foi convincente. Queria ter uma foto para olhar quando não estivéssemos juntos. Disse que era a primeira vez que tirava uma foto assim, da mesma forma que era a primeira vez que eu seria fotografada nua. Está bastante óbvio que não foi exatamente assim. Eu me demoro um momento olhando para a foto da minha versão de vinte e poucos anos, por um tempo admirando a beleza do meu corpo ainda jovem e lamentando que, à época, eu não tivesse consciência disso.

Estou tão distraída com as fotos e com os comprimidos que quase não noto o caderno preto camuflado sob o forro de feltro do cofre. Alinho as Polaroids na mesa e coloco o frasco de Viagra à direita. Com as mãos trêmulas, retiro o caderno Moleskine e vejo que, entre as páginas, há um espesso envelope, com as bordas aparentes. Eu o abro primeiro, o coração quase saindo pela boca de tanta expectativa. Levanto a aba e libero o papel dobrado que está no interior. É uma carta com várias páginas endereçada à *Querida A*, com a letra de Paul. Meu celular estremece ruidosamente em cima da mesa, e uma mensagem de texto de Paul surge na tela. Volto a dobrar as folhas e coloco o envelope de volta no caderno.

Te amo. Sinto sua falta.
Odeio dormir sem você.
Bons sonhos.

Dentre todos os álibis possíveis, Wes é perfeito. Mas eu sei que meu marido não está na casa dele. E até pode estar dormindo sem mim, mas duvido que esteja desacompanhado.

Coloco as Polaroids no outro envelope e, depois, guardo-o na gaveta. Antes de devolver o anel ao esconderijo, tiro uma foto dele. Fico com a carta e o caderno. Terei a noite inteira para ler.

Na cozinha, passo a chaleira da boca de trás para a da frente no fogão e acendo o fogo. A chaleira, em seu passo lento, vai evoluindo do apito baixinho para o grito estridente, então deixo o caderno de lado, desdobro a carta e começo a ler.

6

Paul
ANTES

Um único vacilo já é o suficiente.

Manter um relacionamento é como andar na corda bamba. Manter um caso é como andar numa corda bamba suja de graxa e com um gorila nas costas. Quando alguma coisa dá errado, a destruição pode assumir proporções catastróficas. Motivo pelo qual tive de colocar um ponto final no caso com Sheila quando ela fez o que fez.

* * *

Quando levei minha amante para a cama que eu compartilhava com minha mulher, as rachaduras naquele caso amoroso já tinham começado a aparecer. Desde o início eu havia percebido que Sheila não batia muito bem da cabeça, o que, no entanto, contribuía para deixar tudo mais excitante. Hoje, acho que o desespero em que ambos estávamos chafurdados teve como efeito nos juntar naquele insano turbilhão de química violenta e descontrolada.

A questão é que toda relação tem um ritmo. O da minha relação com Sheila não estava equilibrado e acabou sendo a causa da nossa desgraça. As coisas corriam tranquilamente havia cerca de um ano, Rebecca e eu nos distanciávamos cada vez mais, enquanto eu me agarrava a Sheila, e ela a mim, em busca de novos ares. Ouso até imaginar como as coisas teriam ficado se continuássemos daquele jeito. Mas aí veio o telefonema.

Wes me procurou no momento certo. Depois de um tempo, até passou pela minha cabeça que Rebecca podia ter feito contato com ele para me ajudar, embora eu jamais fosse dar aos dois o gostinho da satisfação de admitir isso. No fundo, acho que só aceitei a oferta dele por enxergar o que me esperava caso eu continuasse no caminho que estava galgando, e a simples ideia de receber mais um olhar de piedade da minha mulher foi o fator decisivo.

A ascensão começou rápido, e com ela veio uma grande mudança de perspectiva. Comecei a me sentir confiante novamente. Eu tinha um propósito de novo e percebia que a dinâmica com Rebecca voltava aos eixos. Na verdade, acho que só tive a real noção da gravidade da situação quando consegui nos enxergar com outros olhos. Duas pessoas só podem desafiar uma à outra quando estão em pé de igualdade, e havia um bocado de tempo que nós vínhamos fugindo um do outro. Mas, agora que as coisas estavam de volta aos trilhos, posso dizer que nunca tive uma parceira à altura da minha mulher.

Estou na cozinha bebendo uma xícara de café, desfrutando do sol da manhã pela porta de correr. Ouço Rebecca se aproximando por trás. Sinto de leve seu perfume.

— E como anda a estratégia dos sorrisos irresistíveis para as vendas da dupla Wes e Paul para hoje? — pergunta ela, passando os braços pela minha barriga, entrelaçando os dedos e repousando a cabeça nas minhas costas.

— Parece promissora, Madoo. Vamos mostrar um terreno excelente à beira-mar em Amagansett e depois outro pouco mais para dentro da ilha. Wes está feliz que dois caras estão interessados na casa à beira-mar.

— O que significa que Wes acha que eles podem estar dispostos a gastar uma bolada?

— Por aí.

— Espera, são dois caras?

— Exatamente.

— Casal?

— Isso.

Ela solta as mãos e começa a subi-las na direção do meu peito.

— Ah, sim... Eu acho que vocês dois gostosões certamente vão conseguir o que querem. Basta mostrar esse sorriso lindo. E quem sabe... chegar mais pertinho...

Eu me viro a tempo de pegá-la piscando para mim, com aquele velho brilho perigoso de volta ao olhar. E só agora eu me dou conta da falta que senti daquilo. Deixo a caneca na bancada e a abraço pela cintura.

— Hmm... não sabia que isso deixava você com tesão.

— Você sabe muito bem o que me dá tesão.

Eu a ponho sentada na bancada e me aproximo para beijá-la, mas então hesito a um centímetro dos seus lábios.

— Mas, amor, você vai se atrasar.

— Não se você for rápido.

Tudo isso, porém, tinha suas consequências, é claro. Tendo reacendido as chamas com minha mulher, a paixão com minha amante começou a esfriar. Curioso que meu casamento começasse a refletir o que eu vivia no meu caso. E o abismo cada vez maior entre mim e Sheila acentuava a distância física. Enquanto na relação com Rebecca a gente melhorava a cada dia, a com Sheila era só ladeira abaixo. E era nisso que estava: ela descendo, e eu subindo. De modo que entendo o que a levou a um ato tão precipitado, mas eu jamais poderia tolerar esse tipo de coisa.

***

Quando passamos a morar juntos, Rebecca e eu não tínhamos muita coisa. Em certa medida, o que achávamos fascinante era justamente a oportunidade de construir uma vida a dois, e nenhum de nós entrou no casamento com muitos bens materiais. Deixei a maior parte dos móveis com minha primeira mulher sem pensar duas vezes, e a segunda parecia praticamente uma nômade, não tinha apego a nada. Uma das poucas coisas que ela trouxe para nossa vida juntos foi um par de aparador de livros de cerâmica: dois leões chineses.

— Que tal, amor? O que acha de eles ficarem aqui?

Eu me viro na direção da estante assimétrica e vejo o par de leões ornamentados, azul-esverdeados, olhando para mim. Eles dão um ar exótico ao nosso modesto lar.

— Onde você achou isso?

— Ah, foi numa viagem à China... *town*. — Ela dá uma piscadinha.

— Ah... já sei... "Para encontrar seu eu interior." Acertei?

Ela olha para mim muito séria.

— Eu só me encontrei quando encontrei você, Paul — diz ela, mostrando a língua para mim.

Tento ficar sério, mas não consigo, então abro um sorriso.

— Te amo, querida.

— É, ama, sim. Você só não ama o meu gosto para decoração.

— Quem sabe eu não acabo aprendendo a amar?

Os aparadores nos acompanharam do apartamento à casa de Long Island, onde passaram a montar guarda nas extremidades da cornija da lareira. Mas foi só depois da visita de Sheila que eu dei falta de um deles.

Fisicamente, estava claro que Sheila e eu tínhamos nos afastado. As rachaduras em nossa relação estavam começando a aparecer. Ela parecia cada vez mais grudenta e muito menos atraente. E eu não conseguia identificar exatamente o quê, mas havia algo suspeito na história com o marido. Aquilo estava me incomodando. Alguns detalhes não batiam.

As coisas estavam tomando um rumo diferente para mim, e a ficha finalmente começou a cair; só daria para manter um dos relacionamentos. Não havia como continuar naquele malabarismo sem acabar enfiando os pés pelas mãos.

Certa manhã, eu tinha acabado de tomar banho e estava descendo a escada quando ouvi um barulho no meu escritório. Assustado, peguei o atiçador na lareira ali perto e me aproximei da porta sem fazer barulho. Lembrei-me de repente que a arma, que eu tenho em casa para uma eventualidade, ficava na gaveta da mesa, e rezei para que ela não tivesse sido encontrada por quem quer que estivesse dentro do escritório. Respirei fundo, abri a porta e me deparei com Sheila sentada na cadeira de couro, vestindo apenas uma das minhas gravatas e com um sorriso estampado no rosto. Ela estava com uma das pernas apoiada no braço da cadeira e mordia o lábio. Sheila fechou a gaveta ao se levantar e foi até a frente da mesa.

— Que porra é essa? O que você está fazendo no meu...

— Tentando atrair um pouco da sua atenção — murmurou ela. — Ultimamente está bem difícil conseguir um pouquinho que seja.

— É... hmm... eu... — gaguejei.

Ela olhou para o atiçador na minha mão.

— O que você pretende fazer com isso?

Ao perceber que ainda segurava o atiçador, larguei-o no chão enquanto ela deslizava para cima da mesa e se reclinava, segurando a borda de mogno com uma das mãos.

— Será que agora mereço a sua atenção?

* * *

Quando acabamos, fui ao banheiro para lhe dar tempo de se vestir rápido e dar o fora. Quando desci de novo minutos depois, ela ainda estava sentada na sala, olhando pela janela, em silêncio. Irritado, em poucas palavras deixei bem claro o que eu queria. Ela se levantou, me deu um abraço demorado e me beijou com paixão. Então pegou a bolsa no sofá e saiu sem dizer uma palavra, seus olhos cheios de lágrimas.

Só mais tarde nesse mesmo dia, quando fui colocar o atiçador junto à lareira, foi que notei que um dos aparadores de livros havia sumido. Sinceramente, eu nem sei quando foi a última vez que prestei atenção naquilo, já que estavam sempre ali, como cenário do nosso cotidiano. E, no último ano, eu andava bem confuso. Mas, de repente, lá estava. Ou melhor, não estava.

O vazio ali era gritante, e minha mente começou a girar em todas as direções. Embora, por um lado, o furto quase pudesse ser considerado desculpável, uma forma de Sheila se agarrar ao que quer que seja que a gente tivesse, por outro, eu não podia ignorar a intenção diabólica de sua atitude. *Será que ela teria apanhado o aparador num impulso, ou havia sido algo calculado? Fora mesmo um ímpeto ou ela sentira que esse momento estava chegando e arrumou um jeito de me provocar?*

Repassei mentalmente o momento que ela foi embora. Imaginei-a saindo, um sorrisinho no rosto banhado em lágrimas. Muito esperta, tenho de reconhecer. Ela deve ter imaginado que os suportes haviam sido comprados por Rebecca e que a ausência de um deles seria notada. Sem dúvida, ela achava que *eu* talvez não fosse notar e que ficaria perplexo quando Rebecca falasse do sumiço. Consigo vê-la agora, achando graça só de imaginar a cena: eu, todo enrolado, tentando pensar numa explicação para minha mulher. Ou então achou que eu ia perceber o sumiço e tentar inventar uma explicação para aquilo, ou que simplesmente ficaria ansioso, na esperança de que Rebecca não notasse nada. Meu Deus, que mulherzinha mais lazarenta!

No fim das contas, os acontecimentos tornaram as coisas mais fáceis para mim. Se eu ainda tinha algum resquício de empatia por Sheila, acabou indo para o ralo depois dessa triste e infantil tentativa de recuperar qualquer poder que tivesse sobre mim. Isso só fez com que fosse mais fácil, para mim, pular fora da situação sem nenhum sentimento de culpa. E isso acabou sendo necessário para que eu desse adeus àquele período sombrio da minha vida e voltasse a fazer o que sei fazer de melhor.

Tenho de reconhecer, mesmo relutante, que a jogada de Sheila surtiu efeito. Eu inventei toda uma explicação para o sumiço do aparador de livros, uma história ao mesmo tempo não só plausível mas que também favorecia o meu lado. Para minha surpresa, nem precisei usá-la. Rebecca nunca me perguntou nada sobre o leão de cerâmica, que acabou se tornando mais uma das coisas não ditas entre nós. Mais uma coisa que ficava lá num canto, quieta, ignorada por duas pessoas que viviam debaixo do mesmo teto. Essa omissão me assombrou durante muito tempo, e acho que foi aí que Sheila teve seu gostinho de vitória.

Mas, nessa época, outra coisa também não saía da minha cabeça, um pensamento voltado diretamente para essa garotinha dissimulada que eu tinha deixado entrar na minha casa e deitar na minha cama. Um pensamento que me reconfortava à noite era: *Quer brincar comigo? Bom, espere até saber com quem eu pratico.*

Um único vacilo já é o suficiente. Para que tudo vá por água abaixo.

7

Rebecca
ANTES

No início era só sexo.

A situação conjugal de Paul não permitia irmos além. A gente aproveitava cada minutinho quando dava para ele. Transávamos em casas que estavam quase prontas, no carro dele, em banheiros. Minha vida passou a girar em torno das esperas. Esperar até a próxima vez que tivesse notícias dele. Esperar que ele conseguisse dar uma escapadinha para que pudéssemos ter algumas horas deliciosas só nossas. Na melhor das hipóteses, era uma vez por semana; na pior, uma vez por mês. Passei a ficar impaciente quando ficava muito tempo sem o ver. Nossos telefonemas entre um encontro e outro se transformaram na única coisa que importava. O resto da minha vida não tinha mais importância.

Não discutíamos grandes questões de relacionamento. Naquela época, eu não tinha a menor ideia do que ele pensava sobre ter filhos. Nunca falamos sobre ele se separar da mulher nem conversávamos sobre como seria um possível futuro juntos. Havia uma cerca invisível em torno de qualquer assunto que pudesse levar a compromisso, e eu ficava do lado de fora.

Eu estava cada vez mais apaixonada por ele. Completamente à mercê dele e da vida dele, então acabei chegando a um ponto que não aguentava mais. Eu sempre me orgulhei de ser uma mulher alegre, prática e pouco exigente. Mas era só porque eu nunca havia tido uma relação como aquela. Nosso relacionamento despertava um outro lado meu, que era carente.

Paul era tão bom em me manter caidinha por ele que eu nem suspeitava que isso era um padrão de comportamento. Simplesmente achava que nosso amor era diferente e que descobriríamos as coisas com o tempo. Não prestei atenção nos sinais de alerta em torno da nossa situação. Havia, é claro, o fato de ele ser casado e outras coisinhas. Eu preferia ignorar a maneira como ele olhava para outras mulheres atraentes, o jeito sedutor como as chamava de "querida". Não o questionava quando o pegava em uma mentira, nem quando os planos mudavam de um dia para o outro. Ele era duro na queda e, às vezes, ficava distante quando estávamos juntos. Havia vários pequenos machucados que podiam acabar se mostrando uma ferida maior se eu olhasse mais de perto, então preferia ignorar. Achava que, se eu mudasse por ele, então Paul faria o mesmo por mim. Tornei-me o modelo da "outra", a mulher que eu achava que Paul queria que eu fosse. Então, concluí que era ele quem precisava mentir, era ele quem estava abandonando seu casamento. Já eu estava vivendo a minha vida, do jeito que bem entendia. E discretamente procurava descobrir o que ele não recebia da mulher, para que eu pudesse lhe dar. Mas Paul falava muito pouco sobre esse assunto, e eu acabei parando de perguntar. Eu me desdobrava para me adaptar às necessidades dele por acreditar que, assim, Paul ia me escolher. Entendi que, se você se transforma na fantasia de um homem, ele fica sem defesas.

* * *

A conversa era um eterno "fica para a próxima vez". Andávamos para lá e para cá, incentivando um ao outro, aumentando a tensão.

Falando do que a gente faria um com o outro. De como nós íamos satisfazer um ao outro. Depois de um tempo, a coisa passou a não me excitar mais. O que eu queria muito era que ele dissesse que me amava e que só queria a mim. Eu queria algo sólido, intimidade de verdade. Queria que ele compartilhasse comigo o que imaginava para nós dois a longo prazo, mas ele só sabia falar do presente.

Certa noite, mais ou menos na época em que eu havia começado a tomar ansiolíticos, decidi forçar a barra. Tomei o dobro da dose prescrita. Fiquei me sentindo a dona da porra toda. E também desesperada.

— Paul, continuo achando que a gente não sabe muita coisa a respeito um do outro.

— Beleza, vamos falar sobre isso. O que você anda escondendo de mim?

Eu estava de saco cheio, mas não conseguia identificar exatamente do quê. Ele não estava fazendo nada de diferente. Era eu. Eu tinha achado que aquela nossa química toda ia evoluir para um relacionamento. Nunca quis ser a amante perfeita de ninguém. Estava cansada de ter de dividi-lo com outra pessoa.

— Estou falando sério, Paul. Você faz coisas comigo na cama que não dá nem para descrever, mas, na verdade, você não sabe nada sobre mim. — Graças ao remédio, minha voz estava séria e firme.

Ele rapidamente mudou o tom de voz, que passou a ser mais cauteloso; afinal, ele era casado e sabia muito bem reconhecer uma armadilha.

— O que eu não sei de você, amor?

— Como foi a minha infância, por exemplo. Você não faz ideia do que eu passei.

Dava para ouvir os primeiros indícios de exasperação na respiração dele.

— Aonde você quer chegar com isso? — O tom meio seco dele doeu. Ninguém ali era inimigo. Pelo menos, por enquanto.

— É só que nós nos comportamos como se fôssemos muito íntimos e loucos um pelo outro, mas a verdade é que eu não sei quem você é de fato. E eu quero saber. Quero mais de você.

— O que você quer saber sobre mim, Madoo? Posso falar o que você quiser. Não tenho nada a esconder.

Acho que a mulher dele não concordaria muito com essa afirmação. Mas então optei por uma abordagem mais branda. Não queria provocar uma briga antes de dizer o que precisava.

— Desculpe, meu bem. É que eu me sinto muito íntima de você, mas às vezes acho que podíamos ser mais íntimos ainda. E quero que você saiba tudo a meu respeito.

— Tudo bem, amor. A gente pode falar do que você quiser.

— Preciso contar para você sobre meus pais, Paul.

Ele riu.

— Tá bem. Pode contar. Eles eram religiosos? Eram hippies e moravam numa comunidade? Faziam parte de algum culto?

Fiquei calada, pensando que talvez ele conseguisse me largar antes que eu pudesse dizer: "Vou contar para a sua mulher." Mas eu precisava de uma mudança na nossa relação, e ele não fazia nenhum esforço. Eu estava enlouquecendo.

— Meus pais estão mortos. Aconteceu quando eu tinha onze anos. Meu pai matou a minha mãe e depois se matou. Eu estava lá. — Eu me perguntava se algum dia seria capaz de lhe contar toda a verdade sobre aquela noite.

Paul ficou um bom tempo calado. Pensei que ele ficaria sério, se policiando para reagir de uma forma que não demonstrasse tanto envolvimento. Ele nunca tinha falado de sentimentos que não fossem físicos, e agora estávamos a quilômetros de distância disso. Ele ficou sem falar nada por tanto tempo que achei que simplesmente tinha se desligado.

— Paul? — Então o arrependimento bateu. — Desculpe. Acho que foi demais. Eu nunca contei isso para ninguém. Só quando estava pagando para que alguém ouvisse. — O que era verdade.

Ele pigarreou algumas vezes.

— Meus pais morreram num acidente de carro quando eu tinha dez anos. Só eu sobrevivi.

Eu nunca poderia imaginar que a gente compartilhava um trauma como esse, mas, uma vez que descobrimos essa informação, tudo fez sentido. Reconhecemos um no outro algo muito profundo sem saber exatamente o que era, então tudo se encaixou.

— Não gosto muito de falar sobre o passado. — Eu nunca tinha ouvido a voz dele assim tão suave e afável. — Mas, com você, talvez eu devesse fazer isso.

Meu coração disparou ante a oportunidade de me conectar com ele.

E foi aí que começou mesmo a ser amor.

DEPOIS

As páginas parecem queimar nas minhas mãos.

Eu nunca o havia identificado pela letra, mas não há a menor dúvida de que é dele. Aquele jeito familiar dele de mover a mão na página desperta meu desejo, mesmo sabendo que o devia estar odiando. Nosso amor é confuso assim mesmo. Elegante e forte, sua caligrafia tem um estilo único. Bonita demais para listas de compras e perfeita para cartas de amor.

Eu não consigo parar de pensar em você. Você me deixa louco. Eu devia estar pensando em mil outras coisas, mas você não sai da minha cabeça.

Sinto uma alteração da gravidade sob meus pés.

Preciso colocar um ponto final nessa vida. Tudo ficou sem graça e vazio. Preciso me livrar de você para poder ficar com ela. Preciso que você vá embora.

Eu não achava que poderia sentir de novo o amor e o desejo que experimentei há tantos anos.

Passei muitos anos sem dizer o que realmente se passava pela minha cabeça. Foram muitas mentiras durante muito tempo. Quero um novo começo. Eu preciso mudar.

As palavras de Paul estão em sua letra, e não em sua voz. O tom é diferente nestas páginas. Algo mais concreto e adulto. Revelando partes dele que eu não conhecia. Reflete sobre o homem que vem sendo e o homem que quer se tornar.

Quero acabar com essa vida na qual estou preso e me livrar da culpa. Não posso continuar assim, fingindo que está tudo bem.

Enxugo as lágrimas que ameaçam borrar a página.

Estou lutando para recobrar o fôlego. Está na cara que ele conheceu outra pessoa. Uau! Ele não perdeu tempo mesmo. E eu sou a pedra no sapato dele. Suas palavras doem tanto que parece que levei um soco no estômago. Meu corpo todo dói tanto que penso até em pegar o telefone e pedir socorro. Meu coração bate acelerado no peito, e parece que o melhor a fazer é me deitar no chão e esperar a porra da morte chegar.

O que seria perfeito para ele. *Preciso que você vá embora.* Ele ficaria livre para fazer o que quisesse, e eu não estaria mais aqui para atrapalhar. Felizmente, a possibilidade de ele achar que eu morri por causa de um coração partido é o suficiente para que eu vença o pânico e ative os músculos envolvidos na respiração.

Vou me escorando pela bancada e me sento no chão gelado. Ao ver que não estou fazendo nenhum movimento para lhe agradar, Duff pula em cima de mim e lambe meu rosto. Mas minhas lágrimas salgadas e minha apatia acabam fazendo com que ele saia em busca de água.

Estou sem chão. Pela data, vejo que isso foi escrito nas duas últimas semanas. Depois da tal noite no nosso quarto. Depois dela. Mas isso não é sobre ela; não pode ser. Eu não imaginava que Paul ainda tivesse energia para isso. Depois de tudo que aconteceu. Estou desnorteada.

Eu poderia ir embora. Começar de novo, torcer para que eu arrumasse outra coisa para fazer. Mas essa seria uma solução para outro tipo de mulher. Alguém sem uma imaginação fértil. Acho que posso me considerar mais imprevisível e criativa do que isso. Houve um motivo para eu não ter ido embora ontem, que agora entendo. Eu não vou permitir que ele saia dessa assim, de jeito nenhum. Metade daquele dinheiro é meu, e eu a quero. Estou me rasgando por dentro. Com vontade de quebrar tudo ao meu redor. Com vontade de gritar. De matar.

Chamo Duff, abraço seu pescoço peludo e o aperto com força. Seu coração bate rápido como o meu. Começo a fazer uma lista mental de tudo que Paul mais ama neste mundo, pensando em como vai ser bom tirar essas coisas dele.

8

Paul
ANTES

Quando comecei a trair minha primeira mulher com Rebecca, parecia a coisa mais natural do mundo. Não era a primeira vez que eu traía. Não mesmo. Mas pela primeira vez não era só sexo. Eu havia me casado por puro desespero, para ter alguém que não fosse me deixar, algo que ficou constrangedoramente nítido no momento em que trocamos os votos. Como naquela cena no fim do filme *A primeira noite de um homem*, quando Dustin Hoffman e Katharine Ross vão embora no ônibus e se dão conta do terrível erro que acabaram de cometer. Acho que eu comecei a procurar um jeito de cair fora antes mesmo de tudo começar para valer.

E esse jeito era Rebecca. Ela entendeu a situação de imediato. Fui totalmente pego de surpresa em nosso primeiro encontro, tanto que nem deu tempo de eu tirar a aliança. Ficamos nos olhando um tempão, e logo em seguida ela percebeu a aliança. Ainda lembro a expressão dela ao se dar conta da situação. Ao longo de todos esses anos ainda carrego comigo a mistura de terror e desejo que senti naquele momento.

Passamos os dez minutos seguintes andando pelo jardim, de braços dados, nos deleitando em uma conversa sobre uma coisa que na verdade era sobre outra e fingindo que nenhum de nós dois sabia exatamente o que eu tinha na mão esquerda.

— Então, o que achou? Está apaixonada?

Fiquei olhando para ela por uma fração de segundo antes de apontar com a cabeça na direção da casa. Ela tossiu exageradamente, como se tivesse sido pega de surpresa. Mas nós sabíamos exatamente o que estava acontecendo. Havia uma corrente elétrica no ar. Quando ela se referiu ao tamanho da casa, dizendo que não fazia sentido para uma pessoa só, eu levei a mão ao bolso do casaco e soltei a aliança. Quando tirei a mão do bolso, Rebecca nem pestanejou.

— E você? Está apaixonado?

Eu interrompi o passo e me virei para ela:

— Foi amor à primeira vista.

Ela olhou para a casa e se virou para mim de novo.

— Uau! Um cara que sabe fazer de uma casa um lar.

— É só surgir uma oportunidade.

Ela semicerrou os olhos.

— Quer dizer, então, que você gosta de assumir riscos?

— Só quando é um absurdo deixar a oportunidade passar.

Eu a levei para trás de um alto arbusto de rododendro, onde a gente se beijou intensamente, longe do olhar do corretor.

Nada no meu segundo casamento estava sendo muito tradicional. Quando nos conhecemos, não passávamos de dois jovens que começavam a entender seu propósito no mundo, e acho que gostávamos dos ideais românticos associados a esse tipo de situação. Rebecca chegou até a flertar com a ideia de ter filhos, o que foi adorável da parte dela, mesmo, *na verdade*, sendo impulsivo, inviável e ingênuo. Estávamos fazendo planos para melhorar nossa situação financeira, e certamente estava claro que nós dois estávamos comprometidos com a relação. Mas, para ser sincero, não sei se Rebecca e eu somos pessoas para casar. Claro que pode parecer absurdo dizer uma coisa dessas quase duas décadas depois, mas realmente acredito que o que não deixou o barco afundar foi o fato de entendermos muito bem um ao outro e de combinarmos perfeitamente nas coisas que mais importam. Não creio que ela ou eu teríamos desfrutado um relacionamento como esse se por acaso tivéssemos nos casado com outros parceiros.

Desde o começo, tinha algo de diferente em Rebecca, em seu papel de companheira. Afinal, ela nunca tinha usado anel de noivado nem aliança, e não deixava de haver um certo charme na forma como lidava com aquilo tudo. No início, parecia meio apreensiva com a ideia de ter um anel no dedo. Eu estava inseguro, pois, na época, não tinha como bancar uma joia que uma mulher como ela merecia. Mas, aos poucos, percebi que o incômodo dela não tinha nada a ver com isso. Enquanto eu achava que a aliança que usei durante meu primeiro casamento mais parecia um rolo compressor desde o momento em que a coloquei no dedo, Rebecca olhava para a dela com encantamento. Acho que talvez nunca lhe tivesse ocorrido que um dia estaria nessa situação e me lembro de flagrá-la — mesmo depois de anos de casados — parecendo maravilhada com a ideia, contemplando o brilho do anel.

Até os aspectos mais banais da nossa vida resultavam de momentos de espontaneidade. Em geral, os casais fazem um planejamento. Nós acabamos tendo cachorro e uma cerca de estacas brancas por capricho. Claro que tínhamos nossos planos de longo prazo — a conta bancária conjunta, a propriedade de Cold Spring Harbor —, mas o tempo e as circunstâncias foram o que acabaram influenciando esses planos mais elaborados.

Expectativas frustradas podem ser uma coisa engraçada. Quando um dos parceiros tem um caso extraconjugal, certas coisas podem minimizar as chances de ser pego. A primeira, que provavelmente é a regra fundamental, é não se envolver com alguém que tenha menos a perder que você. Daí deduz-se que o mais seguro seria se relacionar com alguém que já esteja numa relação sólida. Ao me envolver com Rebecca, ignorei completamente essa lógica, mas em nenhum momento detectei qualquer risco de ela se meter no meu casamento.

Dava para ver que ela não era de fazer ceninha em público, e não seria do feitio dela confrontar minha mulher nem usar nosso caso contra mim. Acho que nós dois sabíamos para onde nossa relação estava indo e tivemos calma para deixá-la evoluir no devido tempo. Então, ao fim de nossa primeira conversa séria, entendemos por que nos compreendíamos tão facilmente. O vínculo ficou claro, e era algo inegável. Era mesmo amor, não havia como voltar atrás.

Sheila trazia uma dinâmica diferente, que na época parecia ser a ideal. Quando a conheci, ela era casada, e, embora a chama entre nós fosse palpável, no início parecia que ela tinha a vida que buscava ter. Em parte, toda aquela empolgação inicial aparentemente vinha do fato de estarmos vivendo uma fantasia proibida, algo ao mesmo tempo insustentável e vital. Algo de que ambos precisávamos, cada um por seus próprios motivos. Mas a dinâmica foi mudando aos poucos, e nossa relação acabou ficando cada dia mais instável e tempestuosa. Com o tempo, ficou claro que a gente não devia ter nem pensado em embarcar naquele tipo de aventura. E eu não pude deixar de pensar que minha amante casada estava ficando bem mais imprevisível do que minha amante solteira havia sido. O que é meio engraçado.

Quando me dei conta da jogada de Sheila com o aparador de livros, foi como se eu tivesse um momento de clareza que me permitiu encaixar outras peças. Eu sabia que tinha tomado a decisão certa ao terminar com ela e estava otimista com a perspectiva de um recomeço.

* * *

Até que um dia aconteceu.

O momento tão temido por um homem na minha posição — aquele com o qual gostamos de nos iludir pensando que nunca vai acontecer. Pois somos mais espertos que os otários que acham que podem jogar no mesmo nível que a gente.

Estamos naquela relativa calmaria depois das festas de fim de ano. As lojas já retiraram as luzes de Natal, e vem aquela sensação de tranquilidade depois da tempestade. Um dia frio, mas agradável. Rebecca e eu estamos andando na rua de mãos dadas, quando vejo Sheila se aproximando, a uma quadra de distância. O chão desaparece, minhas tripas dão um nó, meus olhos começam a arder, sinto uma pressão na minha cabeça, e o tempo congela.

Sheila vem em nossa direção. Ela olha para mim e depois para Rebecca. Então dá um sorriso forçado, e a boca se transforma em algo lascivo e vulgar.

Sheila vem em nossa direção. Avalia Rebecca da cabeça aos pés e depois crava seu olhar no meu, me provocando.

Sheila vem em nossa direção. Então desvia o olhar de forma abrupta, desafiadora.

Sheila vem em nossa direção. Ela nos vê, dá meia-volta e vai embora.

Sheila vem em nossa direção. E, ao passar por nós, enfia a mão na bolsa. Ela pega um objeto que eu só percebo que é de cerâmica quando ela dá com ele na cabeça da minha mulher.

Ela enfia a mão na bolsa. Ao tirá-la, segurando o objeto, reconheço o aparador de livros chinês. Quando ela o levanta para bater com ele na cabeça da minha mulher, eu agarro o punho dela e tiro o objeto de sua mão.

Ela tira o objeto da bolsa, mas eu só o reconheço quando ela o suspende atrás da cabeça, então vejo quando dá com ele na lateral da cabeça de Rebecca.

Sheila vem em nossa direção. Seus olhos rapidamente encontram os meus quando ela passa por nós.

Então tudo fica em foco de novo. E eu me dou conta de que estou apertando a mão de Rebecca com mais força do que minutos antes. Nossas mãos estão suadas. Não tenho a menor ideia se fui eu que apertei mais a mão dela ou o contrário. Não quero nem olhar para ela, com medo de deixar transparecer essa preocupação. Será que ela percebeu a troca de olhares entre mim e Sheila, ou são meus nervos que estão me pregando uma peça?

Meu cérebro junta os detalhes do que acabou de acontecer. *Onde estava a cachorrinha da Sheila? Ela nunca sai para caminhar sem a Molly. Que estranho... Espere aí. Espere aí, porra. Onde estava o caralho da aliança dela?*

Minha mente foca no anelar esquerdo dela. Imediatamente me lembro do nosso primeiro encontro — ela tentando esconder a aliança —, e, então, salta-me aos olhos o dedo nu momentos antes. Meu estômago embrulha. De repente me sinto atordoado, mais mal-humorado do que quando ela estava em nossa frente, a pouquíssimos metros de nós. O silêncio parecia ensurdecedor.

E, como já sabemos, eu estava certo. A ausência daquela aliança era um prenúncio.

9

Rebecca
ANTES

Nossas dores eram parecidas.

Paul foi a primeira pessoa que eu conheci que sabia como as coisas podiam dar errado. Ele entendia que certos acontecimentos não podiam ser ignorados nem apagados, e como essas coisas podiam mesmo acabar com uma pessoa, ainda mais quando aconteciam na infância. Então, quando nos abrimos um com o outro sobre o nosso passado e vi que ele havia superado, apesar de tudo, fiquei intrigada. A ponto de ficar meio obcecada. Estava tão apaixonada pela história triste dele quanto pela minha.

E, embora nossas histórias tristes fossem semelhantes em muitos aspectos — órfãos na infância, praticamente com a mesma idade, testemunhas da morte dos pais, entregues aos cuidados de outras famílias, de psicanalistas, de uma infinidade de adultos duvidosos —, a principal diferença era que a vida de Paul ao menos tinha começado feliz. Ele tivera a sorte de ser uma daquelas poucas crianças com pais amorosos e cuidadosos com ele e um com o outro. Foi pura falta de sorte ele ter perdido tudo isso. A ironia de ser eu, entre nós dois, a pessoa que queria constituir uma família não me passou despercebida, e ainda assim doeu.

Eu me perguntava se ele e eu teríamos nos conectado se não fossem nossas feridas em comum. Mesmo se no começo não tivéssemos percebido que o magnetismo entre nós era devido a isso. Não falamos das nossas histórias tristes mais que uma ou duas vezes e, certamente, não nos prendemos a detalhes. Não precisávamos dizer muito para entender que o outro não queria ficar lembrando de tantas coisas.

Quando meus pais brigavam, eu costumava me esconder no armário do corredor, deixando a porta entreaberta para espiar o quarto deles. Acho que uma parte de mim pensava que eu poderia interferir, caso as coisas fugissem do controle. Muitas vezes eu caía no sono naquele espaço apertado, com os casacos roçando meus ombros, sentada, abraçada aos joelhos. Eu vestia meu casaco e apertava bem o cadarço do capuz para abafar o som da gritaria.

Quando meus pais estavam em uma fase ruim, eu chegava à conclusão de que nunca ia me casar. Quando crescesse, simplesmente ficaria longe de qualquer pessoa que me tirasse do sério daquele jeito. Parecia ser algo muito simples; se alguém me irritasse a ponto de me deixar muito furiosa, eu sairia correndo na direção oposta. Era uma questão de bom senso.

Então, cresci e passei a ignorar isso. Quando as coisas não davam certo com alguém, eu não atribuía a culpa ao outro, pois achava que se tratava de algum problema meu. Minhas amizades e meus relacionamentos não iam para a frente. Eu atraía gente que não estava nem aí para mim, que só se importava com si mesmo quando estava comigo. Como era de esperar, esse tipo de relacionamento não podia durar.

Então, cheguei à conclusão de que ninguém nunca ia querer se casar comigo. Algo importante havia se quebrado. Ano após ano, eu ouvia de terapeutas que eu tinha zero autoestima pela forma como via meus pais se tratarem, mesmo antes da noite em que eles morreram. Embora provavelmente tivessem razão, passei a ignorar as sugestões de como curar essa ferida e a aceitá-la como parte de mim.

Na noite em que morreram, meus pais estavam tendo a mesma briga de sempre. Era ao mesmo tempo por causa de nada e de tudo. Começavam com os xingamentos, depois passavam a atirar objetos. Era inacreditável que ainda houvesse algo no apartamento que pudesse quebrar. E, é claro, com o tempo, essas brigas acabaram ficando muito mais perigosas. Eu jamais poderia falar da minha participação nesse perigo. Nem para Paul nem para mim mesma.

* * *

Depois de comparar nossas histórias tristes, houve um abalo sísmico na forma como víamos um ao outro. Paul passou a encarar nosso caso sob uma nova perspectiva. Ele se mostrava atencioso e protetor. O sexo continuava sendo parte da nossa ligação, mas cedeu o lugar principal a algo mais profundo. Eu sentia menos que estava dividindo Paul com alguém e mais que ele e eu havíamos sido feitos um para o outro. O casamento dele era apenas mais um obstáculo a ser superado para que finalmente ficássemos juntos. Conversávamos sobre nosso futuro. Eu troquei o ceticismo pela esperança.

— Quero construir a casa que nós dois não tivemos. Vamos planejá-la do zero e construí-la juntos.

Ele não era um homem muito sentimental, então eu sabia o peso daquelas palavras.

— Eu também quero isso. — E queria mesmo.

Estávamos no carro dele, passando por uma estrada em Cold Spring Harbor, um dos lugares onde nos refugiávamos quando ele queria pesquisar propriedades com algum potencial. Tecnicamente, ele ainda estava casado no papel, mas só no papel.

— Me dê a sua mão, Madoo.

Eu não estava esperando. Juro. Talvez lá no fundo, mas só lá. E é claro que nunca tinha pedido aquilo.

O anel de noivado era apenas um detalhe no grande plano que ele tinha para nós dois. Eu não precisava dizer, Paul sabia o quanto isso significava para mim. E isso, por si só, já era importante. Eu não conseguia expressar muitas das coisas que eu queria, e ele havia deduzido isso. Quando ele colocou o anel no meu dedo, senti, pela primeira vez, que merecia tudo o que eu queria ter nessa vida.

De alguma forma, a joia no meu dedo era o antídoto para todos os meus anseios em relação ao amor. Ali estava minha chance de ser alguém diferente da pessoa em minha história triste, embrulhada em ouro e cravejada com um diamante. Era prova do meu valor. Ele ficou encantado com o tanto de amor que expressei pelo anel e pelo gesto.

Com ele no dedo, jurei que nunca o tiraria por mais tempo que o necessário. Afinal de contas, sabia que, se o fizesse, o encanto seria quebrado.

DEPOIS

Ouço o telefone fixo da casa tocar, mas não tenho forças para me mexer. Estou deitada de bruços no sofá — pelo menos não passei a noite deitada em cima do ombro. Estava escuro quando adormeci, e, agora, uma claridade faz meus olhos arderem. Enquanto minha visão se adapta, sonhos de trancas impossíveis de arrombar vão se dissipando. Minhas mãos estão estranhas. São minhas, bem presas aos punhos e braços, mas está faltando alguma coisa. A ficha leva um minuto para cair: meus anéis sumiram. Não me lembro de tê-los tirado.

Meu frasco de Oxy está caído de lado. Resta um último comprimido, mas não consigo alcançá-lo. Meu ombro lateja só de eu vê-lo. Eu seria capaz de jurar que, da última vez que verifiquei, ainda restavam pelo menos cinco comprimidos. Preciso prestar atenção nisso. Daqui, dá para ver uma parte da cozinha. O ar puro que entra pela porta aberta circula pela casa. Não consigo me lembrar de ter deixado a porta aberta. Uma pontada de dor percorre minha coluna quando levanto a cabeça para tentar ver mais adiante. Pouso de novo a bochecha na almofada.

— Duff! Vem aqui, garoto!

Fico esperando o barulho das garras arranhando o ladrilho. Preciso desse som para me acalmar tanto quanto preciso de água.

Silêncio. Um sentimento horrível me domina.

Rapidamente dou um jeito de ficar na vertical e aproveito para pegar o frasco. Tiro as almofadas do sofá e encontro meu celular enfiado entre os assentos.

Por incrível que pareça, há uma mensagem do nosso instrutor de spinning no grupo comunicando a todo mundo sobre uma vigília nas bicicletas, à luz de velas, pela Sasha, marcada para hoje à noite, e um lembrete para entrarmos no grupo "À procura de Sasha" no Facebook, que provavelmente havia sido criado na noite passada. Foi o maior alvoroço, todo mundo respondendo e pedindo que levassem fotos de Sasha para colocar na bicicleta ergométrica dela, que deixaria de ser usada como forma de homenagem. Penso na única foto que tenho de Sasha. Uma foto espontânea tirada no jantar dos Representantes do Ano mil eras antes. Nós quatro sentados à mesma mesa. O olhar de Mark está longe, para além do fotógrafo. Estou olhando para minhas mãos, para baixo, com a testa franzida, e não consigo me lembrar do motivo. Mas provavelmente Paul havia me ignorado para conversar com Sasha sobre a época da escola. Ela chama muita atenção, parece que acabou de sair das páginas de uma revista; os olhos de Paul estão vidrados nela.

É a última coisa que quero fazer, mas preciso ir à vigília por vários motivos. Então respondo.

Estarei lá.

Na cozinha, nada parece estar fora do lugar. Abro a geladeira, pego uma garrafa de água com gás e mando para dentro às goladas o líquido gelado e efervescente. Olho pela janela e imediatamente desvio o olhar. O sol da manhã machuca. Uma brisa entra pela porta aberta, então puxo a tela, deixando o vidro aberto para respirar o ar puro do início da primavera.

Meu celular vibra na bancada. Como se trata de um número restrito, não atendo. Quase imediatamente depois, toca o fixo. Tiro-o do gancho, digo alô, mas em resposta recebo apenas silêncio. Isso tem acontecido muito ultimamente. Penso em ligar para Paul, mas mudo de ideia.

O dedo sem aliança me faz ir até a pia para dar uma olhada no porta-esponja, um lugar bastante provável, bem perto e no meu campo de visão. Só tem a aliança ali. Imagens do anel de diamante escapulindo pelo cano da pia e chegando ao mar fazem meu peito apertar. Mas o ralinho está na pia, desde ontem à tarde, quando cheguei. O telefone fixo sem fio toca de novo, o que me distrai por um momento. Eu o tiro da base pensando que vou ouvir a voz de Paul do outro lado — um momento inesperado de ternura por ele.

— Alô?

Silêncio.

— *Alô?*

Não consigo identificar se o leve ruído de respiração do outro lado está realmente lá ou se sou apenas eu ouvindo minha própria respiração meio ofegante. Por fim, desligo e quase racho o plástico duro do telefone na bancada.

Ponho no dedo a aliança simples de ouro, que parece estranha sem seu companheiro. Minha mão tenta alcançar um esconderijo no armário para pegar um dos meus frascos de comprimidos, mas não encontro nada. Parece que ultimamente estou com dificuldade de me lembrar das coisas. Então eu faço uma busca em todos os quartos, mas já sei que não vou encontrar o que quero. Nem tenho certeza do que espero encontrar. Tudo. Mas, acima de qualquer coisa, os comprimidos.

Meu celular vibra.

Passando pela segurança no aeroporto. Tudo certo por aí?

Estou prestes a responder quando vejo a coleira de Duff pendurada no cabideiro junto à porta. Mesmo sem conseguir me lembrar de nada em específico, sei que fiz algo de errado. Então respondo:
Tudo certo. Te amo.

Com toda a calma permitida pela onda de pânico que está se aproximando, saio pela porta dos fundos dizendo a mim mesma que vou encontrar Duff dormindo debaixo do salgueiro, na parte arborizada do quintal. Por lógica e costume, eu o soltei ontem à noite na segurança do cercado. Só pode ser. Mas ele não está no quintal. Tento me convencer de que o portão escancarado logo à minha frente não passa de uma miragem. Quando me aproximo, não dá mais para negar. A diferença entre entreaberto e escancarado não dá margem à dúvida.

— Duff?

Sinto as lágrimas se formando e tento contê-las. Como tudo foi por água abaixo tão rápido? Queria tanto voltar à vida de antes. Quando eu tinha um emprego, dinheiro e um marido que achava que conhecia. Quando eu ainda tinha comprimidos. Quando tinha o meu anel. Quando eu sabia onde estava o merdinha do meu cachorro. Atrás de mim, ouço, vindo da casa, o som do telefone tocando de novo, mas continuo seguindo na direção oposta. A poucos passos à frente algo brilha quando o sol aparece depois que uma nuvem passa. De repente sinto uma esperança. Então me aproximo do objeto que irradia luz e me abaixo para apanhá-lo.

Enquanto tento entender o que a tag prateada em forma de osso, sem a coleira nem seu dono, está fazendo ali, uma brisa fria totalmente fora de época me atinge. A poucos centímetros da tag está um frasco de remédios. O mesmo que antes estava escondido no armário. Agora vazio.

10

Paul
ANTES

Certas pessoas não entendem quando alguma coisa já deu o que tinha de dar.

Rebecca e eu mal tínhamos chegado ao carro depois do encontro com Sheila, quando meu celular começou a apitar loucamente. Eu ainda nem tinha tido a chance de me recompor, e a ofensiva já havia começado. No fundo eu sabia, assim que meu bolso começou a vibrar, exatamente quem estava por trás daquelas mensagens.

É claro que eu havia bloqueado o número de Sheila no meu celular, mas, naquele momento, uma enxurrada de mensagens de um número desconhecido chegava para mim. E elas só podiam ser de uma pessoa. Eu não tinha dúvidas disso.

Como sempre, Wes fora o álibi perfeito. Eu ainda estava com as pernas meio bambas por conta daquele quase confronto, achando que Rebecca tinha percebido alguma coisa. Senti que comecei a agir diferente depois do incidente, temendo que minha mulher, mesmo tão distraída como andava parecendo nos últimos tempos, tivesse pegado alguma coisa no ar. Então, quando enfim tirei o celular do bolso e Rebecca perguntou se estava tudo bem, consegui pensar rápido e botar a culpa em Wes e na possibilidade de haver mais um imóvel disponível no mercado. Claro que a natureza das mensagens de texto que inundavam a tela do meu celular era completamente outra.

Foi ótimo ver você hoje. Você está muito bem.

Sua mulher é linda! Vocês formam um belo casal!

E como ela parecia feliz! Pobrezinha. Não deve ter a menor ideia de quem é de verdade a pessoa com quem está casada.

Vocês dois se merecem muito.

* * *

Sempre me achei um safado razoavelmente esperto, mas até eu estava sentindo as mentiras escapando de mim feito suor. Ao voltar para casa naquele dia, passei o resto da tarde me revezando entre o escritório e a varanda dos fundos, numa tentativa de convencer minha mulher de uma mentira que nem eu conseguia formular direito na cabeça. Fiz toda uma encenação com o notebook nos fundos de casa, checando números com Wes e vociferando todo tipo de bobagem de trabalho que me viesse à cabeça. Felizmente era um daqueles dias amenos de inverno, embora a adrenalina que percorria meu corpo me deixasse praticamente alheio ao clima. Eu me lembro de que tive a sensação de estar vivendo uma dessas experiências extracorpóreas que de vez em quando alguém descreve. Porém, assim que desliguei o telefone e fechei o notebook, Rebecca já estava atrás de mim.

— Uma tarde cheia de grandes negociações, hein?! O Wes realmente consegue colocar você para trabalhar.

— Pois é, ele está todo empolgado com essa propriedade. Me alugou a tarde inteira com isso. Desculpe, amor.

Acho que nunca senti tanta sede na vida.

— Aaah, sim.

O olhar dela parece ser capaz de enxergar as profundezas do meu ser.

— O que foi?

Fique calmo, porra. Respire.

— Nada, não.

Alguma coisa. E, com certeza, alguma coisa bem grande.

— Você parece que está pens...

— É que... — A pausa se prolonga de um jeito insuportável. — Não é muito a cara dele. Wes é sempre tão calmo e controlado.

Puta merda.

— Eu sei, é estranho mesmo. Em geral ele não é assim. Mas essa propriedade parece mesmo de outro mundo. — Faço de tudo para sustentar o olhar dela, mesmo com meus olhos ardendo pela intensidade. Tudo o que eu quero é piscar. — Mas, normalmente, é com os clientes que ele pega leve. Quando estamos só nós dois, ele costuma ficar mais acelerado. — *Você está falando demais. Pare de dizer bobagem, seu idiota. Vai acabar estragando tudo. Pare. De. Falar.* — É...

— Ah, sim... — Ela parece pensar no assunto. — Entendo.

Quando a noite chega, finalmente consigo esfriar a cabeça o suficiente para parecer um pouco mais relaxado, pelo menos externamente. Àquela altura eu já tinha mandado uma mensagem para Wes avisando que precisava que ele me ligasse antes do jantar. E, como eu tinha me oferecido para cozinhar, achei que podia deixar o celular em cima da bancada enquanto colocava a mão na massa, para Rebecca ver o nome de Wes aparecer na tela quando ele ligasse. Tudo correu perfeitamente conforme o planejado, e, por um momento, achei que tinha me livrado desse problema.

E aí veio um novo bombardeio de mensagens de texto.

Paul, você parecia mesmo estar feliz hoje. Fico feliz por você. Nenhuma mágoa, tá bem?

Tenho muitas lembranças boas de nós dois, de todo coração. Vamos deixar as coisas como estão.

Não vamos mexer nesse vespeiro, seu mentiroso de merda. Durma bem, desta vez com sua mulher.

Não me lembro de ter saboreado uma garfada que fosse da comida que preparei naquela noite. Uma fúria fervia dentro de mim e neutralizava todos os meus sentidos. Fiz o que pude para responder às perguntas de Rebecca sobre o imóvel do qual Wes supostamente passara o dia falando, mas estava tão desorientado que só consegui improvisar um modelo baseado em características de outras casas que eu tinha vendido. Estava tão perdido no turbilhão de pensamentos que nem dava para saber se Rebecca estava engolindo a história que eu desfiava.

E o que lembro em seguida é da noite de sexo. Uma transa com uma sede que não sentia com minha mulher fazia séculos. De repente eu estava de novo presente de corpo e alma. Ela mordeu minha orelha enquanto eu tirava as calças e começou a trabalhar com as mãos. O que veio em seguida foi uma onda de paixão animalesca e bruta. Lembro que me joguei violentamente em cima dela, como se tentasse exorcizar minha amante ao dominar minha mulher. Lembro-me do pavor ao me dar conta da imprudência de toda aquela entrega. Mas o que lembro com mais clareza, o que mais me apavorou, foi a expressão nos olhos de Rebecca; aquele olhar que me estimulava, me incitava, adorando a dor, a selvageria e a loucura daquilo tudo. Juro que, naquele momento, num flash, percebi um ódio puro espreitando nos olhos dela, sem saber a quem se dirigia.

Naquela noite, ela dormiu feito uma pedra.

Quando tive certeza de que ela havia apagado, peguei o celular na mesa de cabeceira e saí de fininho do quarto. Eu cheirava a sexo, estava acelerado e meio descompensado. Devia ter deixado as coisas como estavam, o que já era mais que o suficiente, mas acabei cedendo.

Notei que você estava sem aliança hoje. Finalmente ele deu um pé na sua bunda, é?

Assim que apertei ENVIAR, minha adrenalina disparou. Senti um enjoo, fiquei meio zonzo. Precisei me apoiar na parede para me equilibrar. E a resposta dela pareceu levar horas para chegar.

Por que você acha que foi ELE que ME deixou?

* * *

Na manhã seguinte, fui o primeiro a acordar. Saí da cama e desci para fazer o café. Deixei Duff sair e enchi os potinhos dele com ração e água. Encontrei meu celular e li a mensagem de Wes perguntando se as coisas tinham dado certo ontem à noite. Depois de lhe responder, conectei o celular na tomada para carregar e logo depois deixei Duff entrar em casa. Ele foi direto para os potinhos, e eu fui cuidar da pilha de pratos sujos do jantar.

Enquanto lavava as panelas e as colocava no escorredor, minha mente começou a vagar, voltando para os acontecimentos da noite passada. As imagens se sucediam na minha cabeça como uma seleção de melhores momentos montada às pressas. De repente, o celular vibrando no tampo da bancada me trouxe de volta à realidade. Eu o peguei, esperando ver uma resposta de Wes. Mas o que chegou, entretanto, me despertou completamente daquele devaneio.

O novo número de Sheila disparava fotos como uma metralhadora. Depois de um momento de hesitação, abri as mensagens e me deparei com fotos tiradas por ela na época em que estávamos juntos. Fotos minhas na praia com os cachorros, outra dos dois correndo pelo quintal dela e uma selfie de Sheila que poderia muito bem ser considerada inocente, na qual eu aparecia ao fundo.

Mas o que chamou minha atenção foi uma imagem que eu não sabia que ela tinha registrado. Era na casa dela, logo depois que fizemos sexo. E eu aparecia seguindo na direção do banheiro, nu. Meu rosto não aparecia. Amém, puta merda. Mas reconheci perfeitamente meu corpo. Fiquei com o ar preso na garganta olhando para aquela foto. Num reflexo, me virei para a escada, para me certificar de que Rebecca não tinha descido num momento que não tinha como ser mais inoportuno.

Meus pensamentos estavam a mil. *O que essa doida varrida está querendo de mim? Por que essas fotos? E por que agora? Ela estava esperando o momento certo. O outro já pulou fora. Talvez o fato de ter nos visto a tenha deixado fora de si. Meu Deus, o que será que ela é capaz de fazer? E até que ponto vai querer me arrastar junto?*

Enquanto eu pensava em inúmeras possibilidades, meu celular vibrou de novo. Era uma única mensagem de texto dela, a última que eu receberia, seguida de um silêncio assustador.

Você vai colher o que plantou.

* * *

Eu me considero uma pessoa sensata. Acho que a maioria das pessoas é. Mas, se alguém quiser fazer uma pessoa sensata agir de forma irracional, é só jogar algo que não faz o menor sentido em cima dela, e então a merda está feita. Certas sucessões de acontecimentos, uma vez postas em movimento, são quase impossíveis de frear. E existem limites que, uma vez violados, privam o violador de qualquer expectativa de proteção.

Do meu ponto de vista, Rebecca de fato nunca teve escolha.

11

Rebecca
ANTES

O começo do nosso relacionamento foi uma das épocas mais felizes da minha vida. Nós nascemos um para o outro.

Depois de alguns meses juntos, foi meu aniversário, e ele me levou para um piquenique num parque encantador em Sagaponack. O jardim estava deserto, foi em pleno dia de semana, no meio do dia. Então, sentados juntinhos num cobertor debaixo de uma cortina de sombra de um salgueiro, nós observávamos os passarinhos saltitando na relva enquanto bebíamos uísque de uma garrafa térmica com estampa xadrez. Não estávamos falando nada, e eu, recostada nele, deixei o calor silencioso entre nós dois aumentar até não conseguirmos mais resistir. Fizemos amor cercados pelo perfume das flores e da primavera. Era inebriante a sensação de que éramos as duas únicas pessoas no mundo.

Quando estávamos indo embora, vi perto da entrada uma tabuleta com o nome do parque: Madoo.

— Madoo... "minha pombinha branca"... que meigo.

— *Você* é meiga.

Ele me puxou de costas para ele e me abraçou.

— Você sabia que as pombas brancas ficam juntas a vida inteira? — Continuei olhando para a tabuleta enquanto ele respirava no meu pescoço e cada pedacinho do meu corpo despertava. — Eu sempre achei que elas eram apenas uma versão melhorada do pombo de rua.

— Você é minha pombinha branca linda. Minha Madoo.

Fiquei corada. Não estava acostumada com esse romantismo da parte dele. Mas gostei. Ele me virou de frente para ele. Toda a minha felicidade estava refletida no rosto dele como um espelho.

— Te amo, Madoo.

Era a primeira vez que ele dizia isso.

— Também te amo. Sempre.

* * *

Muitos anos depois, ele ainda me chamava pelo apelido, mais por força do hábito do que por afeto. Tínhamos passado pelos altos e baixos comuns de uma longa relação, até o dia em que Paul ficou desempregado, mas esse fato representara uma mudança fundamental que parecia que não conseguiríamos superar. Não falávamos do abismo entre nós. Apenas convivíamos com ele, esperando, calados, que desaparecesse sem que a gente notasse, exatamente como havia surgido. E foi o que aconteceu, em certa medida.

Depois que Paul foi trabalhar com Wes e aquela névoa de infelicidade começou a se dissipar, meu ressentimento se foi. Quanto mais ele voltava a assumir uma rotina de trabalho, menos dura eu era com ele. Passamos a contemplar, relaxados, a possibilidade de as coisas voltarem naturalmente a ser como eram antes da recessão. Ele começou a ganhar dinheiro de novo, e sua confiança e atenção ressurgiram. Houve uma noite memorável na qual, depois de ganhar sua primeira comissão de seis dígitos, Paul parecia estar nas nuvens.

— Aí está minha pombinha.

Sorriu para mim como se eu fosse algo apetitoso e proibido que ele quisesse devorar. Eu ainda estava me acostumando a essa nova versão de Paul, depois de ter convivido com a versão deprimida e desgrenhada dele por tanto tempo. Porém, sentia que estava me reaproximando dele pela primeira vez em dois anos, desde que sua empresa havia falido.

Ele se sentou no sofá e ficou me observando enquanto eu me ocupava na cozinha, ciente de que ele me observava. Eu não me importava, só estava nervosa com toda aquela atenção. Era bom sentir algo que não fosse indiferença partindo dele.

— Madoo. — Era mais uma ordem que um chamado. Olhei para ele. — Vem cá — disse ele, batendo com a mão no assento do sofá.

Eu hesitei. Já estava tão acostumada a me distanciar dele que agi por puro reflexo. Cheguei perto dele. Sentei-me ao seu lado por um momento, e ele me puxou para mais perto.

— Estou com saudade.

E me beijou intensamente. Engraçado como um beijo do seu marido pode parecer estranho depois de tantos anos.

— Por onde você andava?

— Não sei. Mas não fui muito longe. — Ele fez uma pausa. — Você andou sumida também.

— Eu sei.

— Não vamos mais fazer isso. Somos você e eu.

— Sempre.

Voltamos a ficar em harmonia e nos apaixonamos outra vez. Voltamos a fazer amor como se fôssemos adolescentes com os hormônios à flor da pele. Prometi a mim mesma que ia diminuir a frequência dos remédios e que em algum momento ia acabar parando de vez. Não queria mais ficar dopada. Queria estar presente, ao lado dele. Eu sabia disfarçar muito bem, mas as substâncias químicas atrapalhavam meu corpo a reagir ao toque dele. Era inegável que minha libido havia sido afetada pelos opioides, mas não deixei transparecer que havia algo de errado. Nossa cama se transformou num santuário. Era tão bom quando caíamos nos braços um do outro que reprimi a sensação aflitiva de que, além da minha plena sensibilidade física, ainda faltava mais alguma coisa. Pensando bem, estávamos um buscando consolo no outro e encobrindo uma fissura maior, mas a gratificação imediata de ver que Paul me queria de novo fez com que eu não conseguisse pensar em mais nada.

Ele se tornou protetor. Esse novo cuidado que ele demonstrava com meu bem-estar revelou um lado mais frágil. De manhã, ele me acompanhava até o meu carro, abria a porta para mim e ficava observando enquanto eu me afastava. Mandava mensagens o dia todo para saber como eu estava. Também mandava e-mails românticos dizendo o quanto me amava. E, quando chegava à nossa casa antes de mim, me esperava na porta, feliz e aliviado, como se uma parte dele achasse que talvez eu não fosse voltar naquele dia. Paul passou a segurar minha mão quando saíamos. Eu gostava disso. Do nada, ele me puxava para me dar abraços apertados e segurava meu rosto ao me beijar. Às vezes, eu o pegava olhando para mim, pensativo, mas ele negava que estava fazendo isso. Havia um oceano de coisas não ditas, mas isso só aumentava ainda mais a excitação. Eu gostava de ser o mistério dele. E ele também se tornou o meu.

Agora me dou conta de que ele estava apenas se protegendo.

* * *

A gente quer acreditar que a intuição já tinha avisado que havia algo errado, que viu a maré recuar tranquilamente antes de a onda subir e quebrar de forma estrondosa, acabando com tudo à sua frente.

Retomamos nossa conexão, mas com ela veio também uma leve desconexão psíquica que eu não sabia de onde surgira. Até na cama, onde nosso vínculo era mais forte, eu a sentia. Enterrada lá no fundo, uma pontinha de vidro afiada me incomodava.

Certo dia, algumas semanas depois da volta do antigo Paul, antes de tudo se despedaçar de forma tão violenta, acordei me sentindo estranha. Paul roncava ao meu lado depois de uma performance particularmente atlética. Pensei algo com meus botões e disse em voz alta:

— Essa cama parece diferente.

Ao que ele murmurou em resposta:

— Também te amo. — Então ele se virou para o outro lado.

Acho que eu sabia. Só escolhi ignorar, até que alguém fez outra escolha por mim.

DEPOIS

Sem Duff nem Paul, as paredes ao meu redor parecem estranhas. E, como hoje também não me sinto eu mesma, talvez elas estejam mesmo estranhas. A raiva que sinto pelas traições de Paul começou a se dissipar, dando lugar a uma espessa névoa de depressão. Resisto ao chamado da nossa cama, o suposto alívio de me refestelar debaixo das cobertas e desistir. Não consigo deixar de pensar que Paul deve ter se sentido exatamente assim quando a empresa faliu.

Eu me sento à mesa da cozinha, olhando, ofegante, para a porta aberta, o suor escorrendo pelas minhas costas. Ouço o som baixinho da TV no cômodo ao lado, mas não me lembro de tê-la ligado. Parece que estou andando pela casa há horas, embora o tempo praticamente não tenha passado. Sabendo que ficar parada muito tempo vai gerar total atrofia motivacional, eu me levanto e começo a andar. Por força do hábito, estendo a mão para pegar meus anéis.

Estou preocupada com Duff, mas tento não pensar muito nisso, focando na vontade de punir Paul. Tirar nosso cachorro dele estava na lista de formas como eu poderia acabar com a vida dele — que elaborei quando não estava no meu melhor momento. Mas o fato de eu não lembrar exatamente o que fiz me assombra. Eu jamais seria capaz de fazer mal a Duff. Mas estou mergulhada em incerteza.

Agora minha imaginação vaga pelos mais terríveis destinos, e tenho de reprimir um grito que vem do fundo do meu âmago. Preocupação nunca foi algo para o qual eu dei muita importância, porém, hoje estou submersa em ansiedade devido a muitas coisas. Eu devia estar procurando nosso cachorro. Devia estar procurando meu anel. Devia ligar para Paul. Mas só consigo pensar em achar mais comprimidos. Por um breve momento, penso que, se cheguei mesmo a esse ponto, então eu realmente perdi o controle das coisas. Mas tento não pensar nisso agora. Quando estiver quimicamente bem abastecida de novo e puder me dar ao luxo da autorreflexão, eu penso nisso.

A crise de abstinência de tranquilizante bate depois de cerca de oito horas. Quando as coisas começam a ficar esquisitas, a contagem regressiva desde minha última dose está por volta das seis horas. Paranoia, alucinações e desorientação já parecem estar batendo à porta. Até amanhã, isso não vai me deixar incapacitada, mas, na única outra vez que enfrentei esse processo doloroso, parecia que eu tinha sofrido uma intoxicação alimentar enquanto estava gripada. Isso falando apenas da abstinência física.

Depois de fazer uma busca minuciosa em cada um dos meus esconderijos dentro de casa, concluo que revirar o carro pelo avesso é a opção mais promissora, mas não encontro nem uma pílula sequer extraviada no piso nem nos bancos. A situação está ficando desesperadora. Não posso recorrer a Mark. Não enquanto Sasha estiver desaparecida.

Sei o que tenho de fazer, mas não quero encarar o mundo lá fora. Vejo que meus tênis e minhas roupas de ginástica ainda estão no banco detrás, onde os deixei há dois dias. Isso parece ter acontecido há uma vida inteira.

Mal levei a chave à ignição quando ouço latidos. Pelo retrovisor, vejo Duff saltando na direção da casa. Vejo o lampejo de alguém desaparecendo no canto e saindo do campo de visão antes que eu consiga identificá-lo. Eu me aproximo da rua e caio de joelhos na grama quando ele pula nos meus braços e me derruba. Estou tão ofegante quanto Duff, e rio e choro de alívio, com o rosto grudado em seu pelo, nós dois com o coração disparado.

12

Paul
ANTES

O passado sempre volta para cobrar seu preço.

Eu devia ter agido diferente. Agora percebo isso. Mas, por outro lado, é sempre difícil saber se o resultado seria outro se eu tivesse lidado com a situação de outra forma. Então só posso supor. Mesmo assim, talvez eu pudesse ter feito mais para apagar o fogo. Ou pelo menos não atiçar ainda mais as chamas. Eu devia ter bloqueado o novo número de Sheila. Mas, para ser honesto, aquilo massageava meu ego e até me dava tesão. Queria ver quão longe ela estava disposta a ir. Pelo menos no início era isso que eu queria.

Mesmo que as mensagens de texto que recebi logo depois de ter esbarrado com ela tivessem me deixado irritado, com o tempo, passei a encará-las de outra forma. Era óbvio que tinha sido difícil para ela. Havia me perdido, e sabe-se lá o que tinha acontecido com aquela merda de casamento dela. Ela surtou logo depois do baque que deve ter tido, me ver de mãos dadas com a minha mulher e feliz. E dava para entender como ela se sentia. O que nós tivemos foi tão visceral e animalesco que é claro que a reação dela seria drástica depois de ter se entregado de corpo e alma. Então, mais ou menos uma semana depois do primeiro bombardeio de mensagens, eu já nem me lembrava mais delas.

Até que ela levou a brincadeira a outro patamar.

Nunca vou esquecer a sensação que me arrebatou ao ver aquela foto no meu celular. Na imagem, Rebecca e eu estamos sentados a uma mesa na calçada do café onde costumamos almoçar nos fins de semana, bebendo café e lendo o jornal juntos. Estamos de mãos dadas por cima da mesa e rindo. A garçonete que conduz o carrinho com comida atende o casal ao nosso lado. Ao que parece, Rebecca e eu desfrutamos mesmo de um belo momento juntos. Mas o contexto da imagem carrega algo sinistro. Na mesma hora, me dou conta de que a foto provavelmente foi tirada meses antes daquele fatídico encontro, levando em conta o dia ensolarado, o que significa que minha ex-amante vinha nos espionando sabe-se lá há quanto tempo. Ela não tinha simplesmente esbarrado com a gente por acaso na rua. Minha cabeça ainda tentava equacionar as implicações disso quando chegou outra mensagem:

Quer mais?

A injeção de adrenalina, junto da sensação de violação que tive ao saber que aquela mulher visivelmente perturbada estava nos seguindo, bastou para me deixar puto da vida. Eu devia ter apenas respirado fundo e tentado me recompor, mas, em vez disso, dispararei a seguinte mensagem:

Vou acabar com a merda da sua vida.

Não tive mais notícias de Sheila depois disso. No começo, fiquei ansioso com a expectativa, esperando o próximo movimento dela na porra do xadrez que ela provavelmente achava que estávamos jogando. Mas não chegava mensagem nenhuma. Dias e mais dias, e nada. No fim, me deixei ser iludido com a ideia de que minha mensagem a reduzira ao silêncio por ter ficado assustada.

Eu devia ter aberto o jogo. Devia ter contado tudo à minha mulher antes de as coisas tomarem o rumo que tomaram. Mas estava com medo. Tínhamos chegado a um equilíbrio em nosso casamento, e eu não queria correr o risco de estragar essa dinâmica. Estava preocupado com a segurança dela, claro, mas isso só me motivou a ficar mais alerta em casa ou quando estava perto dela. Quanto mais eu fazia isso, mais íntimos parecíamos ficar. Então comecei a me apegar a esse novo componente da nossa relação, o que tornava quase impossível a possibilidade de abrir o jogo com ela.

E assim foi. Às vezes pequenas coisas têm uma capacidade enorme de virar uma bola de neve, adquirindo proporções tão intimidadoras que fica impossível lidar com elas. Eu podia ter posto a segurança da minha mulher acima da minha necessidade patológica de ser o cara bonzinho. Podia ter confessado tudo, dizendo que estava arrependido, reconhecendo que o caso tinha sido um erro e como isso tinha aberto meus olhos para a intensidade dos meus sentimentos por ela. Podia ter tentado explicar que minha transgressão havia feito com que eu me lembrasse do que realmente importava, e que esperava que ela se desse conta de que, quando tudo aquilo acabasse, ficaríamos ainda mais unidos. Eu podia ter feito várias coisas de forma diferente. Mas elas acontecem como têm de acontecer. E, no fim das contas, não dependia de mim.

13

Rebecca
ANTES

Minha bicicleta era sempre a número seis. A de Sasha, a número cinco. Sempre na primeira fila.

Quando Paul entrou em depressão, passei a sair de casa cada vez mais cedo e ficava dando voltas de carro até o escritório abrir. Ele não perguntava aonde eu ia, só mencionava que os gastos com gasolina no cartão haviam aumentado. Eu nem me dava ao trabalho de mentir sobre o que fazia durante as manhãs, porque ele não estava nem aí. E eu também não tinha pensado em nada. Até que ouvi Sasha comentar com uma das novas representantes, quando estava no banheiro, no dia do nosso jantar de Representante do Ano, que conseguia todos os seus comprimidos na aula de spinning. Então, de repente, passei a ter um objetivo nas minhas manhãs vagantes. E estava determinada a descobrir mais sobre a ex-namorada de Paul.

Aquele seria um lugar para pisar fundo nos pedais e, ao mesmo tempo, conter os movimentos, enquanto as rédeas emocionais corriam soltas. Comecei a ir todos os dias, às vezes duas vezes por dia, se precisasse. Gastei milhares de horas e dólares tentando eliminar partes físicas e emocionais meio moles minhas que eu sempre detestei.

Parecia que eu não conseguiria chegar ao fim do dia sem querer matar alguém se não tivesse aquele momento no qual poderia extravasar. Precisava da droga da bicicleta tanto quanto precisava da droga química.

Quando comecei a fazer spinning, só tomava os analgésicos prescritos — às vezes por vários médicos, é verdade. E só opioides. Afinal, eu tinha minhas regras. Assim como eu, Sasha gostava de receitar, da própria cabeça, as medicações que as pessoas poderiam tomar para corrigir as falhas de personalidade. Ela sabia que eu era esposa de Paul, mas vivia me ignorando. Só depois de dois meses frequentando religiosamente as mesmas aulas foi que a ficha dela caiu. Estávamos no vestiário e uma aluna meio neurótica dava um chilique na fila do chuveiro.

— Simplesmente não entendo como aceitaram *aquele menino* numa escola que se diz de elite, quando está na cara que ele não passa de um sociopatazinho. E a *mãe?!* Uma descontrolada! Essa história me fez repensar se eu quero mesmo que minha Christina estude lá. Que estresse, meu *Deeeeus!* Não aguento isso.

Sasha se virou para mim e sussurrou, de forma conspiratória:

— Acho que tem alguém precisando de um Xanax. Pena que não consigo ceder um dos meus comprimidos.

Fiquei surpresa por ela ter se dirigido diretamente a mim e, na hora, não tive reação, mas consegui me recompor rápido.

— Nem eu. Mas acho que, no caso dela, teria que ser algo mais forte do que o que nós duas tomamos.

Ela riu, concordando.

— Você é mulher do Paul, né?

Nós já tínhamos nos sentado à mesma mesa, e ela estava agindo como se fosse a primeira vez que me via.

— Sou. E trabalho com o seu marido — respondi, toda sorridente.

— Que sorte a sua! — comentou ela, mas eu não sabia dizer se ela estava se referindo ao fato de eu ser casada com Paul ou de trabalhar para o marido dela. A verdade é que eu estava feliz por finalmente ter sido reconhecida.

— Você e Paul estudaram juntos no ensino médio, não foi?

Eu sabia que os dois tinham estudado juntos; Paul adorava lembrar isso quando a gente falava de Mark.

— Isso foi há *tanto* tempo! Ele ficava que nem cachorrinho atrás de mim.

Paul já deu a entender algumas vezes que ele e Sasha praticamente só não se casaram depois do ensino médio porque um colega da escola entrou na jogada e a roubou dele.

Nas aulas seguintes, ela sempre respondia aos meus "oi" e "como vai?", até que um dia passamos a de fato conversar. Em geral, o papo girava em torno dela, enquanto se arrumava na frente do espelho para o *happy hour* das mulheres, para o qual eu nunca era convidada.

Parecia que eu estava de volta ao ensino médio. Estava acostumada a não me enturmar muito, isso era algo que já estava em mim. Nunca tinha me conectado de fato a nenhuma das famílias com as quais cheguei a morar, nem passei tempo suficiente nas escolas nas quais havia estudado para criar laços. Mas essa parte minha que havia se acostumado a ser excluída, ainda que sutilmente, nunca me impedira de querer ser incluída. Mesmo que isso significasse ter de aturar os comentários maliciosos de Sasha. Ela provavelmente percebeu meu incômodo quando falava de seu passado com meu marido, porque passou a comentar sobre o assunto com frequência nas conversas de vestiário, achando aquilo tudo muito divertido.

"Vocês sabiam que eu e o marido da Rebecca fomos juntos ao baile de formatura do ensino médio? Nós dois estávamos tão nervosos com toda aquela coisa de perder a virgindade que ele chegou a chorar. Foi tão fofo."

"Fico tão feliz que você e Paul tenham se encontrado. Achei que ele nunca ia me esquecer, de tão arrasado que ficou quando terminei com ele. E ele fez de tudo para tentar me reconquistar."

"Paul ainda canta no banho? Ele achava a voz dele linda. Vivia cantando a nossa música, *Brown Eyed Girl*, embora não fosse nenhum Van Morrison, óbvio."

Eu sempre achava graça e entrava na onda, mas Sasha sabia que aquilo me incomodava. E eu detestava ver meu lado ciumento sendo aflorado.

Foi Sasha quem me apresentou às anfetaminas. Ela se achava uma espécie de farmacêutica autodidata, mas reclamava que Mark não lhe dava o que ela queria, embora ele tivesse acesso. E eu tinha algo que ela queria: os nomes dos médicos que não tinham muito pudor na hora de receitar substâncias controladas, que eu havia conhecido nos anos que trabalhei como representante. Eram os veteranos, que davam receitas de Valium como se fossem a cura para o fato de sermos mulher. Eu lhe dei os contatos, e, em troca, ela me passava uma parte dos remédios quando se sentia generosa. Mas nós nem de longe éramos as únicas envolvidas no tráfico dos estabilizadores de humor.

O comércio corria solto no vestiário. Nada muito na cara, mas, de qualquer forma, ninguém desconfiava de mulheres brancas da alta sociedade. Era só saber identificar quem poderia estar a fim e puxar conversa.

"Meu Deus, ando tão distraída no trabalho! Será que sou só eu ou você também não consegue fazer nada direito?"

"Eu tenho que ir para a casa da minha sogra no fim de semana e estou quase arrancando os cabelos. Estou sem Xanax, dá para acreditar?!"

"Acho que cafeína não faz mais efeito em mim. Estou me arrastando até agora. Juro que acho que vou ter que entrar na Ritalina!"

"Meu marido está me traindo com a babá. A única coisa que me impede de matar os dois é Ativan com Chardonnay."

Era muito fácil encontrar as pessoas que simpatizavam com a causa. Rolava Adderall em troca de Ativan. Oxy em troca de Xanax. Opioides por fentanil. Todo mundo tinha Ambien. E ainda havia fenfluramina/fentermina na jogada, para as mais radicais, que tinham mais medo de engordar de que ter insuficiência cardíaca.

Então, com o tempo, comecei a entender por que Paul achava Sasha tão fascinante. Era inegável que ela tinha um brilho que fazia com que todos prestassem atenção nela. Nas aulas, atraía tanta atenção quanto os instrutores. Era fácil ficar fascinado por ela, estava sempre alheia às pessoas ao seu redor e enxergava pouca coisa que não fosse ela mesma nos espelhos em frente às ergométricas. Uma ave-do-paraíso loura, empoleirada na bicicleta, pedalando freneticamente, os peitos estufados. Sempre no ritmo da música, braços e ombros firmes e malhados. Eu a odiava, mas estava obcecada por ela.

Durante esse tempo todo que passei observando Sasha, não tinha a menor ideia de que alguém estava fazendo a mesma coisa comigo.

DEPOIS

Quando entro na academia Lotus Pedal, uma das moças da recepção me entrega uma vela votiva com o nome de Sasha e o número da bicicleta dela, cinco, escritos com uma caneta permanente de cor metálica. Ela está com uma camiseta que também vejo presa à parede com o preço: "$47". As palavras "Sentimos sua falta" estão estampadas na frente em letras prateadas, e "De todo o coração" na parte detrás, com o número 5. Algumas mulheres que eu conheço estão comprando a camiseta e segurando velas votivas, com olhares sérios mas também reprimidos de empolgação.

Um remix de *Missing*, do Everything but the Girl, explode nas caixas de som enquanto vou abrindo caminho pela multidão de testas esticadas e tops de alcinha, nadando contra a correnteza, em direção ao vestiário que vai ficando vazio. Passam por mim todos os tipos possíveis e imagináveis de cores de cabelos, presos em rabos de cavalo e coques — incluindo os poucos homens presentes. Ao descer a escada em direção ao vestiário e ao banheiro, balbucio para uma mulher que ficou para trás que preciso fazer xixi. Viro no corredor, agora vazio, e faço o que posso com os cadeados de combinação. Só posso tentar com um ou dois, caso contrário vou parecer suspeita nas câmeras. Mas, em pouquíssimos minutos, consigo o que quero.

Sou a última a chegar, com exceção da instrutora, que aguarda para fazer sua entrada. O salão está cheio, todas as bicicletas ocupadas, exceto a da minha esquerda e a da direita. Como era de esperar, a bicicleta de Sasha está desocupada. Alguém colocou uma vela acesa no banco, a pequena chama tremulando ao impacto do vento do ar condicionado que vem de cima.

Madeline, a professora favorita de Sasha, entra rebolando no salão. Ostentando o cabelo longo e a barriga de tanquinho, ela sobe no tablado, braços para o alto, incitando todo mundo a começar a berrar. A música termina e começa uma versão mais agitada de *Wish You Were Here*, do Pink Floyd, e todos vibram.

Madeline diminui a luz e os pontinhos das velas iluminam o piso ao redor de nós, como se fosse o céu à noite. A bicicleta desocupada de Sheila é uma surpresa. Eu sei que ela não vai aparecer, mas uma novata havia começado a usar a de número sete quando Sasha parou de vir, e me espanta que ninguém tenha ocupado o lugar privilegiado.

Subo na bicicleta. A ausência de pessoas à minha esquerda e à direita faz com que eu me sinta exposta. Parece que estou sendo observada. As duas mulheres atrás de mim se aproximam uma da outra para cochichar.

— Quem é a que não está aqui mesmo? — pergunta uma mulher de camiseta com uma estampa de Buda à sua amiga.

Eu não digo a elas que, tecnicamente, as duas estão desaparecidas. Mas parece que só uma é importante o suficiente para que sua ausência seja notada.

— Acho que é aquela loura magrela com os braços da Madonna.

A mulher com a estampa do Buda assente, como se a amiga não tivesse acabado de descrever praticamente todas as mulheres da primeira fila, com exceção de mim.

A música muda, indicando o início da aula, e Madeline sobe na bicicleta que está de frente para nós quando as primeiras notas de *Missing*, de Beck, começam a tocar. Ela olha para a bicicleta vazia de Sheila com o cenho franzido e convida a mulher que está atrás a passar para a frente, declarando-a a sucessora. A amiga puxa um coro de "Uhul!". Ela monta na bicicleta com lágrimas nos olhos e abre um largo sorriso.

— Isso aí, suas guerreiras lindas do amor e da verdade! Respirem. Vamos lá, vamos pedalar com os olhos fechados e o coração aberto. Vamos botar essa resistência a mil, porque a vida não está nada fácil e a mudança só vem pela merda do caminho mais difícil. Hoje estamos pedalando por uma das nossas guerreiras da luz e da beleza. Ela desapareceu no grande desconhecido, e a gente precisa chamá-la de volta à nossa matilha.

Resisto à tentação de revirar os olhos.

Ela coloca o volume no máximo, e a turma inteira entra numa batida um-dois, sessenta pares de olhos fechados, cabeças balançando ao ritmo da música, inclusive a de Madeline. Fico de olhos abertos, me olhando no espelho. Meu rosto está inexpressivo, e os olhos parecem sem vida.

Eu devia estar sentindo algo pelo desaparecimento de Sasha. E até sinto, mas não o que deveria. Estou feliz por ela não estar mais aqui. E também estou feliz por Sheila não estar mais aqui. Quando minhas pernas começam a ficar mais pesadas, percebo que estou meio chapada por conta do Ativan que roubei do armário número doze. Num reflexo, levo a mão ao bolso do meu casaco de lycra e me acalmo ao sentir o peso do frasco de opioides que surrupiei do armário oito.

Até que ponto posso confiar no que Paul disse à polícia sobre suas interações recentes com Sasha? E sobre tudo o que ele me disse no passado? O fato de eu mais uma vez perceber que devia ter ficado de olhos mais abertos me leva a um novo nível de indignação. Minhas pernas ganham velocidade de novo, motivadas pela raiva e pela batida da caixa de som.

A essa altura, a raiva é tão grande que parece que não vou conseguir contê-la. Fecho os olhos bem forte e tento me livrar das lembranças, mas elas teimam em persistir. São muitas imagens passando pela minha cabeça, pedalo mais rápido e com mais vontade para tentar me livrar delas, mas não consigo. A velocidade me faz mergulhar de cabeça naquela noite, vinte e nove anos antes.

Estou forçando a porta do closet depois que a gritaria cessou e o som dos trovões deu lugar ao silêncio. Estou de pé junto ao corpo sem vida da minha mãe, tentando entender exatamente o que estou vendo. A música muda, as imagens, também. Uma imagem fragmentada e a voz do meu pai me chamando e pedindo socorro. Um filete de sangue escorrendo pela face, descendo pelo canto de sua boca. Sua voz estrangulada dizendo meu nome. Como sempre, tento apagar a lembrança antes de percorrer o curto caminho até seu braço estendido. Toda vez eu tento fugir. A imagem muda do quarto dos meus pais para o nosso. Ela está sentada na cadeira, nos observando e esperando. Meu coração bate tão rápido que acho que vou ter uma parada cardíaca. Então, pedalo mais devagar e desço da bicicleta, trêmula, derrubando várias velas. Sinto todo mundo olhando para mim, olhares de julgamento me seguindo enquanto saio correndo. Antes que a porta se feche atrás de mim, o opioide já está em minha boca.

Não consigo apagar o rosto dela da minha mente no escuro. Preciso fugir dela.

ANTES

Ela entrou no meio da noite. Quando abri os olhos, estava nos observando.

Estava sentada na poltrona redonda perto da janela, acariciando Duff vagarosamente. Seus olhos estavam perdidos, e seu corpo, calmo. Estava imóvel, exceto pelo espasmo de movimento que ia do ombro aos dedos. Duff estava feliz, com a língua para fora. Estava nítido que se conheciam há um bom tempo.

Uma parte de mim sabia exatamente quem ela era e o que viera fazer. Até que, por fim, eu a reconheci. Bicicleta número sete. Ela estava em nossa casa, sentada em nosso quarto. Não entendi o porquê, mas não me faltavam motivos para ter medo.

Enquanto meus olhos se adaptavam à meia-luz, Paul roncava baixinho ao meu lado, imóvel. Estava num sono profundo. Meu coração batia tão rápido em meu peito que até desejei que o barulho o acordasse. Ela não dissera uma palavra sequer, mas sua expressão deixava bem claro para mim que pretendia nos machucar. A arma no colo dela confirmava isso.

Debaixo das cobertas, movi minha perna pela nossa enorme cama, numa tentativa de cutucá-lo para fazê-lo acordar, mas a distância entre nós era muito grande. Mesmo que eu conseguisse tocá-lo, ele tinha tomado remédio para dormir. Ultimamente, minha agitação vinha tirando seu sono.

Ela continuava imóvel, a não ser pela mão que acariciava Duff. Estava perfeitamente à vontade no assento aveludado, sentada em cima de uma das pernas, como se já tivesse se acomodado ali antes. Ela tinha acendido uma vela, e o reflexo da chama dançava em seu rosto, fazendo o quarto mergulhar numa espécie de sessão espírita. À medida que meus olhos se adaptavam, seu rosto ficava mais visível. Eu nunca tinha prestado muita atenção nela nas aulas, muito embora tantas vezes seu reflexo no espelho estivesse perto do meu.

Ela tinha uma boca bonita, e os olhos enormes pareciam pires, mesmo quando estavam semicerrados. Era magra e tinha um quê de brinquedo novo. Os cabelos haviam sido impecavelmente alisados, e eu conseguia perceber que ela estava usando uma cor escura de batom que eu costumava usar com frequência. Trajava um vestido sem manga que mais parecia um figurino de teatro. Era uma ocasião especial.

— Não. O. Acorde — disse ela, de forma calma e devagar.

Eu ainda não sabia em quem ela pretendia atirar. Apenas assenti.

— Ele não pode ter tudo.

Fiz que sim com a cabeça de novo, estendendo um dos braços e usando a outra mão para me sentar na cama. Ela não protestou.

— Eu tinha tanta coisa. Tanta. E agora não tenho nada. Perdi tudo. Primeiro, meu marido. Depois, minha casa e meus amigos. E depois Paul. E agora nem Molly está mais aqui.

Ela começou a chorar baixinho. Eu não fazia a menor ideia de quem poderia ser Molly. O desequilíbrio da mulher ia muito além da raiva; cada tremor de seu corpo indicava que estava profundamente fora de si. Uma tempestade de loucura.

— Pra mim já chega. Não aguento mais. Não posso continuar me sentindo assim.

Torci para que a voz mais alta e emotiva dela acabasse acordando Paul, mas também pensei que seria bom mantê-la calma, quando a vi levar a mão livre à coronha da arma.

— O seu marido disse que ia acabar comigo.

Deixei que minha expressão facial falasse por mim. Meu choque aparentemente lhe serviu como combustível.

— Quem ele pensa que é para me usar e depois jogar fora? Para fingir que eu nunca existi e depois me ameaçar quando eu o faço lembrar da minha existência. Ele não vai ficar com tudo e se safar assim.

Uma onda de ódio subiu pelo meu corpo. Eu também fiquei com vontade de matar Paul. Por ter me traído, por ter mentido para mim; por ter me traído e mentido para mim com uma pessoa tão evidentemente instável. Por ter me colocado em perigo.

Ela parou de falar e começou a bater o pé rápido no chão. Duff acompanhava o ritmo dela com o rabo. Paul nem se mexeu. Ela era uma bomba-relógio ativada por ele no nosso quarto, e ele nem sabia o que estava acontecendo.

Por fim, falei, com todo o cuidado:

— Eu entendo. Ele também me magoou. Vamos fazer isso juntas.

Minha voz saiu calma, o que me surpreendeu, considerando meus níveis de medo e ódio. Estava improvisando com cada célula do meu corpo.

Eu nem precisava ver a expressão dela à luz do dia para saber que havia ficado desconcertada com a minha reação. Eu sabia que não tinha muito tempo nem uma chance real de ela me entregar a arma. Estava em total desvantagem e tinha de pensar, e não entrar em pânico.

E aí lembrei o que eu tinha colocado debaixo da cama quando Paul viajara meses antes. Então, estiquei a mão em direção ao espaço entre a cabeceira e o colchão, por trás dos nossos travesseiros.

O som saiu mais alto do que eu me lembrava da minha infância. Fui tomada por uma explosão de dor no ombro instantes antes de o martelo que estava na minha mão atingir a cabeça dela.

* * *

A pressão da mão de Paul na camiseta que estancava o sangue no meu ombro foi registrada antes do som da voz dele. Ele repetia meu nome enquanto apertava forte meu ombro com uma camiseta que ficava cada vez mais encharcada de sangue. Eu estava quase caindo de joelhos, tamanha era a dor, mas lutei para me manter ereta.

Ela estava caída de qualquer jeito, de cara no chão, à direita da poltrona. Ao lado, estava a arma, cuja semelhança com a de Paul era algo suspeito. Eu não conseguia desviar os olhos da mancha de sangue no piso entre mim e ela. Havia tanto sangue que era difícil dizer de quem era.

Duff não parava de cheirar o cabelo dela, ora latindo, ora uivando. O martelo que eu havia escondido ao alcance da mão para me proteger, caso algum intruso aparecesse na ausência de Paul, estava no chão entre nós. Paul me levou até a poltrona na qual ela estivera sentada minutos antes... ou horas antes. Minha noção de tempo não era das melhores naquele momento.

— Você perdeu muito sangue. Está em estado de choque. Aperte bem isso aqui.

Paul botou minha mão no lugar onde a dele estava, e eu me retraí com a momentânea ausência de pressão e o excruciante retorno dela. Fiz que sim com toda a calma, mas, por dentro, oscilava violentamente entre o choque e uma raiva assassina que sentia pelo meu marido.

— Espere aqui.

Ele desapareceu na escuridão do nosso banheiro, e o barulho que fazia enquanto remexia embaixo da pia não era o suficiente para me distrair muito do emaranhado do cabelo dela espalhado no chão. Eu me lembro de ter achado o cabelo dela bonito, algo que nunca havia notado antes, pois, durante as aulas, só o via preso num coque.

Ele voltou rápido e, com cuidado, tirou a camiseta ensopada de sangue do meu ombro, substituindo-a por uma larga faixa de gaze. Senti a água oxigenada queimando o ferimento, e a dor me causou uma onda de náusea. Paul limpou bem a região e, quando o sangue parou de jorrar o suficiente para que desse uma olhada, ele pareceu aliviado.

— Não foi nada muito sério. A bala só pegou de raspão, ferindo só na carne.

Paul colocou um pedaço de algodão limpo em cima do ferimento e apertou bem a atadura. A dor, antes insuportável, agora era lancinante.

— É o meu ombro ruim.

— Acho melhor você tomar um analgésico.

Deu para ver a relutância nos olhos dele ao dizer isso. Eu tinha conseguido diminuir de forma considerável o consumo desde que ele voltara a trabalhar, então hesitei. Mas tudo o que eu mais queria naquele momento era um comprimido.

Quando fui buscar a hidrocona no armário de remédios, eu o ouvi repetindo "Sheila" algumas vezes, mais alto a cada vez, como se ela não se mexesse porque ele estava falando baixo. Estremeci quando o ouvi dizer o nome dela. Abri a tampa do frasco, peguei dois comprimidos gordinhos e os engoli sem água.

Voltei com o frasco na mão e parei perto dele. Não era a primeira vez que víamos um cadáver, mas Paul estava se comportando como se, para ele, aquilo fosse algo inédito.

Após um momento de perplexidade, ele se ajoelhou junto dela, afastando os cabelos do ombro. O gesto gentil de intimidade e as mãos do meu marido em cima de outra mulher me fizeram sentir um aperto no peito. Mas, logo depois, ele levou os dedos ao pescoço dela, de um jeito prático e sério, sem nenhuma ternura. Ele pressionou e ficou esperando, sem demonstrar qualquer emoção. Em seguida, afastou a mão, fazendo os cabelos dela caírem em cascata. Ele se levantou, pálido e trêmulo, e disse:

— Ela está morta.

14

Paul
DEPOIS

O que foi que ela fez? O que foi que nós fizemos?! Merda! Merda-merda--merda-merda-merda!

O trânsito ainda estava tranquilo na Rota 25 naquela manhã, e eu estava grato por isso, levando em consideração as circunstâncias. Mas a luz do alvorecer despontava no horizonte, me provocando, fazendo com que eu me apressasse. Semicerrei os olhos para tentar focar, mas a imagem do olhar congelado de Sheila caída no chão do meu quarto — um olhar desnorteado, de desespero — não saía da minha cabeça.

Ela fez o que foi preciso. Foi legítima defesa. Posso ir à polícia e explicar tudo.

De repente, o barulho da fricção dos pneus no tachão reflexivo da pista fez com que minha atenção voltasse para a estrada. Respirei fundo e então expirei. Sequei as mãos uma de cada vez na calça jeans e as realinhei ao volante. Só então percebi que estavam frias e dormentes, mas eu precisava deixar as janelas abertas para que o ar fresco entrasse. Em seguida, pisei no freio para voltar ao limite de velocidade.

Será que não é melhor procurar a polícia? Ainda dá tempo de fazer isso. Puta merda. Mas é claro que não dá mais. Como é que você vai explicar o fato de ter tirado o corpo de lá?

— Presta atenção, seu idiota!

A indignação da motorista do Mazda na faixa à minha direita foi acompanhada de uma buzinada demorada. Fiquei olhando enquanto ela corrigia o súbito desvio de rota e atirava uma guimba de cigarro pela janela, em minha direção.

Tenho que fazer isso. A coisa ficou muito feia. Rebecca tem razão. Eles nunca iam acreditar. Não a essa altura. Será que iam? Rebecca tem razão, não tem? É claro que tem. Ela implorou. Ela nunca faz isso. Claro que ela tem razão. Tem, sim. A arma era minha. Estava na mão da Sheila, mas era minha.

De repente despertei do devaneio e vi luzes piscando pelo retrovisor. Quando vi aquilo e ouvi a sirene, foi como se meu corpo tivesse sido tomado pela terrível sensação de que tudo estava acabado. Aquele momento em que o estômago vem parar na boca e você tem certeza de que está fodido. Então, conduzi o carro para o acostamento, e a viatura da polícia me seguiu.

Quando parei, ouvi o baque da lona enrolada acertando a caixa de ferramentas atrás do meu banco. O som provocou uma horrível sensação de vazio no meu peito, e senti gosto de bile subindo pela garganta.

— Carteira de habilitação e documentos do carro, por favor.

Ele me olhava de cima a baixo, como se não soubesse o que fazer comigo.

— Bom dia, seu guarda.

Peguei os documentos que ele havia me pedido e lhe entreguei. Minhas mãos estavam côncavas, como se ainda estivessem segurando o volante. Precisei fazer com que elas relaxassem.

— Sr. Campbell. O senhor caiu da cama hoje? Ou será que colocou alguma coisinha a mais no seu café?

— Não, senhor. Peço desculpas por estar dirigindo assim.

— Está tudo bem, Sr. Campbell? — perguntou ele, dando uma olhada na traseira do Cherokee.

— Bem, minha mulher está em casa meio indisposta. Mas tenho que cumprir um contrato de uma obra e fiquei de levar essas ferramentas até o local e depois voltar para cuidar da patroa — expliquei, indicando com a cabeça o banco detrás.

— Então sua esposa não está se sentido muito bem...

— Pois é... Passou a noite se revirando na cama, acordada.

— Isso aí está pegando todo mundo — comentou ele, fazendo um gesto em solidariedade.

— Oi? — Eu tossi.

— Essa gripe... Também está pegando todo mundo lá em casa. — Ele me devolveu os documentos e me deu um tapinha no ombro. — Boa sorte, companheiro. E, por favor, pisa leve.

* * *

Faz alguns anos que vi esse terreno perto de Smithtown Bay pela primeira vez, quando nós ainda pensávamos na possibilidade de loteá-lo para construir condomínios. Chamamos uma equipe para avaliar o solo, mas acabamos descobrindo que ficava perto demais de um lençol freático para conseguirmos uma autorização municipal. O dinheiro por fora, que causava um rombo nas minhas contas, não foi o suficiente para convencer o supervisor a fazer vista grossa a certos critérios, então os planos para o terreno não foram para a frente. Na confusão desta manhã, aquele lugar foi a primeira coisa que me veio à mente.

Saí da pista com o Jeep, estacionei e pisei num solo que parecia bem firme. *Merda*. Abri a porta traseira, peguei uma pá e bati com ela no solo. Não cedeu nadinha. Ergui um pouco mais alto a ferramenta na vez seguinte, e, ao descer, a lâmina ricocheteou na terra congelada, forçando o cabo dolorosamente na palma da minha mão, que estava meio dormente. *Bosta*.

Sentei-me de novo no Cherokee. Esfreguei as mãos uma na outra e as assoprei. Olhei para o mostrador digital no painel. O sol começava a projetar longas faixas de luz no chão congelado, fazendo os minúsculos cristais de gelo brilharem como se fossem pedras preciosas. *Isso tem que funcionar. Vai funcionar. Isso aqui é praticamente um pântano. Só preciso esperar uns minutinhos. Poucos minutos, e ele vai ceder.* Olhei de novo para o relógio do painel, engatei a ré e recuei a distância de um carro.

Peguei a pá no chão, parei na frente do Jeep, encostei a lâmina na terra e, com a bota, pisei nela com força. Senti o impacto na canela. *Não. Por favor, não, não, não.* Ouvi o latido de um cachorro à distância e larguei a pá. Minhas mãos pareciam desconectadas do corpo, o estômago estava quase saindo pela boca, me sufocando. Tombei na lateral da caminhonete e fui escorregando até o chão. *Acabou. Essa merda toda acabou. Eu não consigo cavar o... Espera.*

Segurei a maçaneta da porta traseira e me levantei. Precisava me recostar no carro para pensar com clareza. *Tem que haver outra maneira.* Tentei avaliar as alternativas, à medida que ia conseguindo enxergá-las. Mas só tinha uma. O sol não estava a meu favor. Nada estava a meu favor. Essa era minha única cartada. A única.

Então joguei a pá no banco detrás, pulei para o da frente e dei a partida no carro. Retracei meu caminho até a estrada de terra e segui por vias secundárias. Fui me guiando pelas árvores pelas quais havia passado na vinda para chegar à estrada principal. Alguns cães, banhados pela luz das varandas, latiram para mim quando passei. Cheguei à conclusão de que estava dirigindo em círculos. Por fim, vi as árvores recuando ao me aproximar da estrada.

Era o último lugar para onde eu desejava ir, mas também era a única coisa em que conseguia pensar. Voltei para a Rota 25, ganhei velocidade e fui para Cold Spring Harbor. Não seria o ideal, mas era o que dava para fazer no momento, até eu poder resolver de vez essa situação.

15

Rebecca
DEPOIS

O cheiro de carbonita que ficou em nosso quarto era tão forte que fui transportada aos meus onze anos, de pé entre os corpos dos meus pais. Ao lado dele, estava seu objeto mais precioso, uma antiga Smith & Wesson calibre 44, seu sangue formando uma poça no carpete bege sob seus ombros e ao redor da cabeça, como uma auréola carmesim. O sangue que saía da cabeça da minha mãe formava rios vermelhos ao redor dos meus pés e no carpete entre os dois. A arma estava na família desde a época dos caubóis e dos foras da lei, quando meus antepassados tinham de lutar pela vida nas terras selvagens do Oeste, ou pelo menos era o que meu pai me contara uma dezena de vezes, ao que minha mãe revirava os olhos.

Ele me deixou segurar a arma uma vez, mas ela arrancou aquele objeto surpreendentemente pesado das minhas mãozinhas, repreendendo-o. Eu me refugiei na segurança do closet e fiquei lendo com a luz de uma lanterna até que a briga acabasse. Haveria tantas outras brigas até chegar àquela última.

Depois que percebi que meu pai ainda estava respirando e que abriu os olhos e me viu, depois que me aproximei dele e ele agarrou meu braço, puxando com força, depois que ele enfim parou de respirar e eu me afastei daquele corpo sem vida, olhei para o revólver no chão como se aquilo fosse uma cobra prestes a dar o bote. Deitei a cabeça no travesseiro, ao qual passei a noite inteira agarrada, dormindo fora da cama, escondida, e esperei. Não conseguia olhar para os corpos. Mal conseguindo respirar, vigiei o revólver. Sabendo o que ele tinha tirado de mim.

* * *

Era incrível a semelhança da arma de Paul com a do meu pai. Um antigo modelo de cano com cabo liso de imbuia. Eu nunca havia olhado para a arma de Paul por mais que alguns segundos, mas, naquela noite, sentada de pernas cruzadas no chão do nosso quarto e em estado de choque, acabei estudando-a com bastante atenção.

Eu não sabia que Paul tinha uma arma até o dia em que nos mudamos da cidade. Ele havia saído com Duff para comprar café e rosquinhas, e eu fiquei encaixotando o restante das nossas coisas. Dei de cara com a arma envolta num lenço vermelho dentro de uma das gavetas que ficavam embaixo da cama. Estava malocada entre cobertores pesados no lado dele. Só pelo peso eu já sabia do que se tratava antes mesmo de desembrulhar. Tive apenas alguns minutos para examinar a arma, pois logo ouvi Paul abrindo a porta, trazendo o café da manhã, então rapidamente tratei de embrulhar de novo o revólver e colocá-lo de volta no esconderijo antes que ele entrasse no apartamento.

Eu não era muito fã de armas e havia jurado que nunca mais moraria numa casa onde houvesse uma. Mas decidi não revelar a Paul que eu tinha encontrado a dele. Uma vozinha em minha cabeça dizia que um cara com o temperamento de Paul provavelmente não deveria ter uma arma, mas tentei não pensar muito nisso, para nunca o dizer em voz alta. Estávamos tão perto de começar nossa vida juntos, com a mudança para Long Island, que eu não queria criar caso. Até descobrir sobre a arma, nunca havia pensado no que Paul poderia estar escondendo de mim.

Minhas pernas ficaram dormentes ali no chão do quarto, onde eu havia acabado dormindo. Nem sabia quanto tempo tinha se passado até ele voltar com uma lona enrolada; talvez minutos, talvez horas. A inércia do corpo de Sheila havia feito o tempo parar. Eu não sabia se ele tinha ido chamar a polícia ou se simplesmente desistira de uma vez por todas de nossa vida juntos. Mas, quando ele voltou com materiais, me dei conta na mesma hora de que não seria tão fácil resolver aquela situação.

Duff tinha parado de latir e de andar descontroladamente de um lado para o outro e acabou se enroscando nos meus pés. Seu peso e seu calor eram um conforto naquela confusão do pós-caos. Meu olhar se fixou numa parte do carpete na qual não havia nenhum corpo nem arma. Aquele quadro à minha frente era arrebatador: o cadáver no chão, o cheiro de pólvora, o carpete do quarto com a marca do peso de um frágil corpo feminino. Os cabelos dela eram da cor dos da minha mãe. Meu ombro latejando.

Depois de colocar a lona no chão e de abri-la, ele rolou o cadáver para cima dela. Ele me olhou nos olhos e depois se virou para a arma no meu colo. Então se inclinou e a tirou cuidadosamente de mim. E saiu depressa — para o escritório, deduzi. Ao retornar, a expressão no rosto dele não entregava nada. Mas eu já sabia o que teríamos de fazer.

— Preciso que você me dê uma mãozinha aqui — pediu ele, com todo o cuidado.

— Paul, por favor, vamos chamar a polícia.

Enquanto a frase saía da minha boca, eu já sabia que não era o que queria fazer.

— Madoo, se a gente chamar a polícia, você será presa.

— Mas foi legítima defesa! Ela estava vendo a gente dormir, Paul! Com um revólver na mão!

— Isso não caracteriza legítima defesa. Ela estava com o *meu* revólver.

Ele tremia ao revirar a bolsa dela. Eu nem imaginava o que poderia estar procurando.

— Ela arrombou e invadiu a nossa casa! Eu estava tentando nos proteger! — Eu me controlei com todas as minhas forças para não jogar na cara de Paul que ele estava dormindo quando aquela cena pavorosa inteira aconteceu.

Paul encontrou o que estava procurando na bolsa: um chaveiro que eu conhecia muito bem, com nossa chave reserva da porta da frente. Eu não conseguia entender como aquilo tinha ido parar na bolsa dela.

— Não foi arrombamento nem invasão. — Ele olhava para o chão, segurando a chave.

Agora eu finalmente entendia o que a expressão "cega de ódio" queria dizer.

— Paul, como foi que essa mulher pegou a porra da sua arma?
— Madoo...
— E por que ela tem a chave da nossa casa?!

A expressão no rosto dele era de vergonha. Em seguida, ele pareceu se dar conta.

— Ela roubou a minha arma. — Ele parecia falar consigo mesmo, como se não conseguisse acreditar no que dizia, e isso aumentou ainda mais a minha raiva. — E deve ter pegado as chaves também. Eu me lembro bem do momento em que ela teve a chance de fazer isso. Eu não devia ter deixado essa mulher sozinha.

Fiquei olhando para Paul enquanto ele se dava conta de que aquela explicação também era uma confissão. Sua expressão denunciava que havia feito besteira.

— Você a trouxe para dentro da nossa casa?

Por um instante, pensei em pegar o martelo e esmagar a cabeça dele também. Mas o olhar de desespero e desamparo em seu semblante fez com que eu afastasse aquela ideia e me lembrasse do sentimento de pânico causado pelo cadáver ali no chão.

— Amor, eu sinto muito. Terminei tudo com ela porque não significou nada para mim. Eu nunca ia imaginar que uma coisa dessas poderia acontecer. Jamais pensei que você fosse matá-la!

Fiquei sem ar; aquelas palavras me atingiram como um soco no estômago. Então era assim. Foi ele quem levou aquela psicopata para dentro da nossa casa, e a culpa de tudo ainda era minha? Eu estava sem chão. Fiquei sem palavras. Paul aproveitou esse momento para assumir o controle.

— Temos que tirá-la daqui.

Sheila estava virada de barriga para cima entre nós dois, de olhos fechados e com a boca meio aberta. Me dei conta de que ela era bonita porque estava sempre maquiada e com o cabelo arrumado, e não tanto por seus traços naturais. Mas, apesar da maquiagem caprichada, a palidez da pele começava a aparecer e o roxo dos lábios tomava o lugar do vermelho do batom. A rapidez com que sua beleza ia desaparecendo não conseguiu fazer com que eu me sentisse melhor.

De joelhos, fui até a ponta mais próxima da lona, onde estavam os pés dela. Prendi a respiração enquanto colocava suas pernas lado a lado e passei a mão por baixo da extremidade daquele plástico grosso, enrolando-a nele, com a ajuda de Paul quando ele me deu o sinal. A rigidez do corpo dela era perturbadora.

Ficamos uma eternidade enrolando o cadáver. A cada vez que envolvíamos o corpo em uma camada, tínhamos de puxá-lo em nossa direção para abrir espaço para ajeitar o restante do plástico, e depois repetíamos o movimento. Trabalhando juntos, empurrávamos a amante dele para longe de nós e depois a puxávamos para perto, longe e perto. Eu me contraía a cada movimento, uma dor lancinante se espalhava pelo meu corpo todo, irradiando do ombro. Quando terminamos de enrolar o cadáver na lona grossa, Paul fez sinal para levantarmos juntos o rolo. Ela parecia muito mais pesada do que os prováveis 57 quilos de pele e ossos aparentavam indicar. O centro do embrulho começou a vergar para baixo quando saímos do quarto e fomos para o corredor, então Paul e eu aproximamos nossas mãos do meio do corpo dela para sustentar melhor o peso. Duff vinha atrás, arfando de felicidade com a perspectiva de sair para um passeio. Era a primeira coisa que fazíamos em família desde... já nem lembro mais.

Senti o peso do silêncio de Paul quando saímos do quarto e avançamos pela casa. Era mais pesado que o cadáver da amante dele entre nós. Ele me deixou com ela na entrada para checar se ainda havia algum adolescente ou alguém passeando com o cachorro na rua. Fiquei observando pela janela enquanto ele abria a porta detrás do Cherokee.

De pé ali na escuridão do hall de entrada, mal enxergando Sheila naquele embrulho de plástico grosso, fiquei imaginando a respiração fraca dela, envolvida naquela lona, sem ter morrido ainda. Dava quase para ouvir. Quando ele voltou, eu estava meio trêmula, me apoiando em Duff para não cair. Lágrimas grossas escorriam silenciosamente pelo meu rosto, caindo no peito. Ele se aproximou, me abraçou, tomando cuidado para não machucar meu ferimento, e me apertou forte.

— A gente vai conseguir. Nós vamos superar isso. Você só precisa aguentar firme.

Eu sabia que ele jamais permitiria que as lágrimas que surgiam no canto dos olhos dele chegassem a cair na minha presença.

— Eu não tive escolha, Paul — falei, chorando, ainda furiosa, porém também exausta e querendo ser consolada.

— Eu sei. Eu sei. Você fez o que foi preciso.

Senti o calor de sua boca em meu cabelo, em meu ouvido, falando baixinho para me tranquilizar. Meu ombro latejava. O relógio da entrada avisou que o tempo estava passando.

— Tenho que tirá-la daqui. Você precisa segurar as pontas e limpar tudo que conseguir. Vamos queimar as roupas sujas de sangue. Não se preocupe com o carpete, vou arrancá-lo quando voltar. E não tome mais nenhum comprimido. Preciso que você esteja lúcida.

O comentário dele provocou uma nova onda de raiva em mim, mas fiquei na minha. Estava mais preocupada em tomar um analgésico do que brigar com ele.

Ele abriu a porta enquanto eu levava Duff para o banheiro e o fechava lá dentro. Paul fez um gesto para que eu pegasse a outra extremidade do corpo de Sheila. Quando fomos chegando perto do Jeep, naqueles últimos instantes antes do amanhecer, a brisa lá fora estava fresca e agradável.

Passando a cabeça primeiro, ela deslizou fácil para dentro.

— Para onde você vai levá-la?

O choque estava passando, assim como o efeito da última dose de opioide. Eu não via a hora de Paul pegar a estrada, principalmente porque precisava de outro Oxy. Eu estava regredindo depressa, voltando para os velhos hábitos!

A expressão dele ficou séria.

— Quanto menos você souber, melhor.

* * *

Ao voltar para o quarto, fiquei sentada em silêncio, imóvel, por um bom tempo. Até que vi o buraco de bala na moldura da parede, perto da cama. Ao lado, no chão, estava o celular dele. Deve ter caído do bolso enquanto carregávamos o corpo.

Sem hesitar, digitei a senha dele — a data do nosso aniversário de casamento, 1909 — e na mesma hora fui às mensagens de texto. Depois de tudo o que aconteceu, parecia bobagem procurar isso. Mas eu não conseguia não procurar. Não podia deixar passar batido. Eu queria entender. Estava louca para saber como tudo tinha começado.

Levei um tempinho para encontrar a conversa deles. Paul não havia apagado as mensagens. Burrice. Ele tinha salvado o contato dela como "passeadora de cães", e não pelo nome. Estava na cara que se tratava de Sheila, principalmente pelas selfies dela nua. Fiquei chocada com as mensagens que lia, do início do flerte até alguns dias antes. O ciclo completo, da sedução até o sexo, e por fim o término.

Ela se recusara a simplesmente desaparecer.

16

Paul
DEPOIS

Esperei a hora certa chegar. Todo dia acordava de um sono agitado numa cama vazia. Rebecca levantava cedo para ir à aula de spinning antes do trabalho, e sua ausência logo pela manhã me dava uma leve sensação de alívio. Eu não queria envolvê-la mais do que o necessário e temia que ela percebesse minha ansiedade em relação àquela história.

Eu me levantei da cama e fui dar uma olhada no tempo. A geada no chão continuava sendo um desafio. Preparei o café e comecei a andar de um lado para o outro. A previsão do tempo era a mesma, dia após dia. Chegava a ser frustrante. Nenhum calorzinho à vista. E o inverno não era exatamente a melhor estação para mostrar imóveis, de modo que eu não tinha nada com o que ocupar a cabeça para esquecer o problema.

Até que um dia, umas duas semanas depois do incidente, o tempo mudou. Havia a previsão de uma massa de ar quente pelo nordeste. Eu teria a chance de dar um jeito naquela situação antes de surtar de vez.

Naquela terça-feira, realmente esquentou, como o previsto. Eu me forcei a ter paciência por mais um ou dois dias, deixando a natureza agir. Quando fui me deitar na quinta-feira à noite, repassei uma lista mental das ferramentas que eu tinha na mala do Jeep. Nem me dei ao trabalho de explicar a Rebecca aonde eu iria na manhã seguinte.

No meio da noite, saí de fininho da cama. Dirigi até Cold Spring Harbor, parando em nossa propriedade. Estacionei o Cherokee com os faróis virados para a escada de concreto que leva ao porão. Deixei o motor ligado, em ponto morto, saltei e abri o porta-malas. Eu me aproximei dos alicerces que um dia havia prometido à minha mulher que seriam parte da nossa casa e desci a escada.

Ainda estava frio no porão, e o cheiro para o qual eu havia me preparado não estava tão insuportável quanto eu esperava. Afastei os sacos de concreto e rolei a lona para longe da parede. Eu me agachei e passei os braços por baixo dela, fazendo força com as pernas para me levantar. Ao erguê-la do chão, a sensação dos músculos das pernas e dos braços firmes e vigorosos em meu peito e meus antebraços era de uma familiaridade repugnante. Coloquei a lona no Jeep e voltei para Smithtown Bay.

Dessa vez, não precisei correr contra o tempo. Ainda estava bem escuro quando saí da clareira, então apaguei os faróis e deixei o motor ligado por uns bons quinze minutos. Recuei um pouco com o carro, desliguei o motor e saltei do veículo. Peguei as ferramentas na mala e comecei a cavar no chão em frente ao Cherokee.

O solo não cedeu muito com a lâmina da pá, então a troquei pela picareta. O chão começou a se abrir com facilidade, e eu ganhei um bom ritmo. Depois de um tempo, os músculos dos braços e das costas começaram a protestar, mas eu sentia que a adrenalina ajudava a afastar a dor. Eu tinha aberto quase um metro no solo quando um movimento com a picareta provocou uma onda de dor em mim, que irradiou dos punhos até os ombros. Então me dei conta de que tinha atingido uma parte ainda congelada do solo. Peguei de novo a pá para retirar a terra solta e dar uma olhada melhor na camada congelada. Mas logo vi que minhas ferramentas não iam me ajudar muito. Aquilo era o melhor que eu conseguia fazer.

Tentei retirar a lona da parte de trás do Jeep, mas, na mesma hora, a deixei cair no chão. Meus braços estavam tão fracos que acabei tendo de rolá-la até o buraco e empurrá-la com o pé. Depois, coloquei a terra de volta no buraco e ajeitei a superfície com o lado chato da pá. Joguei as ferramentas na traseira do Jeep e entrei. Liguei o motor e acendi os faróis, iluminando um pedaço de terra à minha frente que parecia intocado. Soltei um longo suspiro e engatei a primeira.

Saí do terreno e voltei à estrada de terra que me levaria para casa, onde tomei um demorado banho quente, louco para deixar toda aquela sujeira para trás.

17

Rebecca
DEPOIS

Mesmo depois que Paul a levou embora, eu ainda sentia que ela estava em nossa casa. As semanas passaram devagar. Voltei a aumentar minha automedicação. Março foi dando lugar a abril, e o que havia acontecido ainda pesava em nossa consciência, mas nós estávamos fazendo o possível e o impossível para que tudo voltasse ao normal. Voltamos à nossa antiga rotina, porque não havia mais nada a ser feito. Meu ombro continuava doendo tanto que meu estoque de comprimidos para uso recreativo acabou num piscar de olhos. Nunca me senti tão desesperada na vida, e isso me deixou alarmada. Eu, de fato, precisava dos analgésicos por causa do ombro, mas não tinha coragem de procurar um médico para não me expor nem dar margem a perguntas curiosas, ou coisa pior, sobre aquele ferimento à bala.

Continuei frequentando a Lotus Pedal antes do trabalho para manter minha rotina. A bicicleta de Sheila agora era ocupada por outra anônima de braços firmes e cara de poucos amigos. As aulas de spinning ficavam cada vez mais difíceis à medida que meus comprimidos iam minguando.

Por volta da segunda semana, acabei me desesperando e recorrendo a amostras de adesivos de fentanila que havia conseguido no trabalho e que eram guardadas num armário bem fácil de arrombar. A dosagem de cada adesivo era cinco vezes mais alta que a dos Oxys e dos opioides que eu vinha usando, então as cortei em quatro. Eu era resistente à medicação, então, depois de dois dias, passei a cortar os adesivos ao meio. Não demorou muito para que eu estivesse usando um adesivo inteiro. Então só me restaram mais dois, e eu não tinha nenhum plano de contingência para minha total dependência. Porém, os adesivos tinham efeitos colaterais que tornavam difícil distinguir o que estava realmente acontecendo do que não passava de alucinação. Meu inconsciente não me deixava esquecer o que tínhamos feito. O que ele havia feito.

No início eram situações sem muita importância. Algumas coisas sumiam, e, aparentemente, objetos inanimados se deslocavam de um lugar para o outro. Dava até para colocar isso na conta dos remédios e no fato de eu estar perdendo a noção do tempo. Mas aí os martelos começaram a aparecer.

O primeiro apareceu no capô do meu carro, apoiado no para-brisa. Achei que alguém o tivesse esquecido ali. O segundo apareceu no freezer, entre um pote de Häagen-Dazs e os burritos congelados. O seguinte apareceu na cama, no lado que Paul dormia, numa das noites em que ele chegou tarde. E no último eu literalmente tropecei quando fui ao quintal encher a vasilha de água de Duff que ficava à sombra das árvores. O cabo despontava da terra, e eu só entendi o que era quando o puxei.

Não contei nada para Paul sobre os aparecimentos dos martelos, porque achei que estava ficando louca. Pedi a ele que deixasse o revólver em casa, para que eu o tivesse à mão quando estivesse sozinha. Ele ficou puto e começou a gritar que tinha se livrado da arma pela nossa segurança.

Nós decidimos manter o *status quo* na medida do possível, e eu não queria provocá-lo nem levantar nenhuma suspeita a respeito da minha saúde mental, que dirá deixar transparecer que eu estava exagerando nos comprimidos. Nas semanas seguintes ao episódio com Sheila, agimos como um casal afetuoso e feliz. Porém, uma suspeita silenciosa crescia dentro de mim. Agora eu sabia que Paul era capaz de me trair, e com uma mulher desequilibrada que ainda por cima frequentava os mesmos lugares que eu. Eu não tinha mais como simplesmente esquecer esse fato. E agora ele sabia que eu era capaz de tirar a vida de alguém. Para um casamento longo como o nosso, estávamos descobrindo um bocado de coisas a respeito um do outro. Nunca me passou pela cabeça, naquela época, que poderia ser ele quem estava por trás dos martelos.

Paul ficou nervoso e recluso durante semanas, até que um dia, de manhãzinha, voltou para casa mais feliz e relaxado, algo que não acontecia fazia muito tempo. Pulou na cama comigo depois de uma ducha e começou a arrancar minha camisola. Focamos apenas em ser um casal apaixonado que desfrutava de intimidade. Nós nos abraçávamos, fazíamos contato visual e dizíamos coisas meigas e amorosas um para o outro. Quanto mais nos esforçávamos, menos tenso ele ficava. Ele estava frustrado e com raiva, e eu, calada, me sentia da mesma forma. Com um suspiro de rendição, rolamos cada um para um lado, respirando em sincronia. As perguntas não verbalizadas pairavam no ar. Será que um dia as coisas voltariam a ser como eram antes dela? Será que a gente ia conseguir sair dessa?

Antes mesmo de a campainha tocar, Duff nos alertou sobre a presença deles.

Segunda Parte

18

Paul
AGORA

Antes mesmo de a campainha tocar, Duff nos alertou sobre a presença deles.

— Arrumou alguém pra ficar no meu lugar? — pergunto a Rebecca. Estou tentando manter um clima leve apesar de toda nossa frustração, mas a piada não caiu bem.

Ela continua de costas para mim, mas estica o braço para trás e dá uns tapinhas na minha coxa.

— Tá tudo bem, amor.

Saio da cama e visto um short de ginástica e uma camiseta. Ao descer a escada, sinto o cheiro do café recém-passado vindo da cozinha. Duff monta guarda na porta de entrada, latindo. Eu me aproximo dele e faço carinho em suas orelhas enquanto abro a porta.

— Sr. Campbell? — pergunta o mais alto e magro da dupla prostrada na entrada.

Na mesma hora, sei que são policiais, antes mesmo de notar o Crown Vic cinza estacionado junto à garagem. Faço o possível para parecer despreocupado.

— Isso, Paul Campbell. Em que posso ajudá-los?

— Eu sou o detetive Wolcott. — Ele é alto e magro e usa terno e colete, o que o faz parecer um aspirante a professor universitário. — Este é o meu parceiro, o detetive Silvestri. — Silvestri tem um quê de Serpico, só que mais bem-vestido e arrumado. Só consigo pensar que os dois fazem o tipo policial bom e policial mau. — Sr. Campbell, sua esposa está em casa?

Puta merda.

— Está, sim. Por favor, entrem, entrem. Este é o Duff. Podem ficar tranquilos, ele é mansinho. — Eu dou um passo atrás e estendo o braço na direção da cozinha. O rabo do cachorro bate na porta aberta, quando ele saúda os visitantes. — Acho que ela deve estar levantando. Aceitam um café enquanto vou chamá-la?

— Isso seria uma piada sobre policiais, Sr. Campbell?

Silvestri fecha a cara, e eu não sei dizer se ele ficou de fato ofendido.

— Acabei de passar o café, só isso. Eu também vou tomar uma xícara.

— Eu estava brincando, Sr. Campbell — diz Silvestri, esboçando um sorrisinho nos cantos da boca. — Meu parceiro aqui diz que nunca sabe quando estou brincando ou falando sério.

— Esse aí adora um sarcasmo — comenta Wolcott, indicando o parceiro com a cabeça enquanto faz carinho em Duff. — E também é um grande apreciador de chá. Eu, por outro lado, adoraria um café. Puro. E, aliás, obrigado.

— Claro.

Eu os conduzo até a cozinha e vou andando até o armário enquanto Duff segue atrás de Silvestri. Pego três canecas na prateleira e começo a servir o café. Fico de frente para a bancada, numa posição que esses cuzões não conseguem ver que estou agarrando a borda da bancada com a mão livre. Consigo encher as canecas sem tremer e entrego uma delas a Wolcott.

— Muitíssimo obrigado.

— Não há de quê. Agora vou chamar minha…

— Bom dia — cumprimenta Rebecca, entrando na cozinha com sua camisola mais recatada e parando para avaliar nossos visitantes.

Eu lhe entrego uma das canecas. Rezando para que ela consiga se manter firme. Ela anda tremendo e meio cambaleante nos últimos tempos, por conta das doses exageradas de analgésicos.

— Sra. Campbell, sou o detetive Wolcott, e este é o meu parceiro, o detetive Silvestri.

— Madame. — Silvestri a cumprimenta com a cabeça.

— Madame? Meu Deus, estou tão mal assim? Ou talvez esteja precisando tomar um pouco disso aqui. Paul, você ofereceu ao detetive...?

— Ele prefere chá, meu bem.

— Então podemos lhe oferecer uma xícara de chá, detetive?

— Não, obrigado, ma... Sra. Campbell. Estou bem.

— Então, em que podemos ajudá-los?

— Soubemos que a senhora frequenta a academia Lotus Pedal.

— Isso mesmo, frequento. Aconteceu alguma coisa?

Wolcott pega uma foto no bolso do blazer.

— Parece que uma das alunas da academia desapareceu, e estamos fazendo umas perguntas pelas redondezas para ver se alguém viu alguma coisa. — Ele estende a foto para Rebecca. — Você já viu esta mulher?

Observo enquanto vejo um olhar alarmante se formar no rosto da minha mulher.

— Amor. — Ela olha para mim, surpresa. — É a Sasha.

Sinto meus ombros despencando.

— Sasha?

O olhar de Wolcott se desvia da minha mulher para mim.

— O senhor também conhece a Sra. Anders?

— Eu trabalho para o marido dela — responde Rebecca. — Mark e Sasha são... bem, são nossos amigos.

— Isso parece mais uma pergunta do que uma resposta — observa Wolcott.

— Sasha e eu estudamos juntos no ensino médio — explico. Pelo canto do olho, vejo Rebecca estremecer. — Há mil anos.

— Entendo — diz Silvestri, registrando o olhar dela. — Algum de vocês dois falou com o marido? — Ele olha para Rebecca. — Quer dizer, fora do trabalho.

— Nada fora do normal. Nossa, ele não tem mesmo falado muito ultimamente.

— Ultimamente? — pergunta Wolcott.

Rebecca olha para mim, depois vira a cabeça para Wolcott de novo, então se inclina ligeiramente para a frente e diz:

— Bom, longe de mim querer fazer fofoca, mas a relação deles andava meio tensa. Ele não chegou a comentar nada, mas dava para perceber que estava acontecendo alguma coisa. Tenho certeza de que ela passou uma época na casa da família. E eu só me dei conta disso porque ela faltou a várias aulas. Ele não falou nada. — Ela olha para mim de novo. — Lembra que eu comentei isso com você?

— Lembro, meu bem. Foi isso mesmo.

Wolcott se vira para mim.

— E como era sua relação com a Sra. Anders?

— Nós namoramos um tempinho quando estávamos no ensino médio — respondo, ouvindo Rebecca soltar o ar pelas narinas.

— Há mil anos — brinca Silvestri. — E nos últimos tempos?

— Ela às vezes aparece nesses eventos que eu promovo.

— Entendo — diz Wolcott. — Você é corretor de imóveis, então?

— Sim, exatamente. — Essa resposta ainda deixa um gosto meio amargo na minha boca.

— E você notou algum comportamento estranho, num desses eventos?

— Bem... — Olho para Rebecca.

— Conte para eles, amor.

Silvestri se empertiga.

— O quê?

— Na última vez que ela foi, parecia meio bêbada.

— Entendo — concorda Wolcott. — Algum comportamento inadequado?

— Como assim? — pergunto.

— Quando as pessoas estão embriagadas... Ela... queira me desculpar a indelicadeza... se insinuou ou algo do tipo?

— Ah... — respondo. — Tipo, se ela deu em cima de mim? Não, nada disso. O que aconteceu com a gente ficou no passado. Ela só parecia meio... sei lá, triste.

— Entendi. — Wolcott pega uma caneta e um bloco no bolso da calça e toma notas. — Seria correto dizer, então, que o Sr. e a Sra. Anders pareciam distantes ultimamente?

Rebecca olha para mim e depois se volta para os detetives.

— Eu diria que sim. Só por curiosidade... foi o Mark que entrou em contato com vocês?

— Estamos só investigando uma denúncia anônima que recebemos — explica Wolcott. — E, por falar nisso, gostaria de lhe perguntar se conhece *esta* mulher. — Ele pega outra foto e a entrega para minha mulher.

Observo enquanto Rebecca examina a foto. Ela se demora um pouco demais, semicerrando ligeiramente os olhos. Então olha para Wolcott e depois para mim.

— Paul, é ela — anuncia Rebecca, me entregando a foto.

Cuspo o café de volta na caneca ao ver Sheila me encarando. Minhas entranhas se reviram. Fico até feliz por ter tido um acesso de tosse, o que me dá alguns segundos para tentar entender que merda é essa que minha mulher está fazendo.

— Sr. Campbell? — chama Silvestri.

— Desculpem — balbucio. — Desceu pelo buraco errado.

Observo os dois parceiros se entreolharem. Então olho para minha mulher.

— Amor, está tudo bem. Pode contar.

Rebecca olha para mim com uma expressão resignada.

— Meu bem? — insisto.

— Algo que precisamos saber? — pergunta Wolcott.

— Essa mulher faz aula de spinning comigo — começa Rebecca. — Mas não é só isso... Ela começou a demonstrar um interesse meio doentio pelo meu marido, e nós fomos obrigados a cortar o mal pela raiz.

Wolcott olha para mim, curioso.

— Sr. Campbell?

Olho para Rebecca em busca de alguma pista.

— Tudo bem, Paul. Não tem problema.

Ela olha para o chão, e, naquele momento, sei exatamente o que quer que eu diga.

— Então, detetives, durante um tempo, fiquei desempregado e bem deprimido. Minha mulher estava trabalhando, e eu ficava vagando pela casa, de saco cheio, comendo o pão que o diabo amassou. Nessa época, comecei a sair para passear com Duff numa tentativa de me animar um pouco. E foi assim que conheci essa mulher, Sheila, que também saía para passear com a cachorra dela. A gente começou a se encontrar por acaso com certa frequência... ou pelo menos era o que eu achava naquela época.

Wolcott está ocupado fazendo anotações, e Silvestri pergunta:

— Como assim foi o que você achou naquela época?

— É, bom, quer dizer, a gente se encontrava todo dia por acaso por volta do mesmo horário, então deduzi que a gente tinha uma rotina parecida. À medida que fomos nos conhecendo, ela começou a se abrir comigo sobre a situação dela em casa.

Wolcott capta na mesma hora.

— E que situação era essa, exatamente?

— O marido não parecia ser o sujeito mais maravilhoso do mundo. Ela me contou que ele estava tendo um caso com uma colega de trabalho e descreveu situações que caracterizavam um forte abuso psicológico.

Silvestri me interrompe mais uma vez:

— Isso parece algo muito íntimo para se conversar com alguém que você conheceu passeando com o cachorro.

Olho para baixo, como se estivesse envergonhado.

— Foi aí que eu errei. Coloquei meu casamento em risco. Eu estava muito vulnerável e me abri mais do que devia com essa mulher. Acho que acabei me identificando com ela. Contei detalhes íntimos do nosso casamento, traí a confiança da minha esposa. — Olho para Rebecca, que me observa atentamente. — Entrei no que os terapeutas costumam chamar de "caso emocional" e acabei cativando essa mulher do jeito errado.

— E o caso era puramente emocional? — quer saber Wolcott.

— Era — respondo. — O que não significa que não tenha sido um erro, muito menos que, por esse motivo, seja mais fácil lidar com as consequências.

— Ainda estamos digerindo juntos tudo o que aconteceu — acrescenta Rebecca. — E vamos superar.

— Parece que vocês estão lidando bem com essa situação — pondera Wolcott. — Posso perguntar como tudo foi resolvido?

— Paul começou a se sentir muito culpado quando viu que tinha dado muita corda para essa mulher e veio conversar comigo. Tinha ficado claro para ele que ela era meio doida. E manipuladora. Ela admitiu que eles não se encontravam por acaso naquelas caminhadas pela manhã. Ela já estava de olho nele e passou a sair no mesmo horário que ele para poder puxar conversa. Foi aí que ela começou a achar que estavam de fato numa relação íntima. Então ele entendeu que precisava botar um fim naquilo.

Silvestri olha para mim.

— E como foi que a história acabou, Sr. Campbell?

— De uma forma bem desagradável — respondo. — O marido acabou dando um pé na bunda dela, e ela se convenceu de que nós estávamos destinados a ficar juntos. Precisei cortar todo e qualquer tipo de contato, e ela não aceitou muito bem.

— Entendo — diz Wolcott. — E há quanto tempo isso aconteceu?

— Nossa! — Olho para Rebecca. — Há uns dois meses?

— É — responde ela. — Acho que foi por aí.

— E nenhuma notícia dela desde então? — pergunta Silvestri.

— Não, parece que ela sumiu do mapa.

— Alguma ideia de onde ela possa estar? Sabe de onde ela é? De onde o marido é? — pergunta Wolcott, o bloco de notas a postos.

— Hmm... — Finjo que estou pensando. — Ela não me contou muito sobre ela, digo, esse tipo de detalhe. Sinto muito.

— Sem problemas — diz Wolcott. — Ele olha para o parceiro, que assente. — Bom, vocês ajudaram bastante. — Ele leva a mão ao bolso da calça e entrega seu cartão de visita a Rebecca. — Aqui tem o meu número, para o caso de vocês se lembrarem de mais alguma coisa.

Rebecca olha para o cartão em sua mão.

— Claro, detetives. Contem com a gente.

Eles nos agradecem pelo café e pela boa vontade em recebê-los, e nós os acompanhamos até a porta. Observamos pela janela enquanto eles voltam ao Crown Vic e saem da entrada da garagem.

Rebecca olha para mim.

— Tudo bem?

— Mas que porra foi essa?! — pergunto, berrando.

A expressão no rosto dela muda de repente.

— Eu tive que fazer isso, Paul.

— Ah, é? Você estava adorando fazer isso, não estava?

Ela olha para mim como se eu tivesse lhe dado um soco e diz:

— Eles estão investigando o desaparecimento dela. Em algum momento, vão encontrar as mensagens de texto.

Agora sou eu que fico sem ar. Minha voz sai bem mais suave:

— Você sabe sobre as mensagens?

— Pelo amor de Deus, Paul! Não sou burra. É claro que eu sei das mensagens. — Ela baixa os olhos e depois me encara com um olhar determinado. — Mas agora acabou, não é?

— Como assim? Sheila está...

Ela leva um dedo aos meus lábios.

— Não é ela. Não estou falando disso. Estou falando de você, meu amor. Essa parte *sua* ficou para trás, certo? Acabou. Nunca mais.

A ternura na voz dela desarma minha raiva, e meus olhos se enchem de água. Nunca me senti tão próximo dela. Olho bem no fundo de seus olhos e a reconheço. Então respiro fundo.

— Sim, Madoo. Acabou. Eu juro — respondo com convicção.
— Está bem.

Ela faz que sim com a cabeça e me puxa para perto. Ficamos assim durante um longo momento, agarrados um no outro e chorando de alívio.

Então me afasto um pouco e toco o rosto dela. Encantado com minha mulher, abro um sorriso.

— Tenho que reconhecer que você vendeu muito bem a história.

Ela dá uma risada de alívio.

— Bom, meu amor, se tem uma coisa que eu sei fazer é vender.

19

Wolcott

— Tenho uma boa para vocês.

Meu parceiro é novamente o centro das atenções. Metade do departamento está reunido em volta da mesa dele enquanto ele conta alguns casos de sua época na polícia de Nova York, de onde havia sido transferido fazia poucos meses.

— Foi bem no início, eu tinha acabado de entrar. Ainda usava farda. Novato. Trabalhava perto de Midtown South. Bem no auge do verão, um calor da porra — prossegue ele. — Vocês conhecem a Ricky's? — Todos balançam a cabeça em resposta. — Eles vendem fantasias e cosméticos, tem várias lojas em Manhattan. Lota na época de Halloween. Então, num belo dia, meu parceiro e eu estávamos fazendo a ronda a pé pelo quarteirão onde ficava uma dessas lojas, quando nos deparamos com um vagabundo cheirado de pó de anjo furtando um monte de merda para o namorado. Nisso, entra a milionésima cliente da rede. Assim que a mulher chega ao caixa, sirenes começam a apitar, luzes estroboscópicas piscam, balões caem do teto... um show completo. Então o ladrãozinho que está lá roubando sai correndo, achando que disparou o alarme, mas, na porta, dá de cara com um segurança. Os dois vão para o chão, claro, e o doidão começa a surtar. Não sei se algum de vocês já teve que lidar com cheirador de pó de anjo, mas é tipo lidar com o Incrível Hulk. Para vocês terem noção, eu, meu parceiro *e o segurança* tivemos que nos juntar para segurar o sujeito na calçada enquanto chamávamos reforço. Ele se debateu que nem uma enguia o tempo todo. Juro para vocês.

A sala explode em risadas. O cara chegou tem dois meses e já conquistou todo mundo. Tenho de reconhecer que meu parceiro é um contador de histórias nato. E parece até se divertir naquela bagunça. No início, achei que ele podia morrer de tédio com a calmaria de Long Island. Mas aí entendi por que ele veio parar aqui, e por que pensaram que nós formaríamos uma boa dupla.

— Madames. — O capitão Evans entra na sala do pelotão, sem achar nenhuma graça. — Quando quiserem encerrar o chá da tarde e voltar para o trabalho... — Ele passou direto sem olhar para ninguém.

Os detetives voltam para suas respectivas mesas, e Silvestri e eu ficamos na nossa. Dou um bom tempo para ele saborear o gostinho da satisfação que teve contando aquela história.

— Então — começo, finalmente. — Esse duplo desaparecimento provavelmente é o máximo de ação que você teve por aqui até agora, hein?

— Hã? — Ele leva um segundo para voltar a si. — É... já estava começando a ficar meio ansioso.

— Bom, está na hora de se mexer. Alguma ideia sobre esse caso?

— Andei pensando. Sabe, o marido parece um príncipe de contos de fadas.

— Mark Anders? — pergunto, fazendo uma careta à simples lembrança do fedor de charuto quando o interrogamos. — Ele não é o cônjuge mais atencioso do mundo. O que, no entanto, é exatamente o que diminui minhas suspeitas em relação a ele.

— Como assim? — pergunta Silvestri.

— Quando o interrogamos, ele pareceu de fato surpreso com a notícia de que a esposa estava desaparecida. E disse que de vez em quando ela sumia mesmo. Até nos deu o telefone da irmã e da mãe. Não parecia muito preocupado. Um cara como ele não sabe o que é ciúme há muito tempo, se é que algum dia soube. Não parece ser o tipo de homem que cometeria um crime passional. Pareceu meio irritado com a possibilidade de ela estar torrando o dinheiro dele, mas seu tom era mais de resignação que de raiva.

— É — concorda meu parceiro. — E, se a gente parar para pensar, ele só pareceu alarmado mesmo quando falamos que os cartões dela não eram usados há semanas. A não ser que ele seja um baita de um falso, claro.

— Eu desconfio de que seja. E aquela cena de remorso nada convincente? Pareceu mais falso que qualquer outra coisa, como se ele quisesse passar pra gente o que achava que devia estar sentindo. Só que não foi nada convincente.

— Talvez ele só seja um péssimo ator — opina Silvestri.

— Pode ser. Mas, de qualquer forma, ele parece estar nem aí.

— Aliás — lembra meu parceiro —, o cara é rico. Afinal, ele é um dos gigantes da indústria farmacêutica. Pode se dar ao luxo de arcar com o valor que a mulher estiver esbanjando na Givenchy achando que está ferrando com ele.

— Olha só quem está por dentro das marcas...

— Vivi muita coisa antes de entrar para a polícia

— Ã-hã. E de quem mais você desconfia?

Silvestri pensa um pouco.

— Acho que é muita coincidência Paul e Rebecca Campbell conhecerem as duas mulheres que estão desaparecidas...

Rebecca não me preocupava tanto assim, mas o marido dela havia me deixado com a pulga atrás da orelha. Decido então ver até onde uma sessãozinha de advogado do diabo pode nos levar.

— É uma cidade pequena. Todo mundo conhece todo mundo. Na academia então...

— Mas o fato de ela trabalhar para o marido da outra não intriga você, não? — pergunta ele.

— Ela pareceu bem objetiva quando conversamos. Preocupada até, mas nada muito exagerado. Mas ficou *bem* evidente que ela se irritou quando falamos sobre o envolvimento do marido com a outra mulher na época da escola.

— Acha que tem coisa aí? — pergunta ele.

— Eu não ficaria surpreso se ele tivesse, no mínimo, um certo interesse...

— Talvez você esteja superestimando o cara — pondera meu parceiro. — Ele me lembra um sujeito que conheci.

— Quem? — pergunto.

— Um padrasto que eu tive — responde ele. — Extremamente imprevisível.

— Vou supor que isso não acabou nada bem. Foi isso? — pergunto.

— Terminou foi muito bem — retruca ele. — O cara fugiu com uma colega de trabalho. Minha mãe e eu nunca mais tivemos que olhar para a cara dele de novo. Mas e no caso de Paul e Rebecca? Você acha que aquela cena foi ensaiada?

— Não, achei a reação deles muito espontânea. O que pegou foi a forma que ele falou da outra mulher e o que isso causou.

— É, a esposa parecia ter mais remorso do que ele — conclui Silvestri. — Meu Deus, estamos mesmo cercados de príncipes encantados aqui, hein! E eu não consigo nem laçar uma mulher decente!

— Talvez o problema esteja em tentar "laçar" alguém, caubói. — Eu gosto de pegar no pé dele.

— Foi mal aí, Sr. Luva de Pelica. Quem sabe você não me ensina a conquistar mulheres? — Ele dá uma risada. — Pelo menos você tem sua esposa em casa.

Faço que sim com a cabeça e vejo de relance um quê de desamparo no olhar dele. Por trás de toda aquela bravata, tem mais alguma coisa. Sinto pena dele. Mas, num instante, ele pigarreia e se endireita, e vejo que seu olhar agora é de curiosidade. Algo o incomoda.

— O que foi, Silvestri?

— Não consigo parar de pensar em Sheila Maxwell.

— O que tem ela? — pergunto.

— É só que parece que ninguém está preocupado com ela nessa história toda. Tirando a denúncia anônima que recebemos, que foi consequência da notícia sobre Sasha Anders, quase não se fala dela. Paul Campbell é a única ligação com ela. Nem aquelas outras alunas da academia com quem falamos se lembram direito dela. É como se ninguém prestasse atenção nela.

— Meio solitária, ela — arrisco. — Descobriu alguma coisa sobre o marido?

— Estou vendo isso agora, e esperando os registros do celular dela. Vamos ver o que encontramos sobre essa moça. Estou intrigado.

— Continue assim. — Eu rio. — Vou esticar as pernas.

* * *

Eu me sento no banco em frente à delegacia, respirando o ar puro. A primavera está começando a dar as caras. Minha época favorita do ano, e também minha época favorita para um caso. Fico observando os carros passando na rua principal e ouço o canto dos pássaros. Enquanto minha mente vagueia, as peças do quebra-cabeça começam a se encaixar em minha mente.

É claro que eu não sinto prazer com o fato de duas mulheres estarem desaparecidas, mas desvendar o mistério é o que me faz sentir mais satisfeito, útil. Faz com que eu sinta que tenho um propósito. E o inverno foi longo. Tive muito tempo para imaginar como seria fazer isso numa esfera federal. De poder exercer esse tipo de atividade no meu dia a dia. Mas a vida tem lá seus caminhos.

A suspeita começa a tomar forma, como sempre acontece. Não é nada concreto desta vez, mas já vejo a centelha. O que tenho de fazer agora é deixar essa informação descansar para que meu cérebro possa processá-la com clareza. Ainda não sei bem como vou provar isso, mas minha intuição aponta para um suspeito específico: Paul Campbell.

* * *

Volto à minha mesa, trazendo café e chá, e coloco o chá no porta-copos perto da mesa de Silvestri. Ele analisa algo na tela do computador com bastante atenção e só nota minha presença quando já estou recolhendo a mão dali.

— Wolcott, aí está você.

— Sentiu minha falta?

— Gracinha — diz ele. — Já ia ligar para você.

— O que foi?

— O histórico do celular da Sheila Maxwell acabou de chegar.

— É mesmo?

— É — confirma ele, com um brilho nos olhos. — Você vai querer ver isso.

20

Rebecca

Já é fim de tarde no domingo. Paul está em Miami há trinta e seis horas.

Ele mandou algumas mensagens confirmando que havia chegado, junto com Wes, e que tinha feito o check-in no hotel dentro do horário previsto. Quando ligo para o celular dele, cai direto na caixa postal. Sem saber o que dizer, acabo mandando uma mensagem de texto perguntando como está o tempo. Nada.

Então levo Duff para dar uma volta na segurança do nosso quintal, na coleira. Mesmo com o portão trancado, tenho a sensação de que ele poderia sumir caso eu o soltasse. Ele me observa segurando a guia e depois olha para o quintal, sem entender o que está acontecendo. Em algum momento, ele levanta a pata e se alivia, então eu o levo de volta para casa, fecho as portas de correr e tranco tudo.

No quesito substâncias químicas, estou tranquila por um tempo. O estoque que consegui na Lotus Pedal é o suficiente pelos próximos dias (isso se eu conseguir mesmo racionar). Coloco uma música e começo a limpar a cozinha já imaculada. Tento espairecer a mente mantendo o corpo em movimento, mas as paredes ao redor se movem com a mesma fluidez que eu. Desligo a música, sento-me o mais parada possível no silêncio do cômodo e tento focar num pensamento só. Fico meio fora do ar por um bom tempo. A carta dele e as entradas nos diários giram em minha mente a toda a velocidade.

Vou até o armário pensando em preparar uma jarra de café. O plano é ficar à base de cafeína durante as próximas dez horas ou até descobrir o que ele fez com o dinheiro. Não acho os grãos de café, que sempre ficam no mesmo pote, então me recordo do lembrete que Paul deixou dizendo que o café tinha acabado, preso à geladeira, ao lado do cartão de visita do detetive. Xingo, olhando para o lembrete, e tiro o ímã para pegar o cartão branco com letras pretas miúdas. Passo os dedos agitados pelo brasão da polícia em alto-relevo e pelas letras que formam "Wolcott". Era o mais alto dos dois? Talvez não. Não me lembro. Digo aquele nome em voz alta e, por medida de segurança, guardo o cartão num dos espaços para cartão de crédito da capinha do meu celular.

Não estou em condições de dirigir, ou seja, não há a menor possibilidade de sair para comprar café. Minha mente fica enevoada de novo, e eu me sento para tentar me recompor. Então me lembro do Adderall escondido na minha mala de rodinhas, que peguei no trabalho para o caso de precisar de motivação e foco. Em geral, tenho conseguido não exagerar nos Oxys e Xanaxs da vida, mas, em umas três manhãs, acordei sabendo que tinha tomado alguns comprimidos a mais na noite anterior e precisava de uma ajudinha para sobreviver ao dia de trabalho.

Duff me acompanha até o closet do nosso quarto, onde pego o frasco que estava dentro de um nécessaire de maquiagem que eu havia escondido no bolso da frente da mala. Esconderijo número setenta e cinco que nem passaria pela cabeça do meu querido marido na hora de procurar.

No frasco há dez cápsulas de gel opacas, cor de ferrugem. Jogo uma na mão, a seguro e a abro, atenta para não perder nenhuma das minúsculas bolinhas lá de dentro. Com muito cuidado, ponho uma porção dos grânulos químicos embaixo da língua. Em seguida, junto as duas partes da cápsula e guardo a outra metade para mais tarde.

Ao me sentar na cama, meu foco vai automaticamente para o canto mais baixo do estrado onde Paul fez o possível, usando massa corrida, pintando e fazendo algumas marcas sutis com as botas de trabalho, para camuflar o aspecto gritante de algo novinho. O carpete novo é idêntico ao anterior. À medida que a dopamina vai fazendo efeito, tento afastar aquele turbilhão de pensamentos do que eles podem ter feito em nossa cama. O que mais ele pode ter aprontado em nossa casa, e com quem? Tenho vasculhado os bolsos das roupas e a bolsa de Paul quando ele vai tomar banho depois que chega do trabalho, tentando encontrar alguma pista.

Cada dia que passo em casa, fuço mais um pouco a vida do meu marido. Passei a bisbilhotar com frequência suas gavetas, apalpando os bolsos dos casacos e vasculhando papéis velhos. Esse empenho todo não rendeu nenhuma descoberta reveladora, mas, na busca por analgésicos confiscados e provas de uma vida dupla, acabei me deparando com coisas interessantes. Por exemplo, sem querer, acabo descobrindo que não dá para fechar a gaveta de meias dele até o fim. Quando a retiro dos trilhos e a coloco em cima da cama, vejo o que está travando a gaveta. Pego o objeto escondido no fundo do armário, e ele volta para sua forma original quando o estendo em cima da cama. Um sutiã La Perla tamanho 32B; os bojos são azuis com renda verde e fio metálico, como penas de um pavão. O item caro e marcante não é meu. E é igualzinho ao que vi uma vez no corpo de Sasha, quando estávamos no vestiário. Ao me lembrar disso, quase jogo a gaveta de Paul na penteadeira, mas minha fúria é interrompida pelo toque do telefone fixo. Ali, em sua base, o objeto mais parece um melancólico item de filme de época que agora só entra em ação devido às ligações de telemarketing. O número desconhecido que está ligando não é registrado pelo identificador de chamadas. Tiro o telefone rápido da base, para poupar meus nervos de ouvir um terceiro toque, mas sem querer aperto o botão de atender. Uma voz feminina fala antes que eu consiga desligar.

— Estou falando com o Sr. Paul Campbell ou com a Sra. Rebecca Campbell?

Eu pigarreio. Não creio que esteja em condições de interagir com o mundo exterior. Mas a voz tem um tom profissional quando diz nossos nomes e os efeitos das drogas me deixam alerta.

— Aqui é Rebecca Campbell. Com quem eu falo?

Eu nem me dou ao trabalho de disfarçar o tom de desdém.

— Meu nome é Melanie Wilkes, e eu falo do setor de fraudes da American Express. Estou ligando para confirmar algumas compras recentes feitas no cartão da senhora.

Levo um tempo para me dar conta do cartão ao qual ela se refere. Abro a gaveta na qual costumamos guardar o Amex de emergência. Não está ali, assim como várias outras coisas que também sumiram por aqui. Paul deve tê-lo levado, e as compras fora do estado dispararam um alerta. *Isso não foi muito inteligente da sua parte, Paul.*

Bom, mas isso pode até ser interessante. Talvez um vislumbre do que ele anda fazendo na Flórida possa ser exatamente o que eu preciso para começar a ligar os pontos.

Fico surpresa por ele estar usando esse cartão. Aposto que trata-se de gastos que ele não gostaria que eu ficasse sabendo. Provavelmente presumiu que me esqueci completamente daquele cartão, e ele até tinha razão. Só que ele não contava com essas questões burocráticas.

— De que compras você está falando?

— Antes de prosseguirmos, preciso que a senhora me confirme algumas informações.

Enquanto confirmo o número do meu CPF, o nome de solteira da minha mãe e a senha de quatro dígitos, meus batimentos começam a disparar. Meu cérebro explode com mil suposições. Sob o efeito do Adderall, os pensamentos praticamente adquirem forma física e ganham pernas próprias, forçando caminhos no cérebro.

— Agora que confirmei sua identidade, Sra. Campbell, devo lhe informar que esta chamada está sendo gravada. Estou ligando em nome do setor de fraudes da American Express por termos constatado algumas atividades suspeitas em seu cartão cujo final é zero-zero-zero-oito.

Atividades suspeitas tratando-se de Paul é a porra do eufemismo do ano.

Com a mão no peito, tento acalmar meus batimentos cardíacos e a curiosidade cada vez mais presente em minha voz.

— Mas que atividades suspeitas são essas, exatamente?

— Bom, há nove meses esse cartão não era usado, e, quando não há movimentação por um tempo tão longo assim, costumamos acompanhar quando algumas compras são feitas, para nos certificar de que não foi roubado. Especialmente quando se trata de compras nesses valores e nessa frequência.

— Frequência?

— Sim, senhora, foram dez cobranças em um curto período de cinco horas, totalizando um gasto de quinze mil dólares. Na verdade, estamos tentando entrar em contato desde ontem, quando as compras estavam ocorrendo, mas ninguém atendeu.

Vejo a luz vermelha piscando na secretária eletrônica e me dou conta de que parei totalmente de prestar atenção. Vai saber que tipo de informação estava piscando bem na minha cara esse tempo todo.

— Nós bloqueamos temporariamente o cartão até conseguirmos confirmar essas compras. — A voz dela é quase robótica.

— Só por curiosidade, Melanie, vocês já conseguiram entrar em contato com o meu marido?

— Não, senhora, este é o único número que temos de vocês dois...

— Tudo bem. Eu só queria saber mesmo. — Estou aliviada.

Por fim, me dou conta de que o cartão é tão antigo que provavelmente é anterior aos nossos celulares, e nenhum de nós é muito ligado em atualizar esse tipo de informação. E é bom que Paul não saiba que eles estão tentando entrar em contato.

— Vou repassar as últimas cobranças no seu cartão e preciso que a senhora confirme ou negue se são fraudulentas.

— Ok. Pode dizer.

— Houve uma cobrança de cinco mil dólares de um estabelecimento chamado Illusions, feita ontem à tarde.

Pelo nome parece um clube de striptease. Meu estômago embrulha, mas podia ser pior. Parece que Wes e Paul não perderam mesmo tempo ao desembarcar. Mas cinco mil dólares? É *pole dance* até não aguentar mais.

— Pode ter sido meu marido.

Forço um riso do tipo que diz homem-é-tudo-igual e depois vou para o sofá, onde está o laptop.

— E hoje de manhã houve uma cobrança de quinhentos dólares na churrascaria Royal Palm.

Piranhas com bronzeamento artificial seguidas de churrasco com tudo a que se tem direito? O perfil de Paul de marido zeloso continua decaindo. Hoje está bem fácil odiá-lo.

— Parece que meu marido se divertiu à beça nessa noite fora de casa.

Abro meu laptop e vejo que a bateria foi para o saco, então conecto o carregador. Vou precisar usar a internet do celular.

— Quais são as outras cobranças, Melanie? Não tenho certeza sobre essas aí; provavelmente são de Paul, mas ele não está aqui no momento. Acabei de mandar uma mensagem para ele perguntando.

Tiro meu celular do carregador e digito "Illusions Miami" no Google. Aparece uma resenha de um restaurante espanhol no Yelp com avaliação de uma estrela, mas, quando verifico melhor, constato que o lugar fechou em 2015.

— Hmm... vamos ver aqui. Teve uma compra numa loja chamada Wined-Down no valor de duzentos dólares, e outra de quinhentos dólares no spa Synchronicity.

Uau. Fico encantada ao saber que, enquanto estou aqui doente de tanta preocupação com a infinidade de desastres acontecendo ao nosso redor, Paul está se presenteando. Preciso encerrar essa ligação e começar a procurar mais coisas.

— Melanie, essas compras são do Paul, sim. Ele acabou de me confirmar por mensagem.

— Obrigada, Sra. Campbell. Então posso suspender o bloqueio do cartão?

— Pode. Isso seria ótimo.

Não quero que Paul ligue o alerta por conta de uma compra recusada pelo cartão e entre, então, na defensiva. Isso se já não entrou.

— Lamento então por qualquer transtorno que tenha sido causado.

— Transtorno?

— É que houve uma tentativa de uso do cartão hoje de manhã, depois que ele foi bloqueado.

— Ah, é? E o que foi?

Comecei a pensar nas possibilidades. Teria sido um karaokê de madrugada ou bebida à vontade em alguma boate asquerosa de Miami? Essa farra toda tem cara do Wes.

— Foi no Harbor Rose Bed and Breakfast, no valor de quatrocentos e setenta e dois dólares.

Meu sangue gela.

— Ah. Tudo bem. Ele deu outro jeito — respondo e logo em seguida desligo.

Paul não está em Miami. Illusions é uma joalheria em Cold Spring Harbor. Não preciso do Google para descobrir isso. Conheço muito bem.

Meu coração dispara. Digito "Royal Palm, Long Island" e aparecem 1.023 imagens. Clico numa das incontáveis fotos de maravilhosos restaurantes quatro estrelas, que anunciava "lugar perfeito para momentos românticos". Fica a menos de um quilômetro da Illusions, bem perto do Harbor Rose.

Harbor Rose. O hotel onde ficamos em nossa segunda noite depois do casamento e em alguns aniversários ao longo dos anos. Até a empresa de Paul ir para o buraco.

Parece que ele está curtindo um incrível fim de semana romântico, sem mim.

Vou lá para fora, na esperança de que o ar fresco alivie a dor de cabeça que começa a se manifestar por trás dos meus olhos. O céu é uma verdadeira pintura em rosa, azul e amarelo-claro na tarde que cai. Ele praticamente esteve no quintal de casa esse tempo todo.

O celular treme na minha mão. As articulações estão brancas de tanto que eu o aperto. O nome dele aparece na tela.

Oi, amor.
O dia está lindo.
Odeio estar tão longe assim de você.
Pôr do sol incrível, queria que você estivesse aqui.

21

Silvestri

Não consigo não zoar com a cara dele.

Ao levantar a cabeça e dar de cara com Wolcott entrando na sala do pelotão com mais um dos seus ternos de três peças, reviro os olhos de forma bastante exagerada.

— De novo com essa porra desse colete! Parece o Balki Bartokomous.

— Como é mesmo aquele ditado? — reage ele. — Vista-se para o emprego que quer ter, e não para o que tem.

— Bom, se você quer virar um pastor de ovelhas na ilha de Mypos, então está no caminho certo.

— Não, eu só quero um emprego que me deixe escolher melhor meus parceiros.

— Poxa, mas sem mim sua vida não teria a menor graça — rebato.

— E onde é que está a graça que não vi até agora?

— Beleza — desisto, apontando para o copo de papel na mesa dele. — O café ainda está quente.

— Agradecido. Campbell vem agora de manhã, recém-chegado do passeio pela Flórida, certo?

Ele olha para o relógio, então me dou conta de que ele é o único cara com menos de quarenta anos que eu conheço que ainda usa relógio de pulso. Embora nós dois já não estejamos assim tão longe dos quarenta.

— É, ele deve estar chegando. Pronto para usar seus poderes mágicos? — pergunto.

Ele dá de ombros.

— Por que não? Vou só dar uns goles nisso aqui antes — responde ele, pegando o copo. — E aí a gente se diverte um pouco com o cara.

* * *

Passei a manhã inteira esperando por este momento.

Estou aguardando na sala de interrogatório, a expectativa a mil, quando meu parceiro entra com Campbell. Há muito tempo não tinha a chance de ficar cara a cara com um suspeito, nem nunca havia trabalhado com um parceiro com a suposta habilidade de Wolcott em interrogatórios. Mais divertido, impossível.

Meu parceiro cumpre a formalidade de nos apresentar novamente e convida Paul Campbell a se sentar numa cadeira do outro lado da mesa, à minha frente. Campbell está usando uma calça jeans suja, larga e cheia de bolsos, e uma camisa térmica de manga comprida. Wolcott pousa a mão no ombro do suspeito, para tranquilizá-lo, e dá a volta na mesa, então desabotoa o paletó e se senta ao meu lado. A coisa toda tem um ar teatral. Estou começando a entender o porquê dos coletes.

— Sr. Campbell — começa meu parceiro —, obrigado por ter conseguido um tempo para vir até aqui agora de manhã. Como foi a viagem à Flórida?

— Ah, ótima. Foi muito boa. — Paul parece meio distraído.

— Você viajou para uma convenção imobiliária, certo? — pergunto. — Onde eles costumam hospedar os participantes nesse caso?

— Hmm... — Ele hesita por um momento e olha para nós. — Preciso confessar uma coisa para vocês, detetives.

— A gente já está acostumado com isso — digo. — Manda.

— Eu não estava em Miami no fim de semana. Eu tinha que cuidar do projeto de uma obra aqui mesmo, mas não queria que a Rebecca ficasse sabendo.

— Não estou entendendo — intervenho. — Achei que você trabalhasse com transações imobiliárias.

— Ah... — diz ele e começa a explicar. — Antes de começar a vender casas, eu as construía. Tive uma empreiteira durante muitos anos. As coisas ficaram difíceis em 2008 com a crise, e eu tive que me virar.

— Hmm — comenta Wolcott. — Então você faz frila como empreiteiro?

— Só de vez em quando — explica Paul. — Mas tenho trabalhado nesse pequeno projeto por agora. Só não comentei nada com a Rebecca ainda. É meio que surpresa para o futuro.

— Interessante. E fica aqui perto? — pergunto.

— Um pouco mais para o oeste. Um terreno que eu tenho há alguns anos. Um plano para a aposentadoria, sabe?

— Faz sentido — diz Wolcott. — Aproveita que o mercado está aquecido, constrói, vende e faz um dinheiro.

— Exatamente — concorda Paul. — Essa é a ideia.

— Um homem de negócios — acrescento.

Nosso suspeito abre um sorriso fraco e olha para mim e, depois, para meu parceiro. Deixamos o silêncio se prolongar por mais tempo que o necessário. Campbell se mexe na cadeira.

— Sr. Campbell — diz Wolcott —, nós o chamamos aqui hoje porque precisamos esclarecer algumas coisas que ainda estão meio confusas sobre esse caso.

— Claro. Como posso ajudar? — pergunta Paul.

— Bem — prossegue Wolcott —, talvez o senhor possa nos ajudar a ter uma ideia melhor sobre essa tal Sheila Maxwell. Parece que ela não é muito conhecida na cidade e praticamente ninguém se lembra dela na academia que ela e sua esposa frequentam. Ela era meio reclusa, talvez?

Campbell pensa um pouco antes de responder:

— Eu realmente não a conhecia muito a fundo. Nossa relação não evoluiu muito, então não sei dizer.

Eu me inclino para a frente, o que chama a atenção dele.

— O senhor chegou a dizer que "se identificava com ela", se não me engano. E falou que ela comentou com o senhor sobre a infidelidade do marido, certo? Estou perguntando isso porque são esses os detalhes que podem ajudar a gente a ter uma noção geral. Por enquanto, infelizmente, ainda não temos muita coisa. O senhor por acaso se lembra de algo específico a respeito do marido?

Ele olha um pouco para cima e depois para a esquerda.

— Sei que ele viajava muito a trabalho. Acho que estava tendo um caso com uma colega de trabalho. Do jeito que ela falava dele, o cara parecia um babaca.

Wolcott não deixa essa passar batido.

— "Do jeito que ela falava dele." Interessante escolha de palavras, Sr. Campbell. O senhor tem motivos para acreditar que ela não foi totalmente sincera em algum momento?

A ideia de que alguém poderia ter mentido para ele pega Campbell completamente de surpresa.

— Assim... aquela história toda pareceu meio estranha, o marido o tempo todo fora? Mas eu *presumia* que ela falava a verdade. Por que ela inventaria isso, afinal? O que está acontecendo?

— É exatamente o que estamos tentando descobrir — explica meu parceiro, colocando a cópia da matéria da primeira página do jornal em cima da mesa.

Observo atentamente Paul enquanto ele lê a notícia, movendo os lábios sem se dar conta disso. Quando chega ao trecho que deveria ser uma surpresa, ele congela. Os olhos se arregalam; a testa enruga. Os olhos vão do texto à data no alto da página e depois voltam para nós. Ele parece bem confuso.

— Mas, ela...

— *Era* casada, com um tal Daniel Graves — informa Wolcott.

— Graves, túmulos em inglês. Uma coincidência um tanto mórbida. — Não consigo evitar o comentário.

— Mas ela manteve o nome de solteira — continua Wolcott. — Daniel e Sheila moravam em São Francisco até poucos anos atrás, quando ele morreu num acidente de mergulho.

— Na lua de mel deles — acrescento.

— Estou vendo que isso deve ser um choque para o senhor, Paul. Sei que sua maior preocupação é a segurança da sua família, então realmente precisamos que nos conte tudo o que sabe, está bem?

Ele concorda sem emitir som, pasmo.

— Paul — prossegue Wolcott —, vamos repassar aqui uma série de mensagens de texto trocadas entre vocês dois, de uns dois meses pra cá. Só preciso que responda com honestidade. A gente não quer que essa mulher represente qualquer ameaça para o senhor, sua mulher e seu cachorro, se ela estiver à solta por aí.

Ele olha para meu parceiro como se o cachorro nem lhe tivesse passado pela cabeça.

— Duff?

— Nós só estamos querendo nos cercar por todos os lados — acrescento. — Afinal, ela tinha contato com o seu cachorro. E há indícios de que se trata de uma pessoa desequilibrada.

— Tá bom — assente Paul, distraído. — Claro.

Wolcott pega as capturas de tela impressas embaixo da mesa e as coloca à mostra. Depois, começa a passar pelas páginas, fazendo breves anotações. A certa altura, para.

— Acho que o senhor pode nos ajudar aqui, Paul. — Ele aponta com o dedo para uma mensagem no meio da página. — Nesse ponto começa um certo tom de flerte. — Ele desce para o pé da página. — Ah, sim, aqui está. O senhor a convida para ir à sua casa, fazendo uso de linguagem sugestiva.

Campbell se ajeita na cadeira e começa a coçar o queixo.

— Tudo bem, gente. Vou abrir o jogo com vocês.

— É o melhor a se fazer — digo.

— Nossa relação talvez tenha sido um pouco mais que puramente emocional — admite ele.

Meu parceiro e eu assentimos, compreensivos.

— A gente entende — digo. — Você estava numa fase ruim na época.

— Mas não me orgulho nada disso — ressalta ele.

— Ela era uma mulher bonita — prossigo. — As duas, na verdade. Ele parece confuso.

— Desculpe — explico-me. — Estou falando de Sasha Anders. — Ele se empertiga ligeiramente quando pronuncio aquele nome. — É que meu parceiro e eu estamos investigando o desaparecimento de duas mulheres, e às vezes pensamos nas duas ao mesmo tempo.

— Ah, sim — concorda Campbell. — Sasha era mesmo atraente. Mas não existe nada entre nós. Pelo menos, não há muito tempo. Hoje em dia ela não faz muito o meu tipo.

— Ah, não? — indaga Wolcott. — Mas elas não eram mais ou menos do mesmo tipo? Quer dizer, fisicamente.

— Acho que sim — concorda Paul. — Eu só estava querendo dizer que Sasha é meio, sei lá... chata.

— Entendo — diz Wolcott, voltando a examinar as capturas impressas. — Vamos lá, algumas fotos dos pombinhos. Presumo que sejam suas — prossegue ele, referindo-se a várias imagens de partes íntimas masculinas e à foto de um homem nu, de costas. De repente, ele para e olha bem nos olhos de Campbell. — Muito bem, aqui a minha curiosidade fala mais alto. — Então ele pega a página que está em cima e a coloca em frente ao nosso suspeito. — O senhor pode ler para mim?

Campbell olha para a folha e hesita. Olha primeiro para o meu parceiro, depois para mim e, por fim, lê o trecho em voz alta.

— "Eu vou acabar com a merda da sua vida."

Wolcott inspira profunda e demoradamente, depois endireita os ombros.

— Agora o senhor entende por que precisamos fazer algumas perguntinhas, Paul?

Dá para ver as engrenagens rodando por trás dos olhos do nosso suspeito.

— Detetives, entendo o que isso pode parecer. Mas preciso lembrar a vocês que eu estava com a corda no pescoço. Essa mulher estava seguindo a gente pela cidade, como dá para ver pelas primeiras fotos. Uma pessoa nitidamente desequilibrada, e eu não sabia mais o que fazer. Não adiantava argumentar com ela usando a razão, então a única coisa que achei que podia funcionar seria dar um susto nela. No desespero, tomei uma decisão equivocada, mas eu jamais teria feito nada de mal a ela. Falei aquilo no calor do momento, numa última tentativa de livrar a gente dela.

— O senhor usa a palavra "última" — aponta Wolcott. — Mas naquele momento não tinha como saber que aquela seria a última vez que falaria com essa mulher, certo?

Tenho a sensação de estar vendo um cirurgião no meio de uma cirurgia. Mas fico impressionado com a rapidez com que Campbell se recompõe.

— Eu só estava querendo explicar como me senti naquele momento... sabe como é. Na época, eu tinha a sensação de que ela estava a ponto de fazer alguma besteira. Estava assustado por mim e pela minha mulher. Era muito perturbador.

— Imagino — diz Wolcott. — E, só para deixar claro, essa troca de mensagens foi de fato o último contato que você teve com a Sra. Maxwell, certo?

Observo Campbell olhar para cima e depois para a direita antes de voltar a encarar meu parceiro. Um sinal de que está mentindo.

— Sim, é verdade. Essa foi a última vez que tive contato com ela.

Wolcott apoia o cotovelo direito na mesa e começa a coçar o queixo, olhando para Campbell, que está à sua frente. Campbell, por sua vez, faz um esforço danado para não piscar enquanto meu parceiro o examina. Queria muito ter trazido pipoca para assistir a este momento.

— Muito bem então, Sr. Campbell — diz meu parceiro, num tom que imediatamente desarma a tensão. Ele apoia a palma das mãos na beirada da mesa e se levanta. Eu faço o mesmo, e nosso suspeito também. Wolcott abotoa o paletó, dá a volta na mesa, conduzindo Campbell gentilmente pelos ombros em direção à porta. — Muito obrigado por ter vindo até aqui hoje. Entraremos em contato quando tivermos alguma novidade. E, por favor, faça o mesmo se souber de qualquer coisa.

Ele abre a porta para Campbell, que rapidamente trata de sair.

— Com certeza, detetives — diz Campbell, com pressa. — Obrigado — conclui, sem fazer contato visual com nenhum de nós dois ao deixar a sala de interrogatório.

Seguimos até o corredor para ver Paul Campbell saindo apressado, desaparecendo depois da curva. Meu parceiro deixa a porta se fechar e então se vira para mim. Um sorriso dissimulado e satisfeito aparece em seu rosto. Ele assente.

— Ele está metendo os pés pelas mãos — digo.

— Com certeza.

22

Paul

AFOGAMENTO SUSPEITO DE MERGULHADOR EXPERIENTE DURANTE LUA DE MEL

A manchete pisca como um letreiro luminoso em minha mente. Puta merda, eu sabia! Ela estava mentindo para mim o tempo todo. E era mais doida ainda do que eu pensava. Fez o coitado daquele filho da mãe se afogar. E depois mentiu a respeito dele. Durante anos. Meu Deus! *Por que eu não segui minha intuição? Eu sentia que tinha alguma coisa nessa história. Fui um burro do caralho!*

O sol de primavera tem um brilho ofuscante quando saio da delegacia e atravesso o estacionamento. Semicerro os olhos ao me dirigir ao Jeep. Quando chego à porta do motorista, sou tomado por uma onda de náusea que me revira todo por dentro. *Ela não foi apenas nos assustar. Ela foi nos matar. Ela já tinha matado antes. E estava decidida a matar de novo.*

Dou um jeito de abrir a porta, entro no carro e dou a partida. Estou suando muito, mal consigo segurar o volante, mas preciso sair dessa porra desse estacionamento e ir embora daqui. É bem capaz desses merdas desses policiais estarem me olhando pela janela. *Vai devagar. Respira. Respira.*

Pego a rodovia e percorro quase um quilômetro até acabar sendo obrigado a parar no acostamento. Salto do Cherokee correndo e boto tudo para fora na beirada de um caminho arborizado. O café volta amargo, e o gosto de bile toma conta da minha garganta e das minhas narinas.

Vejo uma área de grama amarelada na clareira diante das árvores e de repente estou cavando de novo, os músculos queimando. Arrasto o corpo horrivelmente sem vida para o túmulo raso. Quando estou prestes a chutar a lona para dentro do buraco, ela se abre. Sheila rola para fora dela e olha para mim.

— Devia ter sido você — sussurra ela.

A buzina de uma carreta me traz de volta à realidade. Estou com as mãos nos joelhos, ofegante. *Vê se toma jeito, porra.* Volto lentamente ao Jeep e me sento. A cabeça lateja, tem um buraco queimando no meio do meu estômago. Desligo o carro, porque não tenho condições de dirigir agora.

Não consigo respirar. Abro a porta e salto do carro, quase caindo. Vou até a frente do Cherokee e me apoio no capô. O metal quente contra as palmas das minhas mãos me acalma. Abaixo a cabeça e solto um grito que vem dos pulmões.

* * *

As duas últimas noites foram a mesma coisa. Saí de fininho de madrugada e dirigi até Smithtown Bay. Eu tinha de desenterrar o corpo, pois havia cometido um terrível erro. Cheguei ao local, estacionei e peguei minhas ferramentas. O solo cedeu com facilidade, então não precisei de mais nada além da pá. Cavei até não aguentar mais, porém pareceu levar uma eternidade até eu conseguir fazer algum avanço. Lutei contra a exaustão e finalmente avistei a lona. Tirei o restante de terra e puxei o corpo para fora da cova. Quando desenrolei a lona, vi os olhos sem vida de Rebecca me encarando.

Toda noite eu despertava apavorado, suando frio, aliviado por não ver minha mulher dormindo ao meu lado. Minha querida esposa, que achava que eu estava em Miami, embora estivesse dormindo num quarto de hotel de beira de estrada a poucos quilômetros de onde ela estava.

* * *

Meus pulmões estão queimando. Estou rouco de tanto gritar, e parece que minha cabeça vai explodir. Preciso voltar a Cold Spring Harbor para ver se está tudo certo com a equipe. Tiro as mãos suadas do capô e volto ao banco do motorista. Respiro profundamente e dou a partida.

Ao voltar à estrada, um Crown Vic passa por mim. Ganho velocidade e o alcanço, então o ultrapasso olhando de esguelha. Nem Wolcott nem Silvestri. Esses palhaços estão começando a me dar nos nervos. Estou puto por estar tão preocupado com isso, mas eles estão fodendo comigo. Não existe nada que me ligue ao terreno em Smithtown Bay, e, graças a Javier e a seu pessoal, já tem DNA suficiente no porão de Cold Spring Harbor para dar um bocado de trabalho a qualquer laboratório forense.

* * *

— Imigração! Mãos para cima!

— *¡Cabrón!* — Todo mundo se vira para mim. — *¡Chinga tu madre!*

— Eu estava só zoando, pessoal. — Então eu rio. — Javier, pode ir almoçar quando quiser.

— Obrigado, *pendejo*.

Enquanto ele reúne o pessoal, dou uma olhada na estrutura da casa que estamos construindo. As vigas estão bem colocadas, e já escolhi madeira de cerejeira para o piso. O pessoal fez bastante coisa esta manhã. Ainda bem que consegui contratar esses caras para a empreitada. Contar com operários atentos aos detalhes faz toda a diferença. Além do mais, eles estão dispostos a ralar bastante nos fins de semana, e a situação deles com a imigração me dá certas vantagens nas negociações.

Fecho os olhos e imagino a estrutura tomar forma. Vejo as vigas de pinheiro e os tetos de catedral. Vejo a lareira e sinto o cheiro de madeira. Sinto o granito na ponta dos dedos. Vejo as paredes e sinto o cheiro da tinta fresca. Será uma casa linda. Não como a que Rebecca e eu imaginávamos quando começamos a falar da casa dos nossos sonhos há tantos anos, e sim um lugar mais imponente e sofisticado. E tudo isso só foi possível com a comissão da venda de Southampton. Porque essa será uma casa diferente, para pessoas diferentes. Mudança de planos. Um novo começo. E minha mulher não faz ideia do que está acontecendo.

— Javier, tenho que estar em um evento daqui a pouco. Vocês conseguem segurar as pontas essa tarde?

— Sim, conseguimos. O que está achando?

— Achei tudo ótimo, cara. Excelente trabalho. Continuem assim. Volto de manhã para a entrega.

— O que vai chegar?

— Vigas de pinheiro.

— Certo, patrão.

Vou até a academia para tomar uma ducha e me preparar para o evento. Ao abrir o armário, sinto o fedor. Meu estômago, que ainda não se recuperou dos últimos acontecimentos, embrulha, e eu quase vomito de novo. Parece que as roupas usadas num trabalho desses pegam cheiro bem depressa. Merda. Terei de arrumar um jeito de dar um pulo em casa algum dia dessa semana para lavar umas roupas enquanto Rebecca estiver trabalhando. Ela não pode saber o que ando fazendo.

23

Rebecca

Paul já voltou da viagem, mas mandou mensagem dizendo que precisava ir direto para o trabalho do aeroporto. O que foi um alívio para mim. Além disso, é a primeira segunda-feira em vinte anos que eu não tenho de ir para o trabalho, pois não estou mais empregada. Esse arsenal de segredos que venho guardando acaba me proporcionando uma sensação de equilíbrio e segurança, por isso ainda não consegui abrir o jogo com Paul. Pego meu celular e clico nas fotos do diário dele pela enésima vez nas últimas setenta e duas horas.

Quanto mais tento esconder as pegadas, mais fundas elas ficam. Continuo tendo aquele pesadelo: estou andando descalço numa tempestade de neve, tentando alcançar meus pais, e alguém está me seguindo. Fico o tempo todo me virando para trás para cobrir minhas pegadas, porém, quanto mais neve jogo nelas, mais fundas elas ficam. Quanto mais rápido eu ando, mais longe meus pais ficam de mim. E o que quer que esteja me seguindo vai chegando mais perto.

Fico surpresa ao ver que ele escreveu sobre os pais. Tem muito tempo que Paul não fala deles, com exceção de um comentário ou outro de vez em quando. Isso quando ainda conversávamos. Vejo o carro dele parando na entrada da garagem. São cinco e meia da tarde, nem lembro a última vez que nós dois já estávamos em casa assim tão cedo. Deixo meu celular e vou para a cozinha, onde tenho uma antiga rotina pós-trabalho para encenar.

Chet Baker está tocando na caixinha de som. Na bancada, um calhamaço do Stephen King está aberto junto de meia taça de merlot, com a marca do meu batom na borda. Pego um Oxy da latinha de balas que está na minha bolsa e o engulo. Checo a maquiagem que acabei de aplicar e ajeito o cabelo no reflexo das portas de correr enquanto aliso meu vestido de trabalho Alexander Wang favorito, mas não o estico muito, pois quero que pareça que trabalhei o dia inteiro.

Quando ele entra em casa, meu coração tem uma reação diferente do meu cérebro. Ele está estressado e cansado, e lindo como sempre. Não sei se são os remédios, meus nervos ou o reflexo instintivo da excitação que tenho ao vê-lo, mas meu coração bate forte. Houve um tempo em que essa era minha parte preferida do dia. Naquela época, voltávamos correndo para casa, loucos para nos reencontrar. A lembrança desse sentimento agora é desagradável, completamente fora de propósito.

Assim que Paul passa pela entrada com um sorriso no rosto, identifico um olhar familiar. Já fui enganada por esse olhar antes, mas agora eu o reconheço. É paixão. Desejo. Insaciabilidade. Conheço isso do início do nosso relacionamento e da época em que ele trepava com Sheila. Esse olhar mexe comigo profundamente, mas, desta vez, me sinto vitoriosa em saber que não estou três passos atrás.

Paul é um excelente ator, a emoção em seu semblante é quase convincente. Sinto uma estranha saudade da época em que não sabia das coisas. Era mais cômodo. Duff corre para ele com seu entusiasmo desvairado. Tento me mostrar animada, e é mais fácil do que eu esperava, porque uma parte de mim fica feliz em vê-lo. Atribuo isso ao fato de mal ter saído de casa durante quase três dias e estar sentindo falta de contato humano.

— Oi, linda. Estou tão feliz em estar em casa. Estava com saudade.

Ele está segurando a bolsa do notebook e um buquê de flores. As tulipas me fazem duvidar da sinceridade de todos os outros buquês que ele já me deu na vida. Quantos deles não foram pedidos de desculpas em forma de flores, porque ele não foi homem o suficiente para se desculpar com palavras?

Ele está usando um terno que eu nunca vi na vida, e não há nenhum sinal de que se bronzeou. Eu me seguro para não fazer nenhum comentário. Vou em direção a ele para não ficar muito na cara que sei que algo está errado. Ele me entrega as flores, e forço um sorriso.

— São lindas. — Minha vontade era de triturá-las no carpete.

— E aí? — Deixo Paul me puxar para perto. — Como foi a viagem?

Não dá para saber se o abraço apertado é para esconder a tensão em seu corpo ao ouvir minha pergunta ou não. Uma de suas mãos desce pelas minhas costas e fica ali enquanto ele me conduz até o sofá. Tento não pensar no que as mãos dele tocaram nos últimos tempos. Ele se senta ao meu lado, sorri e esfrega os olhos.

— Dia difícil? — Pouso a mão em sua perna. — Está todo arrumado. Por acaso isso tudo foi para as comissárias de bordo? — pergunto, usando um tom brincalhão.

— Deixei um terno no escritório, por precaução. Wes recebeu uma mensagem logo que aterrissamos. Tem uma pessoa querendo preferência na compra de uma propriedade que ele fisgou na semana passada.

Ele não se vira para mim porque os olhos dele estão focados em Duff, que está com a cabeça apoiada na outra perna de Paul. Uma ótima maneira de evitar me encarar enquanto mente. Ele leva uma das mãos à cabeça de Duff, coçando atrás das orelhas do cachorro, e a outra, à minha coxa, também fazendo um carinho de leve, como se não conseguisse mover uma sem mexer a outra.

— Que propriedade? — Ocorre-me que ele pode estar tentando evitar falar da viagem.

— Uma casa com vista para o mar em South Sag, em Crestview. Preço inicial de quarenta e quatro milhões. O comprador chegou oferecendo logo cinquenta sem nem ver a propriedade. O dono é um amigo de Wes da época de escola.

Seus olhos se voltam para os meus. Se ele está mentindo, está se saindo muito bem.

— Uau. Peixe grande. Mas você não parece muito animado.

Paul não só conseguiu um emprego que o ajudou a superar a crise da meia-idade como também conseguiu um emprego no qual é muito bom. Fico completamente embasbacada com o nível das comissões. De quanto ele precisa? Começo a sentir uma pontinha de preocupação de esposa. Não tinha me ocorrido que Paul pode estar devendo muito a alguém. O que não deixa de ser surpreendente, quando se trata da filha de uma pessoa que estava sempre endividada e vivia se escondendo daqueles a quem devia, por medo. Então começo a pensar que talvez o desaparecimento do dinheiro não tenha nada a ver com a nova vadia na vida dele. Mas acho que uma coisa não anula a outra.

Quanto mais tento esconder as pegadas, mais fundas elas ficam.

— A comissão é de cair duro pra trás, mas vai levar pelo menos um ano ou dois para fechar o negócio. O dono é um herdeiro que virou traficante e usava a casa como entreposto de quantidades enormes de drogas. Ele literalmente escondia o troço nas paredes. Principalmente produtos farmacêuticos. Ele nem precisava do dinheiro, provavelmente só fez isso porque viu *Breaking Bad,* aposto. O pessoal do Agência Antidrogas acabou com a casa. Paredes, piso, tudo. Até que ele seja julgado, os bens estão bloqueados. E a casa não será liberada, inspecionada nem vendida até lá.

Tento não pensar muito em quais comprimidos podiam estar naquelas paredes e na quantidade apreendida. Que desperdício. Nem pergunto nada sobre o que exatamente seria o "liberada". Melhor não saber.

— Saíram várias matérias no *Post* mês passado. — Ele diz isso como se estivesse falando com um ser humano perfeitamente funcional, que estava com a vida muito bem resolvida para se interessar pelos malfeitos dos outros.

Cada célula do meu corpo está vibrando com a endorfina. Eu me aproximo mais dele e recosto a cabeça em seu peito. Como se fosse uma peça de quebra-cabeça se encaixando no lugar certo.

Era bom sentir a mão dele em minha perna, depois no rosto e na nuca. Eu me arrepiei da cabeça aos pés. O Oxy está fazendo efeito, e eu me derreto nos braços dele, ali no sofá. Quero que ele coloque a outra mão em mim e que venha subindo pelo meu corpo até chegar ao pescoço. Pergunto-me até se eu reagiria se ele o apertasse. Sinto que sou habitada por vários eus. Tento fundir as emoções destoantes num ser coerente.

— Quem fez a oferta?

— Não faço a menor ideia. Mandaram um advogado. O sujeito também é meio suspeito. Foi muito estranho, o cara mal falou. Tirou um monte de fotos com o celular e saiu sem dizer nada. Uma hora depois, mandou uma mensagem com a oferta. A casa nem tinha sido anunciada ainda, então Wes não tem a menor ideia de quem deu a dica para ele.

— Humm. — Já quase não tenho mais forças para falar e continuar essa conversa.

Duff levanta a cabeça, que estava na perna de Paul, e a apoia no pedacinho de sofá entre a gente. Nós dois levamos as mãos à sua cabeça e às orelhas, nossos dedos se tocando. Paul está calado.

— Os detetives falaram mais alguma coisa?

Escolho bem as palavras, sem saber ao certo se é seguro falar deles, mas sei que a visita dos dois e a presença deles em nossa vida são assuntos que nenhum de nós dois quer abordar.

— Estou cuidando disso, não precisa se preocupar. Eles não vão ser nenhum problema. É só você continuar fazendo tudo normalmente. Vá para o trabalho, para a academia, vá passear com o cachorro. Se a gente não fizer nada fora do normal, não há motivo para eles ficarem no nosso pé.

A voz dele sai meio cortada, e felizmente ele está distraído demais para perceber que fico tensa à menção do meu trabalho. Terei de manter uma aparência de rotina e normalidade, não só para os policiais, mas para ele também.

Então Paul acrescenta:

— E pegue leve com os remédios, Madoo. Preciso que você esteja focada agora.

Tento não parecer magoada. Ele raramente comenta sobre esse assunto, mas, quando o faz, percebo que talvez eu não esteja conseguindo esconder meus segredos tão bem quanto imaginava. Eu me seguro para não dizer que ele também não.

— Aconteceu mais alguma coisa hoje?

As palavras saem como se minha boca estivesse separada do meu corpo, como se eu estivesse apenas observando nós dois sentados no sofá, com nosso cachorro e nossas mentiras confortavelmente acomodados entre nós. Ele me olha de um jeito estranho, e eu me endireito. Merda, tenho de me controlar.

— Você está bem, Madoo? Como foi o seu dia? Está tudo bem no trabalho?

— Claro, tudo certo. Tudo na mesma. Só estou cansada. — Então aproveito a deixa: — Na verdade, acho que estou ficando doente. Amanhã talvez eu fique em casa se ainda estiver me sentindo assim.

— Poxa, amor. Você devia ter me falado isso. Vá para a cama. Eu preparo alguma coisa para você. Que tal sopa de tomate e um queijo quente?

O tom carinhoso dele me deixa em alerta, mas é pura bobagem, pois ele sempre cuidou de mim desse jeito maravilhoso todas as vezes que fiquei doente. Está só sendo ele mesmo. Ou esses anos todos Paul criou um personagem? Eu me sinto péssima com minhas dúvidas.

— Eu estou bem. Na verdade, estava pensando em pedir alguma coisa, me enroscar no sofá e ver um filme.

— Acho uma ótima ideia. — Percebo nele uma leve hesitação. — Mas preciso de um banho antes. Foi um dia daqueles, estou acabado.

Estudo seu rosto e vejo que ele está com um resquício minúsculo de creme de barbear e um cortezinho recente logo abaixo do lóbulo da orelha. O cabelo está úmido, e ele está com o cheiro do sabonete líquido que usa na academia. O terno parece que acabou de ser passado. Vou para a cozinha para poder observá-lo à distância. *Estou de olho em você, Paul.*

Volto e lhe entrego uma taça de vinho para justificar o fato de eu ter me levantado do sofá, e ele a pega, agradecido.

— Vá tomar seu banho e relaxar. Vou pedir alguma coisa. É você que escolhe o filme dessa vez.

— Tem certeza de que está tudo bem? Você parece, sei lá, meio fora do ar... Sei que esses últimos dias foram estressantes, mas nós vamos dar um jeito. Sempre damos.

Percebo que ele fala com cuidado, no fundo desejando que eu não queira conversar sobre isso agora.

— Sim. Só estou exausta também; o trabalho hoje foi maçante.

A gente mente com muita facilidade. Digo aquelas palavras com tanta convicção que até eu já estou quase acreditando nelas. Ele sorri, faz que sim com a cabeça e passa as mãos pelo cabelo. Depois pega o celular no bolso do paletó e o checa. Então franze as sobrancelhas, e sua expressão fica meio sombria, mas se recompõe ao ver que o observo.

— Tudo bem?

— Sim. Tudo sob controle. É só o Wes.

Ele parece meio distraído quando volta a encarar o celular e desliza o dedo pela tela. Em segundos, está de costas para mim, indo em direção ao quarto.

Assim que Paul entra no banho, procuro pistas do que ele possa ter feito durante o fim de semana na mala dele. Tudo parece normal, até a sunga e o filtro solar. Tudo, menos o lenço vermelho, que eu rapidamente desato para confirmar o que já suspeitava. O revólver que Paul dizia ter descartado pesa em minha mão. Fico me perguntando por que ele precisaria levar uma arma numa viagem de fim de semana, ainda mais tendo de passar pela segurança do aeroporto. Guardo a arma na mala dele de novo e vou para o quarto, torcendo para que ainda dê tempo de espiar o celular.

O aparelho não está no paletó pendurado atrás da porta. Nem em nenhum dos outros lugares de sempre. Fico ansiosa com o pouco tempo que me resta. Eu me agacho para ver se caiu debaixo da cama e de repente me dou conta de que ele o levou para o banheiro.

Com a porta do banheiro entreaberta, consigo ouvi-lo cantando por trás da cortina. Abro mais a porta e, em meio ao vapor, vejo o celular em cima da pia. Antes que eu consiga pegá-lo, ele afasta um pouco a cortina e me vê pelo espelho, observando-o da porta, então dá um risinho.

— Safadinha.

Leve na brincadeira. Ele não sabe de nada. Eu o devoro com os olhos por alguns segundos e dou uma piscadela. Depois, saio correndo para a sala. Pego o MacBook dele na bolsa do laptop e rapidamente o abro. No histórico de busca, a última página acessada é de uma matéria do *San Francisco Chronicle* sobre um acidente envolvendo um mergulhador na Jamaica. Copio o link, mando-o para meu e-mail pela conta de Paul, depois apago a mensagem da pasta de enviados e da lixeira. Dou uma olhada rápida nos e-mails, mas não vejo nada fora do comum. Clico no endereço de IP dele e rapidamente digito as informações necessárias no meu celular.

— Madoo? — Meu coração vem à boca enquanto desligo o computador e o jogo de volta na bolsa. — Pode vir aqui um minutinho? Preciso falar com você.

Ele saiu do banho. Conheço muito bem esse tom de voz. É a entonação que ele usa quando me quer nua e de barriga para baixo. Faz um tempão que não o escuto falar desse jeito comigo, por isso fico surpresa. Temo o que ele possa fazer comigo, mas estou apavorada demais para recuar. Enquanto vou em direção ao nosso quarto, abro o zíper do vestido.

O celular está em cima da mesinha de cabeceira, do lado dele, e no meu campo de visão. Com as mãos quentes segurando firme minha cintura, ele controla o ritmo. Olho para ele ao me virar para trás, para que não pense que estou distraída, mas seus olhos estão fechados. Tomado pela própria imaginação, ele nem nota que eu não estou com a cabeça no ato físico. Não consigo desviar os olhos da tela do celular, que explode com mensagens de texto, fora do meu alcance — é impossível ver de quem são ou o que dizem —, mas perto o suficiente para que eu as veja chegando uma após a outra.

* * *

Acordo com a cabeça pesada. Toda hora eu caía no sono durante o filme, por causa dos comprimidos. Exagerei, não posso mais passar dos limites assim. Fiquei tão pilhada com as mensagens pipocando no celular dele que esmaguei um comprimido de hidrocodona e cheirei a carreira enquanto Paul pagava ao entregador. Nem lembro qual era o filme, apenas que era bem antigo e que ele se lembrava de ter visto com o pai. Paul anda pensando muito nos pais ultimamente.

— Você deve estar doente mesmo, amor. Mal conseguiu ficar de olhos abertos, está toda suada. E quase não comeu nada — sussurrara ele, ao me carregar para a cama.

Meus braços estavam em volta do pescoço dele. A sensação de ser carregada no colo quase me fez esquecer tudo. Agora desperta, imediatamente me lembro de tudo e sinto náusea. Mas tenho coisas importantes a fazer.

Duff e Paul estão roncando ao meu lado. Já tinha me livrado das cobertas por causa do calor dos nossos corpos — e do corpo de Duff —, então consigo sair da cama sem fazer muito alarde. Avanço até o outro lado em silêncio pelo carpete e deslizo o celular dele da mesa de cabeceira para a minha mão. Na sala, recosto-me na cornija da lareira, sentindo a cerâmica fria do aparador de livros solitário no meu ombro. Deixo meu celular na cornija e começo a vasculhar o dele.

Fico surpresa e aliviada por ele não ter mudado a senha. Ele deve achar mesmo que eu não sei de nada. Vejo que a mensagem de texto mais recente de fato é de Wes, mas é de hoje de manhã. Rapidamente vou passando por todas elas, sem saber muito bem o que conseguirei acessar depois que instalar o aplicativo. Poderei ler mensagens de texto, e-mails, ver localização e histórico de busca a partir do meu celular, por apenas duzentos dólares por mês. Nada por enquanto parece suspeito, e eu sou momentaneamente tomada pela dúvida. Talvez eu esteja me deixando levar pela imaginação. Mas, levando em consideração a conta bancária quase zerada e a crescente lista de mentiras de Paul, fica difícil não achar que ele está escondendo algum segredo.

Digito "MindsEye" na loja de aplicativos e ele imediatamente aparece. Baixo o aplicativo e o ativo com o login que já tinha criado antes. O ícone do olho aparece na tela dele. Rapidamente vou até "Ajustes" e clico em "Ocultar ícone". Ao voltar à tela principal, o olho não está mais lá.

Tomo um susto ao ver meu rosto iluminado no espelho. A tela na minha mão projeta uma palidez bem fantasmagórica. Espero enquanto meu celular suga todos os segredos dele. Não tem mais nenhuma surpresa nem nada fora do meu controle.

O ícone do olho no meu celular aparece ticado, e, uma fração de segundo depois, os dois vibram em uníssono. Vou direto às mensagens de Paul para descobrir quem estava falando com ele durante nosso raro momento de amor na cama, mas não encontro nada a não ser as minhas mensagens e as de Wes. Não havia nenhum sinal de mais ninguém em contato com ele nas três últimas horas. Ele deve ter apagado. Sinto uma onda de desânimo.

Quando já estava quase desistindo, chega um alerta de que Paul recebeu um e-mail. O nome que aparece como remetente é Dana. Tento me lembrar de alguma "Dana" que um de nós possa conhecer. Abro a mensagem no meu celular, sem mexer pelo celular dele. Não sei o que é mais arrebatador: o ódio ou a confirmação das minhas suspeitas.

Paul,

    Já é tarde, mas tenho pensado muito em você. Que bom ver você de novo. Estou muito feliz por termos retomado o contato. Eu pensava em você com frequência.

    Espero ver você muito mais agora.

— D

24

Paul

Tenho pensado muito em você.
 Foi maravilhoso ver você depois de todos esses anos.
 Também espero ver você muito mais.

Na fila da delicatéssen, aperto ENVIAR e sinto aquele famoso frio na barriga. Dana Atwell. Desde que consegui localizá-la, há umas duas semanas, nossas conversas me trouxeram uma sensação de certeza. Nem quero contar quantos anos se passaram desde que a vi pela última vez, mas o sentimento sem dúvida ainda está aqui. Só que a sensação é diferente. Ela ainda é um mulherão da porra, mas não é só isso. Aquele friozinho na barriga se transformou em algo diferente, mais profundo e sólido.

Com ela eu me sinto seguro de uma forma como nunca me senti com mais ninguém, pelo que me lembro. Eu me sinto calmo. E radiante. E centrado. Sei que nossos encontros serão o que preciso para colocar a cabeça no lugar e deixar no passado esses desentendimentos com Rebecca. Será o recomeço de que nós dois precisamos.

Fico pensando na última tarde em que nos encontramos na casa dela. Estou deitado, olhando para o teto, descrevendo os sonhos que andam me atormentando. Sonhos sobre o acidente de carro. Sonhos com tempestades de neve. Com corpos sendo enterrados e depois desenterrados. Estes últimos não são realmente sonhos, mas eu os contei como se fossem, sem mencionar nomes nem detalhes. Tenho medo de enlouquecer se não puder contar isso a outro ser humano. E ela escuta tudo atentamente. Sinto que ela é a única pessoa para quem posso contar isso. A única pessoa em quem posso confiar. A única que não vai me julgar.

— Pedido oitenta e quatro. Aloooooou!

Pelo tom de voz do balconista, ele já chamou meu número mais de uma vez. Eu estava sonhando acordado. *Planeta Terra chamando Paul.*

— É meu. Nossa, me desculpe.

— Aqui está. — Ele me entrega as sacolas como se não desse a mínima se eu fosse para a casa do caralho, então volta sua atenção para o cliente seguinte.

Vou até o caixa e faço o pagamento, depois me dirijo ao estacionamento.

Assim que coloco as sacolas no banco do carona do Jeep, algo vibra no meu bolso. Pego o celular e acabo ficando decepcionado quando vejo que a mensagem é de Wes.

> Dando um perdido na patroa de novo?

Ele quer alguma coisa de mim.

> O que tá pegando, muchacho?

A resposta vem quase imediatamente.

> Recebi um pedido de última hora para ver uma casa. Preciso de você aqui em uma hora e meia. Você consegue, safado?

Péssima ideia. Hmm...

> Onde é?

Ele responde em questão de segundos.

> Estrada Harbor Beach, em Miller Place. Praticamente no quintal da sua casa.

Só que eu não estou em casa. Até consigo, mas em cima do laço. E seria em cima do laço mesmo.

> Me manda o endereço. Estarei lá.

Isso vai ser meio perrengue. Mas, no momento, tenho de agarrar todas as oportunidades. Afinal, quando a equipe de Javier tiver terminado a estrutura, precisarei estar muito mais presente na obra para coordenar o pessoal e corro o risco de perder algumas vendas. Preciso aproveitar enquanto posso. Além disso, uma casa com vista para o mar em Miller Place seria uma comissão bem generosa. Uma boa quantia para ajudar a recomeçar. Até porque, depois de tudo o que aconteceu, preciso desesperadamente desse recomeço. Caso contrário, tenho medo de acabar enlouquecendo.

Estou a caminho de Cold Spring Harbor. Posso levar o almoço dos caras, resolver tudo em cinco minutinhos e dar um pulo rápido em casa para pegar um terno... *Merda*! Pego meu celular no console e digito uma mensagem com um olho no aparelho e outro na estrada.

> Madoo, só para saber se você conseguiu ir trabalhar hoje. Espero que esteja melhor. Te amo.

O celular já vibrou duas vezes quando chego à entrada da garagem. Enquanto checo as mensagens, ouço o barulho das pistolas de prego. A primeira é de Wes, com o endereço da casa. A segunda, da minha mulher.

> Amor, ainda bem borocoxô. Avisei no trabalho que não ia, estou aqui na cama com Duff. Obrigada pela preocupação. Te amo mais.

Merda. Beleza, tá bom.

> Que pena. Daqui a uma hora dou uma passada aí para ver como você está.

Guardo o celular no bolso. Tiro uma sopa de uma das sacolas e a coloco no porta-copos entre os bancos. Depois, pego todas as sacolas da delicatéssen e vou para a obra. Os caras estão adiantados. Quem me dera se eu tivesse operários tão competentes assim quando ainda estava só no ramo da construção.

— Patrão, as vigas chegaram. Acho que amanhã estamos com tudo pronto para instalá-las, ok?

— Maravilha, Javier. — Eu me aproximo dele. — Por falar nisso, você não ia falar com aquele cara sobre a tubulação de cobre?

— Claro, patrão.

— Beleza. Diga que pago em dinheiro, se ele ainda conseguir me fazer aquele preço.

— Tá — responde ele. — Vai ganhar muito dinheiro passando essa casa adiante.

— Estou sabendo. — Dou uma piscadela para Javier. — Preciso ir a um evento agora. Tudo bem se eu deixar vocês por hoje?

— Tranquilo.

— Ótimo. Estarei aqui amanhã bem cedo para ajudar com a estrutura.

— Valeu, patrão. Sem problemas.

Volto ao Cherokee. Assim que viro a chave na ignição, meu celular vibra.

Paul, não se preocupe comigo. Estou bem. Só preciso dormir, acho. Mas obrigada.

Isso não vai dar certo. Preciso passar lá.

Tenho de dar um pulo em casa de qualquer forma. Vou levar alguma coisa para você comer.

O tempo urge. Pego a estrada de novo, rumo à minha casa.

* * *

Ao entrar em casa, dou um jeitinho de impedir que Duff comece a latir. Espero ouvir Rebecca me chamando, mas não escuto sua voz. Vou até a cozinha e boto a sopa no micro-ondas. Já faz uma hora que a comprei. Pego uma tigela de sopa no armário e a coloco numa bandeja de madeira. Desligo o micro-ondas antes do bipe e deixo a sopa lá dentro para que fique aquecida. Se eu conseguir tomar uma ducha no banheiro do térreo e vestir o terno, depois subo e dou um pulo no quarto para dar a sopa para Rebecca antes que ela...
— Oi, amor.
Dou meia-volta rápido demais, e lá está minha mulher, olhando para mim.
— Você me assustou.
— Desculpe. Foi sem querer.
Ela está com um roupão surrado, o rosto abatido.
— Não, tudo bem. Estava tentando não fazer barulho, caso você estivesse dormindo. Eu ia deixar uma sopa para você porque imaginei que pudesse acordar com fome — digo a ela, fazendo um movimento brincalhão com os braços e, no final, apontando para o micro-ondas, como se eu fosse um apresentador anunciando que ela tinha ganhado o prêmio máximo da loteria.
— Obrigada, amor. Tenho certeza de que nem precisava esquentar.

— Já não estava muito quente quando comprei. E eu não sabia quanto tempo você ainda ia dormir. — *Cala a boca, imbecil.*

— Você é um fofo! — Ela olha para mim, como se estivesse reconsiderando. — Está tudo bem?

— Tudo certo. Por quê?

Ela me examina.

— Achei que Wes tivesse chamado você para um atendimento logo cedo.

— É, o que estava marcado para cedo não rolou, o que foi ótimo, pois eu precisava levar o Cherokee para trocar o óleo e fazer regulagem. Mas Wes já arrumou outro para mim daqui a vinte minutos. Tenho que jogar uma água no corpo rapidinho e botar um terno.

— Tá bom. Vou ao médico daqui a pouco. Acho que estou com a garganta inflamada e acabei conseguindo um encaixe. Eu quero saber o que eu tenho.

— Melhor mesmo. — A caminho do banheiro, dou uma apertadinha em seu braço e um beijo em sua testa. Fico surpreso com a resposta fria dela ao meu toque. — Vou encontrar o Wes quando terminar de mostrar esse imóvel para dar uma olhada em outra propriedade, depois disso devo jantar com ele. Ele está dormindo na casinha do cachorro de novo.

— Meu Deus. Aqueles dois...

— Não é? Me manda uma mensagem quando voltar do médico. Mais tarde estou aqui para cuidar da minha paciente maravilhosa.

— Obrigada, meu bem. Vá vender essa casa.

Quando me viro, ela me dá um tapa na bunda. Há um brilho em seus olhos.

— Estamos melhorando, hein...

— Estou quase boa.

* * *

Tomo um banho, visto um terno e saio de casa em cima da hora. Com sorte, vou arrasar nessa venda e poder dar a boa notícia à minha mulher, dizer que talvez eu consiga fechar um bom negócio. Algo que a deixará tranquila, pois vai pensar que seu zeloso marido está envolvido nos negócios, e não metido em alguma tramoia imobiliária, maquinando o destino de uma casa enquanto cuida de outra.

25

Silvestri

— O terreno.
Meu celular marca 2h37 da manhã. A luz fere meus olhos semicerrados.
— Que merda é essa, Wolcott?
— Quando a gente interrogou Paul Campbell, ele disse que estava construindo num terreno que ele tinha fazia alguns anos. — A voz do meu parceiro é clara e firme demais para esta hora da noite. Isso me irrita.
— Onde você está?
— Na delegacia.
— Que porra você está fazendo aí a essa hora da noite?
— Não consegui dormir. Eu sabia que tinha alguma coisa errada, só não consegui identificar o quê. Até que a ficha caiu. Duas mulheres desaparecidas, e de repente um dos suspeitos começa a construir num terreno que está vazio *há anos*?
De súbito, eu desperto.
— E o que você descobriu?
— Andei dando uma olhada nas escrituras. Paul Campbell é proprietário de um lote de terra em Cold Spring Harbor, comprado há quase duas décadas.

— Filho da puta.

— É muita coincidência, não acha?

— Vou me vestir. Quer me pegar aqui para irmos dar uma olhada?

Meu parceiro dá uma risada.

— Pode dormir. Vou fazer o mesmo. Mas me encontre aqui bem cedo. Vamos fazer umas perguntas por aí para ver se a gente descobre o que esse sujeito andou aprontando.

— Até mais então, cão farejador.

Desligo o telefone sabendo muito bem que não vou conseguir voltar a dormir.

* * *

Estamos sentados na viatura, um quarteirão depois da propriedade de Paul Campbell, em Cold Spring Harbor. Wolcott observa atentamente enquanto Campbell e sua equipe instalam as vigas no esqueleto da construção.

— Está pensando na fundação? — pergunto.

— Talvez ele tenha visto muitos filmes de máfia. Mas posso dizer que certamente bateria com a nossa linha do tempo.

— Concordo — respondo, sendo tomado por um pensamento revoltante. — Minha nossa, será que se trata de um crime dois em um?

O olhar de Wolcott se desvia dos operários pela primeira vez desde que nos posicionamos. Ele se vira para mim com uma expressão de nojo:

— Não tinha pensado nisso — suspira.

— Quer dizer, se você vai se dar ao trabalho de...

Ele balança a cabeça.

— Não vamos descartar essa possibilidade. — Ele pensa por um momento. — Mas como ele colocaria dois corpos ali, tendo que lidar com operários, numa área de tanta visibilidade...

— No que você está pensando? — pergunto.

Ele abre a porta do carro.

— Vamos fazer uma visitinha.

* * *

— Posso ajudar, rapazes?

Estamos na varanda da casa ao lado do terreno de Campbell, onde uma senhorinha atendeu à porta.

— Bom dia, senhora — diz Wolcott. — Desculpe incomodar. Eu sou o detetive Wolcott, e este aqui é o meu parceiro, detetive Silvestri. Será que a senhora pode nos dar um minuto da sua atenção?

Ela olha para nós, desconfiada.

— Por acaso eu fiz alguma coisa de errado?

Wolcott abre um sorriso impecável.

— Ah, não, imagine, senhora. Só queremos fazer umas perguntinhas sobre seus novos vizinhos.

Ele aponta com a cabeça na direção da obra.

— Ah, entendo. Acabei de ver minha novela e estava indo fazer o almoço. Vocês aceitam uma xícara de chá?

— Melhor que isso, impossível — respondo, quando ela nos convida a entrar.

Atravessamos a sala em direção à cozinha ouvindo o som de uma novela na TV. Quase me esborracho ao tropeçar num gato que passa na minha frente e corre para debaixo do sofá. E o bicho parece nem se abalar.

— Aquela é a Hannah. E o Harold deve estar por aí.

Nossa anfitriã acende a chama embaixo da chaleira.

— Senhora, será que poderíamos...

— Pode me chamar de Louise.

— Louise, meu parceiro e eu estamos investigando algumas reclamações a respeito do excesso de barulho na obra aqui perto. Saberia nos dizer há quanto tempo começou a obra?

Louise pega três saquinhos de chá num pote de biscoitos de porcelana enquanto pensa na resposta.

— Então, deixa eu ver. Meu filho vem aos sábados para trazer as compras. Eles começaram a trabalhar nesse último sábado.

— Sábado? — pergunto. — Não é muito comum ter obra no sábado.

— É isso mesmo — insiste Louise. — Com certeza foi no sábado. Eu notei quando abri a porta para o meu filho. Tive que aumentar muito o som da televisão por causa daquela martelada toda.

— Uma barulheira daquelas, aposto — comenta Wolcott. — Ele pega o bloco de notas do bolso e começa a consultar páginas em branco. — Bom, Louise... Por acaso viu ou ouviu alguma coisa fora do horário normal de trabalho? Algum movimento incomum à noite, por exemplo?

— Hmm. Normalmente não presto pra nada depois que tiro o aparelho auditivo. — Ela pensa por um momento. — Mas eu poderia jurar ter ouvido um barulho há mais ou menos uma semana, no meio da noite. Só que, quando cheguei à janela, não tinha nada. Pode ter sido só os veados. — Ela pega três xícaras no escorredor e as coloca em cima da bancada. — Esses veados são um problema por aqui.

— E eu não sei? Eles fazem o maior estrago na horta da minha esposa. — Meu parceiro dá um olhar solidário a Louise e volta a consultar suas anotações inexistentes. — Mas e antes de começarem a *construir a casa*, você se lembra de alguma coisa estranha que tenha acontecido quando estavam fazendo a fundação?

Louise faz uma pausa. Olha para mim e depois para Wolcott.

— A parte do concreto?

— Sim, querida — intervenho. — A parte do concreto.

— Ah, bem, essa parte já estava pronta.

— Como assim? — questiona Wolcott.

— Sim, sim. A parte de concreto foi feita há anos. Sempre achei estranho aquilo estar ali, sem ter nenhuma construção por perto.

— Louise, você tem certeza disso?

— Ah, mas é claro. Meu marido, Herman, ainda estava vivo na época, então isso deve ter sido há uns dez anos. Ele sempre falava que era muito estranho ter um porão sem nenhuma casa em cima. Mas, me digam, os rapazes vão querer leite e açúcar no chá?

* * *

— Faz sentido com o lance da crise.
— Como assim? — pergunto.
Estamos de volta ao carro, vendo os operários darem tudo de si na obra.
— Campbell disse que sofreu um baque com a crise do mercado imobiliário. Já devia ter começado a fazer a fundação quando o dinheiro acabou.
— O estranho é que esteja retomando a construção justamente agora.
— Bom, talvez tenha recebido uma comissão generosa e agora esteja com dinheiro para retomar a obra.
— Você não acha que ele as enterrou ali, né?
Wolcott pensa por um momento.
— Ele não pode ser tão atrevido assim. Além do mais, não faria sentido. Se não dá para enterrá-las debaixo da casa, então por que retomar a obra agora?
— Concordo com você — digo.
— Mas tem razão. Isso é uma coincidência e tanto.
— É. Ah, aliás, tenho uma dica para você em relação aos veados.
— Qual? — pergunta ele.
— Compre um borrifador. Encha de água e acrescente uma colher de sopa de óleo vegetal, para dar viscosidade, e algumas colheres de pimenta caiena. Os veados detestam essa merda.
Wolcott ri.
— E eu achando que você ia recomendar sair dando tiros.
— E por acaso eu sou algum animal? — protesto.

O celular do meu parceiro toca.

— Wolcott... Sim... Tem certeza? Tá bom, obrigado por ter ligado. — Ele se vira para mim: — Continua dando merda.

— O que foi agora?

— Sabe o Gino's, aquele restaurante italiano logo na saída da cidade?

— Já passei por lá.

— O gerente reparou que tinha um carro parado no terreno dos fundos há um bom tempo. Achou que tivesse sido abandonado, então fez uma denúncia.

— Hmm.

— O carro está no nome de Sheila Maxwell.

— Não brinca!

Uma voz que se aproxima chama nossa atenção para o canteiro de obras. Vemos Campbell gritando com os operários enquanto atravessa o terreno. Quando ele dá as costas, os trabalhadores mostram o dedo do meio, fazendo movimentos indecentes.

— Olhe só que pau no cu esse cara. — Eu acho graça. Wolcott balança a cabeça.

Campbell entra no Cherokee, manobra e segue pela rua.

— Vamos? — pergunto.

— Vamos.

Nós o seguimos, mantendo certa distância, até uma casa em Smithtown. Ele diminui a velocidade e estaciona na entrada da garagem, ao lado de um SUV Honda. Nós estacionamos um pouco mais à frente no quarteirão, a uma distância na qual conseguimos vê-lo se aproximar da porta. É uma casa de dois andares, provavelmente com três quartos e dois banheiros, do tamanho ideal para uma família pequena. Fico me perguntando que merda ele está fazendo aqui.

Meu parceiro pega o rádio.

— Aqui quem fala é o detetive Wolcott. Distintivo cinco-três-um--dois.

— *Diga lá, detetive.*

— Verifique um Honda Pilot Branco. Placa do estado de Nova York, A-M-D, um-um-zero-sete.

— *Verificando.*

Ficamos esperando a resposta enquanto uma mulher alta, bonita, de cabelos castanhos e na casa dos trinta abre a porta e cumprimenta Campbell. Os dois se abraçam rapidamente, e ele entra.

O rádio chia.

— *O veículo está no nome de Dana Atwell. Cherry Lane, número oitenta e dois, Smithtown, Nova York.*

— Entendido. Desligando.

O endereço bate com a casa em que eles estão. Wolcott registra o nome Dana Atwell em seu bloco de notas e olha de novo para a casa. Dá para ver que ele está matutando.

— O cara não dorme em serviço — digo.

Wolcott coça o queixo.

— O que será que esse filho da puta está armando?

26

Rebecca

Foi moleza convencer Paul de que não estou me sentindo muito bem. Depois de acessar remotamente o celular dele e ler o e-mail dessa desgraçada dessa tal de Dana, não preguei os olhos um segundo, e isso está estampado na minha cara. Quando ele tenta me provocar, tentando levantar minha camiseta com as mãos quentes, rejeito seu toque e digo que vou dormir mais algumas horas e chegar mais tarde ao escritório. Em algum momento vou ter de sair daqui, e fingir que vou trabalhar já é uma boa mentira.

Eu me aconchego na cama e fico quietinha sem me mexer enquanto ele se apronta para o dia de trabalho. Está todo animado, assobiando ao entrar e ao sair do chuveiro, e aquela felicidade descarada me deixa profundamente irritada. Ele não tem a menor ideia de que passei a noite toda acordada pensando em mil traições, tomada pela decepção.

Prendo a respiração e começo a ranger os dentes ao ouvir o barulho que ele faz de manhã. Antes de sair, ele me dá um beijo na bochecha e eu me mexo só o suficiente para forçar um sorriso e um gemido e me aconchego mais ainda debaixo do cobertor. Consigo sentir a presença dele no colchão me encarando. Fico me perguntando se

Paul não preferia que tivesse sido eu a pessoa a ser enrolada naquele plástico e descartada. Minhas lágrimas são rapidamente absorvidas pelo travesseiro. Quando ouço a porta da frente da casa bater, solto um suspiro e me entrego ao sono.

Quando acordo, algumas horas depois, Duff está na cama comigo tirando uma soneca, e tenho de enfiar a mão embaixo daquele corpo gigante para resgatar meu celular. Clico no ícone em forma de olho e me conecto ao celular de Paul. Parece que ele não conseguiu nem esperar sair de casa de manhã para responder aos e-mails dela. Dói demais ler aquilo, então procuro outra coisa.

Também tem algumas mensagens de Wes. A mais recente é uma relação de endereços próximos. Leio as mensagens de baixo para cima, são totalmente inofensivas, mas acabo chegando a uma que é um soco no estômago. Dói pensar que o melhor amigo e sócio de Paul anda acobertando-o. Mas nem sei por que isso me surpreende.

    Dando um perdido na patroa de novo?

Controlo a raiva que sinto de Wes por ser cúmplice nessa história e me concentro em Paul. O pontinho azul do rastreador do GPS mostra que ele está em Cold Spring Harbor. As coordenadas não dão mais detalhes do que isso, infelizmente, então não consigo dar um zoom e localizar um endereço específico. Essa novidade na localização de Paul representa um problema para mim: Cold Spring Harbor é exatamente aonde eu pretendia ir hoje. Preciso fazer umas perguntas que só os donos de certa joalheria em Harbor Rose podem responder. Mas acho que não posso correr o risco de dar de cara com ele.

Em vez de sair da cama, tomo um Xanax do estoque da mesinha de cabeceira e vejo meus e-mails. Tem uma mensagem da gerente do RH da Launaria me pedindo que examine o arquivo anexado e o assine. Eles vão "finalizar o processo da minha demissão". Ela pede que eu assine, escaneie os documentos e os devolva por e-mail o mais rápido possível. A insinuação nada sutil de que eu não devo colocar mais os pés no escritório deles serve apenas para me deixar com vontade de fazer exatamente isso. Eles também querem se livrar de mim. Pelo jeito, virei um peso morto para todo mundo.

Nem me dou ao trabalho de abrir o arquivo anexado. Apago o e-mail. Então, em alguma parte do meu cérebro, surge uma ideia relacionada a trabalho e a Mark, para mais à frente. Sei que vou precisar contar com Mark para certas coisas num futuro próximo.

Abro o link da matéria de jornal que encontrei no histórico de busca de Paul e que mandei para mim ontem à noite, mas, antes que eu consiga ler, uma mensagem de texto dele aparece na tela. Está bancando o marido bonzinho, querendo saber de mim, embora eu saiba perfeitamente que ele não está nem aí. Tenho a sensação de que ele sabe que estou espionando-o, mas o pedacinho racional que ainda existe em mim diz o contrário. Respiro fundo e decido dar um tempo antes de responder, já que as únicas respostas que eu seria capaz de dar no momento beiram a insanidade.

Então digo que decidi ficar em casa e não ir trabalhar. Ele responde na mesma hora, dizendo que virá até aqui para ver como estou. Que merda. Não estava contando com isso. Dou um murro no travesseiro, tirando Duff momentaneamente de sua soneca, mas ele logo deita a cabeça de novo e volta a dormir. Parece que por enquanto vou mesmo ter de ficar trancada em casa e na cama. Farei o que der daqui mesmo. A reportagem está ali à minha espera, então saio da conversa com Paul.

AFOGAMENTO SUSPEITO DE MERGULHADOR EXPERIENTE DURANTE LUA DE MEL

Não preciso ler uma única palavra além da manchete para ligar os pontos quando vejo quem é a mulher na foto. Está de pé ao lado de um ruivo bonitão, posando, toda feliz, numa foto de casamento. A imagem tem uma legenda: "O casal em tempos mais felizes." O cabelo dela tem uma coloração diferente da que tinha no chão do nosso quarto, mas, obviamente, a reconheço logo de cara.

Antes que consiga ler mais, chega uma notificação dizendo que Paul recebeu um e-mail e, portanto, vou até lá olhar. Dana respondeu ao que ele mandou nesta manhã. Sinto meu coração vir parar na boca. Ele disse que também vivia pensando nela. A resposta dela é descarada.

> Quem sabe a gente não faz um teatrinho quando você vier amanhã?

A resposta dele chega na mesma hora.

> Seria ótimo. Seria ótimo liberar um pouco da tensão. Estou meio preocupado que Rebecca saiba que esteja acontecendo alguma coisa comigo. E ela está em casa doente, então parece que estou arrumando mais desculpas do que deveria.

Minhas tripas dão um nó. O celular estremece com uma resposta quase imediata dela.

> Ela anda fazendo perguntas? Acha que pode estar desconfiando de alguma coisa? Você não tem nada do que se envergonhar. Você precisa encontrar a sua felicidade.

Fico confusa com o tom e as palavras dela. Achei tudo meio estranho para um flerte.
  Conforme observo a intimidade dos dois desabrochando em tempo real na minha frente, começo a ter uma estranha sensação de calmaria. Uma quietude que vai além dos efeitos dos ansiolíticos. Parece que estou no fundo do mar. Não consigo parar de olhar.

> Quando eu finalmente puder contar tudo, Rebecca vai entender. Ainda é assustador. Mas sei que você pode me ajudar muito com isso.

Saio correndo da cama para chegar ao banheiro a tempo. Quando consigo me recuperar, acabo me levantando rápido demais e fico tonta e enjoada de novo. Depois de alguns minutos com a bochecha em brasa encostada no ladrilho frio, consigo me recompor e jogo um pouco de água fria no rosto. Odeio o fato de ela saber meu nome. Sinto nojo dos dois me usando nas preliminares. Tenho de me segurar para não jogar alguma coisa no espelho e vê-lo se quebrar em mil pedacinhos. Fico observando meu reflexo, sentindo um conflito se desenrolar dentro de mim. Uma parte minha está a ponto de matar alguém, e outra tenta com todas as forças manter as coisas sob controle. Difícil dizer quem está vencendo.

Fico pasma ao ver que estou com a aparência horrível. Parece que envelheci dez anos em menos de uma semana. Minha pele está amarelada, meu cabelo, lambido, eu perdi peso. Passei de uma mulher esbelta para uma esquálida. Não deixa de ser irônico pensar que fiz um esforço sobre-humano durante mais da metade da minha vida para atingir um nível de magreza e que bastou o chão aos meus pés desmoronar para que eu conseguisse esse feito, e até o superasse. Desgaste traumático. Bem que podia dar para engarrafar e vender. O dinheiro roubado por Paul seria merreca perto disso.

Decido tomar um banho para espantar o desânimo. Se eu quiser voltar a frequentar o mundo lá fora, preciso me arrumar. Mas não posso passar uma maquiagem agora, com Paul voltando para casa, e continuar fingindo que estou doente. Em poucos minutos, já estou cansada de novo, então ponho na balança se é melhor me arrastar de volta para a cama ou tomar um Adderall para me animar. A cama acaba ganhando. Quando estou terminando de ler a matéria, sinto o início de uma enxaqueca, então acabo fechando os olhos e caio no sono.

Menos de uma hora depois, ouço Paul chegando. Vou tropeçando até o fundo do closet, procurando meu roupão surrado com alguns opioides que joguei nos bolsos — um dos meus esconderijos mais engenhosos, para ter sempre o que preciso por perto. Meto a mão em um dos bolsos e pego um comprimido. Logo depois, estou pronta para mais uma performance.

Pelo menos sei que estou no personagem.

* * *

Depois que tomei a canja de galinha que ele trouxe e me instalei permanentemente no sofá, tenho certeza de que o convenci de que estou doente o suficiente para ficar pelo menos uma semana em casa. Digo a Paul que consegui marcar uma consulta para o fim da tarde. Num momento de lucidez, me dei conta de que o consultório do meu médico fica no meio do caminho entre nossa casa e Cold Spring Harbor. O que torna perfeitamente razoável eu estar pelas redondezas, caso seja vista por algum conhecido ou, quem sabe, dê de cara com ele, algo improvável porém possível.

Se ele estiver dizendo a verdade, não há com o que se preocupar. Antes de sair, ele me diz que vai dar uma olhada num possível imóvel para venda no bairro e depois jantar com Wes num bar ali perto, porque o amigo brigou com a esposa de novo. Se existe um casal que nasceu para se divorciar, é esse. Tudo isso pode ser mentira, mas posso contar com o GPS para ficar de olho nele. E imagino que terei umas boas quatro ou cinco horas antes que ele esteja de volta.

Assim que Paul sai, corro para o banho e visto os menores jeans e a menor camiseta que encontro, pois tudo o que coloco fica enorme em mim. Faço uma maquiagem leve e prendo o cabelo num rabo de cavalo bem apertado, o que ajuda a amenizar temporariamente as rugas na minha testa. Passo gloss e chego à conclusão de que uma joia durante aquela missão certamente ia me ajudar a fazer as perguntas que pretendo fazer. Busco na caixa de joias o colar que Paul me deu no fim de semana do nosso casamento: duas correntes rose gold, cada uma com um pombinho de asas abertas, dando a impressão de dois pássaros voando quase lado a lado. Não consigo achá-lo na bagunça habitual dos colares. De repente, me lembro de que eu o estava usando no dia em que os detetives apareceram aqui, mas não recordo onde o deixei. Eu precisaria de tempo e paciência para desatar o nó de correntes em minha mão, mas não tenho nenhum dos dois no momento. Olho para o celular e vejo que falta apenas uma hora e meia para a loja fechar.

Saio sem nada.

* * *

O trânsito está mais caótico do que eu esperava, e o percurso exige quase o dobro de tempo que normalmente levaria. Encontro um estacionamento já faltando pouco tempo para as lojas fecharem. Ainda está claro, e a quantidade de gente circulando na rua passa aquela sensação agradável de que o verão se aproxima.

Quando entro, a loja está estranhamente vazia. Ouço um movimento por trás da porta entreaberta que dá para os fundos. Eu me aproximo dos mostruários envidraçados e espio os delicados colares de labradorita, selenita e opalas, com um fino trabalho de ourivesaria, cada peça contrastando lindamente com o pedaço de madeira tosca sobre a qual repousa. Dou uma olhada ao redor e tenho a sensação de que nada por ali mudou muito nos últimos vinte anos. Muito embora eu só a olhasse de fora ao passar por ali à noite. Apesar de ter passado por aqui muitas vezes desde o fim de semana do nosso casamento, é a primeira vez que entro.

Acho que foi o melhor fim de semana da minha vida, se eu tivesse de apontar um. Na noite em que acabamos encontrando a Illusions, já era muito tarde e estávamos de mãos dadas, andando pela rua e conversando fazia horas. Eu tinha a sensação de que não havia tempo suficiente para que a gente contasse tudo o que queria um ao outro. Fiquei eufórica quando Paul finalmente largou a mulher e apareceu na porta da minha casa dizendo que a gente tinha de se casar o mais rápido possível. Tivemos de esperar quatro meses até o divórcio sair para poder nos casar, mas Paul veio morar comigo imediatamente.

Procuramos juntos nosso primeiro apartamento, e parecia que estávamos começando o relacionamento de novo, do jeito que tinha de ser.

Depois que saímos do cartório, entramos no carro de Paul e fomos acampar no nosso terreno, fazendo planos para a casa que íamos construir. Mas, apesar do calor dos nossos próprios corpos e da umidade de setembro, queríamos mesmo era um banho quente e uma cama bem confortável. Na manhã seguinte, encontramos aquele charmoso bed and breakfast ali perto, que tinha um quarto de luxo disponível e uma dona generosa que ofereceu um bom desconto para comemorar nossa "lua de mel local". O destino parecia continuar do nosso lado a cada momento.

Só fomos sair do quarto tarde da noite, mortos de fome depois de longos intervalos de sono, dormindo nus de conchinha. Estava tudo fechado, exceto uma loja de conveniência. Então o jeito foi andar pela cidade com montes de doces e salgadinhos, mastigando e falando ao mesmo tempo que andávamos em círculos, até encontrar um banco em frente à loja onde estou agora.

Não aguentávamos mais Cheetos e outras porcarias empurrados para dentro com latas de Budweiser. Fiquei tomando conta enquanto Paul ia se aliviar entre duas lojas, os dois bobos apaixonados rindo muito. Algo brilhante na vitrine da loja chamou a minha atenção, e eu me aproximei, meio cambaleante de tanto álcool e açúcar, deixando Paul exposto ali. O colar com os pombinhos estava exposto em galhos delicados e iluminado por trás, em contraste com o restante da vitrine escura. Paul veio por trás de mim, abraçou minha cintura e encostou a cabeça em meu pescoço, tentando descobrir o que tinha chamado a minha atenção. Ficamos assim por um bom tempo, sem falar muito, com aquela sensação de "finalmente".

Quando acordei na manhã seguinte, a cama estava vazia. Antes que eu tivesse tempo de sentir aquele medo familiar de que Paul havia preferido ficar com a esposa, ele passou pela porta trazendo café, flores, e com um saco de papel pendurado na boca, que estava suja no canto por causa dos croissants amanteigados. Comemos na cama, cercados de migalhas. Mais satisfeita do que nunca, me encostei em Paul e fechei os olhos. Queria poder capturar todos aqueles momentos para sempre. Senti as mãos dele colocando o colar no meu pescoço e prendendo o fecho. Ao abrir os olhos e me olhar no espelho junto à cama, os dois pombinhos dourados estavam empoleirados em minhas clavículas.

Agora, na mesma loja, levo a mão ao meu pescoço nu, despertando daquela recordação.

— Puxa vida! Não sabia que ainda tinha alguém aqui! Achei que tivesse trancado a porta.

A mulher que sai detrás de uma pilha de caixas de papelão tem uma cabeleira chocante, num tom meio roxo, parecendo exageradamente surpresa por trás dos óculos grandes demais. Parece ter uns noventa anos.

— Desculpe se assustei você. Achei que a loja ainda estava aberta. Ela deposita a torre de papelão no balcão entre nós.

— Eu já estava fechando, mas, se você prometer que não vai contar para ninguém, pode dar uma olhada enquanto acabo de arrumar tudo.

Ela é tudo que eu sempre achei que uma avó deveria ser. Embora não tenha chegado a conhecer nenhuma das minhas avós.

— Muito obrigada. Fico grata. Na verdade, entrei na loja porque meu marido esteve aqui recentemente e eu queria saber se ele comprou alguma coisa. — Assim que digo isso, me dou conta de que a explicação pode não ter pegado muito bem. Eu poderia ter pensado em uma desculpa melhor. Mas ela sorri e olha para mim como se entendesse. — Desculpe, acho que ficou parecendo que estou bisbilhotando, né?

— Que nada, querida. Você não imagina quantas mulheres entram aqui para saber se o namorado ou o marido comprou algo especial para elas. Quase sempre alianças.

A risada dela é muito mais jovem do que a aparência.

— É que vamos fazer vinte anos de casamento, e não tenho ideia do que dar para ele. Sabe, meu marido sempre me supera, me dá os presentes mais extravagantes, e achei que ele podia ter vindo até aqui, já que sabe que adoro as joias de vocês. Achei que talvez pudesse ter uma ideia do quanto ele gastou.

As mentiras vão saindo com a maior facilidade. Ela, por sua vez, abre um sorriso maior ainda e concorda.

— Ah, entendo. Bem pensado. Bom, querida, sabe como é, o presente tradicional de vigésimo aniversário é porcelana, mas nós não vendemos isso aqui.

— Meu marido jamais me daria porcelana. Ele não é nada tradicional. — Dou uma risadinha. — Da última vez que estivemos na cidade, eu o vi entrando aqui enquanto eu estava comprando sorvete ali, do outro lado da rua. Ele não viu que eu estava prestando atenção.

Ela olha para um lado e depois para o outro, como se estivesse me entregando drogas.

— Bom, eu não devia fazer isso, mas, se você me disser seu sobrenome e quando seu marido esteve aqui, acho que posso dar uma olhada nos registros do dia e ver se alguma coisa bate.

— Nossa, isso seria ótimo.

Ela dá meia-volta para ficar de frente para o computador e clica numa tela, de costas para mim. As letras são tão grandes que eu consigo ler perfeitamente de onde estou.

— Minha vista está ficando muito ruim. — Ela dá uma risada, lendo meus pensamentos. — Meu neto vive rindo de mim porque preciso aumentar tudo. Meu celular é pior ainda! Dá para ler minhas mensagens a dois quarteirões de distância! Qual era o nome mesmo, amor?

— Nosso sobrenome é Campbell. Ele deve ter vindo nas últimas duas semanas.

Sinto meu celular vibrar na bolsa, mas não faço nada. As palmas das minhas mãos estão suadas, então as seco no jeans. Estou ficando tensa, e meu ombro começa a latejar. Queria tomar um Oxy, mas não vou correr esse risco, ainda tenho que dirigir à noite.

— Ah! Olhe só aqui. Você tinha razão!

De onde estou, vejo o nome de Paul nitidamente.

— Tem um cartão de crédito registrado com uma encomenda no seu sobrenome. Qual seria o primeiro nome no cartão e os cinco últimos dígitos?

— Paul. Zero-zero-zero-zero-oito.

Ela se vira para mim, a voz subindo uma oitava.

— Acho que você vai gostar. Ele comprou uma peça *lindíssima* para você. E gastou uma baba. Mas não vou estragar a surpresa. Vou contar apenas que tivemos que fazer uma encomenda especial, e que será entregue na sua casa na terça-feira. Ahh! E você tem o nome da minha filha! Que coincidência maravilhosa! Já nem me sinto mais tão culpada assim por ter quebrado as regras. — Ela pisca para mim com ar conspirador.

Talvez Paul realmente tenha comprado algo para mim. Não tinha parado para pensar que o feitiço podia virar contra o feiticeiro. Seria um gesto de um marido que quer me manter no escuro, protegida e satisfeita no nosso próprio mundinho? Terei de pagar para ver.

Ela vira as costas para a tela, me impedindo de ver a informação abaixo do nome dele na nota fiscal digital. Eu me inclino sobre o balcão, intencionalmente empurrando as caixas com o cotovelo. Elas caem no chão do outro lado, onde ela está, numa pequena avalanche de barbante e cartolina.

— Ai, meu Deus! Me desculpe! Sou *tão* desastrada!

Estico o pescoço para ver a tela antes mesmo que ela tenha tempo de se abaixar completamente para arrumar a bagunça.

— Não se preocupe, querida.

Meio irritada, ela começa a empilhar as caixas, então vejo o endereço embaixo do nome do meu marido. Meu cérebro demora a processar o nome e o número da rua. Não é o nosso endereço.

Eu me prontifico a ajudá-la a arrumar as caixas no balcão, e ela se acalma. Então minha voz fica séria:

— Fiquei curiosa. Como você descobriu o meu nome? Você disse que é o nome da sua filha?

— Ah, a peça é personalizada. Li o nome na ordem de serviço. Adoro esse nome: Dana!

27

Paul

Este último mês com Dana me proporcionou mais lucidez do que eu jamais pensei que poderia alcançar.

Não tinha me dado conta do quanto havia me isolado da minha própria vida e das pessoas que me cercam. Do quanto havia me enclausurado com os muros que construí e com as histórias que contei. Mas agora tudo isso está mudando. Sinto que finalmente estou em contato com uma parte minha que estava ali o tempo todo, mas que eu não conseguia identificar. Até agora. E tenho de agradecer a Dana por tudo isso.

O tipo de intimidade que vivenciei no período em que estive com ela permitiu que eu finalmente me sentisse seguro para me libertar dos delírios e das mentiras aos quais me agarrei nesses anos todos. Dá até para sentir todos os disfarces indo embora. Estou mais leve. É como se conseguisse respirar melhor, como se pudesse me encarar de frente. Sinto o peso do comportamento falso que costumava adotar e estou louco para me ver livre dele. E, a não ser uma única coisa, estou quase lá.

Rebecca não pode saber disso. Não por enquanto. Só quando o momento certo chegar. Preciso deixar tudo muito bem amarradinho e entender perfeitamente minha situação, então poderei contar a ela o que está acontecendo. Vou explicar minha relação com Dana e contar como ela me ajudou a abrir os olhos. Sei que Rebecca vai entender.

Meus pesadelos estão cada vez menos frequentes. Não estou mais dirigindo no escuro, à noite, para desenterrar um corpo que acaba sendo o da minha mulher. E, da última vez que sonhei com uma nevasca, não era nem de longe o pesadelo que eu costumava ter.

Eu avançava com dificuldade na neve, desta vez com botas apropriadas. Senti que havia alguma coisa atrás de mim, mas, ao me virar, vi que a neve cobria minhas pegadas. Avistei árvores enfileiradas delimitando o campo aberto e fui correndo até lá. Eu me escondi atrás do tronco grosso de um carvalho coberto de neve e fiquei olhando os dois detetives passarem por ali. Nenhum deles me viu.

Acordei ao lado de Rebecca pela primeira vez depois que ela melhorou. Com uma sensação de alívio, rolei na cama e a abracei.

— Te amo, Madoo.

Ela resmungou e me empurrou, daquele jeitinho adorável dela. Eu me virei para o meu lado da cama de novo e dormi até hoje de manhã.

* * *

Pelo que entendi, Wolcott e Silvestri acabaram ficando de saco cheio de ficar metendo o bedelho por aí. Fiquei com a impressão de tê-los visto umas duas semanas atrás quando voltava de Smithtown, mas, no fim das contas, acabei me convencendo de que estou só meio paranoico. Eles não têm aparecido pelo bairro, e Rebecca não comentou mais nada desde que voltou a trabalhar. Eu não podia estar mais feliz por ter me livrado dessas pestes.

Javier e os rapazes praticamente já terminaram o esqueleto da casa. Eles ralaram muito desde que a obra começou, e parece que vão poder me ajudar com o telhado, as paredes e o piso. Esses caras parecem mesmo ter orgulho do trabalho que fazem. E o fato de eu estar pagando uma diária e meia pelos fins de semana também ajuda. Nesse ritmo, se o encanador, o eletricista e o pessoal da pintura não pisarem na bola, vamos terminar a tempo.

28

Wolcott

— Vamos ficar na cola desse cuzão por quanto tempo?

Meu parceiro e eu estamos empoleirados na viatura ao cair do dia.

— Está perdendo a paciência, Silvestri?

— Não, só estou querendo saber mesmo. Até quando o departamento vai deixar a gente ficar de olho em Campbell?

— Bom, para nossa sorte, Suffolk normalmente é um lugar bem parado.

— É, sorte a nossa.

Temos seguido Paul Campbell até essa casa em Smithtown com certa regularidade.

— Paciência, meu amigo.

— Duas semanas, Wolcott. Duas semanas inteiras. E até agora só pegamos o cara chifrando a esposa. Nenhum mistério aí, considerando a pessoa em questão. Não precisa ser nenhum Sherlock Holmes para ligar os pontos.

— É, acho que no caso bastava mesmo um *Larry* Holmes.

Silvestri dá uma risada.

— Você gosta de boxe?

— É o esporte dos cavalheiros, afinal de contas.

— Certo. Se importa se eu jantar? Meu estômago está roncando.
— Fique à vontade.

Silvestri pega um saco embaixo do banco, desembrulha um pote e o destampa, liberando aquela onda de fedor.

— Meu Deus, cara! Que porra é essa?
— É o repolho. — Ele dá uma mordida e começa a mastigar devagar.
— Às vezes fico preocupado com você...
— Não precisa ficar. Eu sei me cuidar, parceiro. Quer?

Eu me encolho, fazendo uma careta.

— Minha Nossa Senhora. Não.
— É só kimchi. É fermentado.
— Eu sei o que é kimchi. Então quer dizer você gosta dessas coisas, é?
— Porra, claro que não. O gosto é horrível. Mas é ótimo para o intestino. Probióticos.
— Você está nessa agora?
— Estou, cara. Isso é ciência. Prebiótico e probiótico. Limpa você todinho por dentro.
— Espera aí. O que é um *pre*biótico?
— Ah, ajuda a digerir os probióticos. Meio que fecha o ciclo no estômago. Os aspargos e o alho que eu comi hoje... Prebiótico.
— Hmm. Como é que você sabe isso tudo?
— Comecei a ler sobre isso na época em que estava aprendendo a cozinhar. Quando eu ainda tinha tempo sobrando.
— Quando foi isso?
— Quando a patroa deu no pé.
— Ela que cozinhava?
— Não, eu costumava fazer umas coisinhas na cozinha. Mas, depois que ela foi embora, aprendi a cuidar um pouco melhor de mim.
— Hmm.

Ele fica calado por um tempo.

— Eu costumava ter muitos problemas com molhos. Depois que ela se mandou, comecei a prestar atenção em certas coisas. Mudei alguns hábitos. E me alimentar bem faz parte dessa mudança.

— Entendo. — Eu me viro para olhar para meu parceiro. — E ainda rola de tomar uma bebidinha?

— Ah, é claro.

— Que bom saber.

— Ih... olha lá.

Acompanho o olhar dele até a varanda da casa, onde uma luz foi acesa. Depois de alguns instantes, a porta se abre. Paul Campbell sai, seguido por uma mulher que parece ter uns cinquenta e tantos anos.

— O que está acontecendo agora? — pergunta meu parceiro.

Campbell dá o braço à mulher, e os dois seguem até a entrada da garagem.

— Interessante — concluo.

Quando se aproximam do Jeep de Campbell, a mulher se inclina para um longo abraço. Os dois trocam algumas palavras e depois um beijo no rosto. Campbell entra no carro e liga o motor.

— Muito fofos esses dois — comenta Silvestri. E se vira para mim de olhos arregalados. — Parece que a mamãe está caidinha por ele.

— Encarnou mesmo o papel de "homem de família". O cara é cheio de surpresas.

A mulher acena calorosamente para Paul Campbell enquanto ele manobra e segue pela rua.

Eu dou a partida no carro.

— Vamos ver até onde esse animal vai nos levar.

* * *

Estamos na metade do caminho até Stony Brook quando o celular de Silvestri toca.

— Detetive Silvestri... Sim, sim... Não brinca!... Ok, perfeito... Sim, pode falar. — Ele abre o porta-luvas, pega uma caneta e um guardanapo e começa a rabiscar nele. — Maravilha... Eu daria um beijo em você agora... Muito obrigado. — Então desliga o celular com um sorriso estampado na cara.

— O que foi? — pergunto.

— Bom, tenho uma notícia boa e uma ruim.
— Ok, manda bala. Primeiro a ruim.
— Espera aí, você *sempre* prefere a ruim primeiro ou é só...
— Fala logo, Silvestri.
— Você vai ter que dar meia-volta.
— Para onde nós vamos?
— Huntington. Tivemos notícias do cartão de crédito de Sasha Anders.

* * *

O hotel é daqueles bem simples. Aconchegante e de boa aparência. Entramos na recepção e somos saudados efusivamente por uma jovem que parece ter acabado de sair da adolescência.
— Bem-vindos ao Huntington Inn. Os senhores vão fazer o check-in juntos ou separados?

Meu parceiro aponta com a cabeça na minha direção e encara a jovem com um olhar exagerado de uma confiança arrogante, antes de dizer:
— Bem que ele queria.

Interpreto o risinho dela como uma abertura e aproveito para espiar o nome no crachá preso na camisa polo dela.
— Boa noite, Gina. Sou o detetive Wolcott, e este é meu parceiro, o detetive Silvestri.
— Em que posso ajudá-los, detetives?

O olhar de preocupação — e a ausência de desconfiança — no rosto de Gina confirma que se trata exatamente do tipo de estabelecimento que eu suspeitava.
— Gina — prossigo —, estamos investigando o caso de uma pessoa desaparecida, e parece que o cartão de crédito dela foi usado aqui hoje mais cedo. Será que você poderia verificar essa informação pra gente?
— Mas é claro, detetives. Qual o nome do hóspede?
— Sasha Anders. A-N-D-E-R-S.

Gina começa a digitar no teclado.

— Ah, sim, beleza. Aqui está. Sasha Anders. Ficou hospedada por duas noites. Pagou com cartão de crédito e saiu pouco antes da hora do check-out hoje de manhã.

— Que é às onze da manhã, não é isso? — pergunta Silvestri.

— Isso mesmo. — Gina franze a testa ao examinar a tela do computador. — Ah, sim...

— Algum problema? — pergunto.

— É que... tem uma coisa estranha aqui.

— O que, querida? — pergunta meu parceiro.

— Eu me lembro dela quando fez o check-in. Tão linda. Muito bonita mesmo. Loura. Estava com uma bolsa Fendi vermelha maravilhosa. Na verdade, até combinava com o Jaguar conversível que ela estava dirigindo. Usava um boné da Lotus Pedal, que é onde eu faço spinning. Até achei estranho eu nunca ter notado ela lá.

— Tá...

— Enfim, ela chegou sozinha, ficou no quarto um tempinho e saiu à tarde. Até se despediu ao sair. Tipo, parecia ser gente fina. Ela entrou e saiu algumas vezes nos dois dias que ficou hospedada aqui. Eu fico aqui na recepção praticamente o tempo todo, porque a Shannon, a outra garota que trabalha aqui, não anda se sentindo muito bem, acho que está com um problema de estômago ou alguma coisa assim. Bom, eu só vi a Sra. Anders entrar e sair sozinha.

— Certo.

— Ela também fez o check-out sozinha hoje de manhã. Mas aí, quando a camareira subiu para arrumar o quarto depois que ela foi embora, parecia que tinha passado um furacão lá.

— Ah, é? — pergunto.

— Tipo, uma coisa horrível. — Gina se aproxima um pouco, o rosto agora corado. — Muitos acessórios eróticos, essas coisas.

— Hmm — murmuro, pensando um pouco. — Sem querer parecer indiscreto, mas que tipo de acessórios?

A voz de Gina vira um sussurro, embora sejamos as únicas pessoas ali.

— A Maria, a camareira, disse que tinha muitas embalagens de camisinha e lubrificante, e os lençóis estavam espalhados pelo quarto todo, nos móveis e em tudo mais. E tinha comprimidos espalhados pelo chão. Ah, e uma luminária estava quebrada. A gente tentou ligar para ela mais cedo, para avisar que nós íamos cobrar o prejuízo no cartão dela.

— Você tem um número de telefone arquivado aí? — pergunta Silvestri.

— Aham. Ela deu um número quando fez o check-in, mas, quando ligamos, estava desligado.

Pego meu bloco e a caneta.

— Gina, você se importaria de me passar esse número?

Ela faz o que eu peço, e eu anoto.

— Ótimo. — Com a cabeça, faço um gesto na direção da câmera de segurança apontada para nós. — Por acaso tem alguma câmera no andar onde a Sra. Anders ficou? Talvez possamos dar uma olhada no companheiro dela.

— Temos, sim, mas o sistema ficou fora do ar. O técnico vem consertar amanhã. Sinto muito.

— Sem problemas. Alguma chance de vocês ainda terem por aí algum objeto encontrado no quarto?

— A gente guardou a luminária. Acho que eles iam tentar botar outra no lugar.

— E o lixo do quarto?

— Não. O pessoal da limpeza jogou o lixo fora antes dos novos hóspedes chegarem.

Silvestri se inclina mais no balcão.

— Alguma possibilidade de ainda estar numa das latas de lixo por aqui?

— Nenhuma — responde ela. — O lixo é recolhido por volta das duas da tarde na sexta-feira. Já foi embora há muito tempo... — De repente, seus olhos se iluminam. — Espera aí — sussurra ela. — Vocês estão atrás de DNA, não é isso?

— Acertou em cheio — responde Silvestri.

— Isso é tão maneiro! — Ela escancara um sorriso.

— Gina, você está gostando de trabalhar aqui? Estou perguntando porque estamos sempre precisando de jovens talentos como você na polícia.

Ela cora de novo.

— Puxa, que isso...

Eu me inclino ligeiramente.

— Antes de irmos embora, pode nos dizer se lembra de mais alguma coisa?

Ela pensa um pouco.

— Não, acho que não. Foi o que eu disse: fora o fato de ter deixado o quarto naquele estado, ela era superlegal. — Uma expressão de preocupação se esboça em seu rosto. — Mas vem cá, ela era perigosa ou alguma coisa assim?

Levanto a palma da mão.

— Ah, não, podemos garantir que ela não representa nenhuma ameaça à segurança pública. — Com a outra mão, pego um cartão de visita no bolso do casaco. — Bom, como eu disse, se você voltar a vê-la, ou se por acaso se lembrar de alguma coisa que possa ser útil, por favor, ligue para a gente.

Entrego o cartão à jovem.

— Pode deixar, detetives.

Silvestri tamborila os dedos no balcão.

— Gina, você nos ajudou demais. Muito obrigado. Espero que tenha um bom dia.

— Obrigada, pessoal. Tenham um bom dia vocês também. Se cuidem.

29

Rebecca

Já se passaram duas semanas desde a visita à joalheria. Duas semanas acordando com o despertador e me vestindo para o trabalho, como sempre, ou para uma aula mais cedo na Lotus Pedal antes de sair para trabalhar. Continuei fazendo a marmita para o almoço, como sempre, fingindo ler e-mails no café de manhã e inventando reuniões intermináveis durante o dia. Vivo achando que Paul vai me pegar na mentira a qualquer momento, mas ele anda preocupado demais com as próprias mentiras para reparar em qualquer coisa. Todo dia é a mesma luta para fingir que voltamos à nossa rotina. Paul tem andado ocupado e preocupado, mas também parece mais leve e feliz. E eu sou o oposto.

Nossa casa não é mais segura. Quase todas as noites fico deitada ao lado dele sem conseguir pregar os olhos, achando que estou ouvindo Sheila se arrastar pelo carpete, vindo na minha direção. Quando consigo dormir, acordo por volta das três da manhã. A sensação de que tem alguém em minha casa faz com que eu me levante toda vez. Passo por todos os quartos em silêncio, puxo a cortina do banheiro, checo atrás das cortinas da sala, caçando intrusos nos armários e debaixo da cama. A única conclusão a que chego é de que estou ficando um pouco mais pirada a cada noite que passa.

Para avaliar minha sanidade, ou a falta dela, passei a tirar fotos com o celular de todos os cômodos antes de ir para a cama para comparar com o que encontro no dia seguinte. Eu não estou louca. Portas de closet e gavetas que estavam fechadas aparecem entreabertas à luz do dia. Torneiras que eu não abri aparecem jorrando água, janelas que fechei com trinco são abertas de forma misteriosa à noite. Às vezes ouço barulho pela casa, como se alguém estivesse se movendo lenta e cautelosamente pelos cômodos, mas não quero acordar Paul, pois não tenho certeza se os sons estão dentro ou fora da minha cabeça. Certa manhã, fui repassando as fotos da noite anterior e notei alguma coisa por trás da cortina da sala. Uma sombra mais ou menos do tamanho de uma pessoa. Dou um zoom, mas é difícil dizer se o que estou vendo é a sombra de algo inanimado ou não. Contudo, quanto mais examino, mais acho que se parece com o contorno de alguém mais ou menos da minha altura.

Resisto à tentação de contar a Paul. Ele não é muito de ficar pensando em coisas que não julga importante. Sheila, os detetives e a verdade sobre o que ele, de fato, faz durante o dia são temas proibidos. Aprendi a lição depois de algumas noites sem dormir, uma boa taça de vinho e alguns opioides a mais. Eu já estava quase dormindo, com a cabeça encostada no peito dele. Podia ouvir seu coração batendo, e isso fez com que eu sentisse certo carinho por ele em vez da raiva de sempre.

— Paul?
— Hmm?
— Você acredita em fantasmas?
— Por favor, Madoo...
— O que foi? Você acredita em vida após a morte?
— Não.
— Não mesmo?
— Nem um pouco. Acho que não vale perder tempo falando de fantasmas, quem dirá acreditar neles.
— A gente nunca fala dessas coisas.

— Amor, tenha paciência. Que conversa esquisita é essa?

— Mas e se alguém tem uma morte violenta e fica preso em algum lugar entre os vivos e os mortos? E se...?

— Se a gente fosse seguir essa lógica, você e eu já teríamos visto uma meia dúzia de fantasmas por aqui.

— Talvez eu tenha visto, Paul.

— Madoo, não quero ficar falando disso.

— Bom, tecnicamente você está.

— Que bobagem. O que você acha que viu está só na sua cabeça.

Não volto a tocar nesse assunto com ele, mas não tenho como ignorar as coisas estranhas que vêm acontecendo no último mês. Pequenos objetos continuam desaparecendo, e coisas sumidas reaparecem do nada. Na semana passada, achei meu anel de noivado na saboneteira, como se estivesse ali desde sempre. Hoje de manhã, meu colar de pombinhos estava na caixa de joias novamente, desenrolado e bem em cima das outras joias.

Levei algumas semanas para perceber que Paul podia estar tentando me manipular. Se ele foi capaz de mentir para mim e guardar tantos segredos neste último ano, quem garante que não resolveu brincar com minha sanidade mental antes de dar um fim ao nosso casamento? Vingança por eu ter matado a amante dele? Por ter atrapalhado seu novo amor? Quanto mais fico sabendo de sua nova vida, mais penso na satisfação que eu teria ao conseguir magoá-lo de alguma forma. Por que o mesmo não se aplicaria a ele?

O único lado bom de viver atormentada assim é a motivação para sair de casa todo dia. Depois de cada noite maldormida e de acordar cheia de preocupação, fico vendo o sol nascer, esperando o momento em que possa escapar do perigo que espreita nossa casa para a segurança de estar observando a dela.

***

Na primeira noite em que estive na casa dela, não fui tão cuidadosa. Coloquei o endereço no GPS, sem me tocar que Paul poderia ver se usasse meu carro. Eram quase oito da noite quando saí da joalheria; nem precisei ficar olhando muito o percurso para chegar até a velha casa colonial necessitada de uma boa pintura e estacionar do outro lado da rua. Estava a menos de oito quilômetros da minha própria casa. As luzes estavam acesas, e de vez em quando dava para ver movimentação lá dentro. O carro de Paul não estava por ali, mas eu conseguia entender que o lugar era importante para ele. Esperando ali no escuro, tive um surto de criatividade. Sentia-me energizada e cheia de propósito.

Na manhã seguinte, eu me levantei e me aprontei para ir trabalhar, como em todos os dias. Quando Paul saiu, peguei um Uber até uma locadora de carros em uma cidadezinha próxima. Escolhi o carro mais discreto que eles tinham com as especificações que dei: cor escura e vidros com insulfilm. Eles me entregaram um carro preto popular, que se misturaria facilmente aos outros na rua. Eram tantos motoristas parados em frente a lojas e casas, esperando seus passageiros, que achei que passaria despercebida. Até comprei um adesivo da Uber no eBay para entrega no dia seguinte. Impressionante como é fácil fingir ser outra pessoa.

A primeira coisa que fiz foi ir até a casa dela e ficar lá observando o dia inteiro. Acompanhei os movimentos e as mensagens de Paul no celular, mas não vi nada suspeito. Às quatro e meia da tarde, me dei conta de que estava ali fazia quase seis horas, sem comer nada nem ir ao banheiro. Tinha tomado quantidades muito pequenas de Xanax durante a vigília e resistido aos analgésicos, para não ficar alta nem correr o risco de cair no sono ou ser parada pela polícia ao voltar para casa. Estava decepcionada quando entrei com o carro alugado no estacionamento do shopping. No Uber, de volta para casa, comecei a me perguntar se não estava perdendo o controle da situação. Mas então senti uma ponta de esperança quando Paul mandou um e-mail para Dana dizendo que estava ansioso por vê-la de novo no dia seguinte.

Estacionei um pouco mais longe da casa dela do que na noite anterior e prendi a respiração quando vi o Cherokee dele vindo na direção oposta. Ele saiu do carro e passou a mão pelo cabelo ao se dirigir a uma porta que ficava na garagem e dava para a casa. O entusiasmo dele era nítido pelo modo como andava, como se não visse a hora de entrar. Imaginava que uma mulher fosse aparecer e se jogar nos braços dele. Nada dramático assim aconteceu, mas, sem hesitar, ele girou a maçaneta e foi logo entrando. Essa cena simples, sutil e rotineira partiu meu coração.

Demorei um minuto para recobrar o fôlego e parar de tremer, então liguei o carro e fui embora. Imaginei a nova amante de Paul olhando pela janela e comentando sobre o carro que estava estacionado ali em frente fazia dois dias, levando-o a me confrontar. A cena se desenrolava vívida em minha cabeça, e comecei a tremer de humilhação. Ao acelerar para me distanciar, jurei que nunca mais voltaria àquele lugar.

Quase pisei no freio ao ver os rostos conhecidos em um carro estacionado algumas casas adiante. Os detetives estavam fazendo a mesma coisa que eu momentos antes. Nem tinha percebido que eles também estavam ali porque estava focada em Paul. Eu me encolhi toda, temendo ser vista, mas eles estavam completamente vidrados no que se desenrolava além de mim.

Vê-los ali serviu para corroborar o que eu estava fazendo. Paul não era considerado suspeito apenas por mim.

***

Estou parada em frente à casa dela de novo. São dias de espera e vigília, mas, mesmo assim, ainda não consegui vê-la. Atualmente, minha necessidade de vê-la é muito maior do que a de tomar meus comprimidos. Apesar das inúmeras promessas que fiz sobre parar de vir até aqui, quando me dou conta já estou parada à porta da casa dela. Já o vi estacionar na entrada da garagem dela inúmeras vezes, atravessar a calçada com a cara mais lavada e entrar pela porta da garagem. Como se morasse na porra dessa casa.

Ainda não tive coragem de ficar até ele sair. Mas hoje vou ficar. E vou esperar o tempo que for preciso para vê-la. Estou com uma peruca loura de alguns Halloweens atrás. Também peguei os óculos mais escuros que achei e os fios sintéticos estão metidos num boné dos NY Yankees, que enterrei na cabeça mas sem bloquear minha visão. Tenho uma ligeira noção de que isso tudo está indo longe demais, de que a coisa toda já passou dos limites. Mentir que estou indo para o trabalho todos os dias, embarcar nessa perseguição, ficar espionando o tempo todo, agora esses disfarces. Fico esperando chegar a um ponto que nem mesmo eu seja capaz de racionalizar esse comportamento. O que começou como obsessão agora virou rotina. Já não me reconheço mais, mesmo sem a peruca e os óculos escuros.

Fico de olho na rua para ver se os detetives estão por perto, mas não os vejo mais desde aquela vez. Eu me pergunto se ainda o estão vigiando e o que imaginam que Paul anda aprontando. Será que também sabem da vida dupla dele? Não é ilegal ser um filho da mãe mentiroso, mas também não é bom que Paul não pareça ser um homem de palavra. Nos últimos tempos, eu o tenho pegado mentindo todo dia. Ele mente sobre aonde foi e por onde andou. Já pensei em segui-lo até Cold Spring Harbor, para onde agora ele se desloca quase que diariamente, mas me falta coragem. O percurso é longo, e fico achando que posso ser pega no ato.

Acompanho os jornais para ver se aparece algo novo sobre Sheila e Sasha, mas a notícia do desaparecimento das duas foi ofuscada pelos casos de overdose na ilha nas duas últimas semanas. A fonte farmacêutica secou, e o desespero está levando as pessoas a recorrer ao que dá. Com tanta coisa ruim acontecendo, a notícia de duas mulheres desaparecidas parece águas passadas.

É meio-dia, bem mais cedo do que o horário que Paul costuma chegar. Ele nunca foge aos hábitos, e eu já decorei os padrões. Com o tempo livre que tenho agora, me tornei especialista em observar pacientemente. Tenho aprendido muita coisa sobre mim mesma desde o afastamento forçado, e uma das mais importantes foi o fato de eu não ter sido capaz de parar para avaliar minha vida enquanto ainda estava trabalhando. Tudo sempre tem um lado positivo.

Estou gostando mais do que esperava de estar no papel de observadora. Tenho mais algumas horas de espera, então procuro algo para ouvir no meu novo notebook. Considero ouvir um audiolivro sobre autoconhecimento, ou um podcast que me motive a ter uma mentalidade diferente. Acabo escolhendo uma série sobre crimes não solucionados. Ouvir sobre vidas piores que a minha se tornou uma fonte de conforto.

— "Quando um marido mata a mulher, em geral tem algum motivo prático em mente: entre os motivos mais comuns estão se livrar casamento, normalmente por causa de algum caso, ou então por dinheiro, drogas ou álcool. As mulheres que matam o marido, por sua vez, têm muito mais chance de fazer isso por paixão. No caso de Stryker, o marido, Roy, tinha todas as motivações que acabei de mencionar."

O apresentador já está há uns dez minutos falando sobre o caso quando vejo pelo retrovisor o Cherokee de Paul vindo. Ele está chegando pela direção contrária à habitual, e eu afundo no banco quando ele passa por mim, seguindo em direção à garagem.

Ele sai do carro radiante e vai até o porta-malas. Fico morrendo de curiosidade quando ele tira um objeto familiar e o deixa apoiado no portão da garagem. É uma placa de "Vende-se", com o retrato dele, seu nome e telefone gravados no fundo branco. Por um breve instante, sinto um alívio ao pensar que esse tempo todo Paul tem vindo até aqui por um motivo profissional. É óbvio. Está encarregado de vender a casa e se encontra regularmente com a proprietária. Então decido que não vou me apegar muito ao lance da joia com o nome gravado nela que me trouxe até aqui.

De pá em punho, ele faz dois pequenos buracos na grama. Parece satisfeito com a maneira que posiciona a placa e usa uma marreta para fixar as estacas ao gramado, bem junto a casa. Enquanto repõe a terra e a grama que retirou, um carro que eu já vi algumas vezes parado na entrada estaciona na vaga que, em geral, é ocupada por ele. Ele se levanta e acena.

Vejo o sorriso no rosto dele enquanto se dirige ao carro e oferece a mão à mulher, que deduzo ser Dana, saltando do banco do motorista. Ela é mais alta que ele e muito bonita. Eles não se beijam, mas Paul põe a mão no braço dela de forma tão natural que me faz estremecer. Ele vai até o porta-malas do carro e começa a retirar sacolas de compras de supermercado, levando-as para a entrada principal da casa. A mulher se dirige ao banco detrás, e a vejo se inclinar para pegar alguma coisa. O reflexo do sol da tarde brilha no para-brisa do carro.

Vejo Paul se dirigir à porta principal e entrar na casa. A mulher ainda está com o corpo inclinado dentro do carro, e dá para ver que é bem magra. Usa jeans de grife e botas de salto alto. Quando ela se levanta, sinto um nó na garganta e um aperto no peito.

Ela está com uma criança nos braços. O menino deve ter uns três ou quatro anos, está com uma das mãos na boca e a outra na espessa cabeleira preta e encaracolada que vai até a altura dos ombros dela. O garotinho se parece muito com a mulher, porém seus cabelos são mais claros, uma cor mais parecida com a do cabelo de Paul. Tento não pensar muito nisso.

Paul sai da casa e se dirige a eles. A mulher sorri, e o bebê bate palmas de alegria quando vê Paul. Ela o coloca no chão, e ele sai correndo na direção de algo colorido na grama. Uma bola de futebol americano. Paul e a mulher ficam lado a lado, conversando enquanto observam o menino. Ele corre em círculos ao redor dos dois como um cão-pastor, aproximando-os mais a cada volta. Paul diz alguma coisa, e ela ri com o corpo inteiro. A mulher tem pelo menos dez anos a menos que eu e nem parece que já pariu um bebê. De repente, sinto minha pressão cair, e uma onda de enjoo percorre meu corpo, por dentro e por fora.

O menino corre direto para as pernas de Paul, mas não consegue controlar o movimento e bate com toda força quando chega ao destino. Paul se abaixa e o pega, erguendo-o acima da cabeça, para surpresa e felicidade da criança. A mulher observa a cena e sorri de novo, checando vez ou outra o celular enquanto Paul e a criança correm atrás um do outro pelo gramado e começam a brincar com a bola. O espaço ao meu redor parece ficar cada vez menor.

Sinto que cheguei ao fundo do poço vendo Paul feliz e à vontade com a criança. Fico tão arrasada que tenho até medo de vomitar dentro daquele carro fechado, então abro a janela para tomar um pouco de ar. Eu me deito no banco e respiro profundamente até a onda de náusea passar. Quando me sinto melhor, enxugo o suor do rosto e volto a me sentar.

Dana vai até Paul e lhe entrega o celular para o qual estava olhando antes. Em seguida, dirige-se ao menino e o pega no colo enquanto Paul posiciona o celular para tirar uma foto. Ele abaixa o celular, e ela vai ao seu encontro, botando a mão no braço dele enquanto vê a foto. Minha cabeça começa a latejar.

Paul faz um gesto na direção da placa que acabou de colocar no gramado. Vejo que ela fica emocionada. Talvez surpresa, mas detecto também alívio e felicidade. Ela se aproxima de Paul e o abraça. O menininho observa a mãe, e, enquanto os dois se abraçam, enrosca os braços nas pernas de ambos. Os três estão rindo. Parecem felizes. Parecem uma família. Uma família para a qual eu represento um obstáculo.

Não preciso ouvir o que estão dizendo para entender o que estou vendo. As respostas para todas as minhas perguntas são tão evidentes quanto a placa de "Vende-se" que vejo à minha frente. Preciso dizer em voz alta para ouvir as palavras:

— Paul tem outra família. — A frase fica ecoando em minha mente.

As articulações das minhas mãos, agarradas ao volante, estão brancas. Estou tremendo de ódio, e meus dentes não param de bater.

A mulher e o filho fazem sinal para que Paul entre com eles na casa. Ele fecha a porta ao entrar.

Agora enxergo claramente que Paul quer se livrar de mim e que tem um motivo para isso. Não estou paranoica. Estou correndo perigo. Durante todos esses anos que estive ao lado dele, deixei de lado meu sonho de ter uma família. E ele está levando exatamente essa vida com outra pessoa. Sou uma pedra no meio do caminho dele.

Eu vou matar meu marido.

30

Paul

Hoje eu quase morri.

Estava no telhado com Javier, colocando as telhas, quando perdi o equilíbrio. Se ele não tivesse agarrado meu punho, eu teria escorregado e caído em uma pilha de pedras lá embaixo. Tudo culpa minha, na verdade. Tenho andado exausto. Venho fazendo o possível para terminar esta obra, estou ajudando Dana com a venda e tentado estar presente em casa, tudo ao mesmo tempo. Dana me traz um estado de ânimo ótimo, mas não tenho muito o que fazer em relação à exaustão física que venho sentindo. Nos últimos tempos, tive alguns momentos de delírio. E parece que não sou o único.

Na semana passada, Rebecca me acordou falando umas bobagens sobre fantasmas. Minha mulher, que já foi uma pessoa racional, parece estar perdendo o juízo. Sei que ela anda estressada no trabalho com aquele chefe babaca, mas estou mais preocupado é com o comportamento dela. Quando a dor no ombro voltou, ela acabou aumentando as dosagens de analgésicos, e há pouco tempo percebi que anda muito agitada e com tremores. Tenho a impressão de que Rebecca não conseguiu superar o incidente e me pergunto se sua mente não anda desenterrando memórias da infância. Minha mulher tem estado doente e meio instável. Além disso, emagreceu e está abatida. E receio que, se eu a confrontar, ela acabe se fechando de vez. Então acabo ficando cada vez mais ansioso por sair daquela casa e fugir dessa vida.

Tirando meu quase mergulho em direção à morte, a obra da casa está andando conforme o previsto, graças a Deus. Já dá para sentir o clima do verão e o calor de meados de maio castigando a turma. O telhado deve ficar pronto esta semana, com a graça de Deus. Vai ser bom poder se proteger do sol de vez em quando.

Com a proximidade das férias de verão, o mercado imobiliário praticamente estagnou, o que é um alívio. As coisas estão um pouco mais calmas. Meu maior problema agora será encontrar desculpas para não estar em casa nos próximos meses, até a conclusão da obra. Mas, se eu não perder o pique, talvez consiga me sair bem nesse malabarismo todo.

31

Silvestri

— Algum plano com a patroa para o Memorial Day, Wolcott?

O ar-condicionado da viatura é a única coisa que me permite falar sobre o início do verão sem ficar irritado.

— Provavelmente vamos à praia. Ela adora praia.

— Você só pode estar de sacanagem.

— O quê?

— Não consigo imaginar você tomando sol.

— Por acaso eu sou albino?

— Só consigo imaginar você lá igual ao Mister Rogers da TV, com aqueles casaquinhos...

— Tenho que sintetizar a vitamina D de alguma forma, né? Porque ficar enjaulado aqui com você é que não vou conseguir...

— Já me disseram que eu sou um raio de sol.

— Tá. Vai nessa.

O rádio chia.

— *Chamado na Farmácia McNamara.*

— De novo?! Merda. Vamos lá.

— Detetives, é muita generosidade da parte de vocês aparecer aqui!

— Nosso farmacêutico favorito está parado no estacionamento quando chegamos. Ele não está nada feliz em nos ver. E o sentimento é recíproco.

Wolcott estaciona e pisamos no concreto quente.

— Viemos o mais rápido possível. Já fugiram, Leonard?

— Ela deu no pé. Mas antes tratou de limpar alguns armários de remédios.

Ele se vira e nos guia em direção à farmácia.

— Ela? — pergunto. — Pelo menos temos novidade. E o que levou?

— O de sempre — resmunga ele. — Oxy, opioides, algumas caixas de Demerol.

— Como era de se esperar — constata Wolcott, anotando o nome dos remédios quando entramos na loja.

— Esses planos de saúde estão acabando comigo. Eles não querem cobrir o que é caro, e agora eu tenho que aturar todas essas mães de família daqui de Ridgewood se fazendo de desentendidas atrás de opioides, isso sem contar os filhinhos de papai que de vez em quando resolvem botar um revólver na minha cara.

— A gente entende. — Meu parceiro muda de assunto. — E como era a mulher?

— Difícil dizer. Ela estava com um lenço no rosto e outro no cabelo. Acho que tinha por volta de trinta e tantos anos, pelo que deu para ver. Estava em excelente forma. Na verdade, parecia que tinha vindo direto da academia.

— Estava armada? — pergunto.

— Estava. E com uma arma grande demais para ela. Tão alucinada que fiquei com medo de que disparasse sem querer. Meu Deus!

Meu parceiro fecha o bloco de notas e olha para o farmacêutico.

— Que bom que você está bem, Leonard.

— Sim, por enquanto. Estou pensando em comprar um revólver para deixar aqui na loja. Para me proteger.

— Esqueça isso — digo. — Só vai servir para transformar um caso de roubo em homicídio. Deixe levarem o que quiserem. Você tem seguro.

— É... porque essa merda tem me ajudado muito, né — diz ele, me fuzilando.

— E por acaso você mandou consertar a câmera de segurança? — pergunto.

Ele fica calado por um instante, me encarando.

— Estou mais preocupado em saber como vou atender os clientes que me pagam.

Meu parceiro intervém.

— A gente sabe como é, camarada.

Leonard observa o próprio império, desanimado.

— E vocês? Não estão precisando de reforço no necrotério? Estou começando a achar que seria muito melhor lidar com os mortos.

Wolcott lhe dá uns tapinhas no ombro.

— Podemos recomendar você, com o maior prazer.

— Eu ficaria grato. — De repente, ele fica pensativo. — Mas, provavelmente, acabaria dando de cara com essas mesmas pessoas.

* * *

Estamos voltando para o carro, já no estacionamento, quando o celular do meu parceiro toca.

— Detetive Wolcott... Sim... Há quanto tempo?... Estamos indo para lá agora mesmo. — Ele desliga e olha para mim. — Temos que ir.

— O que aconteceu?

Um sorrisinho começa a surgir em seu rosto.

— Acharam um corpo.

32

Rebecca

Meu corpo está paralisado.
— Pare de lutar.
Uma cascata de terra cai por cima de mim. Luto para manter a cabeça acima do solo que rapidamente se eleva.
Ouço mais uma vez a voz na escuridão.
— Desista.
Quero desistir. Não consigo resistir por muito mais tempo. A exaustão e a sensação de derrota estão me sufocando. Desisto e repouso a cabeça na terra que me engole. Estou muito cansada.
— Me desculpe.
Mal consigo proferir as palavras. Todo o ar em meus pulmões é comprimido pelo peso inabalável que esmaga minhas costelas.
Quando começo a respirar a terra, vejo Paul de pé acima, a espátula de pedreiro numa das mãos e um cartaz de "Vende-se" na outra. Ele sorri para mim ao chutar um monte de terra para dentro do buraco.
— Foi você que quis assim.
Tudo fica preto.

33

Wolcott

Um clima de tensão se instala dentro da viatura quando nos aproximamos do terreno em Smithtown Bay. Silvestri e eu não falamos nada, mas sabemos muito bem de quem é o corpo.

Ao descer do carro, somos recebidos por um rapaz ansioso, suando.

— Detetives, sou o policial Litman, o primeiro a chegar ao local.

O aperto de mão do garoto é firme.

— Policial, sou o detetive Wolcott. Este é o detetive Silvestri. — Vamos com ele até onde o corpo está. — O que temos aqui?

— Uma mulher que estava correndo de manhã e parou para amarrar o tênis notou uma coisa saindo da terra. Aí ela ligou para nós. E acabou que era uma mão.

— Isso acaba com o exercício de qualquer um — digo. — Em que estado está o corpo?

— Horrível. É uma mulher. Nesse estágio de decomposição, fica até difícil chutar a idade. Como estão vendo, ela foi enrolada numa lona e enterrada numa cova rasa. Meu palpite é que esteja debaixo da terra há umas seis, oito semanas.

Olho para meu parceiro, e fazemos que sim com a cabeça.

— Vocês já têm alguma ideia de quem seja? — quer saber Litman.

— Bate com a linha temporal de um caso de pessoas desaparecidas que estamos investigando. Já chamaram o médico-legista?

— Estão fazendo isso — responde Litman.

— Ótimo — digo. — E vamos tentar deixar a imprensa fora disso até conseguirmos saber de quem é o corpo, está bem?

— Deixa comigo — assente Litman.

— Isso aí, rapaz. — Dou uns tapinhas no ombro do policial, e ele retorna à viatura dele. Silvestri e eu nos agachamos e retiramos a lona do rosto do cadáver.

— Ainda bem que não comi nada de manhã — diz meu parceiro. — Puta merda!

— Está pensando a mesma coisa que eu?

— Depende. Está pensando que Paul Campbell acabou de ir para o topo da nossa lista de prioridades da semana?

— Você lê mesmo pensamentos, meu amigo.

34

Rebecca

Sei exatamente o que precisa ser feito. Ocorreu-me hoje de manhã. Eu tinha providenciado tudo como sempre: roupa de trabalho, maquiagem e cabelo impecável, uma profissional bem-vestida da indústria farmacêutica, exatamente como vinha fazendo todos os dias desde que havia sido demitida. Paul tinha saído do banho e se contraiu ao se enxugar.

— O que foi, Paul?

— Meu ombro e minhas costas estão doendo. Deve ser o tempo. Pode pegar meus emplastros na bolsa, amor?

Como uma esposa amorosa e prestativa, sorri para ele e fui buscar a bolsa. Encontrei os emplastros na mesma hora. Aproveitei o momento para dar uma olhada no restante do conteúdo e não vi o lenço vermelho com a arma, o que me deixou com uma sensação estranha. Mas isso também foi o que me levou a ter uma ideia perfeita. Era algo tão simples que eu nem sei como não havia pensado nisso antes. Só ia dar trabalho reunir o material necessário. Eu teria de entrar na casa de Mark quando ele não estivesse lá.

* * *

"Não precisa ser vidente para saber que muita gente ainda vai morrer por aqui."

Não estou enxergando nada e mal consigo abrir os olhos. Sinto que estou completamente sem saída. Há homens no carro comigo. Eu devia estar em pânico, mas meu corpo está extremamente relaxado nesse momento.

"As mortes relacionadas a drogas aumentaram sete vezes na região em relação ao ano passado. E não estão apenas ligadas a overdoses. O índice de homicídios também duplicou nos municípios de Nassau e Suffolk no mesmo período. A coisa pode ser considerada oficialmente feia."

Com os dedos, tento abrir meus olhos, e a claridade me causa dor. Vejo meu reflexo no espelho retrovisor e limpo a baba do rosto. O cinto de segurança deixou uma marca no lado esquerdo do meu rosto. Estou sozinha. E muito chapada.

"Em nossa região, existem literalmente milhares de pessoas viciadas, sempre em busca do jeito mais fácil e barato de conseguir o que querem, e a situação só se agrava."

Abaixo o volume do rádio, e as vozes se transformam num murmúrio reconfortante. Tudo fica suave e lento. Quando reconheço onde estou, outra onda de frescor e felicidade invade minha corrente sanguínea. Estou estacionada perto da casa de Mark e Sasha. O carro dele estava parado na entrada da garagem, e não no trabalho, onde eu esperava que estivesse, então concluo que devo ter ficado esperando até que ele saísse. Em algum momento ele teria de sair, mas, como não houve a menor indicação de que isso fosse acontecer, acabei pegando no sono. A atual privação de sono não está me ajudando em nada a ficar acordada durante o dia, com ou sem comprimidos.

Nem consigo acreditar que já são cinco e meia da tarde. Vacilei em sair de fininho e conseguir voltar para casa em um horário razoável. Fico furiosa comigo por não tomar jeito na vida.

Verifico a localização no GPS e vejo que Paul está por perto. Pela troca de mensagens com Wes, descubro que eles não têm nenhum compromisso hoje e que Wes vai começar o fim de semana mais cedo em Montauk. Eu me esforço para manter minha atenção na tela do celular por mais tempo. Momentos relaxantes, com fogueiras acesas na praia e banhos de mar noturnos passam pela minha cabeça como se fossem lembranças felizes de outra pessoa. De repente penso que seria maravilhoso nadar agora e lembro que Mark e Sasha vivem se gabando da piscina maravilhosa que eles têm em casa. Talvez eu dê um mergulho, mas aquele pensamento rapidamente desaparece da minha cabeça. A cena no gramado em frente à casa de Dana volta a invadir minha mente, e a euforia é varrida por uma onda de raiva. Então me lembro do que me trouxe até aqui.

Como Sasha vivia se lamentando no vestiário que tinha uma péssima memória, ela acabou me dando o código. Eu fazia questão de pegar um armário perto do dela, para descobrir sua senha. Ela sempre usava sua data de aniversário. Certo dia, eu a ouvi se gabar com uma daquelas puxa-sacos da Lotus Pedal que o marido tinha adotado uma senha única para o sistema de segurança da casa, usando uma combinação de números que ela fosse capaz de memorizar. Sasha já havia esquecido a senha tantas vezes que Mark não aguentava mais os carros da empresa de segurança na casa deles...

Amanhã volto para fazer uma visitinha a Mark e espero que ele não esteja em casa.

35

Silvestri

— Mas quem mais poderia ter sido? — pergunto ao meu parceiro.

— Não sei. Alguém mais entrou ou saiu de lá hoje de manhã? — questiona Wolcott.

— Sim, mas pense bem. Só pode ter sido o Greene. Está na cara, que nem aqueles farelos no canto da boca dele. O sujeito não pode ver um lanchinho que já vai logo se servindo.

O bolo de banana que a mulher de Wolcott, Abby, fez para o pessoal da delegacia sumiu da copa. Meu parceiro está espumando de raiva.

— Será que ninguém explicou para esse cara o que é ter consideração com os outros?

— Não esquenta. Depois a gente tira a gasolina da viatura dele. Satisfeito, grandalhão?

O celular dele toca.

— Wolcott. — Ele olha para mim e se endireita na cadeira. — Tá bem. — Ouvindo atentamente, ele articula "médico-legista" com os lábios, sem emitir nenhum som. Eu me inclino. De repente, aquela expressão ansiosa se transforma num olhar de perplexidade. — Tem certeza? — Ele olha para mim e balança a cabeça. — Entendido, obrigado pela agilidade. Muito obrigado mesmo.

E desliga.

— O que foi? — pergunto.

Ele então olha para mim, parecendo incrédulo.

— Ainda bem que você já está sentado.

36

Paul

— Não acredito — digo, inspecionando o telhado já concluído. — Nós arrasamos muito.

— Arrasamos mesmo, chefe — concorda Javier, meio distraído.

Ele e os outros caras estão grudados num rádio portátil em cima de um cavalete. Os sanduíches do café da manhã ficaram esquecidos enquanto eles absorvem cada palavra do repórter.

Meu espanhol não é bom o suficiente para entender o que está acontecendo, mas fico intrigado com o fato de eles estarem tão absortos.

— O que está pegando? — pergunto.

Javier se vira ligeiramente para mim, porém sem deixar de prestar atenção no rádio.

— Encontraram a mulher perto da baía. Tá morta.

Não. Por favor, Deus, não. Meu estômago dá um nó. Minhas mãos começam a tremer e ficam dormentes. O cheiro dos sanduíches de linguiça faz a bile subir até minha garganta. Estou pegando fogo por dentro, não sinto mais meus braços nem minhas pernas. O coração parece que vai romper a caixa torácica.

— Chefe, tá tudo bem?

A atenção de Javier agora está toda voltada para mim.

— Está, nada de mais. Esqueci uma coisa no carro. Um minutinho.

Sigo uma linha reta até o Jeep, fazendo um esforço enorme para me manter de pé. Assim que chego ao carro, me apoio no capô, mal me aguentando em pé. Eu me concentro na minha respiração para não desmaiar. *Merda-merda-merda-merda-merda. Isso não pode estar acontecendo.*

Dou um jeito de chegar até a porta do motorista e entrar no carro. Verifico meu celular. Nada de Rebecca. Deve estar na feliz ignorância enquanto nosso mundo começa a desmoronar ao meu redor.

Acesso as notícias no celular. Ao mesmo tempo desesperado para ver o que está acontecendo e aterrorizado ante a ideia de que podemos estar muito fodidos. Não há outra forma de isso acabar senão em desastre.

Achei. É a chamada principal de todos os canais de notícias no meu celular. Vou rolando a tela e volto ao topo, então clico no primeiro link. De um jornal local.

**CORPO DE MORADORA DE LONG ISLAND
ENCONTRADO EM COVA RASA**

Olho para a foto. Volto à manchete, e de novo à foto. Meu cérebro parece estar derretendo. Finalmente está acontecendo. Estou perdendo o juízo.

Fecho os olhos e os aperto com força. Abro-os de novo e confronto-me, mais uma vez, com algo que parece impossível. Não é coisa da minha cabeça. É a mais pura realidade. Mesmo sendo impossível.

Abaixo da manchete, está uma foto colorida da vítima, em tempos melhores. A mulher que havia sido desenterrada pelos policiais de um terreno perto de Smithtown Bay. Uma mulher que eu conheço. Ou melhor, conhecia.

Sasha Anders.

Terceira Parte

37

Rebecca

Estou em um sono profundo quando Paul entra no quarto, sacudindo um jornal. Algo terrível aconteceu.

— Rebecca! Por onde você andou? Eu estou ligando para você há uma hora!

Ele está rouco, a voz trêmula.

Tenho de fazer uma força sobre-humana para sair do buraco no qual me enfiei. Dormir com fentanil na corrente sanguínea é como entrar em coma. Estava sonhando com Sasha e Sheila e fervendo de raiva. Agora que despertei, tento colocar de novo minha máscara de esposa. Ele está aqui, agora, e preciso me lembrar de que, para Paul, ainda sou aquela esposa amorosa e acolhedora.

As cortinas estão fechadas, não dá para saber que horas são. Não sei muito bem nem que dia é hoje nem quanto tempo estou na cama.

A única certeza que tenho é que Paul está agitado.

— Desculpe. Estava com enxaqueca. Deixei o celular no mudo. Foi mal, amor.

Não tenho a menor ideia de onde meu celular possa estar.

Ele se senta na beirada da cama, pousa a mão firme em minha perna e fala olhando para o chão. Já vi essa cena antes, então sou dominada por um medo horrível do que ele vai dizer em seguida. Tento focar o mais rápido possível que meu estado de embriaguez e os efeitos do cortisol permitem.

— Encontraram um corpo — diz ele.

Meu estômago começa a doer.

— Puta merda.

— Exatamente onde eu a enterrei... uma pessoa que estava correndo a encontrou... mas...

Ele está inclinado, com as mãos na cabeça, meio que balançando para a frente e para trás. Começo a me dar conta da gravidade do que ele não consegue dizer. Ouço Sheila sussurrando que seríamos descobertos.

— Ok. Vamos repassar tudo. A gente sabia que isso podia acontecer. Agora a gente só precisa decidir o que fazer.

Fico impressionada com minha lucidez, apesar do pânico que explode dentro de mim.

— Rebecca, eles encontraram um corpo onde eu deixei a Sheila, mas *não é ela*!

Paul se exalta de novo. O que me faz recuar. Sinto que voltei a ser uma menininha e que meu pai está gritando comigo.

— Isso não faz o menor sentido. Deve ser algum engano.

— A polícia não comete esse tipo de engano. Pense! Esses comprimidos todos estão fritando o seu cérebro.

Estou ficando assustada com a energia que ele está exalando. Parece que ele vai me bater a qualquer momento.

Eu me dirijo a Paul como se ele fosse um animal selvagem, tentando acalmá-lo o máximo que consigo. O que é difícil, pois eu mesma não consigo ficar calma.

— E como você tem tanta certeza?

— E tem mais uma coisa... esse corpo nem foi atingido na cabeça. Levou *um tiro*.

As articulações de suas mãos estão brancas de tanto apertar o jornal. A expressão no rosto dele ficou mais sombria.

Tento me afastar dele discretamente.

— De quem é o corpo, Paul?!

De um jeito dramático, ele põe o exemplar do *Independent Press* em cima da cama. Bem no alto, está uma foto colorida de Sasha.

MORADORA DA REGIÃO É BALEADA E ENCONTRADA MORTA EM COVA RASA

O jornal e a imagem de Sasha parecem dominar o quarto inteiro. *Sasha*. Baleada. Que merda Paul foi fazer? Sasha está morta. Mortinha da silva. Minha mente se perde em pensamentos, chego até a ficar tonta. Eu me sinto enjoada e aliviada. Nunca mais vou ter de ver aquela mulher de novo, nem me sentir insignificante perto dela. Não há como reprimir esse lado horrível meu que vem à tona. Estou feliz que ela tenha morrido. Recosto-me na cabeceira da cama. Paul nem se dá conta de que estou preocupada. Eu me pergunto inclusive se ele vai perceber se eu tentar dar um jeito de ir até o banheiro para enfiar um Adderall goela abaixo.

— O corpo é da Sasha. Tudo aconteceu na mesma época da Sheila. — Ele olha para mim, e eu vejo medo em seu rosto. — Amor, isso não faz o menor sentido. Eu botei o corpo da Sheila lá. Como foi que a Sasha foi parar no mesmo lugar? — Ele está quase implorando. Mas uma parte de mim acha que está exagerando.

Engulo em seco. Os remédios fizeram com que minha boca parecesse um deserto, uma dor desce pela minha garganta. Eu me inclino mais para trás e fecho os olhos. No meu sonho, Sheila dizia que Paul tinha feito coisas ruins. Parece mais confiável acreditar no que uma mulher morta fala comigo nos sonhos do que em qualquer coisa que Paul tenha dito ou feito no último mês.

Ficamos os dois ali, sentados na cama, enquanto olhamos um para o outro, tentando entender aquilo tudo. No conjunto de traços que compõem o rosto dele falta algo crucial. Ele está diferente, mas não de uma maneira específica. Só parece distante. Como alguém que também fosse capaz de matar. Ele confunde meu olhar inquisidor com preocupação e agarra minhas mãos. Resisto ao impulso de recuar.

Demoro a raciocinar, mas consigo fazer a pergunta que não quer calar. Tomo todo o cuidado para que não pareça que estou fazendo uma acusação, com medo da reação dele:

— Paul, se eles desenterraram a Sasha, onde é que está a porra do corpo da Sheila?

38

Sheila

A melhor parte de estar morta é que ninguém suspeita de você quando os cadáveres começam a aparecer.

* * *

Aquela noite no quarto de Paul e Rebecca não foi a primeira vez que morri.

Quando eu tinha cinco anos, minha mãe me encontrou sentada no chão da cozinha ao lado de um vidro de inseticida aberto. Sempre à beira da insanidade, em vez de pedir ajuda, ela surtou completamente. Fiquei deitada ao lado dela com a mãozinha em seu ombro, sabendo que alguma coisa estava muito errada, mas sem ter a menor ideia do que fazer.

A verdade era que eu não tinha ingerido veneno nenhum, e estava muito bem até ela desmoronar daquela forma na minha frente. Assim, internalizei o estresse dela, e meu corpo se contraía a cada respiração ansiosa que ela não conseguia conduzir até o fim, até que fiquei paralisada. Por mais que eu tentasse mover os braços e as pernas para ajudá-la, não conseguia. Meus membros tinham virado pedra.

Estávamos uma ao lado da outra, congeladas pelo pânico. Alguns minutos ou horas depois, meu pai chegou e ligou para a emergência.

Quando os paramédicos chegaram, eu estava completamente rígida, com os batimentos cardíacos tão baixos que foram necessários dois técnicos para senti-los. Até onde meu pai sabia, eu estava quase morta, envenenada, e era tudo culpa da minha mãe. A maternidade estava sendo demais para o psicológico dela, que por si só já era frágil, e sem dúvida um marido que evitava ficar em casa e se revelava um tirano quando se fazia presente não ajudava em nada a melhorar as coisas.

Aquele primeiro sinal do meu distúrbio nervoso ainda não identificado, combinado com a injeção de atropina tomada na ambulância para neutralizar o inseticida, fez meus batimentos cardíacos já fraquíssimos ficarem quase imperceptíveis. O médico da emergência, já no fim de seu plantão, declarou-me "morta na chegada". Não faço ideia de como meu estoico pai reagiu ao receber a notícia. Eu me pergunto se não ficou um tantinho aliviado. Mesmo sendo muito pequena, eu já sentia que ele não gostava de mim. Em outra ala do hospital, minha mãe encontrava-se totalmente sedada.

Depois de um tempo, acordei coberta com um lençol, sem ter a menor ideia de onde eu estava. Mas conseguia ver luzes e sombras ao meu redor. O som de rodas chiando no piso despertou minha consciência, junto com uma sensação de pavor. Eu sabia que havia algo errado. Comecei a mexer os dedos das mãos e dos pés, num breve momento de alívio por estar recobrando os movimentos, mas rapidamente comecei a me debater e a gritar debaixo da mortalha. Até hoje, me pergunto se a pessoa que me levou de maca da emergência até o necrotério algum dia conseguiu se recuperar da cena da garotinha de cinco anos que ressuscitou.

Alguns especialistas foram convocados. Um médico pesquisador universitário estudou meu caso e ficou visivelmente empolgado com minha rara condição. Assistir à reação da minha mãe desencadeou um raro distúrbio de ansiedade chamado catalepsia, nome que parecia ter saído da imaginação de uma criança. Quando está no meio de um ataque, a vítima fica rígida e quase não é possível detectar seus batimentos e sua respiração. A sensibilidade à dor também é reduzida, o que contribuiu, e muito, para minha sobrevivência naquela noite na casa de Paul e Rebecca. Além disso, a temperatura gelada também ajudou, mas falaremos disso depois.

Quando fui levada de volta ao meu pai, ele parecia mais um morto-vivo, devido às fortes emoções pelas quais havia passado. Não pareceu estar comovido com minha ressurreição, e sim incomodado. Só ficou por perto tempo suficiente para esperar minha mãe ter alta e nos deixar em casa. Nem se deu ao trabalho de desligar o carro, muito menos de olhar para trás ao dirigir para longe. Gostaria de poder dizer que as coisas melhoraram depois disso. Mas não melhoraram.

Fui abandonada por homens três vezes e morri duas. O que me mata só me fortalece.

39

Wolcott

— Será que a gente estava seguindo as pistas erradas esse tempo todo?

Ao pegar a rodovia, olho para Silvestri para me certificar de que não estávamos seguindo um caminho tão errado assim na investigação. Essa possibilidade parece bem estarrecedora.

— Mas que caralho. Me desculpe a expressão — diz ele, balançando a cabeça.

— Bom, vamos ver então se dá para descobrir quem é que anda bancando a morta. Pode ser um bom começo.

— Certo — responde meu parceiro, distraído.

Devido ao estado avançado de decomposição, não conseguimos extrair material genético aproveitável do corpo de Sasha Anders. O carro abandonado de Sheila Maxwell tampouco forneceu alguma pista, e, portanto, as teorias que tínhamos em mente parecem bem confusas. Tenho a sensação de estar cercado por névoa. Em vez de encontrar respostas, quanto mais investigamos, menos sentido a coisa toda faz.

— Eu podia jurar que sabia quem estava naquele buraco. E não era a pessoa que eles desenterraram.

— Você e eu podíamos jurar, meu chapa — comenta meu parceiro.
— Mas a gente também pensava que Sasha Anders estava em algum lugar por aí torrando o dinheiro do marido.
— Certo. O que fazia sentido. Já isso... não sei, não.
— Tudo bem, vamos ver o que temos então. Precisamos colocar o Mark Anders na jogada.
— Precisamos mesmo. Você acha que a questão do dinheiro pesou mais do que estávamos imaginando?
— É o que normalmente acontece. Pressão no trabalho? Quem sabe um caso extraconjugal...
— Pode ser. — Penso na possibilidade. — Ele ou ela?
— Hmm. Acha que ele está comendo uma das funcionárias? Isso costuma levar as coisas para uma certa direção. Ou então ela anda ciscando fora de casa. Esposa entediada, que não recebe muita atenção em casa...
— Ou então os dois estão se divertindo.
— Pois é. — Silvestri pensa por um momento. — Mas vamos recapitular umas coisas aqui. Alguma chance do Campbell estar metido nessa história?
— Bom, o cara parece ter talento para esse tipo de coisa. Só achávamos que ele estava ficando com outra mulher.
— Certo. Mas por que não estamos considerando a possibilidade desse palerma conseguir dar conta das duas? Parece que as mulheres daqui que têm uma quedinha por Paul Campbell acabam aparecendo embaixo da terra, ou nem aparecem mais.
Avalio o que ele falou.
— Triângulo amoroso?
— Agora, sim. Espere... cacete... e se foi a Sheila Maxwell? Ela pode ter descoberto o caso entre Campbell e Sasha Anders e perdido a cabeça.
— Eu não tinha pensado nessa possibilidade.
— Bom, ela tem um passado suspeito com o marido. Pode ter surtado ao descobrir alguma coisa entre Paul Campbell e outra mulher.

— Certo. Mas o caso dela não estava mais para um desaparecimento? Carro abandonado, cartão de crédito cancelado, contas da casa sem pagar...

— Mas ela pode ter sido obrigada a sair da cidade às pressas.

— Beleza. Então ela pode ter deixado o carro para trás para forjar um desaparecimento. Para nos despistar.

— A não ser que Campbell *estivesse mesmo* envolvido com as duas e as coisas tenham saído do controle.

— Certo. Então a pergunta que não quer calar é: Sheila Maxwell fugiu da cidade ou a gente devia estar procurando outro corpo?

— Meu Deus, que história confusa!

O silêncio se prolonga, pois nós dois estamos concentrados em nossos próprios pensamentos. Até então, eu nunca tinha me sentido perdido durante uma investigação, e isso está me incomodando mais do que deveria.

Quando finalmente volto a dirigir a palavra ao meu parceiro, fico surpreso com o tom hesitante, como se por acaso eu estivesse entreouvindo minha própria voz.

— Tem uma coisa que não sai da minha cabeça.

— E o que é?

— Quando interrogamos Campbell, ele não pareceu se importar muito com Sasha Anders. Na minha opinião, foi a coisa mais verdadeira que ele disse. Eu realmente achei que ele não tivesse nada com ela.

— Um mentiroso do bom. Quem sabe? Pode até ser algo patológico. Merda! Talvez ele não tenha superado Sasha como queria que acreditássemos.

Estou assimilando a ideia quando meu celular toca. Consigo pegá-lo com certa dificuldade e atendo.

— Detetive Wolcott. — A voz do outro lado é exatamente a que queríamos ouvir. — Estávamos justamente a caminho daí. — Aceno com a cabeça para meu parceiro, o ar de repente fica leve e estimulante dentro do carro. — Daqui a pouco estamos aí.

* * *

— Bem-vindos ao Huntingt... Detetives! — Gina se contém e olha ao redor para se certificar de que não tem mais ninguém no saguão.

— Bom dia, Gina. Você não faz ideia de como ficamos felizes de receber notícias suas — digo, quando chegamos à recepção, exibindo sorrisos calorosos para ela. Nossa nova amiga está agitada.

— Gente, acabei de ler a notícia sobre o corpo que encontraram e tive que ligar!

— A gente deduziu que nossa ajudante favorita teria informações — diz Silvestri. — O que você tem para nos contar?

— Então, assim que vi a notícia com a foto daquela mulher linda, parei para ler e, quando me deparei com o nome dela, percebi que algo não fazia sentido.

— O que não fazia sentido, Gina? — pergunto.

— Bom, reconheci o nome da investigação de vocês, mas não é a mesma pessoa.

Olho para meu parceiro e depois para Gina.

— Como assim?

— Bem, é claro que a foto no jornal é da Sasha Anders. Mas a mulher que se hospedou no hotel não é essa que está no jornal.

— Entendo. Você já descreveu a mulher que se hospedou aqui com esse nome, mas será que se lembra de mais alguma coisa agora? Algum detalhe que chamasse a atenção?

— Vamos ver... Loira, olhos castanhos. Já falei do boné, não já?

— Falou, sim.

Ela foca a visão no balcão por um longo momento. Ela semicerra os olhos enquanto se concentra.

— Quer dizer, ela era bem parecida com a mulher do jornal, mas não era exatamente igual. — Ela franze a testa. — Bom, para ser sincera, essas mulheres são todas parecidas. Não quero ser chata, mas elas parecem, tipo, clones.

Dou um sorriso malicioso para meu parceiro.

— A gente percebeu.

De repente, Gina arregala os olhos.

— Espere aí. Eu falei pra vocês da fumigação?

— Não — responde Silvestri, todo interessado.

— Hmm. Deve ter sido depois que vocês vieram aqui então. Enfim, tiveram que chamar um cara para fumigar o quarto. O cheiro de charuto estava insuportável.

Olho para meu parceiro e me viro de novo para Gina.

— Puxa, você tem mesmo uma ótima memória. Nos ajudou muito.

— Obrigada, detetives. E aí? Ainda acham que eu daria uma boa cadete?

— Teremos o maior prazer em recomendá-la — diz meu parceiro.

— Vocês são demais.

* * *

Apesar das ondas de calor subindo do asfalto no estacionamento, Silvestri e eu vamos correndo em direção à viatura.

— Visitinha ao nosso fumante de charuto favorito? — pergunto.

Silvestri balança a cabeça, sem acreditar.

— Será que Anders teria colhões de andar por aí com outra mulher bancando a esposa dele enquanto a verdadeira está morta e enterrada?

— É o que vamos descobrir.

40

Sheila

Houve um tempo em que eu seria capaz de dizer que morreria por Paul. Mas é comum a gente dizer coisas ridículas quando o amor é maior que o bom senso. Reconheço que tenho tendência a ficar um pouco obcecada com meus relacionamentos, mas Paul era diferente. Ele era *o* cara. Fomos atropelados por certos acontecimentos antes que ele pudesse ter a chance de descobrir o que sentia por mim. E, se eu estava disposta a morrer por ele, como de fato acabou acontecendo, não seria justo que ele também morresse? Mas já estou me antecipando...

Eu não tinha mesmo como imaginar que meu aniversário acabaria sendo como foi. Ou seja, que eu seria embrulhada numa lona de plástico e descartada como um saco de lixo. Provavelmente tem algo de poético no fato de ser assassinada pela mulher do meu namorado no dia em que eu completava trinta e cinco anos. Todos aqueles livros de autoajuda que li ao longo dos anos para tentar me consolar e aprender um pouco diziam que os recomeços mais significativos vinham dos finais mais traumatizantes. Mas não foram esses os pensamentos que passaram pela minha cabeça que latejava de dor quando recobrei os sentidos naquela escuridão, enrolada num plástico gelado. Eu só pensava em como poderia me livrar daquela lona apertada antes de congelar ou morrer sufocada.

Felizmente, eles tinham me enrolado de um jeito que meu queixo quase encostava no pescoço, e, embora fosse terrivelmente desconfortável para o meu pescoço, o ângulo me dava certa mobilidade e deixava passar algum ar. De qualquer maneira, minha respiração é mais curta que a da maioria das pessoas, e minha reação cataléptica à cena no quarto de Paul, quando fiquei inconsciente e com pouco ar para respirar, acabou sendo benéfica. Assim como a temperatura. A ironia de tudo estava no fato de que, naquela noite, Paul aumentou consideravelmente minhas chances de sobreviver. Quando o coração de uma pessoa para de bater, ou pelo menos os batimentos diminuem a ponto de parecer que pararam, o corpo baixa a temperatura, fazendo com que as células precisem de menos oxigênio e isso, consequentemente, retarda a morte. O fato de eu ter sido deixada num porão congelante provavelmente salvou minha vida.

Mas, naquele momento, eu não estava pensando exatamente em lhe agradecer.

Assim que recobrei os sentidos, entrei em pânico e comecei a hiperventilar. Porém, rapidamente consegui me acalmar. Quando se tem aversão a estabilizadores de humor e um distúrbio desencadeado por altos níveis de estresse, você precisa descobrir alternativas de recobrar o controle, se não quiser passar a vida num estado de pânico constante. Inspirei o mais profundamente possível e contei até cinco e, em seguida, até dez para soltar o ar. A cada inspiração, o plástico que me envolvia me apertava como um espartilho. E, toda vez que expirava, sentia minha frequência cardíaca com menos batimentos por minuto.

Naquele momento, eu ainda estava bem desorientada para juntar as peças dos últimos acontecimentos. A última coisa de que me lembrava com clareza era de ter decidido pegar um táxi para a casa de Paul, depois de virar uma garrafa de vinho tinto caríssima em vez de comer meu jantar de aniversário. Eu, com certeza, era a personificação da tristeza, sentada em meu restaurante favorito, onde tinha visto Paul pela primeira vez, sozinha, toda produzida, chorando sobre o risoto praticamente intocado.

Naquele momento, cheguei à conclusão de que confrontá-lo e revelar nossa relação à esposa dele era a única forma de ficarmos juntos. Qualquer dúvida ou pensamento racional que ainda me restavam foram substituídos pela adrenalina que o efeito do merlot fazia correr nas minhas veias quando enfiei a chave roubada na fechadura da porta da casa dele. O fato de Duff vir correndo em minha direção e lamber minha mão serviu apenas para confirmar que meu lugar era ali. Pelo menos era o que eu dizia a mim mesma quando peguei a arma de Paul na minha bolsa e subi a escada. Eu me senti poderosa enquanto a segurava. Não tinha certeza do que ia fazer quando entrei no quarto deles, mas uma coisa eu sabia: Paul não ia conseguir me ignorar por muito mais tempo.

No chão duro do porão, comecei a me mexer cautelosamente de um lado para o outro, e depois com mais rapidez, para calcular mais ou menos quanto de espaço havia ao meu redor. E parecia ser bem razoável, dos dois lados, o que foi um alívio. Eu nem estava completamente presa ao plástico, o que era bom. Ao me mover para a direita, conseguia sentir o fim da lona. Também sentia uma dor massacrante se irradiando da cabeça para o restante do corpo. Parecia que eu tinha fraturado a coluna, deitada ali no chão chato e duro. Embora parecesse ser concreto, o que seria a melhor das hipóteses. Poderia ser pior se fosse terra recém-cavada ao meu redor.

Sempre fui naturalmente flexível, e, para minha estatura, até que sou bem forte. Naquela noite, me senti eternamente grata pelo bom condicionamento físico que eu havia adquirido indo à academia quase todo dia. Mesmo sem nem imaginar que teria de recorrer a ele para salvar minha vida. Usei a força do meu abdome e dos glúteos para me mexer e ficar de lado, com meu rosto virado para a direita. Ainda sem enxergar nada, consegui sentir a gravidade da nova posição quando o sangue escorreu da parte de trás da minha cabeça para a da frente, numa explosão de dor. Como não conseguia mexer as mãos, não tinha como avaliar o machucado na cabeça, mas conseguia senti-lo.

Desde que houvesse alguns centímetros sem obstáculos em determinada direção, eu tinha uma chance razoável de me libertar rolando. Mas eu não tinha como saber se estaria me projetando para a morte. Podia estar a mais de dez metros de altura numa construção inacabada e cair lá embaixo. Estiquei o pescoço o máximo que pude para fora da lona e esperei que meus olhos se adaptassem à escuridão total. Nada de diferente, nenhum foco. Era aterrorizante não conseguir usar seus sentidos. Cheiros e sons não tinham utilidade nenhuma ali. Contudo, quando parei para pensar nisso, reparei na total ausência de sons externos. De modo que, se eu estivesse presa numa obra lá no alto, provavelmente ouviria o vento ou talvez até o barulho do mar, dependendo do lugar onde Paul tivesse me descartado.

O instinto de sobrevivência é muito mais forte que a mente. Qualquer medo que eu tivesse de rolar da beirada de algum precipício foi superado pelo impulso do meu corpo de se mover para os lados. Cada movimento que eu fazia irradiava dor por todas as partes possíveis e imagináveis do meu corpo, mas a esperança de me manter viva ficava mais forte a cada camada de plástico deixada para trás, feito pele de cobra. Quando só restava uma camada separando meu débil corpo do restante do mundo, consegui sacudir os braços e me livrar da parte final.

Comecei a chorar de alívio, com pena de mim mesma por ver onde eu tinha ido parar. Pelo que tinham feito comigo. Então o alívio deu lugar à fúria, e me apeguei a esse sentimento para seguir em frente.

Quando consegui me livrar do que me aprisionava, lentamente me sentei. Uma dor lancinante pareceu abrir um clarão, mas logo me deixou de novo na completa escuridão. Independentemente de quanto tempo eu havia permanecido no escuro, meus olhos eram incapazes de se adaptar para que eu conseguisse avaliar o espaço ao meu redor. Estava em chão firme, o concreto gelado era duro e implacável sob meu corpo dolorido. Levei as mãos à cabeça, e onde normalmente estaria o início do meu cabelo senti um caroço do tamanho de uma laranja, o que me arrancou um grito. Só agora eu me lembrava do objeto na mão de Rebecca, um martelo. Agradeci por ter sido atingida naquele ponto, e não em uma parte mais perigosa, como a parte de trás da cabeça.

A euforia da liberdade foi passageira, substituída rapidamente pelo pânico e pela dor. Eu sabia que na melhor das hipóteses tinha sofrido uma concussão. Toquei meu couro cabeludo e senti que estava seco, sem nada grudento que indicasse sangramento, o que naquele momento pareceu um bom sinal. No entanto, como boa fã de futebol americano, eu sabia que muitas vezes os piores traumas causavam sangramento interno. Rolei para o lado e dobrei as pernas em posição fetal para afastar a insistente imagem de hemorragia numa tomografia computadorizada.

Quando comecei a me apalpar para sentir como estava o restante do meu corpo, fiquei surpresa ao perceber que minha bolsa ainda estava atravessada no meu ombro. Peguei o celular no bolsinho da frente e vi que ainda tinha bateria. Tive de apertar as pálpebras para amenizar o impacto da claridade da tela em meus olhos. Não havia sinal. Eu estava vendo tudo duplicado e comecei a ficar enjoada ao projetar a luz da lanterna ao redor e constatar que estava num porão, cercada de toras de madeira e materiais de paisagismo. Puxei um pedaço de aniagem da pilha e me cobri para me aquecer enquanto me arrastava até a escada, que ficava a uma pequena distância dali.

Então comecei a lenta e agoniante subida. Indo em direção a novos recomeços.

41

Paul

— Eles estão mentindo, Madoo.

Encaro minha mulher, enroscada nas cobertas ao meu lado. O relógio na mesa de cabeceira marca 4:42. Não consegui pregar os olhos desde que nos deitamos.

Sei que Rebecca está acordada. Conheço o jeito dela de franzir a testa quando tenta dormir e não consegue. Então, alguns segundos depois, ela abre os olhos e me encara.

— Quem está mentindo, Paul?

— Aqueles policiais de merda.

Ela se senta na cama e se recosta na cabeceira, ajeitando os travesseiros na altura dos ombros. Parece estar fisicamente alerta, mas seu olhar está apático.

— O que você está querendo dizer?

— Amor, estou acordado a noite inteira tentando entender. Estou a ponto de enlouquecer. Pensei em todas as possibilidades e sempre acabo na única resposta possível. Eles estão mentindo sobre a identidade.

Ela semicerra os olhos, avaliando o que acabei de dizer. Então respira fundo, fecha os olhos e volta a abri-los, me encarando.

— Me conte o que você acha então.

— O corpo da Sheila passou semanas embaixo da terra, apodrecendo.

— Você está falando do corpo da Sasha...

Percebo um toque de pânico por trás da exasperação na voz dela.

— Não, amor. Da Sheila.

— Mas você mesmo disse que a polícia não comete esse tipo de erro...

— Eu sei. Mas isso não é um erro. Só escute, está bom?

Ela suspira.

— Ok, continue.

— A não ser que nós dois estejamos ficando loucos, era a Sheila que estava aqui no quarto aquela noite, certo?

Ela desvia o olhar e volta a me encarar. Em seguida, solta um riso nervoso.

— Eu seria capaz de jurar que era ela.

— Pois é. Aquela noite, quando saí daqui, eu mesmo escondi o corpo.

Rebecca se sobressaltou.

— Espere aí. Você *escondeu* o corpo?

— A terra estava congelada quando tentei enterrá-la. Tive que esconder o corpo até poder enterrá-lo.

Minha mulher agora estava em pânico.

— Paul, você deixou a porra do cadáver de fora...

— Madoo, eu não tinha outra...

— Não vem com "Madoo" pra cima de mim, não! Você largou o corpo de uma mulher que a gente... Ai, meu Deus!

Ela se inclina como se fosse vomitar. Eu a seguro pelos cotovelos e a puxo de volta.

— Rebecca, olhe para mim! — Ela me lança um olhar desafiador, que fuzila o meu. — Amor, respire. — Ela inspira profundamente. Então mais uma vez. — Está melhor? — Rebecca aperta os olhos, fazendo que sim. — Então, escute. Fui muito cuidadoso. Deixei o corpo num lugar onde ninguém poderia encontrar e voltei lá assim que pude para enterrá-lo.

Percebo então que estou falando com minha mulher como se ela fosse uma criancinha. Ela aperta os olhos de novo, mas agora sua voz sai muito mais calma:

— Paul, eu estaria muito melhor com esta situação se ela ainda estivesse enterrada.

Agora sou eu que me sinto uma criança idiota, mas dou a volta por cima.

— Eu sei. Mas é exatamente isso que nos favorece.

Ela me encara, me desafiando a explicar o que acabei de dizer. E é isso o que desesperadamente espero fazer.

— O corpo já estava num estado de decomposição tão acelerado que eles não tinham como saber de quem era. E aí, como não conseguiram identificar, perceberam que estavam num beco sem saída. E duas mulheres estavam desaparecidas, a notícia estava em todos os jornais, então tiveram que fazer parecer que o caso tinha sido resolvido. Eles devem ter concluído que o Mark tinha uma forte motivação e um álibi muito fraco, e foram nessa direção.

— Mas você não disse que ela tinha levado um tiro?

— Eles estão inventando detalhes para tornar a história mais dramática.

Rebecca desvia o olhar, e eu sei que ela está ligando os pontos. Mas seu corpo parece relaxar.

— Tá.

— Pense bem. Quando a polícia veio falar com a gente, nós dois pintamos o casamento do Mark e da Sasha como um relacionamento meio conturbado, envolvendo questões financeiras e tudo mais. Eles ficaram rodeando, fazendo perguntas. Mas, quando me chamaram para o interrogatório, pintaram a Sheila como uma mulher solitária, que passava despercebida. Uma pessoa que não tinha vínculos, com um passado suspeito, alguém que poderia perfeitamente deixar a cidade e sumir do mapa.

Minha mulher agora está virada para mim, ouvindo com atenção.
— Tá, beleza.
— Então, vamos lá... nós dois sabemos perfeitamente que eu enterrei *uma* mulher, mas a polícia foi lá e desenterrou *outra*. Porque *Sasha* seria outra história, uma história muito mais provável e... interessante. Tem dinheiro na jogada, tem um motivo, tem um vilão. Olhe só, amor. Com todas essas histórias sobre abuso de remédios tarja preta, overdoses e crimes envolvendo viciados circulando na imprensa, seria perfeito jogar a culpa num figurão da indústria farmacêutica. Pense na quantidade de jornais que *essa* versão vai vender.

Rebecca olha para mim, e eu volto àquela manhã na cama, pouco antes de aqueles detetives idiotas aparecerem. O último momento que sentimos alguma segurança. Seu olhar me diz que ela voltou a acreditar que vamos conseguir sair dessa. Ela me agarra pela nuca, me dá um beijo daqueles, depois se vira para o outro lado. Seus ombros relaxam, e eu fico com a impressão de que ela voltará a dormir sem problemas.

Deitado ali na cama, sou dominado por profunda sensação de alívio. Só lamento não poder compartilhar essa parte da minha vida com Dana. Eu me abri totalmente com ela, expus toda a minha essência, fiquei nu e vulnerável diante dela e sinto que é uma pena que eu tenha de esconder esse lado da minha vida. Mas, é claro, é assim que tem de ser, para o bem de nós dois.

Eu me deito de barriga para cima e fecho os olhos. A imagem da casa de Cold Spring Harbor aparece à minha frente. Eu a vejo tomar forma e ser concluída, exatamente como a imagino. Os detalhes vão surgindo. Vejo dois pares de chinelos no piso de cerejeira junto à lareira. Sinto a brisa fresca do outono entrando pela janela, balançando as cortinas. Sinto o cheiro dos gerânios pegando carona com o vento. Tudo está perfeito. E ela logo será nossa.

42

Rebecca

O fato de Mark ter parado de sair de casa complicou muito minha entrada lá. Depois de passar de carro pela casa dele todos os dias durante uma semana inteira sem ter qualquer sinal de que o carro dele sairia dali, comecei a sentir uma onda de desespero. Acabei optando então por uma abordagem diferente: vou fazer uma visita e prestar minhas condolências.

Ele parece um morto-vivo ao abrir a porta.

— Rebecca?

Ele diz meu nome com certa surpresa, num tom meio de pergunta, meio de súplica. Dá para notar que ele não podia estar em pior estado, em todos os níveis. O bafo azedo de álcool me atinge com força. Ele está com a barba por fazer e seus olhos refletem a dor da tragédia.

— Mark? Como você está? — pergunto, tentando não exagerar no ar forçado de preocupação.

Eu me sinto pouco à vontade e fraca de pé ali na porta com a cesta de pêsames pesando nos meus braços. Já estou arrependida por ter optado pela cesta de vinho e uísque, que está muito mais pesada do que seria uma de frutas com flores.

— Entre...

Ele nem conclui a frase e se volta para dentro, deixando a porta entreaberta. O cinto felpudo do roupão velho dele vai melancolicamente arrastando no chão enquanto Mark desaparece na escuridão da casa. Como ele, o roupão já teve dias melhores. Isso talvez seja mais fácil do que eu esperava.

Eu sempre me perguntei o que aquela casa magnífica escondia por dentro. Meus convites para as festas anuais de Sasha na piscina aparentemente tinham se perdido no correio ao longo dos anos, e, nem quando começamos a conversar na academia, ela tocava no assunto.

O imenso hall de entrada parece tão de acordo com a riqueza despudorada de Mark e Sasha que tenho de engolir em seco e resistir à tentação de tirar uma foto. Piso de mármore, pé-direito de seis metros e escada dupla de corrimão dourado, parecendo mais um foyer de teatro. Coloco minha cesta perto de um triste amontoado de arranjos de flores murchas e bolsas com quentinhas de restaurante, que certamente continham refeições estragadas.

Eu me aventuro pela casa seguindo o caminho feito por Mark, me guiando pelos sons de um debate na TV. Ele mal levanta o olhar quando entro na sala de estar, que é mais ou menos do tamanho da nossa casa inteira. Está sentado numa das extremidades de um sofá branco em formato de ferradura, que facilmente acomodaria vinte pessoas. Mark balança o copo cheio de gelo que tem na mão de um jeito que eu não sei se está oferecendo ou pedindo uma bebida a mim. Pego o copo e sirvo uma generosa dose do Lagavulin single malt que está no carrinho de bebidas bem ao lado dele. Mas não me sirvo, pois sei que neste exato momento preciso estar focada e sóbria, por mais que as coisas estejam difíceis. Já estou em abstinência faz três horas e estou piorando rápido. Sentar ao lado de Mark nesse sofá, com segundas intenções, pode ser considerada oficialmente a coisa mais baixa que eu já fiz. O fim do meu estoque havia tomado a decisão por mim.

— Rebecca, como você tem andado?

Aquela delicadeza sem propósito fica pairando no ar entre nós. É óbvio que não vou dizer que estou avançando rapidamente de um estado de dependência para o homicida. Não consigo admitir que estou tão dependente quimicamente que literalmente perdi a noção do tempo, do espaço e do meu estoque. Que, ao me deitar ontem à noite, eu tinha meio vidro de opioides — um achado milagroso durante a busca desesperada num dos meus esconderijos que eu jurava estar vazio — e que hoje de manhã ele estava completamente vazio. Nem sei dizer ao certo como eu "tenho andado" ultimamente.

Então, em vez de responder, coloco minha mão em cima da dele que está livre e dou uns tapinhas nela. Ele não se mexe nem demonstra nenhum sinal de ter registrado o contato. A sensação da mão dele debaixo da minha desencadeia em mim uma surpreendente onda de ternura por ele. Mas o sentimento é passageiro, e meu desprezo por Mark volta imediatamente.

— Mark, sinto muito por Sasha, muito mesmo. Queria ter vindo antes, mas... nem sei por que não vim. Acho que eu não sabia o que dizer. Não dá para acreditar que ela morreu. — Essa última frase é a única coisa que é verdade.

Ele não diz nada, e os comentaristas da Fox News preenchem o silêncio com notícias inacreditáveis, tão distantes da minha realidade que nem chego a registrar as palavras. Mark dá um grande gole no copo de cristal e pigarreia.

— Ela já morreu faz um tempão, sabe? Mas eles não querem me deixar enterrá-la. Falaram que só depois que conseguirem tudo que precisam para a investigação. Eu não sabia que uma necropsia levava tanto tempo assim. Eles nunca mostram essa parte na TV. — Parece que ele anda tomando algo além do uísque. — Eu não sabia o quanto precisava dela, Rebecca. Não sabia de verdade o quanto ela fazia por mim até agora. Sei que eu não era o marido perfeito, mas eu a amava. Eu precisava dela.

— Eu sei que você a amava muito. Ela era uma mulher especial — digo, seguindo com minhas mentiras.

Ele bufa e se recosta no sofá, me olhando da cabeça aos pés, se demorando nos meus seios.

— Ah, por favor, Rebecca. Não vem com essa conversa fiada pra cima de mim. Sasha era uma vadia do caralho que achava você uma falsa, se é que de fato pensava em você.

As palavras afiadas dele são pronunciadas num tom suave, para amortecer o impacto, e dá para ver que Mark não espera nenhuma resposta. Agora ele está olhando pela janela. Eu vejo uma piscina enorme, um braseiro e algo que parece um forno crematório, mas então me dou conta de que é uma grelha. Ele parece absorto naquela bela paisagem, mas desconfio de que esteja imerso nos próprios pensamentos, muito distante de onde estamos.

Passo os olhos pelo ambiente em busca de algum sinal da informação e/ou das substâncias que procuro. Nenhum frasco de comprimidos nem qualquer registro fotográfico do corpo exumado de Sasha. Este último item seria mesmo ilógico, mas eu esperava que o primeiro fosse provável e estivesse ali, exatamente como as garrafas de bebida estavam ao alcance.

Minha inspeção termina quando vejo uma arma sobre uma pilha de correspondências fechadas, como se fosse um peso de papel mortífero. O fato de Mark ter uma arma não me choca nem me surpreende, mas deixá-la assim, jogada, me deixa preocupada com o estado mental dele.

Meu olhar vai da Glock para Mark, depois de volta ao metal escuro, e sou tomada por uma sincera preocupação. Vejo-o sentado no escuro, infeliz, imundo, o som constante do que há de pior no mundo ao fundo, vindo da televisão, um carrinho de bebidas, uma arma carregada e uma esposa morta. Não resta dúvida de que é mesmo um homem que perdeu a esposa.

— Mark, você está bem? Tem alguém para cuidar das coisas por aqui? Está precisando de alguma coisa?

Ele levanta as sobrancelhas e olha para meus seios de novo, em seguida, seu olhar percorre o meu corpo. Sua expressão é de aprovação.

— Ficar desempregada fez bem a você, Rebecca.

Antes que eu tenha a oportunidade de entender até onde estou disposta a me rebaixar para conseguir o que quero, os olhos dele se voltam na direção de Hannity e de uma comentarista loura oxigenada com um vestido vermelho e decotado combinando com seus lábios cheios de preenchimento. Ele fala sem voltar a olhar para mim:

— Sabe, Rebecca, quando a notícia sobre a Sasha veio à tona, nenhuma daquelas puxa-sacos que ela mantinha na barra da saia deu as caras. Nem os maridos chatos que eu aturava aqui, dividindo com eles meu melhor uísque e minhas oitenta e duas polegadas.

Demoro um segundo para me dar conta de que ele está se referindo à TV de tela plana.

— A família dela mal está falando comigo. E no trabalho ninguém dá um pio. Estou cheio de arranjos de flores e lasanhas aqui, já contato humano... Então, respondendo à sua pergunta, tirando a nossa empregada e os dois detetives idiotas que estão investigando o assassinato da Sasha, você foi a única que veio "ver como eu estava". Que engraçado, né?

A frieza no tom de voz monótono dele é perturbadora. Mark nunca foi do tipo simpático e caloroso, mas não estou vendo nenhum sinal do bom humor e da provocação que impediam que seu sarcasmo se tornasse maldoso.

— Mark... Eu sinto muito. Devia ter vindo antes. Ou pelo menos ligado para você.

— Você era uma das últimas pessoas que eu esperava ver. E não a culpo por isso. Eu demiti você, ou fiz você pedir demissão, acho. Achava que você me odiava. Para ser sincero, Rebecca, eu não estou nem aí se nunca mais voltar a ver você. Você sempre me deu mais problemas do que lucro. Mas o engraçado é que a coisa de que eu mais preciso agora é algo que você pode me dar. A polícia acha que Sasha foi assassinada na quinta-feira, dia quinze de março. Eles não divulgaram isso, mas estão bem certos quanto à data. Nessa noite eu estava sozinho. Se fossem algumas noites antes ou depois, eu teria alguns álibis que certamente não me renderiam o prêmio de marido do ano, mas me garantiriam uma ou duas companhias do sexo feminino, o que provava que eu não estava sozinho em casa, sem saber que alguém tinha sequestrado minha mulher entre o trajeto da academia e o happy hour para matá-la a tiros. E sabe que eu fui olhar minhas mensagens de textos daquela noite para confirmar, e adivinhe só... Você me mandou mensagem querendo você-sabe-o-quê. Aposto que estava sozinha e passou por aqui aquela noite. Não respondi à sua mensagem porque estava numa festinha solo, sem a menor vontade de companhia, muito menos me sentindo generoso.

Tento assimilar as possibilidades antes de ouvir o que sei que ele vai perguntar. A vontade louca que estou de uma coisinha não ajuda em nada nem contribui para a confiança que eu precisaria ter no meu poder de barganha. Começo a suar frio e sinto aquela bile que precede o vômito no fundo da garganta. Percebo que Mark está olhando para minhas mãos trêmulas. Eu as fecho para recobrar a firmeza.

— Mark, posso usar o banheiro? Não estou me sentindo muito bem.

— Cuidado, Rebecca. Seu vício está bem evidente. — Um sorriso presunçoso de lábios cerrados surge no rosto dele.

Mark faz um gesto na direção da porta em frente à que atravessei para entrar, então volta para a bebida sem nem piscar ao focar no noticiário.

Saio depressa na direção do banheiro e já chego vertendo o conteúdo do estômago no bidê, que fica poucos centímetros mais perto da porta que o vaso sanitário bem em frente. Quando me recomponho e lavo a boca com um gole do Listerine que encontro embaixo da pia, abro bem a torneira para mascarar qualquer som da investigação que faço no armário de remédios, algo que planejava fazer desde que me deparei com meu estoque zerado hoje de manhã.

Mas o que tem de mais forte ali é o Advil, então fecho o armário, frustrada e enjoada de novo. Respiro fundo e ajeito a blusa, adiando o que sei que terei de fazer.

Mark está parado no corredor, bem à minha frente, quando destranco e abro a porta do banheiro. Na mão dele está um frasco alaranjado bem conhecido. Ele o sacode como se fosse um chocalho. Minhas glândulas salivares inundam minha boca, meu coração dispara.

— Estava procurando isso? — pergunta ele com um ar arrogante, com sua calça de pijama encardida e a camiseta e o roupão amarfanhados.

Antes que eu consiga processar a ideia de pegar o frasco, meu braço já está esticado.

— Calminha aí, benzinho.

Ele segura minha mão, sem nenhuma gentileza.

— Tá bom, Mark.

— Tá bom, Mark, o quê?

— Tá bom, eu vou ser seu álibi. Digo aos detetives que ficamos trabalhando até tarde, que vim trabalhar numa apresentação de marketing e acabei bebendo muito e tive que dormir no sofá. Paul ficou no trabalho até tarde nessa noite, tenho certeza. Vou pensar em alguma coisa, se tiver que dar uma explicação para ele. — Enquanto falo isso, não me lembro exatamente se ele ficou trabalhando até tarde mesmo, mas rezo para que sim. — Mostro para eles a mensagem de texto que mandei para você perguntando se estava em casa.

Não preciso nem consultar minhas mensagens para saber que pedi ajuda a ele nessa noite.

Então, sem quebrar o contato visual comigo, ele abre o frasco e coloca cinco comprimidos de hidrocodona em minha mão. São dos bons, setecentos e cinquenta miligramas. Antes que eu possa protestar que os remédios em minha mão nem chegam perto de ser uma compensação por me passar por um álibi falso, ele leva o dedo indicador da mão que está livre até meus lábios.

— Isso vai fazer você ficar mais calma e vai ajudar a convencer Columbo e Kojak de que estava comigo na noite em que Sasha foi morta. Depois disso, dou um jeito de tratar o que aflige você... por um bom tempo.

Ele sabe que deu o xeque-mate. Não luto contra a derrota. Estou com a mente focada em uma única e deliciosa coisa. Balanço a cabeça em sinal de assentimento enquanto pego um dos comprimidos em minha mão suada e o engulo a seco. Ponho os outros num lencinho e os embrulho com cuidado antes de guardá-los no bolso da calça.

Passo por Mark sem dizer nada e sigo para o hall imponente e saio. Só quando estou a poucos passos do meu carro é que me dou conta de que Mark não disse uma única vez que não foi ele quem matou Sasha.

43

Sheila

Às vezes as pessoas que acabam sendo mais importantes em nossa vida aparecem das formas mais simples. Paul entrou na minha vida quando eu estava entreouvindo uma conversa na fila do chuveiro, suada e seminua.

O vestiário da Lotus Pedal depois da aula estava tomado por mulheres de rosto avermelhado em diferentes estágios de nudez. Duas pessoas me separavam de Rebecca. Na época, é claro, eu não a conhecia como Rebecca; apenas como a fulaninha de cara esticada e corpo duro que estava sempre pedalando ao meu lado no escuro e nunca retribuía meu sorriso ou cumprimento. Mais uma vadiazinha rica.

Ela estava conversando baixinho com uma mulher de cabelos alaranjados e cacheados, que eu já tinha visto algumas vezes na academia. Não achei que as duas fossem amigas, principalmente porque Rebecca não parecia ser do tipo que era amiga de mulheres. As duas conversavam como pessoas que se sentem na obrigação de fazer contato. Um excesso de amabilidade para disfarçar a total falta de interesse na interação.

— Rebecca! Eu nem lembrava que você frequentava essa academia! Sei que é longe da minha casa, mas tive que me matricular quando fiquei sabendo que Chad B. dava aulas aqui! — E, com um ar conspiratório: — E, como meu dermatologista também está aqui, vale *muito* a pena dirigir essa distância toda atrás da seringa mágica dele!...

A ruiva tinha uma vozinha bem estridente por baixo daquela toalha pequena demais, e aqueles silicones eram desproporcionais para sua baixa estatura.

Rebecca parecia acuada. Tratou de lhe dar logo um beijo na bochecha.

— Erin, que bom ver você aqui! E a casa nova? E o Wes?

— Sabe, quando ele disse que queria investir no mercado imobiliário daqui e sair de vez da cidade, eu fiquei, tipo... meu Deus, prefiro a morte. Que merda eu vou ter para fazer o dia inteiro? Mas acabou que está sendo ótimo não precisar trabalhar e poder me cuidar, o que não era possível naquela loucura toda de Manhattan, sabe? E, claro, aqui também é ótimo para as crianças.

Rebecca fez que sim com a cabeça, sem dizer nada. Dava para ver direitinho o desprezo dela. Eu mesma já não estava mais suportando aquela mulher.

— E é claro que eu gosto do fato de Wes estar mandando bem no trabalho, mas a gente nunca se vê! — Ela se inclinou para a frente. — Mas, aqui entre nós, eu bem que gostaria que ele me ajudasse a gastar um pouco desse dinheiro que está ganhando!

Eu me segurei para não revirar os olhos. E Rebecca parecia estar fazendo o mesmo.

— Que bom saber que as coisas estão ótimas — disse ela, com toda a calma.

— E como o *Paul* está? — A ruiva agora falava num tom que indicava que algo ruim tinha acontecido com o tal Paul. — Como estão as coisas? Puxa, não deu certo *mesmo* o negócio dele, hein! Como alguém se recupera de uma dessas?

Rebecca fechou a cara.

— Paul está bem. Está ótimo. Está estudando os próximos passos, agora — respondeu ela, meio áspera.

Erin deu um sorriso sem graça e fez que sim com a cabeça num gesto mecânico, o que deixou claro para mim que na verdade ela não estava nem aí.

— Deve estar sendo difícil para o casamento de vocês, né?! Vocês ainda estão pensando em ter filhos?

Rebecca faz cara de poucos amigos.

— Nós estamos muito felizes. E decididos a não ter filhos. Desde o início.

— Ah, devo ter me confundido então. Que bom para vocês.

Que mulher sem noção!

— Não tem problema. — Os lábios apertados de Rebecca diziam exatamente o contrário.

— Tenho certeza de que Paul vai encontrar alguma coisa. Ele é um cara inteligente.

— Para mim já está bom que ele saia de casa de vez em quando para passear com Duff — disse Rebecca, agora num tom ligeiramente mais cordial.

— Ah, claro! O cachorro de vocês é enorme!

— Às vezes acho que Paul gosta mais dele que de mim — comentou Rebecca, soltando uma risada que não enganava ninguém.

— Então quem sabe ele não investe nisso de passear com os cachorros... Ou quem sabe não pensa em construir canis!

Erin estava se divertindo. Rebecca, não. Percebendo a irritação da outra, Erin enfiou a mão na bolsa para pegar o iPhone.

— Desculpe, é a babá.

— Claro. Fique à vontade.

— Vocês precisam vir jantar com a gente qualquer dia desses. Estou completamente viciada em *Feng Shui*! Quem sabe não faço na casa de vocês! É bom descarregar as energias, fazer uma limpeza para ajudar na carreira do Paul — sugeriu Erin, sem nem tirar os olhos do celular.

— Acho ótimo!

Rebecca se adiantou para o chuveiro quando uma mulher saiu. Pendurou a toalha antes de entrar no boxe. Sua ausência de pudor revelando seios pequenos e uma compleição bem magra. Quando se inclinou um pouco para checar a temperatura da água, tentei não ficar olhando muito para a delicada tatuagem no quadril dela: uma pomba. Rebecca não me parecera do tipo que tem tatuagem.

* * *

Aquela conversa ficou na minha cabeça o dia inteiro, até a noite. Não sei explicar por que me importava com um sujeito que nem sequer conhecia. Mas minha curiosidade tinha sido atiçada, e, nos dias seguintes, fiquei obcecada com o assunto. Depois de mais ou menos uma semana, o encontro e meu interesse por Paul deram lugar a outros pensamentos, e eu já tinha quase me esquecido completamente dele. Quer dizer, até o universo me mandar um sinal que não podia ser mais claro: o próprio Paul parado à minha frente.

* * *

Quando cheguei ao topo da escada escura no meu trigésimo quinto ano em direção ao desconhecido, já tinham se passado muitas horas desde meu aniversário. Consegui me orientar o suficiente para perceber que estava de pé numa enorme laje de concreto. Foram necessários alguns instantes andando ali em cima e olhando além das bordas para me dar conta de que eu tinha sido jogada num porão, nos alicerces de uma casa, ainda sem a casa propriamente dita. A propriedade era cercada por uma densa paisagem de árvores. À medida que meus olhos se adaptavam, percebi melhor toda a extensão da superfície. Dava para ter uma noção do tamanho da casa que um dia seria erguida ali. Eu me deito no concreto gelado e fico observando as nuvens que encobrem a lua cheia. Não sentia a menor pressa de fazer qualquer coisa que não fosse recapitular os acontecimentos da noite em minha mente. Não estava exatamente surpresa — minha vida já havia tomado rumos terríveis e inacreditáveis antes —, mas, naquele momento, eu ainda não tinha entendido direito qual era minha situação.

Apesar de restar pouca bateria no celular, consegui usar o GPS e descobri que estava a pouco mais de trinta quilômetros de casa. Hesitei entre o impulso de telefonar para a emergência pedindo socorro e o desejo de ligar para Paul. Eu ainda não conseguia aceitar a participação dele naquilo tudo. Não partira dele o golpe na minha cabeça. Paul estava dormindo, sem saber absolutamente nada do que acontecia em seu próprio quarto. Imaginei a cena: ele acordava e via meu corpo estirado no chão, chocado e arrasado com o que a vaca da mulher dele tinha feito comigo. Será que ele chorou? Esmurrou o chão?

Contemplando as constelações lá em cima, em silêncio, pedi às estrelas que me enviassem algum sinal. Pela lógica, só Paul poderia ter me deixado ali. Mas eu não conseguia sentir raiva dele. Mesmo meio zonza, com as lembranças voltando à minha mente, completamente presa, desorientada e catatônica, ainda era capaz de ouvir um motor ligado e os resmungos frustrados de Paul a cada som mais alto que se seguia, e pancadas surdas de algo muito pesado batendo no chão repetidas vezes.

Cheguei à conclusão de que ele não havia tido escolha senão se livrar do meu corpo, obrigado por ela. Talvez não tivesse conseguido me enterrar porque o solo estava congelado, mas podia ter amarrado alguns pesos no meu corpo e me jogado no mar. Só que ele ainda não estava pronto para se separar de mim, nem eu dele. Ele havia mudado de ideia e acabou decidindo me deixar num lugar seguro. Eu não tinha como perdoá-lo completamente por ter me jogado num porão escuro. Mas, até onde ele sabia, eu não tinha mais como ser salva. Todas as possibilidades imagináveis passavam pela minha cabeça, que explodia de dor.

Ganhei uma oportunidade que muita gente desejaria ter. Eu podia ser um fantasma no mundo dos vivos. Podia vagar por aí sem ser vista. Observando todo mundo. Eu podia ver como a pessoa que eu sabia que me amava do fundo do coração estava segurando as pontas. Será que ele ia desmoronar? Seu casamento ia desmoronar devido à culpa pela minha morte? Eu poderia avaliar o quanto, de fato, ele gostava de mim vendo seu sofrimento. Poderia espioná-la e descobrir a melhor maneira de acabar com a vida dela, como ela havia feito com a minha. E, enquanto isso, poderia me divertir vendo os dois sofrerem.

Então poderia voltar quando ele mais precisasse de mim.

Havia tanta coisa a ser feita. Porém, o mais urgente era que Paul voltaria para pegar meu corpo, e eu precisava garantir que houvesse outro em meu lugar.

44

Silvestri

A recepcionista nos lança um olhar incrédulo.

— Hmm, Rebecca Campbell não trabalha aqui já tem um tempo.

— Tem certeza? — Wolcott tenta não parecer surpreso. — Posso perguntar por que ela não faz mais parte da empresa?

Estamos no saguão da Launaria Pharmaceuticals, e já é nossa segunda tentativa de encontrar uma pessoa que acaba não dando em nada. Depois que fomos informados de que Mark Anders não voltaria mais ao escritório, achamos que talvez Rebecca pudesse ser de alguma ajuda. Mas parece que ela não anda sendo muito honesta com a gente.

Nosso charme com a recepcionista parece ter ido por água abaixo. Ela ou se mostra distraída ou levemente irritada.

— Melhor vocês perguntarem no RH — diz ela, apontando para o andar de cima.

Faço mais uma tentativa:

— O problema é que temos certa urgência. Seria de grande ajuda se você pudesse...

— Não tenho autorização para divulgar essa informação — rebate ela, me interrompendo.

Meu parceiro interfere:

— Por acaso você não teria aí a data...

Ela aponta para o andar de cima de novo.

— RH — repete ela, como se estivesse falando com duas crianças.

— Bom — digo então —, você foi de grande ajuda. Tenha um ótimo dia.

Ela acena para nós sem dizer nada e atende ao telefone.

* * *

— Em que posso ajudá-los, queridos?

Wolcott e eu estamos sentados em frente a Cecilia, nos Recursos Humanos. Ela parece mais chegada a seres humanos que sua colega lá de baixo. Meu parceiro está com as mãos entrelaçadas sobre o colo enquanto lhe dá um sorriso descontraído.

— Cecilia, precisamos de algumas informações sobre uma ex--funcionária de vocês, Rebecca Campbell.

Ela arregala os olhos e morde os lábios para não falar nada. Depois olha para a porta e de novo para nós.

— E o que gostariam de saber?

— Soubemos que a Sra. Campbell deixou a empresa recentemente, depois de muito tempo trabalhando aqui, certo? — pergunta ele.

— Sim, foi isso mesmo. — Cecilia se inclina em nossa direção. — Foi bem inesperado, com certeza. Não quero chamar de um *escândalo*, mas...

Logo se vê que ela é do tipo que gosta de dar com a língua nos dentes, e este é o momento de dar bastante corda.

— Interessante, Cecilia. — Apoio os cotovelos na mesa e relaxo o queixo em minhas mãos. — Diga lá.

— Bem... — começa ela. — Rebecca foi dispensada recentemente por uso inadequado das amostras de medicamentos controlados do nosso estoque. — A voz cai um decibel. — E também recebemos uma denúncia anônima de interações inapropriadas entre ela e o Sr. Anders.

Ela arqueia as sobrancelhas para mostrar o que pensa dessa última parte. Wolcott assente com ar conspiratório.

— Parece que o negócio por aqui é bem movimentado.

— Dá pra acreditar? — diz ela, suspirando. Ao se recompor, ela pigarreia e ajeita o decote da blusa. — Mas vocês não ouviram isso de mim, hein.

* * *

Estamos de volta à viatura, e meu parceiro leva o celular ao ouvido. Ele articula as palavras "caixa de mensagem" e assume um ar casual.

— Sra. Campbell, aqui é o detetive Wolcott. Provavelmente a senhora já soube dos trágicos acontecimentos dos últimos dias pelo noticiário. Estamos interrogando algumas pessoas da sua academia de novo para ver se deixamos passar alguma coisa na primeira vez e gostaríamos que a senhora fosse à delegacia quando tiver um tempo. Se puder ligar para o meu celular, agradeço. Obrigado. — Ele desliga e se vira para mim: — Para a McMansão?

Faço que sim com a cabeça, e lá vamos nós.

* * *

O condomínio fechado onde estamos me parece paradoxal. As casas são todas diferentes, mas têm o mesmo ar impessoal. E, embora seja visível que cada morador queira ser melhor que seus vizinhos, as residências não podiam ser mais sem graça, cada uma do seu jeito único e espalhafatoso. Ah, os absurdos da riqueza!

Estamos a caminho da propriedade dos Anders, para uma visita ao nosso delinquente favorito entre os chefões da indústria farmacêutica. Wolcott tamborila os dedos de uma das mãos no joelho enquanto olha pela janela. Então ele se vira para mim:

— Bom, foi uma surpresa interessante.

— Com toda certeza — concordo.

Viramos na esquina da casa dos Anders e estacionamos a uma distância segura da propriedade, mas de onde se vê com facilidade a porta da frente. Fico aliviado ao ver que não há carros da imprensa por ali. Os repórteres ainda não chegaram, o que parece promissor. Melhor pegar todo mundo desprevenido.

Wolcott checa o celular e faz um gesto com a cabeça na minha direção. Estamos nós dois prestes a abrir as portas quando meu parceiro de repente congela, os olhos fixos na direção da casa de Mark Anders.

— Ora, ora. O que temos aqui?

Eu me viro e vejo Rebecca Campbell saindo da casa. Ela está mal-arrumada, parecendo meio estranha. Seu rosto está pálido e abatido; os ombros, curvados. Anders aparece também, usando um roupão surrado. Ele parece tão desleixado quanto Rebecca. Ela se vira para ele, que se inclina no batente e lhe dá um beijo apressado. Ela meio que desvia do beijo, se vira e segue em direção à rua. Ele a chama, mas ela se limita a acenar, seguindo para o SUV. Há um leve traço de desespero na maneira como se lança para longe da casa a cada passo.

— Parece que estávamos espiando o casal de pombinhos errado esse tempo todo.

Estou realmente surpreso com as últimas reviravoltas. Mas, ultimamente, o caso tem mesmo se revelado surpreendente.

— Veja só. Quem diria?! — exclama Wolcott. — Por essa eu não esperava. — Ele recomeça a tamborilar os dedos na perna, então para de repente e se vira para mim. — Vamos ver o que conseguimos agora que estamos na cola de Rebecca Campbell. Estou louco para ver o que uma dondoca faz com todo esse tempo livre.

Espero Rebecca Campbell dar a partida para fazer o mesmo, mas ela fica sentada um bom tempo no SUV, parecendo olhar para baixo. Balança a cabeça algumas vezes, depois a joga para trás e encara o teto do carro.

— Coitadinha — diz meu parceiro. — Deve estar passando por muita coisa.

— Parece que sim.

— Falar ajuda, Rebecca. E nós estamos aqui para ajudar.

— Podemos ajudar você a tirar esse peso dos ombros — digo, os olhos grudados na figura no outro carro. — É isso que a gente faz.

— Por pouco você não virou padre, Silvestri.

— Por muito pouco.

Rebecca se inclina na direção do banco do carona, então se endireita e leva uma das mãos ao ouvido. Nesse momento, a tela do celular de Wolcott acende. Ele olha para o telefone, depois para mim.

— Falando no diabo...!

45

Rebecca

— Sra. Campbell. Que bom finalmente recebê-la aqui.

Wolcott puxa a cadeira de metal para mim e faz um gesto com a mão. Meus olhos se voltam para o tubo de metal preso no centro da mesa. A iluminação ali é horrível. Fiz uma maquiagem bem carregada, para disfarçar as noites maldormidas, mas não pensei nas lâmpadas fluorescentes.

— Peço desculpa pela falta de conforto. A gente até que vem tentando melhorar as coisas por aqui — diz Silvestri, na maior cara de pau.

— Por favor, me chame de Rebecca. Sra. Campbell faz com que eu me sinta muito velha — peço, forçando um risinho.

Silvestri está a alguns passos da mesa. Ele não parece ter a menor pressa para se sentar. Meus olhos estão fixos nas algemas que carrega no cinto.

— Não se preocupe. Não vamos presenteá-la com nenhuma pulseira hoje — solta Wolcott ao se sentar.

Eu rio de novo, desta vez um pouco alto demais.

Sinto o suor escorrer pelas minhas costas e fico feliz por ter escolhido uma blusa escura. Preciso me lembrar de que estou aqui por livre e espontânea vontade.

— Foi uma feliz coincidência que finalmente nos reuniu aqui hoje, não? Você nos ligou praticamente na mesma hora que estávamos tentando falar com você.

Silvestri parece tão à vontade que só falta um drinque em sua mão.

— Provavelmente foi coisa do destino — rebati, decidindo entrar na onda deles.

Wolcott abre um largo sorriso.

— Precisamos rever algumas questões com você, depois da nossa última conversa. — Ele faz uma pausa. — Como você provavelmente já sabe, Sasha Anders está morta.

— Sim. Que coisa horrível! — Eu aperto as mãos. — Já descobriram o que aconteceu?

— É exatamente isso que estamos tentando fazer. Sabemos que ela foi assassinada, mas, por enquanto, não posso dar mais nenhuma informação...

— Sei, entendo. É que não dá para acreditar que ela esteja morta. — Coloco as mãos na mesa. — Vocês têm certeza de que é ela?

Se a pergunta lhes parece estranha, eles não deixam transparecer.

— Temos certeza.

— Vocês desconfiam de alguém? — pergunto, vendo que eles ficam animados com a minha audácia.

— Estamos investigando algumas pessoas — responde Wolcott. — Ainda na fase de descartar suspeitos. Esse processo não é tão rápido quanto aparenta ser na televisão.

— É sempre o marido, não é? — digo, brincando, mas minha gracinha não surte efeito, e eu imediatamente me arrependo de ter falado isso.

— Sim. Infelizmente, muitas vezes é. O marido, o namorado... — Wolcott estuda minha expressão.

— Rebecca, por que você resolveu nos honrar com sua presença? — indaga Silvestri, que não gosta muito dessa enrolação.

Respiro fundo, bem dramática, então digo:

— Queria dizer a vocês que eu estava com Mark na noite em que a Sasha desapareceu.

Silvestri e Wolcott arqueiam as sobrancelhas.

— Você estava com o Sr. Anders?

— Estava.

— E como você ficou sabendo quando ela desapareceu? Pelo que me lembro, essa informação não saiu na imprensa — diz Wolcott.

— Mark me contou.

— Então você esteve em contato com ele recentemente? Conte mais. — A caneta de Wolcott está pousada no bloco de notas que havia acabado de tirar do bolso da camisa.

— Sim. Bom, nós trabalhamos juntos.

Wolcott olha para Silvestri. Minhas têmporas começam a latejar. Eu fico inquieta.

— Rebecca, você parece meio nervosa. Está tudo bem? Não há motivo para se preocupar...

Wolcott está bancando o bonzinho, mas Silvestri não parece comovido com meu desconforto. Agora seus olhos estão fixos nos meus. Faço o possível para me controlar e sustentar o contato visual.

— Está tudo bem. Acho que estou *mesmo* nervosa. Isso tudo é uma loucura, uma coisa horrível. Falei com Mark ontem porque ele não tem ido ao escritório, e ele me disse o dia que Sasha desapareceu. Então liguei assim que me dei conta de que nós estávamos juntos na noite em que ela desapareceu.

Silvestri finalmente se senta. Tamborila os dedos na mesa, e isso faz com que eu me pergunte se eles não estariam se comunicando por código.

— Rebecca, será que você poderia nos dar mais detalhes, já que estava com Mark nessa noite específica?

— Estávamos trabalhando. Fui à casa dele à noite porque tínhamos que repassar uma apresentação. Depois que saí da academia, falei com ele para saber se ainda estava no escritório, e ele me disse que já estava em casa e falou que eu podia passar lá.

— Vamos começar pelo horário então — sugere Wolcott.

— Foi depois da minha aula de spinning, às seis da tarde.

— Sasha estava na aula? — quer saber Silvestri.

— Estava.

Tenho certeza de que eles já sabiam a resposta. Wolcott toma nota. Silvestri faz sinal para que eu continue.

— Devia ser por volta das sete e meia quando mandei mensagem para Mark. Fui até a casa dele logo depois.

Pego meu celular para mostrar a mensagem.

— Mas não tem nenhuma mensagem do Mark dizendo para que você fosse para lá? Só você perguntando se ele estava em casa? — pergunta Silvestri.

— Eu já estava lá perto e tomei a liberdade de passar na casa dele assim que mandei a mensagem. — Eu já estava esperando que um deles perguntasse isso.

— Entendi. Por favor, continue — pede ele.

— Trabalhamos mais ou menos até meia-noite, mas tínhamos tomado uns drinques a mais e eu acabei dormindo algumas horas no sofá dele, até lá pelas cinco da manhã, quando peguei o carro e voltei para casa.

Wolcott lê a mensagem, escreve alguma coisa em seu bloco de notas e o passa para Silvestri, que não o lê. Ele coloca meu celular à sua frente, em vez de devolvê-lo a mim.

— E onde você achava que Sasha estava naquele momento?

Tento não me deixar abalar pelo fato do meu celular estar desbloqueado e ao alcance de Silvestri.

— Sasha sempre ia ao happy hour do Le Vin com as amigas depois da aula. Supus que ela estaria lá.

Wolcott faz outra anotação.

— E nessa noite você a ouviu dizer que pretendia ir ao happy hour? Ou Mark ouviu?

— Não. Não perguntei.

— E nenhum dos dois se preocupou com a possibilidade de ela chegar em casa e não gostar de ver uma colega de trabalho atraente do marido dormindo no sofá?

— Estávamos trabalhando na casa de hóspedes. Acho que ela nunca ia até lá. E presumi que havia chegado depois que caí no sono.

— E o Sr. Anders ficou com você o tempo todo?

— Ficou.

— Ele não saiu da casa de hóspedes? — Balanço a cabeça. — Nem quando você estava dormindo?

— Com certeza, não.

— Como pode ter certeza disso?

Dou um sorriso sem graça e hesito.

— Nós dois estávamos dormindo no sofá. Tenho o sono muito leve, então teria percebido se ele tivesse se levantado.

Wolcott e Silvestri se entreolham e se viram para mim de novo. Não dá para saber se estão me julgando.

— E por acaso você notou se o carro de Sasha estava na garagem?

A pergunta de Silvestri parece uma armadilha.

— Nem passou pela minha cabeça olhar.

— E onde o seu marido achava que você estava nessa noite?

— Ele também trabalhou até tarde. Eu nem contei que estava fora de casa porque ele também acabou dormindo fora, na casa do sócio. Eles tiveram um jantar com alguns clientes que acabou muito tarde, e ele preferiu não dirigir. De vez em quando ele faz isso.

— Vocês têm uma relação de muita confiança, não? — comenta Silvestri, seu tom não traz nenhum sarcasmo.

— Temos, sim.

Estou me sentindo meio claustrofóbica naquela sala sem janelas. O espaço entre a parede atrás de mim e minha cadeira parece ter diminuído. A mesa entre nós é grande demais para o ambiente, e tenho vontade de empurrá-la para me sentir menos confinada, mas as pernas dela estão presas ao piso.

— Será que a gente pode abrir a porta?

— É, ficou meio abafado aqui, não? — Wolcott passa por trás de mim e abre a porta. — Desculpe. É que queríamos ter privacidade. Se estivéssemos lá fora seria como querer ter uma conversa civilizada durante a hora do recreio.

Silvestri solta uma risada.

— Eu particularmente não me importo com espaços sem divisórias. É engraçado as pessoas reclamarem tanto hoje em dia do conceito aberto adotado pela maioria das empresas. O povo da tecnologia fez parecer legal, mas nós já fazíamos isso havia muito tempo.

Wolcott concorda com a cabeça.

— É uma boa maneira de conhecer as pessoas mais intimamente. Você não acha, Rebecca?

Percebo a armadilha na mesma hora, mas não sei bem o que eles estão pretendendo com isso.

— O escritório onde você trabalha não tem divisórias, não é? — Silvestri se inclina ligeiramente para a frente.

— É, sim. São cubículos abertos. A não ser os espaços dos chefes. Cada um tem sua sala.

— Então Mark Anders tem uma sala. Correto?

— Sim, correto.

Eles voltam a comandar o rumo da conversa.

— E, só para entender a hierarquia: ele é seu chefe?

Eu me viro para Wolcott. Ele é bonitão, todo em forma, e tem um jeito de moleque. Dou uma olhada sutil na mão esquerda dele e vejo uma aliança já desgastada. Parece o tipo de sujeito monogâmico, mas não sou exatamente a pessoa mais indicada para fazer esse tipo de avaliação.

— É. Mark é meu chefe, sim.

Fico irritada por ele perguntar algo cuja resposta já sabe. Tenho a sensação de estar andando em círculos.

— Sra. Campbell, desculpe a insistência, mas será que não está querendo dizer que Mark *era* seu chefe?

Silvestri não chega nem a levantar o olhar ao fazer a pergunta. Ele dá petelecos no fio do saquinho de chá pendurado em sua caneca, como um gato.

Não respondo. Deduzo que estão decidindo qual dos dois vai dar o chute e fazer o gol. Wolcott sai na frente.

— Veja bem, Rebecca. Só vai dar certo se você colaborar. — Wolcott está cheio de si. — Todo mundo tem seus segredos. E a gente costuma escondê-los do companheiro quando quer protegê-lo de alguma coisa. Mas esconder segredos de detetives que estão investigando um assassinato não protege ninguém, muito menos você.

Ele fala de um jeito que mais parece os psicólogos que tive quando criança do que um detetive. E eu não gosto nem um pouco disso.

— Não estou escondendo nenhum segredo.

A frase sai mais cortante do que eu esperava. Em geral, os homens não gostam de mulheres agressivas, muito menos homens armados.

— Vamos tentar outra vez — sugere Silvestri, com gentileza. — Seria correto dizer que você não tem sido totalmente honesta com o seu marido quanto à sua atual situação empregatícia?

— Sim. Não. Quer dizer, sim, seria correto.

— E agora, aqui? Você também não estava nos dizendo a verdade?

— Correto. Eu não estava.

Wolcott me observa atentamente enquanto o parceiro continua com o interrogatório.

— Sra. Campbell, realmente não é da nossa conta o que a senhora fala ou deixa de falar para o seu marido. Nós só precisamos entender direitinho o que está acontecendo. Recentemente estivemos no seu antigo local de trabalho, e, para ser sincero, fico espantado que não tenha saído de lá antes. Mas só para deixar as coisas claras: quando exatamente você saiu de lá?

— No dia primeiro de abril.

Eles não fazem nenhuma pausa nem se entreolham, mas deduzo que estão ligando os pontos.

— Interessante. Quer dizer que você pediu para ser desligada da empresa no mesmo dia em que fomos falar com você e o seu marido sobre Sasha e Sheila. Foi um dia e tanto...

Tento entender aonde ele está querendo chegar, mas a expressão de Silvestri é impassível.

— Uma coisa não teve nada a ver com a outra. Eu estava insatisfeita no trabalho e já pretendia sair muito antes de vocês nos procurarem.

Já não estou mais suportando ficar sentada aqui. Não sei se é o efeito das drogas passando ou a temperatura aqui que está aumentando... Só sei que a pressão está ficando insuportável.

— Quer dizer então que você vem mantendo contato com Mark?

Silvestri agora tomou a frente. Não posso dizer que tenho preferência por ele. Também é bonitão, porém mais fechado, ameaçador e ríspido com as palavras. O tipo de homem que me atrairia como parceiro, mas nem tanto num interrogatório.

— Não sempre, mas às vezes. Venho mantendo contato com ele desde que Sasha desapareceu — respondo.

— E qual exatamente é a natureza da sua relação com Mark Anders? — insiste Silvestri.

— Somos colegas de trabalho. — Mas logo me corrijo: — *Éramos* colegas de trabalho. E amigos. Tenho tentado dar apoio a ele nesse momento.

— Por que então você escondeu de Paul que tinha deixado a empresa?

— Eu não escondi... Só não quero que ele fique preocupado.

— Ele ficaria preocupado com o fato de você ter deixado um emprego com o qual não estava satisfeita? Bom, esse parece o tipo de coisa que uma mulher desejaria discutir ou até comemorar com o marido.

Silvestri parece querer dizer mais alguma coisa, porém se segura.

— A gente respeita as decisões um do outro. E nós não pedimos permissão um ao outro quando se trata de questões pessoais.

Está cada vez mais difícil evitar que minha voz saia em um tom defensivo.

— E você não fica preocupada com o fato de que Paul vai notar uma súbita queda na sua renda? — interfere Wolcott.

— Paul e eu não somos assim tão paranoicos com dinheiro. Nossas contas são separadas. Ninguém fica controlando quem está contribuindo com o quê. Além disso, estamos bem financeiramente. Só estou dando um tempo para decidir o que vou fazer agora.

No fundo, estou morrendo de medo.

Os dois detetives parecem satisfeitos com a resposta, ou entediados. Silvestri olha para o parceiro e se inclina para a frente. Percebo uma mudança de ares, antes de ele fazer a próxima pergunta.

— Você se considera muito próxima de Mark?

Fico extremamente constrangida com a maneira como ele observa minha linguagem corporal, mais que meu rosto.

— *Muito* próxima, não.

Wolcott beberica o café e esboça um sorriso.

— Mas próxima o suficiente para dormir no sofá dele. Eu entendo ser próxima dos seus colegas de trabalho, mas ouvi dizer que Silvestri ronca, e não pretendo saber se é verdade...

Silvestri dá uma risada, e meu sangue começa a ferver de raiva.

— Eu já disse que bebi demais e caí no sono. Mark também deve ter dormido.

Silvestri parece pensativo.

— Você e seu marido normalmente bebem tanto a ponto de não conseguir voltar para casa?

— Não. De jeito nenhum. Foi só um período muito estressante.

Ele parece satisfeito com minha resposta e muda mais uma vez de direção.

— Por que você acha que o Sr. Anders não nos contou que estava com você na noite em que Sasha desapareceu? Ele nos disse que estava sozinho em casa, trabalhando — diz Silvestri.

Suspiro para ganhar alguns segundos. Já estava esperando por essa pergunta.

— Para me proteger.

A ficha de Silvestri cai, mas ele continua calado. Wolcott, não.

— Ele devia querer muito proteger você, para se dispor a cometer perjúrio.

Tento ocultar o crescente desespero que vai tomando conta do meu corpo. Meu rosto está pegando fogo. Mais uma vez, lembro a mim mesma de que estou ali por livre e espontânea vontade, mas está cada vez mais difícil me ater ao porquê.

— Bom, ele era meu chefe, e não queria que as coisas parecessem algo que não era. A culpa foi minha. Eu estava atrasada nos meus projetos e precisava de ajuda. Eu pedi a ele que não contasse nada sobre nossas reuniões de trabalho à noite. Não queria que alguém no escritório achasse que eu tinha regalias.

Eles não estão acreditando em nada do que estou falando. Silvestri pensa um pouco antes de prosseguir.

— Então você pediu ao Mark que não falasse para nós que vocês dois estavam juntos naquela noite?

— Não. Isso foi antes de saber o que aconteceu com a Sasha. Na meia dúzia de vezes que Mark e eu ficamos trabalhando até tarde, pedi que não contasse para ninguém. Do jeito que as coisas andam hoje em dia... só se fala em assédio no trabalho... eu não queria criar problemas para Mark nem para mim. Mas é claro que tudo mudou quando Sasha foi encontrada morta e Mark teve que se explicar sobre aquela noite. Mas ele estava assumindo a responsabilidade por mim.

Estou praticamente me entregando de bandeja. Não tenho mais para onde correr. Respiro dramaticamente e olho para cima, tentando encontrar um jeito de virar o jogo. Os dois estão esperando.

— Como vocês podem imaginar, fiquei arrasada quando soube que meu marido estava tendo um caso com uma mulher aleatória da vizinhança...

Silvestri me corta.

— Aleatória? Você e Sheila não frequentavam a Lotus Pedal?

— Sim...

— Vocês duas faziam aula de spinning juntas, certo?

— Sim, mas nós não...

Ele continua atropelando minhas tentativas de consertar as coisas.

— Na verdade, Sasha Anders usava a bicicleta que ficava do seu outro lado. Certo? É muita coincidência para que ela seja considerada uma mulher aleatória...

Nem sei a qual pergunta responder depois desse bombardeio.

— Sheila malhava na mesma academia que eu, mas nós não nos conhecíamos. Na verdade, eu só liguei os pontos quando ela já estava sumida.

Os detetives não parecem nada impressionados com minha péssima escolha de palavras.

— Fiquei chocada quando soube o que tinha acontecido com a Sheila. Não tinha a menor ideia de que ela era a mulher que malhava do meu lado; nós nunca nos falamos nas aulas. Eu não sabia nada a respeito dela.

— Então explique para nós o que a relação do seu marido com a Sheila e a sua infelicidade quanto a isso têm a ver com o fato de você servir de álibi para Mark na noite em questão.

Fico grata por Silvestri me ajudar a voltar aos eixos. Bebo um gole de água e tento acalmar os ânimos.

— Quando fiquei sabendo da Sheila, passei a evitar ficar em casa. Passei a fazer muitas horas extras no trabalho. Estava trabalhando num lançamento multimilionário com o Mark. Ficamos dias trabalhando até tarde da noite preparando a apresentação e recrutando as equipes de vendas e marketing. Ele me ajudou num momento difícil.

— Só vocês dois? Ou havia mais alguém no escritório?

— Só nós dois.

— Paul sabia que você fazia tantas horas extras assim na companhia do seu chefe?

— Ele sabia que eu estava trabalhando muito. Mas não perguntava com quem nem o que eu estava fazendo. Na verdade, ele se sentia culpado por causa da Sheila, então não ficava perguntando muito o que eu andava fazendo. Nessa época, ele estava trabalhando tanto quanto eu, talvez até mais.

— Rebecca, você e Mark Anders têm relações sexuais?

O lado policial bonzinho de Silvestri parecia ter desaparecido.

— Não mais.

Agora estou tentando lembrar como foi que vim parar aqui, como essa conversa toda começou. Como é que mentir para a polícia dizendo que dormi com meu ex-chefe pode ajudar em alguma coisa? E por que estou preocupada com a possibilidade de Paul ficar sabendo disso? Bom, de qualquer maneira, acredito que ele cagaria para Mark, mas prefiro que essa mentira não chegue aos ouvidos dele.

— Rebecca?

Preciso focar na tempestade de merda que está se formando aqui e agora, e não ficar me preocupando com a que virá depois.

— Olhe só, as coisas acabaram indo longe demais. Paul não sabe de nada, e já acabou. Mark não quis contar para vocês que eu estava na casa dele porque sabia que Paul podia entender errado e não gostar.

Wolcott me interrompe com delicadeza:

— Rebecca, seu marido costuma ser explosivo?

— Bom, nada que seja preocupante. Ele fica com raiva na hora da discussão, mas depois esquece. E Paul jamais seria capaz de me agredir. Nem de agredir ninguém.

Aperto a pele entre o polegar e o indicador, tentando encontrar o ponto de acupressão para me acalmar.

— E qual é o correto, Sra. Campbell? — pergunta Silvestri com certa ênfase.

— Como é?

— Bem, você disse que seu marido podia entender errado. Como seria entender corretamente?

Quero berrar. Meu coração está tão acelerado que mal consigo falar. Começo a gaguejar:

— Nós fomos para a cama algumas vezes. Foi só sexo. Paul tinha lá a história dele, e eu tinha a minha.

Meu tom de voz elevado me surpreende, mas também libera parte da tensão acumulada, então consigo respirar. Os detetives nem se abalam.

— E onde Sasha Anders entrava nessa história toda?

Toda vez que eu me levanto, Silvestri me dá uma rasteira.

— Como assim?

Eles estão me jogando para lá e para cá, como se eu fosse um brinquedo.

Wolcott coça a cabeça.

— Acha que ela desconfiava de que sua relação com o marido dela tinha se tornado sexual?

— Duvido muito. Ela só pensava nela. E os dois estavam com problemas.

— Ela também estava dando umas escapulidas?

— Não tenho a menor ideia. Como já falei, nós duas não éramos amigas.

— Alguma vez você chegou a cogitar a possibilidade de que ela e Paul tenham se envolvido de novo? — pergunta Silvestri, como quem não quer nada.

Minha paciência com ele era praticamente nula agora.

— Não. Paul só conhecia Sasha. O que eles viveram ficou no passado.

Cruzo e descruzo os braços rapidamente. Wolcott toma nota de alguma coisa.

— Quer dizer então que Mark nunca comentou nada com você sobre Sasha ser infiel?

— Não, não éramos tão próximos assim. Não falávamos sobre o casamento dele. O que aconteceu entre nós não foi nada sério.

— Se você estava com o Sr. Anders na noite em que a esposa dele desapareceu e ele não quis citá-la como álibi na primeira vez que o interrogamos, parece bastante sério, sim. Não acha?

Não sei dizer ao certo se Silvestri está se divertindo com a situação, mas parece que sim. Perdi completamente o controle da conversa. Sinto que sou considerada suspeita.

Wolcott entra em cena novamente.

— Sra. Campbell, Mark Anders era seu chefe. A mim parece que toda essa dinâmica foi um belo episódio de abuso de poder, principalmente levando em conta que, no fim, você se sentiu coagida a deixar seu emprego. Por acaso você se sentiu pressionada por ele? Alguma vez conversou sobre essas coisas com alguém do RH da empresa?

— Não, não aconteceu nada do tipo.

Parece que acabei de correr uma maratona e estou prestes a desmaiar. Pego a garrafa de água em cima da mesa e começo a beber até que não reste mais nada.

Silvestri parece ler meus pensamentos.

— O que vocês acham de fazermos um intervalo? Talvez você queira ir ao banheiro...

* * *

Quando volto, os dois estão sentados quietinhos. A sala já não parece mais um forno. Estou ligeiramente mais calma. Joguei uma água gelada no rosto e coloquei um Ativan debaixo da língua. Volto ao meu lugar e estremeço ao me dar conta de que meu celular continua na frente de Silvestri.

— Sra. Campbell, só mais uma ou duas perguntas, e então você está liberada.

— Claro.

Percebo que, sem meu celular, acabei perdendo completamente a noção da hora. Não tenho a menor ideia do tempo que estou aqui. Parecem horas.

— Rebecca, tem uma coisa que não está batendo.

Puta merda.

— E o que é?

— Você disse que só se deu conta de que Sheila era a mulher que malhava ao seu lado nas aulas de spinning muito depois do acontecido.

Não estou entendo por que eles estão falando da Sheila de novo.
— Isso.
— E alguma vez você viu seu marido e Sheila juntos?
— Não, não vi — respondo, minha mandíbula se tensionando.
— Então como foi que você a reconheceu na foto naquela manhã em que fomos à sua casa?

Silvestri tem certeza de que agora me pegou, mas eu estava preparada.

E, assim, deixo rolarem livremente as lágrimas que vinha contendo até então.

— Pelo celular do Paul. Vi fotos dela. Na maioria delas, ela estava nua, mas também tinha algumas que mostravam o rosto dela. — Nem preciso forçar a expressão de nojo ao lembrar das fotos. — Foi assim que descobri o caso dos dois. Quando vi as fotos e juntei uma coisa com a outra, ela nunca mais apareceu nas aulas.

— Mas, naquele dia, Paul disse na cozinha que o relacionamento deles nunca foi muito longe...

— Ela mandava fotos para o meu marido, e ele também mandou algumas para ela, mas Paul me disse que não tinha passado disso. Eu acreditei. Não quis ficar pensando muito nisso.

Os dois parecem meio desconcertados com meus leves soluços, e finalmente vejo uma luz no fim do túnel. Wolcott se levanta e sai da sala, provavelmente para buscar lenços de papel.

— Desculpem. Estou péssima. Tem sido muito difícil reviver tudo isso. Acho que não vou conseguir continuar.

Silvestri assente.

— Claro. Não devíamos ter pressionado tanto.

— Detetive, o senhor é casado?

— Já fui. Atualmente, não sou mais.

A resposta sai com certa dificuldade.

— Então você provavelmente entende que tudo o que Paul e eu queremos é deixar essa história toda com a Sheila no passado. E espero nunca precisar contar a Paul sobre Mark. A gente tem lutado muito pelo nosso casamento, e finalmente sinto que estamos nos entendendo.

— É claro. — Ele amolece um pouco. — Entendo. Mas talvez a gente precise conversar com você de novo.

— Eu só queria fazer a coisa certa, detetive. Por isso liguei e vim até aqui.

— Pode ter certeza de que estamos muito gratos — diz Wolcott atrás de mim, colocando uma caixa de lenços de papel dos mais baratos em cima da mesa.

Pego um e lhe agradeço com o olhar. O papel parece arranhar meu rosto quando enxugo as lágrimas.

Estico a mão para pegar meu casaco, e meu celular vibra em cima da mesa. De onde estou, não dá para ler, pois ele está de cabeça para baixo. Silvestri o empurra na minha direção.

— Vamos liberá-la então.

Pego o celular e saio o mais rápido possível, mas sem parecer que estou desesperada para dar no pé. Fico branca ao ver o nome de Mark na tela e três mensagens em rápida sucessão.

> Por que está demorando tanto?
> Já acabou?
> Fizemos um acordo.

Prendo a respiração enquanto espero que um dos detetives ou os dois comecem a ler meus direitos e me algemem à mesa. Mas Wolcott se limita a sorrir, me acompanhando até a porta.

46

Sheila

Eu não imaginei o que ia acontecer até que fosse tarde demais. Pensando agora, lamento ter entrado na casa dele sem ter sido convidada e invadido o escritório, o único cômodo onde ainda não tínhamos transado.

Minha relação com Paul parecia estar esfriando, e eu queria animar as coisas. Para a surpresa, escolhi um momento em que sabia que a mulher dele não estaria em casa. Planejei me fantasiar de secretária sexy e entrei pela porta dos fundos, que notei que nunca estava trancada.

Ele estava no banho, no andar de cima, quando entrei, então fui até o escritório, vesti a fantasia e fiquei esperando atrás da mesa numa posição provocante. Mal podia esperar para ver a cara dele quando me visse de salto agulha, com as pernas em cima da mesa, usando apenas uma de suas gravatas. Eu a tinha afanado algumas semanas antes.

Ele estava demorando muito para desligar o chuveiro e descer, e acabei ficando curiosa. Queria saber tudo sobre Paul, mas ele não era muito detalhista. Achei que não teria problema bisbilhotar um pouquinho. Mal tinha aberto a primeira gaveta e já havia encontrado uma arma envolta num lenço quando ele me pegou no flagra. Ele não ficou feliz como eu esperava; na verdade, parecia estar com tanta raiva que achei que ia começar a gritar comigo. Mas, felizmente, meus trajes fizeram com que a raiva dele se transformasse em desejo. Ele me deitou na mesa e aproveitou tudo que podia, mas, assim que acabamos, eu soube que havia algo errado.

— Sheila, não podemos continuar fazendo isso — disse ele, a voz sem emoção.

Eu estava usando só a gravata dele.

— Paul, eu não devia ter entrado aqui sem avisar. Não vou mais fazer isso. Achei que você ia gostar.

— Não estou falando de hoje. Acho que essa coisa toda já *deu* o que tinha que dar.

— Pensei que a gente estivesse se aproximando. Sinto que o que a gente tem é especial, Paul.

Eu me esforçava para não deixar o pânico transparecer na voz. Ele estendeu os braços na minha direção, num gesto que parecia de afeto, mas foi para afrouxar o nó da gravata e tirá-la pela minha cabeça.

— Minha mulher me deu isso.

Eu murchei. Tinha ido longe demais.

— Desculpe.

— Vamos parar por aqui antes que as coisas se compliquem.

Eu estava chocada, nem protestei. Engoli as lágrimas, disfarcei como pude, mas, no fundo, eu estava morrendo.

Quando ele saiu do escritório para que eu me vestisse, peguei na mesa a chave com a etiqueta na qual se lia "porta da frente". Seria mais um item na minha coleção de objetos de Paul, sabendo que assim poderia entrar na casa dele quando bem entendesse.

Fiquei arrasada nos dias que se seguiram ao término. Sem ele, eu ficava completamente sem rumo, ainda estava perdidamente apaixonada. Eu ia perdendo o chão conforme os dias se passavam e não recebia nem telefonema nem nenhuma mensagem dele. Ficava caminhando com Molly por horas, na expectativa de encontrar Paul e Duff. Achava que, se ele me visse, mudaria de ideia. Todo dia, eu pedalava furiosamente ao lado de Rebecca, que parecia em permanente êxtase. Vê-la ali, sabendo que ia voltar para os braços de Paul, dilacerava meu coração dia após dia.

Comecei a segui-los. Via que ele fingia estar apaixonado por ela. Eles estavam em todo lugar. Conversando, rindo, de mãos dadas. Eu sabia que ele me via quando olhava para ela. Estava fazendo joguinhos comigo, mas eu queria brincar de outra coisa. Estava perdendo o que de alguma forma fazia com que eu me encaixasse na vida dele. Eu precisava saber que ele tinha sido sincero, que eu não tinha inventado aquilo tudo.

Eu ainda o amava de paixão. Quando ele me bloqueou, comecei a mandar mensagem de um número novo, para que ele lembrasse que eu ainda existia. Eu não ia desistir até que ele cedesse. Não ia permitir que se esquecesse de mim, que eu tinha sido dele, que ele me amara.

Molly me deixou também. Ela fugiu um dia na praia, quando estava sem coleira. Não tive forças para correr atrás dela. Nem esperava que voltasse. Eu já estava acostumada a ser abandonada.

Entrei no mar e fui caminhando até a água bater na minha cintura, tirei os anéis de noivado e de casamento e os joguei nas ondas. Quanto mais eu tentava ir além, mais as ondas me arrastavam para a areia. Nem o oceano me queria. Ele já tinha levado Daniel.

Entrei na casa deles depois de vê-los saírem juntos de carro certo dia. Rebecca estava com a cabeça apoiada no ombro de Paul quando ele passou por mim, sem fazer ideia de que eu estava ali.

Lá dentro, procurei algo que eu pudesse levar e que fosse importante para ele. Eu já tinha a chave, um par de abotoaduras e uma foto dele pequeno que tinha tirado de um mural na parede. Precisava de algo mais substancial. Algo que passasse um recado sobre como eu estava me sentindo.

Eu sabia o que queria. Encontrei a arma no lugar exato onde a tinha visto da primeira vez, na mesa dele. Não sabia exatamente o que queria fazer com a arma de Paul, mas aquela mensagem tinha me levado ao limite. Eu a guardei na bolsa e imediatamente me senti melhor.

47

Paul

Passo pela porta.

É emocionante ver esse lugar num estágio que já dá para começar a visualizar como sendo uma casa habitável. O encanamento já estava quase todo instalado, e acertei com um eletricista de vir até aqui assim que as tubulações estivessem todas no lugar. Vou ajudar Javier e a equipe com a parede de gesso e o piso, e o pessoal da pintura já está a postos.

Já tem um tempo que consigo imaginar o resultado em minha mente, mas agora meus outros sentidos também começam a entrar em ação. De pé, aqui entre essas paredes, já sinto o cheiro da cera no assoalho e o calor das toras queimando na lareira. Ouço a banheira enchendo lá em cima enquanto saboreio os tomates que vamos plantar no jardim. Ela vai amar.

Sinto um friozinho na barriga e acho a experiência revigorante. Nem lembro a última vez que fiquei ansioso com alguma propriedade, mas, nesse caso, não é apenas uma propriedade. Estou enterrando o passado e caminhando para um lindo futuro com a mulher para a qual estou voltando depois de todos esses anos.

Não que tudo esteja perfeitamente em paz. Wes não para de falar que precisamos nos preparar para o pico imobiliário do outono, e eu sei que nas próximas semanas ele vai ficar ainda mais insistente. Mas o fato de o encanador estar aqui me dá uma massa de manobra, e vou ter mais um tempinho com o eletricista, e depois com os pintores.

Minha explicação sobre a incompetência dos dois policiais parece ter acalmado Rebecca por ora. Ela não tem andado tão nervosa nem confusa nos últimos dias, e torço para que finalmente tenha conseguido arrumar um jeito de controlar o uso de medicações. Ela precisa segurar as pontas, pelo bem de nós dois.

Dana tem sido uma bênção. Realmente não sei como teria conseguido sobreviver a esses últimos meses sem ela. Parece que o universo põe as coisas no nosso caminho quando mais precisamos, e esse tem sido mesmo um período de grandes necessidades. E tudo indica que haverá ofertas pela casa dela, numa época que, em geral, não é boa para os negócios. Parece tentador pensar que, no fim, vai dar tudo certo.

Um breve espasmo na região da lombar me traz de volta à realidade. Levo a mão à região e, com o polegar, faço círculos entre dois músculos que parecem tensionados. Meu corpo vai agradecer quando essa obra terminar. Preciso descansar. Dana vive insistindo que eu procure um massoterapeuta, e já está ficando difícil argumentar com ela. Os emplastros ajudam, na medida do possível, mas essa carcaça velha já está realmente começando a dar sinais de cansaço.

Enquanto massageio os músculos das costas, penso em Rebecca. É a noite do incidente, e eu estou cuidando da ferida no ombro dela. Um novo machucado por cima do antigo. A dor de ambos, o mascaramento que se seguiu, o sofrimento ainda enterrado, os comprimidos que devastaram seu corpo para amenizar a dor.

Então volto a ser um garotinho, no banco detrás do carro. Meu pai está dirigindo, e minha mãe está virada para mim.

— Paul, querido, é só um fim de semana. A mamãe e o papai precisam resolver umas coisinhas. Você vai se divertir na casa do tio Nick.

— Mas eu não quero ir pra lá. Quero ficar com vocês — protesto, os olhos cheios de lágrimas. — Não me deixem lá!

— Ah, querido. — Minha mãe acha graça. — A gente nunca ia deixar você lá. Vamos voltar para buscar você, seu bobinho.

— Promete? — imploro.

Consigo ouvir a irritação na voz do meu pai quando ele se vira, olha para mim e diz:

— Paul, pare de bobeira. Tá bem, filho?

Vejo as luzes do freio do carro à nossa frente, mas não consigo falar. Estamos indo na direção dele. Não consigo dizer uma única palavra. Só observar.

Uma pontada de dor na lateral do meu corpo me traz de volta ao momento presente. Minha camisa está ensopada de suor, e lágrimas brotam em meus olhos. *Não aguento mais isso. Essa merda não pode continuar. Isso tem que acabar.* Enrolo o tecido da gola da camisa numa bola, enfio-a na boca e solto um grito. Respiro fundo e sinto a tranquilidade tomar conta de mim enquanto meus olhos passeiam pela casa. Espero um momento para me recuperar, então saio, caminhando em direção ao Cherokee. Está na hora do almoço, mas primeiro preciso colocar outro emplastro para dor, checar o celular e me certificar de que não preciso apagar nenhum incêndio.

48

Wolcott

— O que está pegando, companheiro?

Silvestri está com uma expressão que eu nunca vi antes. Uma mistura de determinação, inquietação e um prazer sádico. Além disso, está dirigindo um pouco rápido demais quando passamos pelas ruas residenciais.

— Não gosto de quem faz bullying com os outros — responde.

— Ninguém gosta. Tem alguma coisa incomodando você?

— Mark Anders não passa de um bully. E estou louco para colocá-lo contra a parede e acabar com a raça dele.

— Calminha aí, tigrão. Por enquanto temos que ir devagar, até saber como dar o bote.

— Você viu o estado que Rebecca Campbell estava? Pelo que estou entendendo, ele deu um jeito de deixá-la bem dopada, e está usando ou as drogas ou a pulada de cerca para convencê-la a fazer o que ele quer. Quer dizer, ser o álibi dele.

— Tudo bem, e qual parte dessa história você vai conseguir provar no momento?

— O cara é arrogante, agressivo e nem é tão inteligente assim. Vamos pegar ele.

— Claro que vamos — digo. — Só precisamos ter paciência. Melhor atravessar a ponte levadiça do que nadar pelo fosso. Entende o que eu quero dizer?

— Aristóteles — arrisca ele.

— Por aí. E vá mais devagar. Você está assustando os esquilos.

* * *

Estamos bem perto do espetáculo espalhafatoso que é a casa de Mark Anders. Meu parceiro diminui a velocidade e para bem na frente da garagem.

— Não conseguiu se controlar, hein!

Ele pisca para mim e dá um sorriso convencido.

— São os pequenos detalhes, Wolcott.

Descemos da viatura e vamos em direção a casa. Nem chegamos a bater à porta, e Mark Anders já a abriu. Ele se posta à entrada, parecendo bem alterado. Ele exala um fedor de álcool, e o roupão surrado que está usando poderia muito bem sair andando sozinho, cometendo alguns desatinos por aí.

— Muito bom dia — começa Silvestri. — Como vão as coisas, Sr. Anders?

— Bom, minha mulher está morta, e vocês dois estão aqui na porta da minha casa agora. Então, sabe como é... E vocês, como vão?

— Muito ocupados investigando justamente o caso da morte da sua esposa. — Meu parceiro encara Anders. — Gostaríamos de fazer mais algumas perguntas. Espero que a gente consiga fechar de uma vez por todas nossa linha do tempo. Podemos entrar para conversar?

Anders dá de ombros.

— Não vejo por que não — responde ele, fazendo um gesto preguiçoso para entrarmos.

A sala principal parece um abrigo antibomba. Uma cena lamentável. Anders percebe que reparamos.

— Dei uma semana de folga para a faxineira — diz, com ar distraído.

Há uma pilha de caixas de pizza que parece prestes a desabar a qualquer momento, e o chão está tomado por garrafas de cerveja vazias. As persianas estão fechadas, e, ao fundo, ouve-se o zumbido do ar-condicionado. A casa toda exala o encanto e o acolhimento de uma caverna úmida.

— Arma! — anuncia Silvestri.

Levo a mão instintivamente ao coldre. Sigo o olhar do meu parceiro até a mesa de centro. Com a parca iluminação, levo um instante para distinguir a arma sobre a pilha de revistas. Meus olhos vão direto para Mark Anders, que não parece nada abalado com aquilo.

Tiro um lenço no bolso do casaco e o uso para pegar a arma.

— Sr. Anders — digo finalmente —, por que você tem uma Glock 19?

— É... um babaca matou minha mulher — rebate ele.

— Olhe só... é o mesmo modelo — diz Silvestri, apontando para as nossas armas. — Você tem permissão para usar isso, Mark?

Anders encara meu parceiro com um olhar frio.

— Não preciso de permissão, gênio. Ela está dentro da minha casa.

Silvestri não disfarça o riso forçado. Então, aproxima-se de Anders enquanto pega as algemas na cintura.

— Mark Anders, você está detido por posse ilegal de arma — anuncia ele, prendendo nosso amigo, que está bem irritado e tenta se desvencilhar das algemas.

— Que merda é essa que vocês estão fazendo? Vou processar vocês por prisão indevida.

— Talvez seja bom dar uma recapitulada nos seus direitos, Mark — diz Silvestri, que claramente está se divertindo.

Conduzimos Anders para fora da casa, que grita e esperneia pelo caminho. Ele solta uma enxurrada de insultos e ameaças vazias enquanto o arrastamos na direção da viatura. Vários vizinhos que estão em seus jardins ou correndo na rua param para apreciar o espetáculo gratuito. Ele olha para todos de forma desafiadora enquanto o empurramos para o banco detrás e damos a partida.

* * *

Estou sentado à minha mesa quando Silvestri se aproxima. Ele se senta na beirada da mesa e faz um gesto com a cabeça na minha direção.

— Pois não?

— Wolcott, você usa Venmo?

— O aplicativo de pagamento? Não uso, não.

— Ele tem um recurso interessante que a maioria das pessoas não conhece. A não ser que você coloque no privado, qualquer pessoa pode ver o histórico das suas transações.

— Realmente fascinante, parceiro.

O olhar dele entrega que está empolgado com alguma coisa.

— Você se lembra daquele imbecil que foi preso nos Hamptons um tempo atrás? Morgan Kaufman. Ficou conhecido nos jornais como o "Fornecedor dos Fundos Fiduciários".

— Ah, sim. Eles colocaram a casa abaixo. Encontraram uma porrada de coisa escondida nas paredes.

— Exatamente — diz ele, então pega o celular no bolso, toca na tela e o entrega para mim. De repente, estou olhando para o histórico de transações de Mark Anders no Venmo. — Agora a pergunta que não quer calar é: por que um traficante de drogas conhecido estaria transferindo dinheiro para o diretor de um chefão da indústria farmacêutica?

— Não brinca! — digo. — Anders era fornecedor desse cara?!

— É o que parece. Aparentemente, Mark não estava satisfeito com o emprego. Precisava de uma empreitada sigilosa para sentir a adrenalina.

— Filho da puta — exclamo! — Silvestri, seu gênio! Vamos correr atrás de um mandado para revistar a casa dele.

— Já estou providenciando um — diz meu parceiro, parecendo satisfeito.

49

Sheila

Eu tinha pouco mais de trinta quilômetros para decidir quem mataria primeiro.

Para Paul e Rebecca, eu estava morta havia trinta e seis horas. Tinha recobrado os sentidos nas primeiras horas da manhã depois do meu aniversário, tempo suficiente para subir a escada e olhar para o céu antes de perder a consciência durante uma parte do dia, nos alicerces da casa em construção. Por sorte, eles tinham deixado meu casaco enquanto me enrolavam na lona, caso contrário, eu poderia ter sucumbindo às intempéries depois de ter lutado para sair dali. O terreno ficava num local muito isolado, seria bastante improvável que alguém me visse nesse período em que fiquei perdendo e recobrando a consciência devido à concussão. Ao cair da noite, já me sentia estável o suficiente para começar o trajeto de volta para casa.

Se eu quisesse realmente seguir com a versão de que estava desaparecida e morta, as alternativas que tinha para voltar para casa seriam bem limitadas. Eu sabia que, no momento em que usasse o celular para chamar um táxi, criaria uma linha do tempo que poderia ser rastreada. Precisava que Paul e Rebecca acreditassem que haviam conseguido se livrar de mim de uma vez por todas e que a polícia continuasse achando que eu estava desaparecida. Usei o restinho de bateria do celular para saber exatamente onde estava, depois o desliguei e o joguei no bosque mais próximo ao sair da propriedade. Felizmente, na noite do meu aniversário, eu tinha escolhido botas de couro, e não sapatos de salto; caso contrário, a caminhada de sete horas e meia de Cold Spring Harbor a Stony Brook teria sido impossível.

No começo, achei que matar Rebecca e colocar o corpo dela no lugar do meu seria um encerramento perfeito para todo aquele sofrimento. Em teoria, a imagem de Paul empurrando o rolo de plástico para o túmulo que havia cavado com tanta dificuldade, imaginando que quem estaria ali seria eu e depois descobrindo que na verdade era o cadáver de Rebecca, era deliciosa. Só que dificilmente ele se daria ao trabalho de desenrolar o sarcófago de lona. Mas só o fato de imaginar a cena — Paul se dando conta de que quase havia enterrado a própria mulher — me ajudou a vencer aqueles solitários e desorientados quilômetros de estradas secundárias no escuro.

Precisava encontrar alguém que eu não me importaria de matar, que talvez até gostasse. Uma pessoa mais ou menos do meu peso e da minha altura. E que tivesse dinheiro. Porque eu ia precisar de muito dinheiro. Pensei em Sasha quase que imediatamente. A morte dela ainda teria uma vantagem: acabaria com a vida de Mark. Ele já estava na minha lista havia muito tempo. Assim que tomei essa decisão, tudo se encaixou.

Lá pelo quilômetro vinte, eu sentia as bolhas de sangue e a concussão da cabeça gritando num uníssono enlouquecedor. Quando o sol começou a dar as caras, me dei conta de que uma mulher com as minhas características andando pela estrada de Jericho Turnpike nas primeiras horas da manhã era muito mais provável de levantar suspeita do que um motorista de caminhão que passou pela cidadezinha e deu carona a uma mocinha desamparada e sem condução própria depois de uma noite de farra. Não tive nenhuma dificuldade para consegui carona no primeiro posto que encontrei. Tomei cuidado com as câmeras de segurança e evitei conversar muito, fingindo chorar de soluçar. Pouquíssimos homens querem bater papo com uma mulher em prantos.

Saltei a poucos quarteirões de casa e fui mancando até os fundos, onde peguei minha chave de emergência debaixo de um vaso de plantas. Felizmente não havia nenhum vizinho por perto, e eu consegui entrar na minha casa sem ser vista, para dormir o sono dos justos e me alimentar para a nova vida. Ninguém estaria à minha procura enquanto eu não fizesse uma denúncia às autoridades. Pelo menos com isso eu podia contar.

Eu havia esquecido como era fácil sumir do mapa sem que ninguém percebesse, como uma cobra trocando de pele e rastejando em silêncio. Tinha conseguido voltar do mundo dos mortos para a minha cama. Quando eu acordasse, começaria tudo de novo. Não era a primeira vez que eu largava tudo sem olhar para trás. Estava ficando boa nisso.

* * *

Encarei o assassinato de Sasha como se eu estivesse planejando uma festa surpresa trabalhosa. Eu elaborava listas mentais do que precisava ser feito e, quanto mais planejava, mais me dava conta de que ela era o alvo perfeito. Sasha tinha tudo de que eu precisava num só corpo. Fui tramando diferentes possibilidades para chegar ao melhor fator surpresa, deixando a menor quantidade possível de provas pelo caminho. Conhecia os horários dela melhor que o próprio marido, que praticamente não sabia de nada. Eu sabia que ela andava com muito dinheiro e com cartões de crédito que o marido nem fazia ideia de que ela tinha, pois vivia se gabando disso na academia. Sabia também que ela se orgulhava de andar armada, apesar de isso ser ilegal no estado de Nova York. E que o marido dela, Mark, que no fim das contas havia sido o fator decisivo para que eu a escolhesse, seria bem fácil de incriminar. Era certo que ele não se daria conta de imediato que a mulher havia sumido, e, além do mais, o que não me faltavam eram informações sórdidas a seu respeito que, no momento certo, eu poderia fazer com que as autoridades descobrissem.

Eu tinha de matá-la o quanto antes. Para que o cadáver dela fosse um substituto convincente, ela teria de desaparecer mais ou menos na mesma época que eu. Contemplei alguns possíveis resultados da aventura e estava mais empolgada do que nervosa para ver como as coisas se desenrolariam, ou, no caso de Paul, Rebecca e Mark, como tudo se encaminharia para um triste desenlace.

Não era difícil conseguir ficar sozinha com Sasha depois da aula. O carro dela era inconfundível, caro e espalhafatoso, assim como a dona. Ela sempre estacionava no mesmo lugar e invariavelmente era a última do grupo do happy hour a sair da academia, pelo simples fato de que levava o dobro do tempo para fazer a maquiagem e deixar o cabelo perfeito. Ela gostava de ser o centro das atenções nos lugares. Eu já tinha visto onde ficavam as câmeras de vigilância do estacionamento, e as únicas que encontrei no perímetro de risco estavam voltadas na direção de uma Best Buy.

Esperei até que ela saísse da academia e fosse em direção ao carro e fui atrás dela, andando em direção ao lado do carona. Ajustei bem a peruca que estava usando, no mesmo tom de louro do cabelo dela, que era mais claro que o meu, e ajeitei a roupa, igual à que eu sabia que ela estaria usando: top preto, jeans justinho e botas de camurça. À distância, ela destravou o carro e jogou a bolsa no banco detrás. Eu acelerei e me acomodei no banco do carona no exato momento em que ela se sentava ao volante.

No meu colo, senti o peso da marreta da garagem do meu vizinho na bolsinha da Sephora. Perfeitamente discreta e portátil, com seu cabo curto.

Seus enormes olhos castanhos ficaram quase pretos na escuridão do carro. Ela se assustou e depois ficou irritada.

— Como assim?!... Que merda é essa? Quem é você?

Calibrei minha voz algumas oitavas acima do normal, embora ela não fosse sobreviver para contar qualquer detalhe do que estava para acontecer.

— Meu Deus! — Comecei a rir. — Achei que era o carro do meu marido! Ele ficou de me buscar hoje, e o seu carro é igualzinho ao dele. Não é engraçado?!

O sorrisinho presunçoso dela durou apenas uma fração de segundo até se transformar num perfeito Ó, quando peguei a marreta com as mãos enluvadas e dei uma porrada com toda força em sua cabeça.

Sasha tombou para a frente, bem no meu ombro. Se alguém passasse por ali na hora, teria pensado que éramos duas amigas se abraçando.

A pancada na cabeça não a havia matado, e isso era algo que tínhamos em comum. Mas eu não pretendia que a pancada a matasse. A causa da morte seria um ferimento por arma de fogo, infligido pela própria arma dela, registrada no nome de Mark. Descartada a hipótese de suicídio, que ocorreria rapidamente, Mark passaria a ser o suspeito número um. Eu só precisava que ela ficasse inconsciente até chegarmos a Cold Spring Harbor.

Para minha sorte, Sasha não recobrou a consciência em nenhum momento durante o trajeto, mas eu dirigi com a arma dela carregada no colo só por garantia. Incrível como era fácil conseguir armas de fogo com meus vizinhos. Ela própria forneceu a arma que a mataria, a mesma que orgulhosamente mantinha no compartimento dianteiro da bolsa vermelho-bombeiro. A bolsa havia sido feita sob encomenda, no estilo Fendi de três mil dólares que ela queria, mas acrescida do compartimento destinado à arma. Certo dia, depois da aula, ela tirou a arma da bolsa para mostrá-la, sem se importar com quem pudesse estar por perto.

Ela era bem mais pesada do que parecia, e levei muito mais tempo, além de fazer mais esforço do que imaginava, para tirá-la do carro. Achei que seria menos complicado empurrá-la para fora do carro, colocá-la na lona estendida e depois enrolá-la. Era a primeira vez que eu disparava uma arma de fogo fora de um campo de tiro, algo que eu tinha feito muitas vezes antes com Daniel e que havia me deixado surpreendentemente excitada, o que fez com que aquela prática sem supervisão, ali, ao ar livre com Sasha, fosse mais empolgante do que eu imaginara. E muito mais barulhenta.

Quando terminei e a arma já tinha esfriado, guardei-a em minha bolsa, só por precaução. Enrolei o corpo dela em muito menos tempo do que havia levado para me libertar da mesma lona e fui empurrando-a até a porta de alçapão que dava para o porão, que ficava sob os alicerces, na lateral da propriedade. Abri o alçapão com certa dificuldade e a joguei lá embaixo, ouvindo o baque do impacto. Não foi difícil arrastar o invólucro de plástico para os fundos do porão, onde eu havia estado, e fiquei feliz por ter prestado bastante atenção na posição em que tinha sido largada antes de fugir. Tinha certeza de que o corpo estava exatamente onde precisava estar quando Paul retornasse. Se a sorte continuasse do meu lado, ele nem se daria conta de que um cadáver tinha sido substituído por outro.

50

Rebecca

Ele está se preparando para me matar. Hoje de manhã, quando ele ainda estava dormindo, o frasco de comprimidos que eu havia conseguido com Mark tinha desaparecido. Eu sabia que ele tinha sido confiscado por Paul e já estava começando a entrar numa abstinência das brabas. Procurei em todos os lugares — na bolsa de ginástica dele, nos bolsos, na mesa do escritório —, até que me ocorreu olhar no carro dele. Não encontrei os comprimidos, mas lá estava, no porta-luvas, a arma enrolada no lenço vermelho. Deixei a arma lá e passei o restante da manhã tentando me acalmar.

Quando estava saindo de casa, ele fez o convite:

— Madoo, que tal dar uma volta de carro nesse fim da semana, como nos velhos tempos? Sábado? — Ele enfatizou *sábado* como se fosse especialmente importante.

As palavras saem com dificuldade da minha boca:

— Claro, amor. Acho ótimo.

— Combinado então.

Então ele praticamente saiu correndo porta afora. Agora estou mesmo com medo do meu marido.

* * *

Sentada no meu carro, pronta para ir para a casa de Mark, penso em como as coisas foram degringolando. Olho para nossa casinha. Nunca prestei muita atenção nela daqui, de onde estou. Por fora, parece uma casa bem charmosa, com toda a felicidade do mundo lá dentro. E, de fato, foi assim durante uma época, quando a promessa de algo maior e mais maduro nos aguardava. Fico imaginando quão diferente minha visão seria neste exato momento, se a gente tivesse conseguido realizar esse sonho. Mas a triste realidade é que Paul tem planos de um sonho completamente diferente com Dana.

Alterno entre o presente e o passado distante. As perguntas de Silvestri e Wolcott ontem me fizeram pensar na noite em que meus pais morreram. Num ambiente igualmente claustrofóbico, mas com um velho carpete colorido e alguns brinquedos espalhados pelo chão, uma assistente social fazia perguntas para mim enquanto eu tentava lembrar o que tinha visto. Havia um homem também, mas ele não falava nada. Só agora me dou conta de que era um detetive.

Eu ainda estava de pijama, aquele com estrelinhas e luas. Alguém tinha calçado os sapatos em meus pés e os amarrado para mim.

— Rebecca, você sabe o que aconteceu essa noite? — A assistente tinha uma voz suave e sorria de um jeito acolhedor. Já o detetive, não.

— Meus pais machucaram um ao outro.

— Sim, isso mesmo. E você sabe por que eles machucaram um ao outro?

— Minha mãe falou alguma coisa, e meu pai ficou muito zangado.

Minha atenção estava focada em um desenho de uma caixinha de achocolatado à minha frente. Era mais fácil me concentrar naquilo que olhar nos olhos dos dois adultos. Eu sabia, pela expressão deles, que tinha feito algo muito errado e que teria sérios problemas.

— E depois, o que aconteceu?

— Eu me escondi no closet. Eles achavam que eu estava dormindo no quarto.

— E lá do seu esconderijo, o que você conseguiu ver e ouvir?

— Eu ouvi coisas quebrando. Papai abriu a gaveta no quarto deles. Mamãe começou a gritar, pedindo ajuda. Teve um barulho muito alto, e eu só consegui ver a mamãe quando ela estava caída no chão.

O detetive era um homem corpulento, talvez tivesse o dobro do tamanho do meu pai. Estava sentado numa cadeira pequena demais para ele. Em outras circunstâncias, a imagem seria cômica. Ele não falava nada, e, quando levei o olhar da caixa de achocolatado para seu rosto, vi que seus olhos estavam vermelhos. E ficava franzindo o nariz, como se fosse espirrar.

— Rebecca, o que aconteceu depois que a sua mãe caiu no chão?

— Papai foi até o meu quarto.

— E o que ele fez quando não encontrou você lá?

— Ele começou a chamar o meu nome e a me procurar pela casa. Foi até o closet, mas eu estava bem lá no fundo, atrás dos casacos, e me cobri.

— E por que você não saiu quando ele chamou?

— Eu sabia que ia ter problemas. E aí fiquei bem quietinha e encolhida.

— O que aconteceu depois?

— Fechei os olhos. Fingi que estava em outro lugar. Acho que dormi, não consigo me lembrar.

— E o que acordou você?

— Ouvi outro barulho muito alto. Fiquei um tempo sem ouvir mais nada e fui ver o que tinha acontecido. Papai estava deitado do lado da mamãe. Acho que eles estavam muito cansados de toda aquela briga. Não consegui acordar nenhum dos dois. E aí a polícia arrombou a porta.

— Você deve ter tomado um baita susto.

— Sim... Eu sinto muito.

Comecei a chorar, e o detetive empurrou o leite achocolatado para mais perto de mim. Levei a caixinha à boca e beberiquei pelo canudo. Mas parecia salgado.

— Sente muito pelo quê, amorzinho? — A voz dele era baixa e reconfortante.

— Eu fiz uma coisa errada.

Eu tinha feito algo errado. E queria dizer ao detetive. Mas não conseguia.

— Meu amor, o seu pai estava dormindo quando você saiu do closet?

Eu apenas fiz que sim com a cabeça. Não podia falar mais nada, pois, se falasse, não conseguiria mais parar.

— Como foi que você machucou o braço, amor? Quem o puxou com força?

Minhas lembranças são interrompidas pelo celular vibrando ao meu lado no banco.

> Tô mostrando uma casa em Bridgehampton e depois vou sair com Wes. Vou chegar mais tarde, não me espere para jantar. Amo você.

O rastreador do telefone mostra que ele está na casa dela de novo. Minha motivação é revigorada pela raiva, que toma o lugar da exaustão. Fico feliz de ter voltado ao presente. Saio com o carro e vou até a casa de Mark pegar o que ele prometeu quando fizemos nosso trato, e mais alguma coisa.

* * *

Quando estou perto da casa, fico chocada ao ver Mark sendo levado algemado. Ele se debate enrolado ao roupão, os olhos e os cabelos parecem os de um animal feroz. Mal consigo desviar o olhar. Esperava encontrá-lo em casa, como sempre, e ter de improvisar alguma coisa para convencê-lo, mas, agora, acho que a sorte pode estar a meu favor. Para azar de Mark.

Não acelero nem reduzo a velocidade. Para minha sorte, nenhum deles está olhando na minha direção. Num gesto de inesperada consideração, Silvestri põe a mão na cabeça de Mark para ajudá-lo a se sentar no banco detrás. Eu viro a esquina, estaciono a alguns quarteirões e espero o carro deles passar, observando pelo retrovisor, para então saltar e seguir a pé até a casa de Mark.

Imagino que, na melhor das hipóteses, eu disponha de algumas horas para conseguir o que quero, antes que a casa seja tomada por policiais.

Atravesso um jardim que fica a uma rua de distância, sabendo que faz divisa com a propriedade de Mark e Sasha. Não há carros estacionados na entrada, mas já tenho uma desculpa na ponta da língua sobre um cachorro que fugiu, para o caso de algum morador aparecer.

Ao chegar ao jardim dele, vou direto para a casa de hóspedes. Não tinha pensado nisso quando estive aqui aquele dia, mas agora me dou conta de que é óbvio que é lá que ele guarda as drogas. Eu só estive na casa de hóspedes duas vezes, por pouco tempo, quando estava desesperada e tive de pegar comprimidos com Mark fora do horário de trabalho. É claro que nunca tínhamos transado ali, como contei a Wolcott e a Silvestri, aliás, nem em lugar algum. Só de pensar nisso fico com o estômago embrulhado.

O sol está quase a pino, e algumas nuvens cinzentas estão aglomeradas ao redor dele. Eu me arrasto o mais rápido possível pela lateral do jardim para tentar chegar à casinha que fica depois da piscina, à sombra de muitas árvores. Estou surpresa por me sentir tão lúcida e cheia de energia, então me dou conta de que ainda não tomei nenhum comprimido hoje.

A tranca não é difícil de arrombar, e, em menos de dois minutos, estou lá dentro. Como seria de esperar, a casa de hóspedes está integrada ao sistema de alarme digital do restante da casa. O teclado numérico eletrônico que fica bem ao lado da porta emite um som de confirmação quando digito a data do aniversário de Sasha. A luz do sol que ainda entra pela janela faz com que eu não precise acender nenhuma luz. O interior é um compartimento único e amplo, com uma escada que dá num mezanino. O espaço é quase todo ocupado por um sofá, uma mesa de centro e uma TV de tela plana, com um bar ao fundo. Ao lado, há um pequeno banheiro.

Vou em direção ao bar, o qual Mark deve ter copiado de algum antro masculino subterrâneo da década de 1970, com direito a uma placa neon com os dizeres "Cantinho da Miller" ao fundo e copos de diferentes formatos pendurados no alto. Abro alguns armários e umas gavetas sem muita convicção, sabendo que ele se acha muito inteligente e jamais dispensaria um esconderijo especial para isso. Bato nas paredes em busca de um som oco, reviro as almofadas do sofá e levanto o pequeno tapete para ver se tem algum cofre no piso. Nada. Passo os olhos pelas paredes em busca de alguma obra de arte que possa estar escondendo um cofre, mas não tem fotos nem quadros pendurados nelas.

O sol foi encoberto pelas nuvens escuras que se movem com bastante rapidez, e a casa de hóspedes é tomada por uma luz soturna, o que faz parecer que já é muito mais tarde. Uso a lanterna do meu celular para me guiar. A porta do banheiro está fechada, e, ao abri-la, o cheiro de cloro me atinge como um murro. Mal consigo entrar, pois o espaço está quase todo ocupado por uma bomba de água industrial, que só sou capaz de reconhecer por Paul ter trabalhado no ramo da construção por um período e devido a uns poucos episódios de alagamento em casa. Acho estranho aquilo estar no banheiro, e não na garagem, mas algumas batidinhas no gabinete de metal são suficientes para me convencer de que não há comprimidos escondidos ali. Só me dou conta de como o cheiro de cloro está forte quando recuo alguns passos e sou obrigada a me sentar, meio tonta.

Em seguida, exploro o mezanino. A luz da lanterna produz contornos meio fantasmagóricos quando a aponto lá para cima. O mezanino é pequeno demais para algo além daquelas caixas com a inscrição "Discos", as quais abro, me deparando com uma coleção de LPs. Já estou ficando frustrada, sentindo que os efeitos da adrenalina estão começando a dar lugar a uma síndrome de abstinência.

De pé no topo da escada, examino o espaço abaixo em busca de sinais de algo fora do lugar ou de um recipiente que sirva de disfarce. Talvez Mark soubesse que, mais cedo ou mais tarde, alguém viria dar uma geral aqui, ou então ficou assustado quando os policiais começaram a aparecer e se livrou daquele tesouro. Ele pode ter levado tudo para outro lugar também, ou quem sabe estou enganada e tudo está escondido mesmo na casa ou na garagem. Ainda tenho muitos metros quadrados a explorar. E não dá para saber quando a polícia vai voltar. Estou começando a ficar nervosa.

A janelinha do mezanino dá para a piscina e para a casa. Chego à conclusão de que o que estou procurando não está aqui. E, se eu quiser mesmo encontrar, vou ter de entrar lá.

Ao sair e trancar a porta, parece que levo comigo o cheiro de cloro. Vou andando pela lateral da piscina, imaginando as incontáveis festas que aconteceram aqui, nas quais Sasha foi o centro das atenções. Mas duvido que tenha mais alguma comemoração por aqui por um bom tempo. Ao me aproximar da casa, acho estranho que, apesar do calor, a piscina esteja coberta.

Dou mais alguns passos na direção da casa, mas acabo mudando de ideia e voltando para contornar a piscina. Sei que é arriscado ficar me expondo ao ar livre, mas algo me diz que devo dar uma olhada na piscina.

Ao contornar cerca de metade do perímetro, vejo uma coisa. Um dos ganchos de metal que seguram a proteção da piscina está solto. Eu me agacho para tentar levantar a proteção e iluminar a piscina com a luz da lanterna. Ainda há pouco espaço, então solto mais três ganchos no canto. Acho que dá para eu entrar com a ajuda do corrimão de metal e dos degraus abaixo. Não é nada fácil soltar os ganchos, então me seguro no corrimão para não cair na água morna — que na verdade eu nem espero que haja lá embaixo.

Quando solto o quarto gancho, consigo levantar uma parte da proteção e iluminar a piscina. A escada e as paredes da piscina estão completamente secas. A piscina foi esvaziada. Começo a descer para a escuridão bem devagar e sou obrigada a me agachar ao chegar ao último degrau, pois aquela parte da piscina é bem rasa e não dá para ficar de pé com o restante da proteção firmemente estendida. Ponho-me de quatro, sendo dominada, por um breve momento, por uma sensação de aconchego naquele ambiente escuro. Ilumino a outra extremidade e constato que, à medida que a piscina vai ficando mais funda, avisto algo. Ainda estou longe para saber exatamente o que é aquilo, então vou rastejando até a metade da piscina, onde consigo ficar quase de pé. Ao chegar à marca de um metro e oitenta, identifico duas pilhas de caixas de plástico e finalmente fico totalmente ereta. Meu coração dispara e minhas mãos tremem, fazendo a luz da lanterna oscilar. De alguma forma, consigo firmá-la na caixa mais próxima e abro o fecho dos dois lados com facilidade. Ao levantar a tampa, quase caio para trás.

Diante de mim, lindamente empilhados, encontro quinhentos frascos de remédio de todos os analgésicos possíveis, além de alguns que eu nem poderia imaginar. Vou jogando a maior quantidade possível de frascos gigantes na bolsa que tenho no braço, pensando que eu deveria ter trazido uma bolsa maior; então, em seguida, abro um deles, encho as mãos de comprimidos e vou jogando-os no bolso do vestido. Ao abrir outra caixa de plástico, me deparo com caixas e mais caixas de morfina líquida e meperidina. A caixa de plástico que encontro em seguida é uma verdadeira arca do tesouro, cheia de joias ansiolíticas. Ainda preciso abrir dois contêineres para encontrar o que procuro. Não me surpreende que Mark os tenha deixado no fundo. Considerando a potência e o número de mortes durante os testes, é incrível que ele ainda tenha isso aqui. Mas no fundo eu sabia que ele não abriria mão disso. Mark provavelmente está contando com a possibilidade de que, uma hora ou outra, alguém descubra como diluir a substância para vendê-la sem que cada dose seja fatal. Mas, para o que eu preciso, são exatamente a potência e a fórmula certas.

Pego um tubo e o envolvo num pedaço de papel que tinha na bolsa. Em seguida, guardo-o cuidadosamente no bolso do meu vestido, como se fosse uma granada. Vou precisar de apenas uma parte disso e, depois de usar, terei de pensar numa forma de jogar fora o restante do creme, para que ninguém o encontre por acaso. Fecho as caixas de plástico e as empilho exatamente do jeito que estavam, embora eu não acredite que Mark algum dia volte para resgatar seu tesouro escondido.

Quando alcanço a parte rasa da piscina e começo a subir os degraus, ouço carros se aproximando. Não dá para saber se estão chegando à propriedade ou apenas passando pela rua, mas não perco tempo tentando prender de novo a proteção da piscina. Simplesmente saio correndo o mais rápido possível em direção ao meu carro, levando comigo alguns quilinhos a mais de vida e morte.

51

Silvestri

— Vocês vão me matar com essa lerdeza. — Reuni a equipe que está botando abaixo as paredes da casa de hóspedes de Mark Anders para fazer uma pressão. — Isso aqui não é um museu. Podem mandar brasa nas marretadas. E é bom lembrar que, além das drogas, estamos atrás de uma arma calibre 22.

Um policial se inclina no corrimão do mezanino.

— Nada aqui, detetives.

Estamos aqui a manhã inteira, e o entusiasmo coletivo já começa a ir pelo ralo. Ainda não encontramos nenhuma resposta no meio desse monte de escombros.

Wolcott está com aquele olhar distante ao examinar o que resta das paredes, do teto e do piso. Ele apenas empurra com o pé o tapete enrolado enquanto pega o rádio na cintura para falar com a central.

— Alguma novidade por aí?

O rádio estala de volta:

— Não achamos nada.

As narinas do meu parceiro estremecem quando ele franze a testa, olhando para o chão.

* * *

Wolcott e eu estamos na varanda dos fundos da casa de Anders. O agradável barulho de destruição no interior cessou, dando lugar a um estado frustrado de confusão. Os policiais circulam pelo lugar sem saber o que fazer.

— A essa altura — diz meu parceiro —, para mim estaria bom encontrar as drogas *ou* que o resultado do teste de balística bata com a arma usada para matar Sasha. Qualquer uma dessas coisas serviria.

— Bem, a gente sabe que Mark Anders tem uma Bersa .22 registrada no nome dele. Então quais são as chances de que ela *não* tenha sido assassinada por essa arma?

— Circunstanciais.

Ele dá de ombros.

— Essa merda deve estar bem debaixo do nosso nariz — digo. — Esse cara não é tão inteligente assim.

Wolcott franze o nariz e olha para a piscina.

— Espere aí. Por que a piscina está coberta em pleno verão? E, se a piscina está tampada, por que há marcas recentes de cloro na grama?

Nós nos entreolhamos e atravessamos o gramado.

Quando nos aproximamos da piscina, noto que os ganchos de um dos cantos da proteção estão soltos. Eu me agacho, levanto a borda da proteção e vejo que a piscina está vazia.

— Nossa, isso aqui, sim, é um desperdício em matéria de lazer!

Começo a soltar o restante da proteção, enquanto meu parceiro faz o mesmo no lado raso. Depois de soltar os ganchos, ele desce a escada. Dou uma risada quando noto a cabeça de Wolcott, que está andando por baixo da proteção, provocar ondulações, como se houvesse um monstro proteção andando lá embaixo. Quando ele chega à metade da piscina, vejo que se detém e dá meia-volta. Ele sobe os degraus, vem na minha direção e se inclina. Então pousa a mão no meu ombro e sorri, satisfeito.

— Quer uma boa notícia, parceiro?

— Fale logo — peço.

— A Agência Antidrogas agora vai ter que nos ajudar. Esse caso com certeza vai para outras instâncias.

52

Sheila

Quando é para ser, a gente sente.

Daniel foi o amor da minha vida. Era a pessoa certa para mim, meu melhor amigo, minha cara-metade. Eu soube disso assim que o conheci. Ele também era um pulador de cerca mentiroso e, aparentemente, um sociopata de merda. Mas isso eu só viria a descobrir muito depois.

Faltavam três semanas para o nosso casamento. Tudo já encomendado e pago. Nosso cartório tinha sido assaltado; litros e mais litros de comida gordurosa e lágrimas jogados fora. Estávamos muito perto de nos casar. Nada iria atrapalhar isso.

Eu havia acabado de sair de um teste de maquiagem e cabelo para o grande dia e seguia em direção ao carro com o rosto carregado de delineador, rímel e blush, além de estar com o braço ocupado, carregando o vestido de casamento, quando recebo uma mensagem de texto de uma amiga de faculdade.

Achei melhor você ver isso. Sinto muito.

Eu estava olhando para uma captura de tela do perfil do meu noivo no Tinder, ativo havia menos de uma hora. Não havia a menor dúvida de que era ele. Daniel tinha uma cicatriz inconfundível na testa desde a adolescência, resultado do choque com uma árvore quando esquiava. Como a maioria das coisas nesta vida, o que poderia tê-lo desfigurado, na verdade, o deixara ainda mais atraente e desejável. Ele era escroto nesse nível.

Não sei ao certo quanto tempo fiquei ali naquele cruzamento analisando o perfil dele, mas foi tempo suficiente para deixar meu vestido, que estava protegido por uma capa, cair no chão e ouvir a buzina dos carros passando por mim quando o sinal abriu.

Sobre mim: "Em busca de aventuras sexuais divertidas, sem piração."

Interesses: eu conhecia todos.

Aversões: conhecia melhor ainda.

Preferência de relacionamento: "Poliamor sem nenhuma ética." Isso era novidade para mim.

A cara cheia de maquiagem e o penteado no cabelo são detalhes importantes, porque a mulher que me tirou do cruzamento reagiu ao meu grito desesperado de "O que eu faço?" me dando um pequeno espelho e uma caixa de lenços de papel.

— Pelo menos o seu cabelo está lindo, querida.

Ao me olhar no espelho, vi as marcas grotescas de rímel escorrendo pelo rosto, chegando até os lábios. Eu era a noiva mais palhaça, lastimável e assustadora que já chorou por um homem.

Peguei o vestido no asfalto, limpei o rosto de trezentos dólares e não cancelei o casamento.

* * *

Eu me descreveria como uma mulher apaixonada e focada. Os profissionais da área médica que cuidaram de mim ao longo de toda a minha vida provavelmente me considerariam uma obsessivo-compulsiva. Mas, em geral, tenho um pé atrás com gente que ganha a vida dando conselhos.

Aos trinta anos, eu estava solteira. Herdei todo o dinheiro de Daniel quando a morte dele foi declarada acidental. Como estávamos casados havia apenas uma semana quando ele se afogou, a família e os amigos ficaram indignados. Daniel nunca fora muito claro quanto à real lucratividade da empresa, o que, portanto, não representou uma motivação para mim, apenas um bônus inesperado. Esse fora um dos vários aspectos da vida dele sobre os quais Daniel não tinha sido totalmente honesto comigo.

Eu podia fazer praticamente o que quisesse, mas não tinha a menor ideia do rumo que daria à minha vida. Tinha baixado o Tinder pouco antes do casamento, para fisgar Daniel e ficar de olho nele. O engraçado é que fiz com que todos os meus interesses batessem com os dele no meu perfil falso, mas nunca dávamos match. Em vez de apagar meu perfil, eu o apaguei. Depois da lua de mel e da necropsia, comecei a usar o aplicativo.

E é então que Mark Anders entra em cena.

Ele estava em Palm Springs, em uma viagem de negócios, e buscava companhia. Então acabamos passando uma semana incrível, movida a sexo, juntos. Ele me chamou mais de uma vez de "a mulher dos meus sonhos". Gabava-se da casa maravilhosa e da cidade perfeita onde morava, na Costa Leste.

Trocamos mensagens por mais algumas semanas depois que ele foi embora, e eu estava apaixonada. Descobri tudo o que pude a respeito da adorável Stony Brook, em Long Island, e aluguei uma casa de praia sem precisar sair da frente do computador. Ia fazer uma surpresa para Mark, oferecendo-me de presente a ele.

Quando a mulher dele abriu a porta, tive apenas um rápido vislumbre do interior da casa e me dei conta do erro que estava cometendo. A mensagem que ele mandou em seguida não dava margem a interpretações:

Fique longe de mim, sua vadia doida de merda.

* * *

Eu não amava Mark de verdade, de modo que a dor da rejeição não durou muito. Mas os primeiros seis meses em Stony Brook foram bem solitários. Tudo o que eu tinha era minha rotina, a qual baseei na de Sasha. Como Mark não me queria, decidi observar como a única pessoa que eu conhecia na cidade passava seu tempo livre. Lotus Pedal, tratamentos de beleza, happy hours, shopping, então tudo de novo.

Para me enturmar, repaginei meu look a fim de aparentar algo menos Costa Oeste, tentando diminuir as chances de Sasha me reconhecer como a mulher que aparecera do nada em sua porta meses antes. Eu gostava de me sentir uma espécie de camaleão e mergulhei de cabeça no meu novo estilo. Troquei o guarda-roupa meio boho e os cabelos naturalmente ondulados até a cintura por um visual de academia chique e cabelos alisados até o ombro. Então conheci Paul.

Tudo na minha nova vida melhorou quando eu o conheci. É verdade que dei uma mãozinha para o destino, mas só depois que ele nos colocou no mesmo restaurante, na mesma semana em que eu ouvira Rebecca se queixar dele. Do meu cantinho habitual no bar, vi os dois sentados a uma mesa. Eles mal se falavam. Havia alguma coisa nele... E tive certeza de que ele era o motivo de eu ter me mudado para o leste.

No dia seguinte, adotei uma cachorra e comecei uma nova rotina.

* * *

Não tive intenção de mentir sobre a morte de Daniel para Paul nem quis enganá-lo. Eu ainda não tinha conseguido tirar os anéis de casamento. Quando nos falamos pela primeira vez, senti o alívio dele ao achar que eu era casada, então deixei por isso mesmo.

Eu pretendia contar toda a verdade no momento certo. Mas, quanto mais agia como se Daniel estivesse vivo, mais difícil ficava explicar por que eu tinha feito aquilo. Cheguei a ponto de botar as roupas dele no closet e deixar o relógio e as abotoaduras na penteadeira, sabendo que seriam vistos por Paul quando ele fosse à minha casa. Meio mórbido, eu sei. Mas estava empenhada em garantir que ele continuasse à vontade.

Passamos um ano incrível juntos. O que eu sentia por ele era muito mais forte do que o que eu tivera com Daniel. Sentia que ele estava se apaixonando por mim da mesma forma que eu por ele. Via que ficava cada vez mais infeliz no casamento e que estava fazendo de tudo para encontrar uma forma de terminar com Rebecca. Eu não insistia para que ele falasse sobre seus sentimentos e esperei para contar minha história. Imaginei que, quanto mais tempo estivéssemos juntos, mais compreensivo ele se mostraria. Eu o encontrava sempre que possível e pedalava todos os dias ao lado dela, odiando-a em silêncio. Sabia que ele precisava planejar uma forma de se afastar dela, e eu me mostrava paciente, sem tentar manipular a situação.

Foi doloroso e inesperado quando Paul me largou, mas ainda fiquei na esperança de que ele estivesse apenas confuso e acabasse tomando a decisão que eu sabia que realmente queria tomar. Resolvi me comportar como uma mulher adulta e não me precipitar, para não acabar fazendo alguma coisa da qual viesse a me arrepender.

Mas aí eles me mataram, e o medo do arrependimento deu lugar à força da vingança.

53

Paul

O calor do verão começa a dar uma trégua, e Dana e eu apreciamos o pôr do sol na varanda nos fundos da casa dela. Ela me olha com ternura.

— Paul, muito obrigada.

— Pelo quê?

— Pela sua ajuda na venda da casa. Isso é muito importante para o nosso recomeço.

— Não foi nada.

— Estou muito grata. — Ela balança a cabeça suavemente. — Você é um homem bom, Paul Campbell.

— Pare com isso, Dana. Eu é que devia lhe agradecer. Espero que saiba o que esses últimos meses significaram para mim. Ter minha vida de volta. Eu simplesmente... — Sinto um nó na garganta.

— Eu sei. Eu sei.

— Obrigado.

— Você não tem pelo que me agradecer.

Ficamos um bom tempo em silêncio, contemplando o céu em tons pastel além da cerca. Eu me viro para Dana, e ela sorri de volta para mim.

— Então, falta muito para a casa ficar pronta? — pergunta ela. Sinto minhas bochechas esquentarem.

— Não, agora só faltam os últimos retoques. Quase tudo pronto.

— Puxa, Paul.

Ela está radiante.

— É incrível estar diante da casa que eu construí para nós dois com minhas próprias mãos. Vê-la tomar forma, dia após dia. Estou bem animado.

— Não vejo a hora de vê-la pronta.

— Vai ficar perfeita.

— E quando você vai contar para a Rebecca?

Olho para a linha de nuvens iluminada pelo sol que vai se pondo. Respiro fundo e sinto o cheiro do carvão queimando na grelha do vizinho, misturado aos perfumes do canteiro de flores bem ao nosso lado. Sorrio para Dana.

— Ah, não se preocupe — digo, para acalmá-la. — Já pensei em tudo.

— Puxa, Paul! Eu já ia me esquecendo. Muito obrigada pelo lindo colar.

— Como assim? Não sei do que você está falando.

Ela sorri com ar conspiratório e balança a cabeça.

— Mas é claro que não sabe.

54

Wolcott

Estou perdido em pensamentos no estacionamento da delicatéssen quando Silvestri entra na viatura com uma sacola abarrotada de coisas. Parece que ali tem comida para os habitantes de uma ilha inteira.

— Já deu um nome para ela? — pergunto.
— Pra quem?
— Pra sua lombriga.
— Muito engraçado, camarada. É assim que você anda entretendo o pessoal no happy hour das terças-feiras?
— Não, falando sério... isso aí é o almoço da delegacia inteira?

Meu parceiro balança a cabeça, rindo.

— Coisa do Sal, cara. Ele fez os nossos sanduíches e não parou de botar coisas na sacola. Disse que era "para os nossos dois heróis, por conta da casa!". E fez questão de mandar um abraço para você. Podemos não ter encontrado mais provas, mas parece que nunca mais vamos precisar pagar pelo almoço.

— Pois é, Abby me disse que foi à farmácia do McNamara comprar um remédio, e ele foi todo educado com ela. Nem acreditei.

— Olhe só, esse pessoal tem filhos, tem seus negócios... — diz Silvestri. — Tirar um cara como Anders de circulação faz com que a cidade fique mais segura. E com as acusações de homicídio culposo e negligência que a polícia vai jogar em cima dele, pelo fentanil, o sujeito vai passar o resto da vida vendo o sol nascer quadrado. Não fez a menor diferença não termos encontrado a arma.

— Claro, foi muito bom pegar esse cara — digo. — Mas a coisa vai muito além de Anders. Outro dia eles revistaram um depósito em Riverhead e apreenderam uma carga gigante.

— A caminho da clientela, aposto?

— Exatamente. Parece que essa merda veio mesmo para ficar, parceiro.

— Pode crer. Mas a gente tem que começar por algum lugar.

— Com certeza — concordo.

— Além do mais, assim a gente não corre o risco. Aquela coisa do "ócio é pai de todos os vícios"...

— Ócio... — digo e dou uma risadinha.

Pegamos nossos sanduíches em meio às frituras e aos assados, os botamos no colo e começamos a desembrulhar tudo. Então almoçamos ao som dos carros que passavam e do eventual som de estática do scanner do rádio.

55

Sheila

Quando Sasha tomou meu lugar enrolada na lona, eu tomei o dela.

Pela quantia de dinheiro que ela levava, pretendia sair da cidade a qualquer momento. Tudo indicava que ela queria sair da vida de Mark tanto quanto eu um dia quisera entrar. Eu havia feito um favor ao lhe dar um chá de sumiço. Mas não era na morte dela que eu estava interessada. Era na de Paul e de Rebecca.

Usando dinheiro e documentos que passavam facilmente em qualquer lugar, encomendados pela internet e enviados para uma caixa postal, aluguei um pequeno apartamento em uma cidadezinha próxima, com meu novo nome, e encontrei nos classificados on-line alguém querendo se livrar de um carro, sem papelada. Até fiquei tentada a dar umas voltinhas com o Jaguar de Sasha, mas depois vi que não seria uma boa ideia, então o cobri com uma capa e o deixei estacionado em um shopping. Sabia que acabaria sendo encontrado e que levaria um tempo até que isso acontecesse.

Passei a viver com o básico do básico. E era boa a sensação de estar livre do que era supérfluo. Se precisasse de alguma coisa, podia tirar de Sasha ou de Rebecca.

Eu sabia que precisava ter paciência e esperar até passar o meu aniversário para começar a assombrar Paul e Rebecca. Queria deixá-los na reconfortante ilusão de que tinham saído impunes da situação para só então começar o show. No início, ficava arrasada ao vê-los. Meu experimento não foi exatamente como eu esperava.

Eles ficaram mais próximos. Pareciam mais unidos. Ela não o puniu por tê-la traído, e ele não se tornou frio nem distante pelo que ela havia feito comigo. Fiquei enojada de vê-los apoiando um ao outro. Mas, se eu não tivesse ficado tão mal vendo os dois se reconectarem, não teria pensado em plantar a sementinha do caos na vida deles. Nem ficado emocionada ao comunicar meu próprio desaparecimento.

Quando já estava tudo acertado, mandei um e-mail anônimo para o RH da Launaria Pharmaceuticals expressando minha preocupação com uma funcionária deles. E dei um telefonema para a polícia de Stony Brook relatando o desaparecimento de uma amiga. Tudo foi muito fácil. Cada pedrinha que eu jogava na superfície da vida tediosa dos dois provocava um pequeno caos. Foi a coisa mais emocionante que já aconteceu na vida sem graça deles.

Foi fácil demais tirar coisas de Rebecca. Primeiro, tirei o emprego, em seguida, Duff, e depois o colar de pombinhos que ela usava em absolutamente todas as fotos mais recentes dos dois que vi no Facebook. E depois o anel. Tirei todas essas coisas dela para que eu pudesse usar e ser ela pelo tempo que fosse preciso, e fui devolvendo aos poucos para semear dúvida e inquietação em sua mente. Fiz com que ela não se sentisse mais segura dentro da própria casa, espreitando às sombras e discretamente mudando algumas coisas de lugar. Bom, não *tão* discretamente assim. Os martelos foram um golpe de mestre, e eu me divertia pensando nos lugares onde ia deixá-los. A lâmina de barbear com a banheira também foi um momento delicioso; cheguei a temer que ela se matasse e acabasse com a graça toda, mas ela é egoísta demais para fazer algo assim. E, o mais importante, tirei os medicamentos dela. Às vezes só mudava os remédios de lugar. Precisava controlar sua capacidade de pensar com clareza e sua motivação para agir perigosamente, conforme necessário.

O mais bonito de tudo foi que tantas coisas que não tinham nada a ver comigo estavam acontecendo que a situação ficou ainda mais caótica. Paul não perdeu tempo e logo tratou de encontrar uma pessoa maravilhosa. Com isso eu não contara. Por um tempo, fiquei furiosa, mas a desconfiança de Rebecca e depois sua fúria eram deliciosas demais para não serem saboreadas e, por fim, usadas como combustível para seu colapso. Observar Rebecca rastreando obsessivamente os passos de Paul foi algo que me proporcionou alguns dos momentos mais gratificantes. E era muito fácil alimentar a desconfiança dela.

Eu bem que me diverti. Descobri que minha rotina podia mudar todos os dias enquanto estivesse na cola dos dois. Meu lado criminoso aflorou e, quando precisei de remédios para controlar Rebecca, assaltei a farmácia com a arma de Sasha. Inventei um ataque de fúria ao fazer o check-in no Huntington Inn como se fosse Sasha, com a arma na bolsa e tudo, e montei uma orgiazinha particular com o cartão de crédito dela. Eu me diverti horrores espalhando brinquedos sexuais pelo quarto e mudando a posição do colchão enquanto dava baforadas no charuto favorito de Mark, para imprimir seu fedorento e nojento cartão de visita no ambiente.

Fiz uso de informações que Paul havia me passado distraidamente durante o ano que ficamos juntos. Quando manifestei o desejo de ir a outra cidade para poder sair com ele e me sentir parte de um casal de verdade, Paul listou inúmeros lugares nos quais não poderíamos ir de jeito nenhum porque faziam parte do passado dele e de Rebecca ou porque eram importantes por algum motivo sentimental idiota. As menores coisinhas acabavam se transformando em muitas informações importantes. E eu fazia inúmeras anotações mentais.

Amei cada minuto que a levei aos antigos lugares de sua vida feliz com Paul, que assumi sua identidade. Ou reservei a suíte onde foi a lua de mel deles. Ou quando peguei o colar e o mandei entregar na casa de Dana, espalhando migalhas da vida dupla de Paul sem saber ao certo quais ela encontraria e me deliciando ao ver que Rebecca encontrava muitas. Para uma pessoa que se medicava tanto, ela até que era uma adversária louvável, o tempo todo jogando melhor do que eu esperava.

Quase senti pena quando liguei para ela aquela noite, me fazendo passar pela atendente da operadora de cartão de crédito. Ela estava com uma vozinha tão frágil, derrotada e chapada. Era evidente que ela não estava em pleno domínio de suas faculdades mentais, e cheguei a me perguntar se não estava pegando pesado. Mas o momento de hesitação passou quando me lembrei do martelo vindo na direção da minha cabeça.

Paul mentia para Rebecca a torto e a direito. Ele aumentava tudo que eu fazia, sem saber que estava me ajudando. E eu gostava do fato de estarmos sintonizados de alguma forma. Ele não enxergava nada que estava acontecendo com sua mulher dentro de casa, entre as visitas à nova namorada e a obra da casa em cujo porão havia me jogado. Levei um tempo para me dar conta de que estava concluindo a obra como uma espécie de memorial para nós dois. Era evidente que estava tentando ficar em paz com a culpa pelo que Rebecca fizera.

Eu me diverti, essa é a verdade. Tinha um propósito. Estava dando o troco em todo mundo que me subestimou. Assim que via um dos dois suspirar de alívio ou encontrar consolo no outro, eu atiçava o fogo. E, quando o corpo de Sasha foi encontrado, as coisas ficaram ainda melhores. Não tinha a menor ideia de como tudo aquilo acabaria, mas sabia que seria de uma forma incrível.

56

Rebecca

O tubo de Euphellis na mala do carro está envolto em cinco camadas de papel-alumínio, que comprei na 7-Eleven mais próxima da casa de Mark. Comprei também três caixas da marca de emplastro preferida de Paul, uma caixa de lâminas de barbear e uma cola bem potente. Em seguida, fui a Home Depot e comprei três pares das luvas nitrílicas mais resistentes que encontrei nos tamanhos pequeno, médio e grande, para colocar uma por cima da outra. Estou pronta.

Depois de sair da casa de Mark, deixei meu tesouro roubado no porta-malas do carro durante a noite até ter tempo de fazer o que eu precisava. Vou pegar tudo esta noite, quando Paul estiver dormindo. Saber que o Euphellis está tão perto faz com que eu me lembre dos piores dias no trabalho, das vezes que desafiei meus limites quando tive a oportunidade, ao exagerar nos comprimidos.

Euphellis foi uma escolha de nome bem difícil quando a droga foi lançada, mas representava exatamente o que prometia: euforia entrando pela pele. A ideia por trás do lançamento surtiu efeito da forma certa: proporcionar uma alternativa parenteral para casos de dores excruciantes em pacientes terminais. A morfina tópica, a hidromorfona e o fentanil são as drogas mais eficazes, em particular, para pessoas que não têm capacidade de engolir ou que são portadoras de feridas dolorosas na pele. O Euphellis era uma mistura dos três. Funcionava tão bem que tirava não só a dor dos pacientes mais graves como também a de seus cuidadores.

Nada mau para quem está preparado para partir, mas metade das mortes era de pessoas perfeitamente saudáveis, com uma vida inteira pela frente.

Os técnicos dos laboratórios médicos da Launaria ou demonstravam excesso de animação por terem inalado ou absorvido uma quantidade excessiva do produto que criaram ou se mostravam terrivelmente incompetentes no trabalho por não terem testado de forma satisfatória todas as possíveis vulnerabilidades na administração da droga. Os poucos sobreviventes do Euphellis relataram que o efeito era equivalente a estar sob uso de ecstasy e, ao mesmo tempo, ter uma sensação de orgasmo em gravidade zero. Nada mau para o pessoal das vendas. Quando a notícia da força do medicamento se espalhou, caminhões de entrega começaram a desaparecer da noite para o dia.

Foi um verdadeiro desastre. Morreu muita gente, e rápido. O teste clínico do Euphellis foi enorme, envolvendo a maior quantidade possível de voluntários e centros de cuidados paliativos e de atendimento a pacientes terminais. Só uma parte do produto recolhido chegou de fato às mãos da Launaria.

E o que voltou desapareceu misteriosamente do depósito de *recall* antes de ser investigado e destruído. Mark salvou o dia ao conseguir manter as indenizações num nível mínimo, sem análise do produto. Para mim não resta dúvida de que ele saiu como o herói por ter orquestrado todo o lance dos desaparecimentos. A Launaria teve de pagar apenas treze bilhões de dólares de indenização, em vez de desembolsar os cinquenta bilhões que a NASDAQ e os especialistas especulavam em caso de ação popular.

Como exatamente ele conseguiu fazer isso eu não tenho a menor ideia. Mas passei muito tempo trabalhando com ele e observando seu trabalho em controle de danos, de modo que sabia que Mark encontraria uma maneira de se safar daquela merda toda. Cinco dos meus territórios de vendas foram afetados, e doze pessoas morreram. Eu nem sabia seus nomes muito menos se estavam doentes ou em perfeito estado de saúde. Era difícil demais pensar nisso, então tentei não me ater aos detalhes. Foi mais ou menos nessa época que Paul perdeu a empresa e eu comecei a me automedicar.

* * *

Quando entro em casa, supostamente depois de mais um dia de trabalho, Paul parece hipnotizado pelo espaço vazio onde costumava ficar o aparador de livros. Eu me pergunto se ainda estaríamos intactos se o leão também estivesse.

— Madoo?

Estremeço ao ouvir a voz dele me chamando pelo apelido.

— Oi.

Espero, então, pela inevitável pergunta sobre o paradeiro do leão de cerâmica. Nosso cachorro está enroscado confortavelmente aos pés de Paul, e eu me pergunto há quanto tempo ele está naquela posição.

— Vem cá.

Ele vem na minha direção de braços abertos. Duff se agita, levanta a cabeça para ver o que está acontecendo e volta a se deitar. Meu coração começa a bater forte quando vou em sua direção. Cada gesto dele pode ser um ataque.

— Estava com saudade. Parece que não nos vemos há dias.

— Estou aqui.

Fico tensa no abraço. Ele não dá o menor sinal de querer me soltar.

— Pena que eu tenho andado tão ocupado. Mas amanhã vou explicar tudinho.

— Ah, é?...

Tenho de me controlar para não pisar no pé dele nem lhe dar um murro. *Eu sei que você anda fazendo merda.*

— Tenho uma surpresa para você.

Ele diz a palavra "surpresa" em tom hesitante. Como se quisesse fazer uma coisa horrível parecer algo que eu quero.

— Surpresa? Pra quê?

— Amanhã. Tudo será revelado.

Ele finalmente se afasta e olha para mim. Não dava para saber a razão de seu sorriso. Ele quer acabar comigo.

— Amanhã?

Eu me afasto dele para que não veja que estou tremendo. Ele se limita a balançar a cabeça.

— Amor, você e eu. Vinte anos amanhã. — Sua expressão é de cansaço, mas os olhos estão animados e vívidos.

Fico perplexa de ver que ele está usando nosso aniversário como uma artimanha, mas não sei por que isso me surpreende. A crueldade de Paul parece não ter limites. Eu me concentro e rapidamente entro no modo boa esposa. Levo a mão à testa.

— Meu Deus. Claro. Aconteceu tanta loucura nas últimas semanas que quase me esqueci de que é amanhã.

A expressão dele fica mais séria. Será que o deixei irritado?

— Paul, o que foi?

— Nada, não. É só que eu te amo demais.

Sua capacidade de se mostrar convincente é aterrorizante. Meu marido, o sociopata. Meu marido, o assassino. Eu me pergunto se também disse a Sasha que a amava, antes de matá-la.

— Eu também. — Eu me forço a dizer.

Ele reprime os sentimentos, fungando.

— Então, preciso resolver umas coisinhas de última hora para amanhã. Tudo bem se você jantar sozinha?

Tento não demonstrar a necessidade desesperadora de que ele suma dali. No meio de toda a mágoa e raiva, tem uma vozinha irritante que acredita nele, que acredita que ele ainda me ama. Mas agora eu sei. Aconteceu muita coisa que eu não posso ignorar. A cada minuto que passa me dou conta de que tenho pouquíssimo tempo para me preparar. Ele agora está bem confiante, sorrindo e achando graça do que quer que seja de horrível e humilhante que tenha planejado para amanhã.

— Claro. Tranquilo. Também tenho algumas coisas para fazer.

Ele vem na minha direção, e eu estremeço. Felizmente, ele não nota e me beija.

Quando ele pega as chaves e se encaminha para a porta, pergunto sem me virar para ele:

— Paul, você sabe o que aconteceu com o outro aparador de livros?

Será que de alguma forma o fato de eu tê-lo quebrado causou tudo isso?

— Amor. Tenho que confessar uma coisa. — Ele pigarreia, meio nervoso. — Eu queria mandar consertar o leão que tinha uma lasca no rabo, seria uma parte do seu presente. Mas ele acabou quebrando quando eu o estava levando para o conserto. Deixei cair no estacionamento, e ele se estilhaçou. Se eu colasse, você ia perceber. Não sabia como contar. Me sinto péssimo. Desculpe.

Estou furiosa. Ele mente com tanta facilidade agora que chego até a cogitar em jogar o outro leão na cabeça dele e pensar nas consequências só depois. Não dou o braço a torcer, viro a cabeça e abro um sorriso caloroso para ele.

— Não tem problema, amor. É só um objeto. Uma bobagem. Pelo menos ainda temos o outro.

Meus punhos estão cerrados com tanta força que eu tenho a sensação de rasgar a pele das palmas das mãos com as unhas.

Ele aparenta estar aliviado. Dou um jeito de deixar meu tom mais calmo e amoroso possível, mesmo furiosa.

— Paul?
— O que foi, amor?
— Não precisa comprar mais emplastro para dor. Comprei um monte para você quando estava voltando pra casa. Vi que você estava começando a ficar sem.

Ele toca o braço instintivamente.

— Você é a melhor.

O carro dele mal saiu da garagem quando o leão de cerâmica bateu na lareira com toda força, partindo-se em mil pedacinhos.

Qualquer dúvida que eu ainda tivesse agora desapareceu completamente. Cada pedacinho meu me diz que amanhã é o dia.

* * *

Paul está dormindo há horas. Chegou à meia-noite, caiu do meu lado na cama e, em questão de minutos, estava roncando. Fiquei esperando no escuro, sem conseguir parar de pensar no que ia acontecer amanhã e me perguntando por que eu não tinha simplesmente fugido quando tive a chance. Mas o fato é que não tive chance. O dinheiro acabou. Meu vício havia fugido completamente do controle. Não tive forças para enfrentar esse horror em que a minha vida se transformou. Acabo sempre voltando à única coisa que ainda me resta fazer: me proteger.

São três horas da manhã, e estou no banheiro do térreo, com três camadas de luvas nitrílicas protegendo as mãos, embebendo os emplastros. A janela está aberta, o ventilador está ligado e estou usando uma máscara. Incrível como, ainda assim, me sinto meio tonta apesar de todas as precauções. Mas isso era esperado, considerando-se a força letal do creme. Preciso agir rápido. Abro cuidadosamente o invólucro de plástico do emplastro, desdobro-o, embebo-o, volto a dobrá-lo, coloco-o de novo no plástico e colo a abertura. Repito a operação três vezes em cada emplastro e então fecho a caixa, que abri com todo o cuidado, usado o abridor de cartas. Quando termino, coloco o tubo de Euphellis, as luvas, a máscara e a cola num saco plástico, enrolando-o várias vezes, depois o enfio dentro de outro saco. Por enquanto, terei de escondê-lo. A caminho do closet, guardo o abridor de cartas e a caixa de emplastros na minha bolsa, que está pendurada no encosto de uma cadeira na cozinha.

Vou até o fundo do closet, onde está pendurado o cabide com zíper onde guardo meus casacos de frio. Eu o abro, boto a parafernália toda no bolso de um dos casacos e fecho o zíper. Então sou tomada por uma onda de tontura e caio de joelhos na escuridão do closet, entre as botas de neve e um aspirador de pó. O espaço é apertado, mas consigo me encaixar confortavelmente e repousar a cabeça na parede. As bainhas dos casacos encostam na minha cabeça. Sou engolida por uma sensação familiar de segurança que se transforma em perigo. Fecho os olhos e sou transportada.

Estou mais uma vez escondida no closet. Eu o ouço gritar. Minha mãe está chorando muito. Alguma coisa bate na parede e se estilhaça. Uma porta se abre e é batida com força. As paredes tremem. Meu pai rosna. Minha mãe grita mais ainda, agora implorando:

— Não, não, não. Como você pôde fazer isso? Qual é o seu problema?!

— Foi você que me deixou assim! A culpa é sua. Fica em cima de mim o tempo todo, não para de me irritar...

Mal reconheço a voz dele; parece um animal. Ela responde gritando:

— Queria que você fosse embora de uma vez por todas e nos deixasse em paz. Rebecca foi a única coisa boa que você fez na vida, e você nem consegue ser um pai direito. Você não presta pra nada.

Já ouvi essa briga mais de cem vezes. Então me preparo para uma longa noite no closet.

— Quer que eu vá embora? Essa aqui é a MINHA casa, eu é que deixo você morar aqui. Você não teria onde cair morta se não fosse por mim!

Minha mãe começa a rir.

— *Pare de rir de mim, sua vaca!*

Ela continua. Não entendo por que está rindo. Não tem nada de engraçado acontecendo.

— *Pare de rir!*

Um clique. Um estrondo. Um baque. Agora foi diferente. Eu me esforço para ouvir minha mãe.

— *Você devia ter parado de rir — diz ele.*

Estou sentada na escuridão do closet, completamente parada e quieta, mas tremendo violentamente. Durante um longo tempo, não escuto mais nenhum som vindo do quarto dos meus pais. Então acho que estou ouvindo a respiração do meu pai, mas não dá para ter certeza, pois estou hiperventilando.

A certa altura, ouço o ranger do piso de madeira, o acender de um isqueiro e o som de vidro em contato com uma superfície. Meu pai chama minha mãe uma, duas vezes. Ela não responde.

Ele emite um som que é algo entre um gemido e um suspiro. E um clique seguido por outro estrondo ecoa na noite.

Quando saio dali, não sei quanto tempo se passou. Estou com o travesseiro agarrado ao peito. Com todo o cuidado, vou até o quarto deles e vejo minha mãe caída no chão. Seus olhos estão fechados, e sua boca, aberta. Quando levo minha mão ao braço dela, minha mãe não se mexe. Só vejo o sangue ao me ajoelhar ao seu lado. E ele ensopa minha camisola. Sussurro em seu ouvido:

— *Mãe? Hora de acordar, dorminhoca.*

Ela não se mexe ao som da minha voz. Eu a toco de novo, e nada acontece. Não sei o que há de errado com ela, mas sei que não está dormindo.

Ouço meu pai antes de conseguir vê-lo. Ele tenta dizer meu nome, mas só consegue emitir sons incompreensíveis. Começa a sair sangue pelos cantos da boca dele, e eu começo a chorar, porque a cena é assustadora.

Ele estende o braço na minha direção. Está tremendo muito, e gotas de sangue pingam no carpete. Meu olhar vai na direção de sua outra mão, que cobre uma das faces, com sangue escorrendo entre os dedos. Seu olhar está assustado, e eu fico com medo de me aproximar, mas vejo que ele quer desesperadamente que eu chegue perto. Ele abre e fecha a mão estendida, e vou na direção dele, protegendo o peito e a garganta com o travesseiro. Quando chego perto, boto minha mão na dele.

— Ajuda. — É tudo o que ele consegue dizer, num sussurro estrangulado. — Telefone.

Começo a ir na direção do telefone em cima da mesa de cabeceira quando vejo a Smith & Wesson caída ali perto. E assim sou atingida por um momento de clareza. Foi ele que fez isso. Dou meia-volta e retorno na direção dele, então seus olhos se arregalam ao mesmo tempo que ele balança a cabeça, apontando na direção em que eu ia.

Olho para o corpo inerte da minha mãe e sinto uma emoção tão nova que parece que todo o meu corpo está fervendo por dentro. E a decisão já está tomada antes que eu entenda exatamente o que vou fazer.

Boto o travesseiro no rosto dele e jogo meu corpo em cima. Ele me empurra com toda força, e uma dor lancinante explode no meu ombro. Apoio meu joelho no braço dele para impedi-lo de me empurrar de novo. Ele tenta agarrar o travesseiro que lhe cobre o rosto, mas não tem muita força, e eu pressiono mais. Fecho os olhos com força até ele parar de se mexer. E fico assim durante um bom tempo.

Não me mexo até ouvir o barulho da polícia arrombando a porta.

O som de algo batendo me sobressalta. Ainda estou no armário do hall de entrada, e Duff está ofegante em cima de mim, com o enorme rabo batendo na porta. Vejo feixes de luz do sol da manhã entrando pelas janelas e iluminando ao redor do corpo de Duff, que parece ainda maior que de costume no pequeno espaço que estamos ocupando. Mal consegui sair dali e me pôr de pé, e Paul vem descendo a escada, todo arrumado e radiante. Ele me dá aquele abraço de urso e me levanta do chão.

— Hoje é *o* dia, Madoo!

Acho que nunca o vi tão animado.

57

Paul e Rebecca

Ele aperta bem a venda.
— Está vendo alguma coisa? — pergunta.
Olho para baixo, para os lados. Percebo apenas a mais leve promessa de luz.
— Nadinha.
— Pronta para dar um passeio?
A mão protetora que orienta meu braço contrasta com o tom sutilmente sinistro da voz dele. Já faz muito tempo desde a última vez que ele me vendou, e foi em circunstâncias muito diferentes. Eu me dou conta agora da proximidade que existe entre medo e desejo. Mas hoje sinto apenas medo.
Deixo que ele me conduza até o carro, para o banco do carona, e depois feche a porta. Sem enxergar nada, a audição é a única maneira de perceber os movimentos de Paul. Controlo a ansiedade quando o som bem conhecido da porta detrás do jipe sendo aberta é seguido por um baque forte. Um bafo quente e ofegante no meu ouvido momentaneamente acalma meus nervos. Fico surpresa ao me dar conta de que Paul trouxe Duff. Percebendo minha inquietação, Duff esfrega o focinho no meu ombro.

Toco a bolsa que está no meu colo, aliviada por ter mantido por perto algo com o qual possa me defender. Com a mão, envolvo o abridor de cartas que guardei nela ontem à noite. A sensação do cabo frio de metal me reconforta um pouco.

Paul entra no carro e dá a partida, com uma das mãos em minha coxa. Ele a aperta, firme.

— Pronta?

* * *

Ela está exatamente onde quero que esteja.

Duff ocupa seu lugar no banco detrás. Rebecca parece estar no auge da ansiedade. Assim, saio com o carro para a rua, mas não sem antes ligar o som. Fiz uma playlist exatamente para este momento, e, quando tomamos o rumo do nosso destino, começamos a ouvir "Into the Mystic", de Van Morrison.

Meu corpo vibra de excitação. A adrenalina provoca espasmos no meu bíceps. Solto um gemido.

— O que foi, Paul? — pergunta ela.

— Uma dorzinha de nada, amor. Não se preocupe.

Eu me recomponho, pego a mão de Rebecca e a aperto, sentindo a intensidade nela também quando aperta a minha.

* * *

Minha mão está fria e úmida na de Paul. Ele a fica apertando, para me lembrar de que não tenho para onde correr. Mas agora estou vendo uma oportunidade.

— Não parece "de nada", não. Você está com dor. Coloquei alguns emplastros na minha bolsa; pode colocar um quando chegarmos aonde está me levando.

Se as drogas funcionarem a tempo, talvez eu nem precise do abridor de cartas.

As músicas do início do nosso relacionamento estão tocando no carro, e Paul está calado ao meu lado. Ele preparou uma trilha sonora que representa o nosso relacionamento ao longo dos anos, para enfiar uma faca bem devagar na ferida.

— Aonde estamos indo, Paul? — Percebo o nervosismo em minha voz.

— Não seria mais surpresa se eu dissesse, Madoo.

Junto ao abridor de cartas, sinto a suavidade reconfortante do frasco de comprimidos. Sem enxergar nada, não tenho como saber se Paul está olhando para mim, mas me arrisco ao ouvi-lo baixar o vidro e começar a assobiar "Can't Help Falling in Love" junto com Elvis. A nossa música. Mas, então, mudo de ideia ao abrir o frasco com os dedos para tirar um Oxy. Preciso estar alerta. Eu me deixo levar pela canção e penso em nós dançando lentamente no terreno da nossa futura casa. Alguma coisa muda no meu coração. Eu nunca tinha percebido como essa música parece o fim de uma história.

— Quanto falta para chegarmos?

— Não muito. Só relaxe.

É fácil para ele falar.

* * *

Enquanto percorremos a Northern State Parkway, minha mente volta no tempo. Eu me lembro do mesmo percurso, com a luz do alvorecer por trás e outra mulher no banco traseiro. Quanta coisa aconteceu até aqui... Os erros que cometemos, tanto separadamente quanto juntos.

Meu coração está ao mesmo tempo triste e aliviado. Depois desta noite, tudo voltará aos eixos, e poderei desfrutar da vida para a qual estava destinado. Vou me livrar do fardo que ameaçou me arrastar para o fundo do poço.

Estou quase lá agora. Cada vez mais perto do recomeço.

* * *

Paul diminui o som nos últimos acordes de "Romeo and Juliet", do Dire Straits, e a ausência de música dá lugar ao som das rodas no cascalho. Sinto que o carro está indo mais devagar, e, em protesto, meu coração dispara.

— Espere um momentinho, amor. Volto logo. — A excitação em sua voz é profundamente perturbadora.

A porta do motorista se fecha e a detrás se abre, e um animado Duff sai trotando e aterrissa pesadamente no cascalho. Paul o chama, e escuto o som da coleira sendo presa à correia. Os passos de Paul se afastam do carro, seguidos pelo atropelo excitado de quatro patas.

Estou sozinha no silêncio. Abro o porta-luvas e sinto o metal frio da arma. Antes que eu consiga botá-la na bolsa, ouço os passos de Paul se aproximando. Fecho o porta-luvas no exato momento em que ouço a porta do carona ser aberta. Paul estende o braço à minha frente, e eu prendo a respiração ao ouvi-lo abrir o porta-luvas e tirar algo de lá.

O momento havia chegado. Fosse lá o que tivesse de acontecer seria agora.

* * *

— Madoo. Está na hora.

Pego a mão dela e a ajudo a sair do Cherokee. A palma dela está suada, de tanta expectativa. Levo minha outra mão à região lombar dela e a conduzo pelo caminho de cascalho. Sinto o corpo dela trêmulo de excitação e uma pontada de dor no meu.

— Amor, vou aceitar sua oferta — digo, olhando para a bolsa.

— Claro — responde ela, pegando a caixa de emplastro para me entregar. Eu retiro um saquinho, abro, arregaço a manga e aplico o emplastro.

Duff sai correndo à nossa frente e começa a choramingar impaciente. Rebecca se contrai ao meu toque. Eu me inclino e sussurro em seu ouvido:

— Quase chegando, amor. Só mais alguns passos.

* * *

O emplastro está colado nele. Agora não tem mais volta.

Sinto o calor de sua respiração no meu pescoço enquanto ele desata a venda. Mas fico de olhos fechados. Quero ficar no escuro. Ele ri.

— Madoo, abra os olhos.

Ele passa os braços fortes pela minha cintura, puxa meus cabelos para o lado e beija meu pescoço. Em seguida, repousa o queixo no meu ombro. Sinto calafrios no corpo inteiro.

— Feliz aniversário, meu amor.

Abro os olhos, e a cena entra em foco. Paul me solta e anda alguns passos. Ele observa atentamente minha reação enquanto sobe os três amplos degraus que conduzem a uma enorme porta de madeira. Parece satisfeito ao ver que estou boquiaberta, então estende o braço.

Mas, em vez de pegar sua mão, eu recuo alguns passos, aumentando a distância entre nós. O vento que sopra pelos pinheiros leva minha atenção da casa para as árvores ao redor da propriedade. Não é a casa que me parece familiar, e sim as árvores. Já estivemos aqui antes.

Os elementos díspares que tenho diante de mim começam a tomar forma. O céu, a casa em frente, o chão. Paul, Duff, o patamar junto à porta. Nossas economias que desapareceram. E, acima da porta, um pássaro de ferro forjado.

Um pombo.

* * *

— Minha pombinha.

Minha mulher parece emocionada. Ainda está meio atordoada quando a conduzo para dentro de nossa nova casa. A casa que quase não existiu.

* * *

Entro na casa com Paul e engulo em seco ao ver o hall. O pé-direito é tão alto que parece não ter fim. Conforme vou entrando, olho em todas as direções, pois o que está à minha frente é inacreditável, e também porque olhar para Paul seria difícil demais.

A luz da tarde entra pela janela acima da porta. Tudo ao redor parece ter sido salpicado de um pó mágico, cada ângulo e superfície refletindo uma incidência diferente da luminosidade, projetando-a numa profusão de cores brilhantes.

Paul faz um gesto abrindo os braços.

— Era *isso* que eu estava fazendo.

Estou sem palavras.

— Está tudo bem, Madoo?

— Está. Estou só... muito emocionada. — Tento sorrir mas não consigo, pois estou tentando encontrar as palavras. — Queria um copo de água.

Ele fica radiante com meu pedido, e entendo por que quando ele me pega pela mão e me leva até a cozinha, que é de tirar o fôlego. É quase do tamanho da nossa casa, e tem todos os detalhes que sempre sonhamos. A bancada de mármore ocupa toda a extensão, com banquetas de couro alinhadas. Um lugar para se sentar e conversar enquanto o outro prepara o jantar, exatamente como sempre imaginamos.

Logo atrás de Paul, vejo os utensílios cromados novinhos e os armários com porta de vidro no alto da parede. Ele assobia ao pegar um copo para mim numa das prateleiras lotadas de itens e o enche de água na porta da geladeira. Então ele me entrega o copo. Sua expressão é de expectativa.

— Paul, você fez tudo isso?

— Bom, tive muita ajuda, é claro. Mas, sim... Cuidei do projeto todo, escolhi os eletrodomésticos, as pias, os vasos e todas essas coisas. Guardei todas as anotações que fizemos ao longo dos anos. Você se lembra daquela caixa de pizza em que anotamos as coisas na noite do casamento?

Faço que sim com a cabeça. Uma relíquia de cem encarnações atrás.

Ele aponta para a parede atrás de mim. Vejo o papelão em que Paul traçou, de forma bem grosseira, nossa planta baixa, lindamente emoldurado. De um lado, com a minha letra, uma lista dos itens que nossa casa precisaria ter. Eu me aproximo e levo a mão ao vidro, sem acreditar muito que esteja tocando naquilo. Não consigo conter as lágrimas.

— Paul, eu achava...

— Eu sei. Eu também não imaginava que fôssemos conseguir.

— Não, mas... Eu achava que você...

— Fiquei surpreso por você não ter sacado. Todo dia eu esperava que me perguntasse sobre o dinheiro da conta conjunta. Mas, para minha sorte, você andava bastante ocupada no trabalho.

Ele gira meu corpo, e há um espelho no cantinho do café da manhã.

— Olhe só para nós. Vinte anos, querida. A gente conseguiu. Estamos melhores do que nunca.

As lágrimas escorrem pelo meu rosto. Eu me esforço para me lembrar de alguma coisa, mas a avalanche de informações faz com que eu não consiga me recordar de algo importante. Meu rosto está estranho e distorcido no reflexo.

— Paul, isso é maravilhoso! Como você fez isso tudo? Como eu não desconfiei de nada?

— Amor, você ainda não viu nem metade. — Ele fica muito sério de repente. — Mas, antes de mostrar o resto, precisamos conversar.

Meu coração se parte em mil pedacinhos.

* * *

Conduzo Rebecca até a poltrona de couro no canto da sala de estar, ao lado da lareira que aquece dois ambientes. Quando ela se senta, pego no bolso a caixa que tinha guardado no porta-luvas e me ajoelho.

— Madoo, esse é o anel que você sempre mereceu, o que eu sempre quis ver no seu dedo, mas não tive condições de dar quando nos casamos. — Ela fica olhando, sem acreditar, enquanto tiro do dedo dela o velho anel e o substituo pelo novo. E fico surpreso com seu olhar horrorizado. — O que foi?

Minha mulher está chorando. Beijo a palma de suas mãos e tento me levantar, mas meus joelhos tremem e sou tomado por uma onda de vertigem e náusea. Eu me sento ao seu lado, e ela se levanta, se afastando de mim.

— E a sua outra família? — pergunta, num misto de fúria e terror.

— Como assim?

— Quem é Dana?

— Dana? É a minha terapeuta.

— Sua terapeuta?!

— É, de quando eu era criança. A "Dra. A". Dana Atwell. Eu já falei dela para você. Voltei a procurá-la... depois do que aconteceu...

— Paul, pare de mentir! Ela é mais nova do que você!

— O quê?...

Ela agora está enfurecida.

— Eu vi a sua *família*. Vocês três... A imagem da família perfeita no jardim. Eu vi você com ela e o menininho... parecidíssimo com você!

— Mas o que é... — E aí a ficha cai. — Amor, aquela é a filha de Dana. E o neto. Eles estão hospedados... — Sinto uma onda de euforia, e minhas pernas cedem.

* * *

— Achei que você ia... Meu Deus do céu!

Antes que eu consiga segurá-lo, ele já está no chão. A lembrança do que eu fiz e tinha esquecido, em meio àquela torrente de surpresas trazidas por Paul, engolfa-me com a mesma rapidez e tem o mesmo efeito paralisante das drogas que agora estão na corrente sanguínea dele. O alcance do meu equívoco é inconcebível.

— Paul, sinto muito. Sinto muito mesmo. Meu Deus do céu, o que foi que eu fiz?

— Madoo, o que está acontecendo?

Sua expressão é ao mesmo tempo de confusão e êxtase.

Eu me ajoelho e sustento a cabeça dele numa das mãos. Rasgo freneticamente o emplastro preso ao seu bíceps e o arranco. Ele apenas olha para mim, esperando uma explicação.

— Paul, fiz uma coisa horrível.

— Tudo bem, amor, eu sei dos comprimidos. A gente vai procurar ajuda.

Seus gemidos traduzem a dificuldade de juntar palavras. Repouso a cabeça dele em meu colo.

— Eu encontrei a carta, Paul. Você escreveu que queria me matar! Eu tinha que me defender.

Mal consigo respirar em meio às lágrimas.

— Matar você? Que bobagem é essa, Madoo? — A cabeça dele pende para um lado, depois para o outro. — Eu amo você.

Tento lembrar se meu celular está no carro ou na bolsa, que deixei no hall de entrada. Não sei até que ponto o Euphellis já penetrou na corrente sanguínea dele nem se existe alguma chance de desfazer o que eu fiz.

— Madoo?

Os olhos de Paul estão semicerrados.

— Paul, fique comigo! Vou buscar ajuda!

— Sim, vou conseguir ajuda para você, Madoo. Tenho andado muito preocupado... Andei escrevendo para a sua dependência. — Ele agora tem um sorriso abobalhado no rosto; as drogas já estão fazendo efeito. — Para tentar afastar você do vício. Escrevi a carta por isso. Eu sei que você não é assim.

Fico surpresa com o quanto me sinto bem e despreocupada. Fui tomada por um êxtase químico, mas fico passada porque não tomo nenhum comprimido há horas. Olho para o emplastro nos meus dedos e me dou conta de que não vou a lugar nenhum. Estou num frenesi, apertando o Euphellis na palma da mão.

Em vez de abrir a mão para descartar o emplastro, eu o aperto ainda mais para que absorva até a última gota de Euphellis.

Ninguém pode nos ajudar.

* * *

— Madoo? Por quê?

Mal tenho forças para dizer alguma coisa.

— Você ia me matar. A arma. Eu vi a arma, e foram tantas mentiras... — As palavras dela saem num sussurro.

Quando falo, minha voz parece estar em câmera lenta.

— Arma? Amor, eu estava assustado com a quantidade de comprimidos que você tomava... Não ia deixar uma arma carregada dentro de casa.

Rebecca parece arrasada.

— Eu sinto muito... Achei que você não me queria mais.

Fico olhando para o amor da minha vida enquanto uma nova onda de euforia toma conta de mim. O focinho úmido de Duff se acomoda em meu pescoço.

Sinto uma força me puxando lentamente para o chão.

* * *

Meus olhos passeiam pela sala e são atraídos pelas duas peças na cornija da lareira. São quase idênticas ao par quebrado, que agora está intacto.

— Como assim? Eu os quebrei. Como?

Agora já não tenho mais certeza do que é real neste lugar.

Ele já mal consegue ficar de olhos abertos, mas sabe do que estou falando.

— Vinte é o ano da boda de porcelana. Levou um tempo, mas acabei encontrando. Feliz aniversário, meu amor. Bem-vinda ao nosso lar.

Paul suspira e parece relaxar. Duff começa a choramingar e latir. Antes de fechar os olhos, dou uma olhada na casa que ele construiu para mim e nos leões guardiões que nos observam.

58

Silvestri

Duff levanta ondas de areia enquanto corre atrás da bola de tênis que joguei para ele. Wolcott está sentado no banco, consultando suas anotações. A baía está calma à brisa de outono.

— Vem cá, amigão.

Duff abocanha a bola e vem correndo na minha direção, quase me derrubando. Eu o afago atrás das orelhas, e ele baba na perna da minha calça toda.

— Temos que voltar — avisa meu parceiro.

— É pra já.

Duff e eu nos aproximamos de Wolcott, que se levanta, olhando para nós parecendo animado.

— Não sabia desse seu lado sentimental, Silvestri.

— E por acaso você acha que eu ia deixá-lo naquela casa? Cena mórbida do caralho, parceiro! Eu tenho coração.

— Querendo fazer bonito, né? — Ele balança a cabeça.

— Por aí — respondo, contendo o riso.

— Por falar nisso, acabei de saber que a casa do crime está à venda.

— Por Deus! Quem vai querer comprar aquilo? — Balanço a cabeça.

— Se soubessem o que aconteceu naquele lugar...

— Compra quem quer — rebate ele.

Vejo a expressão de curiosidade tomar forma no olhar dele.

— Imagino que você vá ficar de olho no lugar...

Meu parceiro abre um sorriso.

— Não sei se vou conseguir me controlar. Mas vamos nessa.

* * *

Estamos voltando para a delegacia quando Duff começa a uivar no banco detrás. Pela janela, na direção para a qual ele está latindo, vejo um labrador preto na frente de uma casa, batendo com a pata na porta de tela.

— Wolcott, diminui.

— O que foi?

— Essa não é a casa da Sheila Maxwell?

— Acho que é — responde ele, estacionando a viatura rente ao meio-fio.

Desço do carro e abro a porta traseira. Duff sai correndo na direção do labrador. Os cães se encontram no meio do gramado e começam a brincar um com o outro, rolando pela grama. Wolcott sai da viatura e vai para o meu lado. Ele aponta com a cabeça para uma vizinha que está regando as flores de uma jardineira, então nós nos aproximamos da casa.

— Olá, senhora — diz ele.

A mulher se vira e abre um sorriso para nós.

— Sim?

— Desculpe incomodar. Sou o detetive Wolcott, este é o meu parceiro, detetive Silvestri.

— Olá, detetives. Como vão?

— Bem, obrigado. Lindas petúnias — digo.

— Ah, que fofo da sua parte! Em que posso ser útil?

— Queríamos saber se a senhora notou algo estranho nas redondezas ultimamente — diz ele, apontando para a casa ao lado.

— Ah, minha nossa! — responde ela. — A moça que morava ali simplesmente desapareceu há alguns meses. Fazia um tempo que eu também não via a cachorra. Mas ela voltou a aparecer nos últimos dias, procurando a dona. Pobrezinha. Eu estava me perguntando se não devia chamar a carrocinha.

— Nós vamos cuidar disso. Obrigado pela sua atenção.

— Claro. Encontrem um bom lar para ela, está bem?

— Com certeza, madame — digo.

Atravessamos o gramado, guiando os cães. O labrador se aproxima e começa a lamber minhas mãos, enquanto meu parceiro afaga Duff. Eu me abaixo para ver o que está escrito na identificação na coleira. Em um dos lados, se lê o endereço da casa em frente à qual estamos. Viro a identificação, e, do outro lado, o nome "Molly" está gravado no metal. Afago-a atrás das orelhas enquanto ela baba de felicidade.

— Vamos lá, lindona, vamos embora daqui.

Epílogo

Wes

Vamos lá, relaxe. Vai dar certo.

Ao me aproximar da entrada, vejo um Audi cinza-carvão estacionado bem ao lado da porta principal. A mulher ao volante se debruça na porta, avaliando o terreno. Chegou cedo — em geral, um bom sinal quando se trata de um possível comprador. E essa possível compradora é bem atraente. Sexy, na verdade. Um bônus que não pode ser ignorado. E, o mais importante, tem um ar otimista: expressão franca, corpo relaxado. A coisa pode dar muito certo.

Ouço o som meio abafado do carro passando pelo caminho de cascalho e paro, desligando o motor. Respiro fundo, me ajeito e salto do BMW. A mulher se aproxima e estende o braço calorosamente. Eu a cumprimento.

— Sra. Graves?

— Por favor, me chame de Molly.

— Wes.

— Obrigada por ter vindo, Wes.

— Imagina.

Por cima do meu ombro, ela olha para o BMW.

— Vermelho-sangue. Uma escolha ousada, Wes. Tem meu respeito.

— Falando nisso, que anel lindo você tem no dedo.
— Obrigada — diz ela. — É de segunda mão.
— Dizem que a sorte favorece os corajosos.

Ela abre um sorriso malicioso.

— Espero que você não esteja querendo me cobrar uma fortuna por essa casa.

Eu sorrio para ela.

— Vou pegar leve com você.

— Ainda existe cavalheirismo nesse mundo — diz ela, flertando comigo na cara dura.

Destranco a porta principal, e nós entramos. Dou só um passo à frente e observo seu olhar passeando de um a outro dos primorosos detalhes do acabamento: piso de cerejeira, vigas de pinheiro, lareira de pedra, teto abobadado. A luz do meio-dia que entra pelas janelas panorâmicas realçando cada superfície. Sinto uma ponta de inveja pela habilidade artística evidenciada nos menores remates e adornos. Ela está calma. Curtindo a experiência sem a menor pressa. Quando finalmente se vira para mim, fala pausadamente:

— Então vamos ao que interessa.

Está bem-informada sobre o caso e sabe perfeitamente o que ocorreu entre essas paredes — ou pelo menos o que foi relatado pelos jornais. Casamento em crise, adultério, duplo suicídio. Mas a imprensa nunca sabe a história toda. Os jornalistas não têm como conhecer as vítimas tão bem quanto as pessoas que as cercavam. Muito menos todo o amor e a dedicação que estavam por trás do drama e do conflito na superfície.

Comento que os falecidos eram amigos meus; revelação que lhe desperta empatia, mas sem afetar nem um pouco sua determinação. Ela conhece o mercado e, quando digo o preço que a casa poderia valer em circunstâncias normais, ela discorda sem hesitar. Começamos então a falar de números. Ela sabe usar seu charme e, quando me dou conta, conseguiu fazer com que eu concordasse com um valor menor do que o que pretendia.

Apertamos as mãos para selar o trato. Ela é muito cordial, mesmo depois dessa negociação fria e analítica. Fico encantado com a transação. Ela nitidamente sabe o que quer e como conseguir, e isso fica evidente quando ela me entrega o cheque no valor da entrada. O número enche meus olhos, um valor menor do que eu jamais imaginei que fosse aceitar. Esta mulher é mesmo especial.

Ela se vira para observar outros detalhes de sua nova casa. Ao se voltar de novo para mim, leva a outra mão ao rosto. Vejo então seu dedo descer pelo pescoço e deslizar na direção da clavícula. Ela sorri para mim.

— Você já olhou para algo pela primeira vez e soube na hora que era o que sempre quis ter?

Agradecimentos

Embora *A outra* tenha sido escrito em pouco mais de um ano, foi pensado ao longo dos vinte e três anos da nossa amizade.

Este livro não teria sido possível sem o amor, o apoio e o incentivo de muitas pessoas. E, embora haja apenas um nome no livro, e, na verdade, dois autores, existe um verdadeiro exército de pessoas que o tornou realidade.

Pelas primeiras leituras e pelos valiosos conselhos (e o melhor pão de fermentação natural), um enorme obrigado ao nosso incrível agente, Christopher Schelling, e a Augusten Burroughs. Não há palavras pela gratidão que temos a vocês.

Tivemos muita sorte de poder contar com a equipe editorial dos sonhos na Dutton. Somos imensamente gratos pelo incrível talento de John Parsley, que acreditou muito neste livro desde o início, às dicas editoriais da experiente Maya Ziv a cada reviravolta e ao constante apoio e à ajuda de Cassidy Sachs. Precisamos agradecer à nossa equipe de marketing e publicidade, que tem as melhores ideias, formada por Kayleigh George, Amanda Walker, Jamie Knapp, Kathleen Carter e Jon Reyes. Um agradecimento especial a Christine Ball, por seu incrível apoio desde a primeira leitura, e a Madeline McIntosh,

Alison Dobson e Lauren Monaco (e à sua maravilhosa equipe de vendas) pelo entusiasmo pelo nosso livro. Ao brilhante designer, Christopher Lin, responsável pela capa original, e a todos os demais encarregados pela composição gráfica, revisão de texto, concepção visual etc.

À nossa corajosa agente, Pouya Shabazian, que sempre enxergou um potencial de adaptação do nosso livro para a TV e o fez chegar às mãos da fantástica equipe da Blumhouse: Jason Blum, Marci Wiseman e Jeremy Gold, além de todas as pessoas que estão desenvolvendo a série; e a J. R. McGinnis, da Felker Toczek Suddleson Abramnson LLP.

À nossa equipe de direitos autorais: Chris Lotts, Nicola Barr, Lara Allen, Liberty Roach e Katie Brown, da Trapeze, no Reino Unido, obrigado por todo o trabalho que vocês têm feito para levar este livro ao mundo inteiro.

A nossas famílias, pelo apoio incrível que recebemos: Anne, Susan, Gordon, John, Eva, Rich, Veronica, Carole, Madeline, John, Charlie, Thomas, Jesy e Bernadette. A Lori e Lis, e especialmente a Tom e Nina, pelo amor a tudo que tenha a ver com livros, a escrever e a contar histórias.

Aos nossos grupos de escrita ao longo dos anos, com um agradecimento especial a Ruiyan Xui, Brian Selfon, Jason Boog, Joelle Renstrom, Sacha Wynne, Sarah Stodola, Erum Naqvi, Douglas Belford, Matthew Gilbert, David Litman, Matt Laird, Dave Hill, Sebastian Beacon, Jesse St. Louis, Michael Dowling, Eugene Cordero, Ron Petronicolos e Chris Swinko.

A Anne Dunne, cujo entusiasmo, cuja confiança e cujo amor contribuíram para tornar esta jornada tão empolgante.

A Trebor Evans, por tantas conversas ao longo dos anos. Você ajudou a fazer com que Wolcott e Silvestri ganhassem vida.

A Margery Masters, Maryellen Le Clerc, Arthur Cardone, Anthony Mangano, Don Gilpin e Nancy Himsel por terem estimulado o amor da palavra escrita desde a mais tenra idade.

A todos na Macmillan, Bob Miller e Amy Einhorn, e a todos na Flatiron Books, e também a Carisa Hays, que me deu meu primeiro emprego numa editora e sempre me incentivou a sonhar alto. Pelas primeiras leituras, os conselhos, a orientação e o apoio, um agradecimento especial a Don Weisberg, Andrew Weber, John Sargent, Fritz Foy, Pace Barnes e Thomas Harris.

A Melissa Shabazian, pelo estímulo e aconselhamento. Brian Pedone, pela inspiração, a motivação e as lições pugilistas de vida. Leslie Padgett, pelos conselhos cósmicos e terrenos; e pelo estímulo e apoio dos incríveis escritores e amigos em nossa vida: Maris Kreizman, Holly Bishop, Elizabeth Stein, Daniel Mallory, Hank Cochrane, Rennie Dyball, Glennon Doyle e Jenny Lawson.

A todos na Screaming Muse Productions, e pelas amizades duradouras, no palco e fora dele, com Maurice Smith, Jason Weiner, Daniela Tedesco, Mike Bromberger e Natasha Tsoutsouris.

Um agradecimento especial a J. L. Stermer, cuja amizade tem sido uma fonte vital de força, riso e motivação para continuarmos contando histórias juntos.

E às pessoas que não estão mais conosco mas que foram extremamente importantes em nossa vida, agradecemos muito a vocês e sentimos sua falta: Richard Wands, Bill Rosen, Elizabeth Calhoun, Carey Longmire, Tom e Nora Keenan, Patricia e Gordon Sabine e Paul Williams.

Este livro foi composto na tipografia Palatino LT Std,
em corpo 11/16, e impresso em
papel off-white no Sistema Cameron da
Divisão Gráfica da Distribuidora Record.